夏至 (上册)

周弯弯 著

青岛出版集团 | 青岛出版社

图书在版编目（ＣＩＰ）数据

夏至.上/周弯弯著.—青岛:青岛出版社,2022.4

ISBN 978-7-5736-0079-0

Ⅰ.①夏…　Ⅱ.①周…　Ⅲ.①中篇小说—小说集—中国
—当代　Ⅳ.①I247.5

中国版本图书馆CIP数据核字(2022)第037076号

书　　名	XIAZHI 夏至	
著　　者	周弯弯	
出版发行	青岛出版社(青岛市崂山区海尔路182号,266061)	
本社网址	http://www.qdpub.com	
责任编辑	程兆军	
封面制作	孙姝颖	
照　　排	青岛新华出版照排有限公司	
印　　刷	青岛新华印刷有限公司	
出版日期	2022年4月第1版　2022年4月第1次印刷	
开　　本	32开(890mm×1240mm)	
印　　张	15.5	
字　　数	350千	
书　　号	ISBN 978-7-5736-0079-0	
定　　价	58.00元(上下册)	

编校印装质量、盗版监督服务电话　4006532017　0532-68068050

献给故事里的他们和我们

目录

上册

壹

立春 ╲ 陪伴　001

贰

小暑 ╱ 等待　083

叁

大暑 ╲ 欢乐　115

肆

谷雨 ╱ 猜测　142

伍

小满 ╲ 知足　158

陆

寒露 ╱ 偿还　192

柒

处暑 ╲ 初恋　213

下册

捌

小寒 ╱ 成长　243

玖

大寒 ╲ 救赎　257

拾

白露 ╱ 未来　337

拾壹

惊蛰 ╲ 重生　376

拾贰

夏至 ╱ 勇敢　397

壹 立春〉陪伴

> 她从前在看人这事儿上错过一次,
> 吃了亏、丢了脸,还受了伤,
> 实在没有勇气再错一次。

1

把话挑明、双方意思讲清楚之后,甘甜从钱包里掏出六百块钱给了眼前这位喋喋不休、自叹倒霉命苦的魁梧大汉。

虽然她认为,自己开的这辆看起来就很娇气的粉色甲壳虫对魁梧大汉的狂野型座驾造成的伤害十分有限,有限到几乎看不出伤害在哪里,但鉴于魁梧大汉过于魁梧,在她耳边呼啸而过的寒风又过于刺骨,所以,她毫不犹豫地选择掏钱了事。

待她重新回到甲壳虫里,便迅速将暖风开到最大,只恨不能在瞬间驱散那些缠绕周身的冰冷凉意。

她从前并不似现在这般怕冷。

她生于长春,幼时养在沈阳姥爷家,到了要上小学的年纪,又被工作忙碌的父母丢到了北京爷爷家。大冬天里,和兄弟姐妹们堆雪人、打雪仗,兄弟姐妹们挨个受冻感冒,就她,小脸一直红扑扑的,手心手背又暖又软。后来出国读书,她执意去了莫斯科,说什么就喜欢莫斯科凛冽的寒风和连绵几个月不绝的大雪。

反正,她一直宣称自己是绝不会爱南方的阳光和雨露的。

当然,喜好与憎恶,有时候转换得很突然。

几年前,她向集团北京分公司申请调往深圳。

分公司领导之一甘小姑问她:"能受得了南方的燥热和潮湿?"

她违心地表示:"南方的天气多好啊!冬天一点都不冷。一年里有半年时间可以光胳膊露大腿。"

又违心地表示:"所谓人往高处走,集团的总部在深圳,我对那里很向往,想去拼搏出一番事业。"

甘小姑额头上那两道刚文好的粗黑粗黑的眉毛拧成了难看的两团,明显就是在质疑她对集团的忠心诚意以及她本人的雄心壮志。但甘小姑还是批准了她的申请,并提醒她说集团业务范围很广,她到了深圳,可以另择一个领域,不必吊死在房地产这一棵树上。

她那时入职不到两年,刚将集团的房地产业务摸了个七八成熟,贸然换去别的领域,只怕会在人生地不熟的深圳总部闹笑话。

她再也不想闹出哪怕是丁点儿大的笑话了。

离京前,三五同学好友为她饯行,有的赌她半年内会打道回京,有的赌她三个月后会收拾铺盖卷,有个别夸张的,认为她不出一周就会闹着走人。

她在一众人都不看好她南下闯荡的情况下,于盛夏到了深圳。

她觉着,这座哪儿哪儿都透着干劲、冲劲、青春劲和人潮涌动的城市,并没有她记忆中以及想象中的那么热辣,尤其是办公室的冷气学了对岸香港的做派,刚一入夏就定在了16度的低温,外套不买厚实些的,分分钟会被冻得瑟瑟发抖,别说光胳膊露大腿了,连稍短些的九分裤,她都不敢穿。

秋冬倒是舒爽暖和,尤其是与家人好友视频聊天的时候,她整个人沐浴在温暖阳光下,见手机屏幕里的他们穿得像个包子时,心里十分得意。

半年多前，甘妈妈让她回北京。甘妈妈认为，她一个人在深圳终归不是个正途，须得回到家人身边，其乐融融过日子才好。

她不愿意。

甘妈妈小心翼翼问她："心里那道坎儿还没跨过去？"

她予以否认。

甘妈妈于是下令：

"那你就回来。"

她又扭扭捏捏了三个多月，最后还是没抵住家中各位叔伯兄弟、姑姑姐妹们的轰炸，拖着还未痊愈的病体，在深秋时节回到了北京。

她的好友、自封"总台第一知名记者"的何晓蕊问她，抛开每年一次回京探亲不算，重新回到熟悉的皇城生活，有何感想。

她认真琢磨了一会儿，然后噼里啪啦报出一串不满意。

"北京的秋冬，真是太干冷了！洗完澡，两分钟内不往身上涂抹一层油腻的护肤霜，定会浮起一层白花花的皮屑。晚上睡觉，暖气烘得喉咙又干又涩，半夜不起身喝一大缸子水润润，早上都吱不出声！特别是出门，那些像小刀子一样锋利的寒风从四面八方往脸上、身上插，硬生生地疼啊！"

何晓蕊朝她翻了个白眼，并提醒她："你在深圳也就三年多点儿时间，别把自己当南方人，行吗？"

她塞了一块热气腾腾的炙烤羊排到嘴里，含糊不清地表示："是你问我有什么感想的。"

结果吧，想听她讲一讲重回故地有何感想的人还不少。

起先，在长辈们跟前，她倒也是认认真真讲感想的。

好比——

她会感慨："自个儿出门闯荡了几年后，觉着还是家里好啊，家里啥都有，凡事不用操心，就差连工作都不用操心了，真真是没有任何思想负担，身体倍儿棒、吃嘛嘛香。"

甘小姑批评她："让你回北京工作，没让你不工作啊！"又问她，"你现在每天上班是不是就在摸鱼了?"

她无奈自辩:"又不是我愿意摸鱼的,他们个个把我当姑奶奶一样供着,恨不得一日插三炷香在我头上,我能有什么法子?"

甘小姑叹气,无能为力地说:"确实没法子。可谁让你把自己瘦成个'竹竿'似的? 你爷爷觉着你工作太辛苦。你人还没回来,他就跟老黄交代了,不要累着你!"

她反对甘小姑评价她的身材像"竹竿"。她说:"我这是该瘦的地方瘦,该有肉的地方有肉,才不是'竹竿'!"

甘小姑改口,又问她:"没有任何思想负担?"

她没好气地抛出两个字:"没有!"

甘小姑瞥了她一眼,说:"你这口气,我听着怎么觉着'怨念'还很大呢?"

自打她回了京,一家老小,外加同学好友,正面侧面、明里暗里地探究她的心思心情和心绪,她怨念能不大吗?

怨念大到压制不住的那次,是她回京后的第二个周末。

那日,她的故交们为她举办了一个接风派对。派对的排场很大,人也很多。她被起哄者们架到台上,被迫向台下那群睁大了眼睛看着自己的,相熟的、不相熟的、认识的、不认识的男男女女们致以感谢,感谢他们对她的归来表现出的极度热情和不晓得到底有几分赤诚的欢迎。

一阵雷鸣般的掌声过后,男男女女们开始唱歌、跳舞、喝酒吹嘘,她虽仍是中心,但不必被众人瞩目,感觉松快了许多。

按理,那场接风派对应该是可以结束在一片欢乐祥和的气氛中。

可是,偏偏有人喝高了,非要将前尘旧事翻出来。

这"人",姓李名礼,也是位世家子弟,与她相识二十来年,说过的话,加起来可能就二十来句。不知出于什么原因,大概是见甘家如日中天,想搭上这趟快车做一位乘龙快婿,甘甜从俄罗斯学成归来后,女朋友换了一茬又一茬的李礼同志,便在京中四处散播消息,称爱慕她多年，一心只想娶她为妻。

何晓蕊第一个跳出来呸李礼。她骂李礼："你要不知道'要脸'这俩字儿怎么写，姑奶奶我可以手把手教你。你要知道这俩字儿怎么写，就给姑奶奶滚远一点，别到我们跟前恶心人。"

李礼脸皮厚，无论何晓蕊怎么损，都不生气，并且本着"只要你甘甜一日没对象，我李礼就有希望俘获美人心"的精神，对甘甜死缠烂打了很长一段时间。就连她和汪一琢订了婚后，李礼也没放弃，只将"一日没对象"改成了"一日没结婚"。

如此这般执着，连甘妈妈都有些动容了。

汪一琢悔婚后，甘妈妈在她面前提起李礼。甘妈妈说："李礼这个孩子，以前确实是贪玩儿了一些，但如今的改变还是挺大的。我见他对你，很上心，比……"

彼时，她正在家中餐桌上吃着面，闻言，抬眉看了甘妈妈一眼。

甘妈妈将后半截话咽回了喉咙里，改口问她："要不要加点醋？"

她没答。

一旁的甘爸爸连忙出声，让甘妈妈去装一碟子她爱吃的糖蒜来。

她说不要糖蒜。她说："我想去总部工作。"

她以飞快的速度调往深圳，将许多人、许多事远远甩在了皇城。

扬言对她"痴心一片"的李礼，在她初去深圳的那一年，曾去探望过她几回。前几回，她顾念着李礼的面子，装模作样地找出一些诸如"我在外地出差"的理由拒之不见。最后一回，李礼捧着一大束娇艳欲滴的红玫瑰，直接杀到了她办公室。

那时，正逢领导视察工作，一屋子人都惊呆了，她当下只想将李礼一脚踹到九霄云外，再请如来佛祖降下一座五指山将他压上五百年才好。

晚些时候，她正正式式与李礼谈了谈。

她格外认真地告诉李礼，不喜欢就是不喜欢，任对方再怎么付出都白搭，只差说出"白白惹人讨厌、让人嫌你啰唆、恨不得没跟你认识

夏至

过"这样的话了。

那回之后，李礼没再去深圳打扰过她。

前年，她回京过春节，走亲访友时遇到了李礼。

两人简单寒暄了几句就礼貌地挥手再见。

和李礼的这个故事的结局，很合她的心意。

只不过，她以为结局了的故事，似乎又有了续集。

现下，醉到说话都不利索的李礼，趁着她起身走出包厢，到外头透口气的空当，悄悄地溜了出来，宛如一只拦路的老虎，堵住了她前行的脚步。

她一百五十度近视外加一百五十度散光，今日出门，没戴眼镜也没戴隐形，刚才一进包厢就被几位格外热情的朋友团团围住，没顾上与在场的人一一打招呼又被哄拉着上台，从台上下来后再次被几位格外热情的朋友团团围住，所以压根没发现李礼来了。当李礼那张比起从前略显富态的脸突然出现在她面前时，她着实吓了一跳。

李礼笑眯眯唤她：

"甘甜，甘甜妹妹，小甜甜。"

声音真真是矫揉造作，让人听了直打寒战。

她不想应答，转身就要往回走。

李礼急忙伸手拉住她的手腕。

"甘甜，都这么多年了，咱俩就别耗下去了吧？"

她差点喷出一口老血，狠狠甩开李礼的手，厌恶地说："谁跟你耗了？我说李礼，你是听不懂人话还是理解不了人话啊？我跟你说多少回了？我不喜欢你！昨天不喜欢、今天不喜欢、明天也不会喜欢，你能不能另找一个对象去表达你的'深情''专情'和'痴情'？这城里又不是只剩我一个女的，你别老想着吊死在我们甘家这棵树上行不行？"

正巧有几人从包厢里走出来，撞见了这尴尬场面。

李礼自认为脸上挂不住，嘴上也就不想刹车了，没遮拦地戳起了她的痛处。

"甘甜,你别以为你有多金贵,你就是一被汪一琢悔婚的破——"

"哎呦喂!"

有人突然从甘甜身后闪出来,边高声截断李礼的话,边巧妙地将李礼往后推搡了一把,然后笑嘻嘻说:"这不是小礼子嘛。你是早上出门没刷牙,还是晚饭吃生大蒜了?嘴里怎么有股味儿啊?"

李礼被推搡了一把,差点没站住脚跟,刚站稳,那人又招手唤来那几位看热闹的朋友,交代说:"找点花生喂他,能去口臭。"

待他们走了,那人回过身,似笑非笑看着她。

她轻轻叹了口气,而后唤了声——

"六叔。"

2

正所谓,好事不出门,坏事传千里。

她甘甜同志,风风火火在深圳开拓事业的勤恳奋进事迹京中无一人知晓;而她甘甜小姐,被爱慕多年的痴情人李礼再度求爱的故事,却在一夜之间随风散遍京城。连远在新西兰录节目的何晓蕊,都从朋友的朋友的朋友那里听闻了此事。

何晓蕊给她打电话,开口就先将李礼骂了一番,说他白长了一个正常人的模样,脑子里的神经不晓得是不是和屁股上的搭反了,然后又把组织派对的人拎出来骂了一番,说那人是个糊涂蛋,请谁不好,为啥要给李礼发邀请。最后,问了她一句:

"他们说,是徐明鉴给你解的围?"

她喝了一口刚冲泡好的单丛,茶香在嘴里肆意散开,整个人仿佛都松爽了。

给她解围的人，确实是徐明鉴。

而她，称徐明鉴为"六叔"。

说起来，甘家与徐家的亲戚关系十分复杂，从祖上的祖上到祖上，再从爷爷辈到哥哥姐姐们，反正结亲家的结亲家，认干儿子干女儿的认干儿子干女儿，拜把子的拜把子，盘根错节的程度常让她感到一个头两个大。

她不晓得自己究竟是从了哪一位长辈，自她十四岁认识徐明鉴起，就一直称呼这位仅比她大四五岁的"哥哥"为"六叔"。

她一度认为这一声"六叔"喊起来十分别扭。

好在，他们不常碰面，一年里见个一两回，或是压根见不着。后来她去俄罗斯留学，加起来差不多有六七年没见过他。

她学成回京后，入职润华集团。某次参加同事组的饭局，才又见到了他。

女大十八变，男大十九变。

她是真没能在第一时间认出他，待同事介绍起饭桌上的各色人物时，也只觉得"徐明鉴"这名字听着有点耳熟。

倒是他，隔了一张桌子，似笑非笑地看着她，问了句："大侄女，喝了几年洋墨水，连你'六叔'都不认得了？"

那晚，她因没能及时向"六叔"徐明鉴问安，被众人起哄，罚了满满三杯白酒赔不是。

所以后来，当徐明鉴提任到深圳，她在第一眼见到他时，便恭恭敬敬喊了一声："六叔。"

当时，他和她身处集团大厦的一楼大堂。

夜已深，人也静，除了那位昏昏欲睡的前台保安，别无第四人在场。

结果两日后，她的助理梁爽，一位年纪轻轻但很擅长眼观六路、耳听八方的天津女孩，将自己从茶水间听来的八卦消息提炼精简后复述给她。

"甜姐,她们说新来的徐总是你叔叔。"

她微微蹙了蹙眉,不承想,那位昏昏欲睡的保安竟是个顺风耳。她感觉略有一些无可奈何,但也不是什么影响心情的大事。她笑着反问梁爽:"她们是不是还说,你甜姐我要飞黄腾达了?"

梁爽嘿嘿一笑,说:"这楼里上下谁不知道您家是什么背景呀?您如果想飞升,哪里轮得着旁人出力?她们是好奇,为什么您叔叔姓徐。"

这个问题,解释起来极其费劲。

她不想费劲,只说了句:"我们没有血缘关系。"

与她没有血缘关系的徐明鉴,晚她一年来到总部,成为集团里最年轻的高层管理者。

将"最年轻的高层管理者"这一荣誉称号保持了近十年的甘小姑对徐明鉴的评价是:做事高调又狠绝,做人玲珑又狡猾。

她隐隐约约感觉到了甘小姑对徐明鉴不满意。她问甘小姑:"他是不是得罪过你?"

甘小姑不承认。甘小姑说:"我管医药百货,他是电力能源的人,我和他能有什么过节?"

她对甘小姑的话半信半疑。

徐明鉴到深圳三个月后,她和他渐渐熟络起来。

有一回,徐明鉴问她认不认识肖斌。

她说肖斌是她小姑父的亲弟弟,又说:"他不就是你们电力能源的人吗?你在北京的时候,跟他应该天天打照面吧?"

他说是,又说自己先前与肖斌闹了点误会,眼下人家到深圳来出差,他打算请人吃顿饭,缓解缓解关系,可担心自己在肖斌那儿会吃闭门羹,所以想请她出面去约人。

她又不是傻子,听完这话,猜想出,当初他和肖斌九成九是竞争对手,竞争的过程嘛,想来很是激烈,至于结果,自然是他得了胜利,肖斌坐了冷板凳,所以,作为肖斌嫂子的甘小姑对他有微词,十分合情合

夏至

理。

她一面理解甘小姑的心情,一面觉着,组织的眼光很正确啊!他徐明鉴比肖斌真真是高出了好几个层次。

她爽快地答应了他,并成功地约上了肖斌。

那晚,他们吃的是特色潮汕菜。

徐明鉴单枪匹马,肖斌带了两个人,加上她,五个人,不尴不尬地坐在包厢里。

桌上的都是成熟的职场人,即便心里不满意对方,但面儿上还是表现出了一团和气。尤其是他,一点总部领导的架子都没有,几杯酒下肚后,揽着年长自己十来岁的肖斌的肩膀,肖哥长肖哥短,模样十分亲昵。临到饭局散场了,他还反反复复将肖斌拉扯住,好似与人家有扯不完的淡、诉不完的衷情一般。

她身处例假期间,没饮酒,他们四人清空了三瓶七百毫升装的洋酒。对方人多势众,他力量单薄,甘甜估摸着他喝了一瓶多。

她那时对他的酒量还没有一个正确的认知,见他走出包厢时脚步踉跄,三番几次需要"好大哥"肖斌搀扶,便觉着他在喝酒一事上是个实在人。可还没过两分钟,她的"觉着"就被打翻了。

目送肖斌一行人乘车而去后,他腿脚不软了,声音不含糊了,眼神也不迷离了,问她:"吃饱没有?"

她目瞪口呆。

他提议:"去撸两串吧?"

她反问他:"您没醉啊?"

他信誓旦旦否认:"醉了。"旋即又说,"刚才醉得很厉害啊!你没看到我都站不稳了吗?但是,这一出门,被凉风这么一吹,神志顿时就清明了。"

她对他胡说八道的本事表达了钦佩之情。

他请她去吃烤羊腰子,谢谢她帮忙促成了今晚的饭局。

烧烤店位于一片略有些破旧的居民区里,人气很旺,味道也很好。

她晚上虽未端酒杯，可茶杯端得很勤，加之不怎么爱吃潮汕菜，肚里还真有些空，一口焦香的羊腰子入嘴，满足感"蹭蹭蹭"直冲脑门。吃完两个羊腰子后，心满意足的她产生了疑问。

"您来深圳还不到四个月，是怎么找到这犄角旮旯的地方的？"

他借机数落她："一看你就是没有好好研究集团高层管理人员的履历。深圳是我的第一根据地！我来这里，等于是'燕归巢'。"

她对他的履历确实不甚了解。

他们分属不同公司，在北京时，办公地点一南一北，而她级别不高，没机会参加需要各公司头目们聚集的会议，若不是那次在同事组的饭局上巧遇，她甚至不知道与他同属一个集团。

几个月前，她的顶头上司刘良波同她说，过些日子，高层人员会有变动，只不过这个变动还存有个别"变数"，说不准到底谁来谁走。

她对高层更迭这种事，并不太关心。只要变动的不是刘良波，她的日子照旧是她的日子。即便变动的是刘良波，以甘家对润华集团的影响力，她的日子也照旧是她的日子。

徐明鉴走马上任那天，她在惠州考察项目。

她不晓得现场实况如何。

与她交好、精通百货业务的李佩琪对现场实况的总结是："这徐明鉴实在太年轻了，跟其他领导站一块儿，画面相当不和谐。"

她在脑子里想象了一下那个画面，结果发现自己想象不来，因为她有点忘记徐明鉴长啥样了。

真不是她故意不尊重人家。

他们上次见面是一年多前，上上次见面是七八年前，她如今的脑子时不时混沌发空，没能牢牢记住一个挂了"六叔"之名的人的长相，实不能算是不孝顺的表现。

她向何晓蕊求助，让何晓蕊给她弄两张徐明鉴的照片。

何晓蕊问她想干啥。

她说："想认亲。"

神通广大的何晓蕊弄了一堆徐明鉴的照片供她欣赏。

只是这一堆照片，花里胡哨，没有一张是正脸。

她对徐明鉴的长相仍缺乏一个全面系统的认知。

但有那么些时候，有那么些人，你自以为记不清、认不得，可在见到的刹那，就会记起来、认出来，然后心中一叹："呀，这不就是他嘛！"

3

在路上耽搁了一会儿，甘甜到公司的时候已经九点过半。

再有几天就是农历新年，将工作当酱油来打的人明显又多了一些，平日忙忙碌碌的格子间呈现出了浓烈的懒散气氛。

随她一道从深圳调回北京的梁爽将热气腾腾的茶水送进她办公室，笑呵呵说："甜姐，我还以为你今天不来了呢。"

她将茶水喝下一大口，顿时觉着心窝里都暖和了。

她告诉梁爽："路上不小心擦了人家的车屁股。"

梁爽"啊？"了一声，问她："严重吗？"

她说："不严重。"

梁爽猜着："是他紧急刹车了吧？"

擦车这事，还真赖不到魁梧大汉头上。

当时吧，宽阔的马路上就没几辆车，道路十分顺畅。

可惜，正因为道路顺畅、没几辆车，她就有点将道路当自己家的了，开车开得很是随意，走神走得很是认真。

她的驾照是在俄罗斯拿上的，按她的堂哥甘劲文的说法，她的车技"很野""很老毛子""很不适用于车如流水的皇城和魔都"。

相较于甘劲文含蓄的点评，何晓蕊的评价则直白许多。

何晓蕊说:"你应该买一辆钢筋混水泥的超大型越野车,如此一来,同其他车碰撞的时候会很有优势。"

她一直不肯承认自己的车技不佳,她认为,分明是前后左右的车过于扭捏矜持,不能怪她干脆利落。

汪一琢就从没说过她开车开得不好。

他们第一次单独吃饭是在一家意大利餐馆,那日她不便端酒杯,汪一琢独饮了一整支葡萄酒。

饭后,她自告奋勇帮他开车。

结果,因为不肯给从后飙上来的跑车让出一个空位,她与人家在马路上相持了百来米,两车离得太近,免不了摩擦碰撞一番。

事后,何晓蕊问她:

"你是不是故意的?把人家汪一琢的车弄进修理厂,然后借此请人吃顿饭赔罪,再然后借此与人保持长久联系?"

她呸何晓蕊。她说:"我明明是按交规行驶,是那跑车欺人太甚,我不能助长歪风邪气。"

何晓蕊睨她,又问她:"汪一琢没生气?"

她说:"没有啊。"

何晓蕊发出"啧啧啧"几声,表示:"大几百万的车,被你当碰碰车开,他嘴上没说啥,心里肯定一肚子意见。"

她很肯定,对于碰车一事,汪一琢是真的没有记挂于心。

发生事故的当时,他只下车扫了一眼碰撞处,然后打了两通电话,唤了人来处理,并唤了司机另开了辆车送她回家。

她心里过意不去,回到家后,问他现场啥情况。

他告诉她,上海那边有点事,他正在去机场的路上,至于碰车一事,没什么紧要的,请她不必操心。

那会儿已经是晚上十点多,他等不及翌日的飞机,而要在这深夜赶回上海,她觉着,可能是发生了什么大事。

接下来的几天,她一直关注上海的情况。

然而,上海风平浪静。

到了第六日,她被甘小姑召唤去吃水库鱼,恰巧遇到汪一琢的堂哥汪一俊。

她拐了十八道弯向汪一俊打听汪一琢近日是否安好。

汪一俊是何等聪明,在她拐第一道弯的时候就看出了她的心思,却非要待她将十八道弯都拐完了,才肯告诉她,汪一琢近日工作忙、人无恙。

汪一俊笑问她:

"你有事寻他?"

她支支吾吾了一阵,才说:"我前几天把他的车给碰了,不知道修好了没有。"

那日晚些时候,汪一琢给她打了通电话,目的是宽慰她。汪一琢开口就说:"车已经修好了。"又解释,"我最近比较忙,没关注这事,没想到你这么惦记,不好意思啊。"

该不好意思的,明明是她嘛。

三个月后,她成为汪一琢的女朋友。

又三个月后,她与汪一琢订婚。

再三个月后,汪一琢悔婚。

在他们认识的一年时间里,她几乎把他北京、上海的十来辆款式各异、颜色各异的车全都擦碰了一遍。

他对此从不在意,连一句半句的微词都不曾有过。

后来,她被悔婚,成为北京、上海两地圈内的笑谈,精神萎靡不振,连日不愿出门。

从塞浦路斯赶回来的何晓蕊到家中探望她。

她穿着一条褐灰色的睡裙,披头散发地坐在花园里啃麻酱饼。

穿得花枝招展的何晓蕊打趣她:"呦,我以为你会卧躺在床上以泪洗面,原来还知道吃东西呀!"

她没好气地白了何晓蕊一眼,骂道:"你能不能有点同情心? 我现在是一个被悔婚的人！我内心很脆弱的！"

何晓蕊扑哧一笑。

她哼哼两声，将麻酱饼撂在玻璃圆桌上。

何晓蕊一声大叹，回忆起："当初我是怎么劝你的？我跟你说，他汪一琢在上海养了个小情人，那小情人跟了他很多年，恩宠不减，两人怕是难分难舍。你说，这情况你略有耳闻，但汪家许了诺，会妥善解决这位小情人。结果呢？他们汪家说的妥善解决就是把人给看管起来。最后还不是闹得汪一琢不肯就范？"说罢，何晓蕊顿了一顿，随手抄了把藤椅在她身旁落座，接着说，"你一个家世堂堂、样貌堂堂的好姑娘，你是被猪油蒙了心，还是因为这十里八乡的人，就汪一琢没批评过你开车开得不好，所以对他鬼迷心窍？"

她默默将圆桌上的麻酱饼捡了起来，啃了几口后，禁不住落了两串眼泪。

泪珠如豆大，落在睡衣上，霎时湿了衣角。

何晓蕊劝她：

"走在一条错的路上，怎么可能找得到对的人？"

她苦笑。

哪还有什么错的路可走？错的路已经被汪一琢给斩断了，她除了回头，别无他法。

两年后，珠海有个建筑项目需与汪家合作，她被刘良波点名为负责人。

其实在深圳这种人人只想着赚钱的地方，知晓她与汪一琢前尘孽缘一事的人寥寥无几，但她还是婉拒了，借口是，近来疲累辛苦，需要休假充电。

她与何晓蕊去东非大草原转了一圈，回到深圳时，恰逢集团与汪家签订合作书。

庆祝酒会上，她见到了汪一俊。

他们礼貌地聊了一会儿，言语间未提及关于汪一琢的一星半点。

夏至

那晚,她格外地不胜酒力,几杯寡淡的鸡尾酒入口,就好似醉了一般。

同她一样格外不胜酒力的人,还有徐明鉴。

散席时,徐明鉴迈着踉踉跄跄的步子行至她跟前。

四下无人,她毫不客气地揭他的老底。

"客人都走了,六叔你就不必演了。"

他眉头一挑,自称:"我真醉了。"

她丝毫不信。

他于是说:"今晚遇到旧爱,忆起从前点滴,心中甚是难过,身体里的细胞一时松懈,对酒精毫无抵抗力啊。"

他口气一本正经。

她蹙眉看他。

他笑了一笑,告诉她:"跟在汪一俊身边的,穿杏色长裙的那位女士,是我前女友。"

小小宴会厅里只余本集团几人,早已没了佳人的身影,但她倒是记得他说的这位女士,刚才也确实见他与那位女士喝了酒,并且相谈甚欢。

她不太相信那位女士是他的"前女友",若真是"前女友",那这二人之间还真是坦荡自然,想必分手的场景定是"和谐友好"。

可他却说:"原本都到谈婚论嫁了,可她突然反悔。"

她心中一动,觉着这剧情有些熟悉。

她没好气地对他说:"六叔,您是长辈,为何拿我这小辈的往事说笑啊?"

他故作一愣,反问:"你有什么'往事'?"

她大胆睨了他一眼。

他幽幽叹气,声称:"你若不信,可以找她求证。"

她才没有闲工夫去求证这等听起来就是诓人的瞎话。

但。

她没闲工夫,不代表别人也没有闲工夫。

随着与汪家合作项目的深入展开,被徐明鉴贴上"前女友"标签的董媛在某一段时间内,因与徐明鉴往来密集,所以与徐明鉴一道成为集团各个茶水室里热议的话题。

有人说:"徐总在追董经理。"

也有人说:"董经理在倒追徐总。"

还有人说:"徐总和董经理天雷勾地火,早已经双宿双栖了。"

只有一个,为集团呕心沥血多年,又曾在徐明鉴手下当过差的明白人,这样说:"徐总和董经理是大学同学,谈过恋爱,还差点结成夫妻。"

于是有人疑问:"那为什么没结成婚?是差在哪里了?"

明白人对此疑问表示不明白,胡猜说:"徐总条件这么好,总不能是被甩的那个吧?"

谁说条件好就不能被甩了?

有那么些人,就是,管你能得一百分还是一万分,不喜欢就是不喜欢,给你打零分都嫌多。

4

徐明鉴一直对集团内流传的关于自己和董媛的桃色传闻置若罔闻。

他只在那晚的庆功宴上,同甘甜提过与董媛的旧缘,其他一概人,或是打趣,或是逼问,他要么一笑置之,要么一副"你爱怎么编故事就怎么编故事"的态度。

他同甘甜说:"桃色传闻,对男士来说,是锦上添花。"

夏至

她夸奖他："思路清奇。"又提醒他，"也许会阻拦住其他原本想要扑向你的美人。"

他觉得她说的有一些道理，但又提出："美人若单单只是样貌好、身段曼妙，却没有一点胆色，没有一点斗志，没有一点争强好胜的念头，也算不得有趣。"

她说："您对美人的要求有些高。"

要求高不要紧，再怎么苛刻的标准，也总会有人正好落在标准之内。

这边的董媛还未发表退场感言，那头的林淼淼就迫不及待登台了。

说起来，他们是同一时间认识林淼淼的。

那日是周末，刘良波寻了处环境优美的临海农家乐，邀请了集团里几位和蔼可亲的领导和几位得力的部下一道共享阳光大海以及美食美酒。来宾们有家属的带家属，有异性朋友的带异性朋友，只有她、徐明鉴以及李佩琪三人单身。

作为特邀嘉宾的林淼淼，是集团大老板的干女儿，亦是刘良波的表妹。美人姗姗来迟、闪亮登场，在一众人的起哄下，丝毫不扭捏地走到了钻石级单身汉徐明鉴跟前，并且一屁股坐在了他身旁的空位上。

在场的，但凡有眼，都看出了其中究竟。

李佩琪在甘甜耳边嘀咕："这位美人看着有些前卫大胆，不晓得徐明鉴有没有意愿消受这美人恩。"

她告诉李佩琪，徐明鉴就喜欢前卫大胆的，隔了片刻，又补了一句。

"男人大多都喜欢前卫大胆的女人。"

口气怅然，而不自知。

李佩琪看了她两眼，问："你对此有经验?"

她没再接话，埋头吃起了椒盐濑尿虾。

濑尿虾肉肥膏黄，可盐味稍重了一些，虾壳也略扎嘴了一些，吃起来十分费劲。

她一门心思吃了许多濑尿虾,虾壳几乎堆成了一座小山。

返程时,她搭乘徐明鉴的顺风车。

徐明鉴问她:"今天的濑尿虾是不是特别好吃?"

她如实回答:"一般。"

他便问:"那你吃那么多?"

她继续如实回答:"全副心思放在吃虾上,会好过一点。"

他的好奇心被勾起来了,追问:"你怎么不好过了?"

她说:"想起一个人。"

他倒是挺识趣的,见她心情低落,于是不再吱声打扰,只停了车,亲自去附近奶茶店买了杯波波牛乳茶给她。

他说:"加了双份糖。"

她对他说了"谢谢"。

然后,没再说别的。

她想起的这个人,叫易晓雾,就是何晓蕊嘴里说的,汪一琢养的小情人。

其实认真来算,她只见过易晓雾一回。

她和汪一琢确定恋爱关系后,偶尔会去上海探望总在为工作操劳忙碌的他,遇到易晓雾的那一回,实是很不凑巧。

那日是立春,还未过正月十五。

上海天气晴好,街头巷尾已有了春的气息。

汪一琢驱车到机场接她,并照例为她安排了一顿人多热闹的晚餐。

她的堂哥甘劲文、堂嫂苏程程是唯二受邀的她的亲人,余下的,都是汪一琢的好友。

一桌子的场面人,聊天笑闹,气氛和谐恰到好处。

可惜的是,散场的时间没选好。

他们一行人三三两两走出包间时,与另一包间的几位客人迎面撞

夏至

上。

她一眼就看到了易晓雾。

那时的她,对易晓雾只是有所耳闻。

让她耳闻的人,理所当然的,是何晓蕊。

何晓蕊常年混迹于各种圈子,对京中各色人物、大小事务了如指掌,对上海的情况,也能有个七八分熟。

在得知她倾心于汪一琢后,何晓蕊委婉地告诉她,汪一琢身边"有人"。

她不太理解"有人"的概念,问何晓蕊:"有什么人?"

何晓蕊说:"常年保持亲密关系的女性。"

她听后,面露失望,叹了句:"原来他有女朋友了啊。"旋即,又叹了句,"那他爷爷为什么要扯谎呢? 他爷爷同我说,他没有女朋友啊。"

当时,何晓蕊没有进一步解释。

当时,她对汪一琢仅仅是怀有好感,并没有非要与他同床共枕、白头偕老的念头,对于他"有人"一事,她心里虽有一点不舒爽,可要抹去这一点不舒爽,尚不算特别难的事儿。

若不是汪爷爷坚持称汪一琢没有女朋友,若不是汪一琢亲口告诉她,他没有女朋友,那她的人生,本是不会出现易晓雾这一号人物的。

在得知她和汪一琢确定恋爱关系后,何晓蕊抛掉了"委婉"二字,十分直白地告诉她,汪一琢在上海有个情人,情人名叫易晓雾,这易晓雾行事高调、做派前卫大胆,偏偏还很得汪一琢宠爱,两人纠缠数年,若没有汪家长辈拦着,易晓雾早已是汪一琢的太太,当然,若没有汪家长辈拦着,让这些杂乱消息传到了汪老爷子耳朵里,只怕易晓雾早就被弄去不知名的某处了。

听闻此事,她很震惊。

但她没有在第一时间去质问汪一琢,确切地说,从她得知易晓雾的存在到她因易晓雾的存在而被汪一琢悔婚,她都没有在汪一琢面前提过"易晓雾"这三个字。

她是去找了汪一俊。

她问汪一俊，自己和汪一琢谈恋爱，会谈出个什么结果。

明明问得这么不着边际，可人家汪一俊就是听明白了她的意思。

汪一俊诚恳地告诉她，汪家会很喜欢她这个孙媳妇儿、儿媳妇儿，就是绝口不提汪一琢是否会喜欢她。

她向汪一琢提出分手。

他没同意。

他请她给他一些时间，他说，他会处理好个人问题。

她天真地以为，在他心里是有自己一席之地的，所以，她做出了让步。

何晓蕊十分鄙视她做出的"让步"。何晓蕊说："我这儿有易晓雾的照片，你要不要瞧一眼？"

她不瞧。

何晓蕊于是说："我倒要睁大眼睛，好好看看汪一琢要怎么处理这么个'人间绝色'。"

何晓蕊对易晓雾的评价很到位。

易晓雾的确属于"人间绝色"。

简简单单一个抬眉，眼波流转，妩媚妖娆中带着三分俏皮可爱，连一向被她视为"人间最好看"的苏程程，在易晓雾面前，都有些逊色了。

她看美人，看得发呆。

而那美人，可一点都不呆。

美人的目光直穿而来，轻飘飘掠过她的脸，停驻在了她身后的汪一琢处。

美人的声音也格外好听。

"一琢。"

真是说不尽的软糯娇媚，连心都要被酥化了。

"唉……"

饮完一整杯甜得发腻的波波牛乳茶后，甘甜不由得叹了声气。

夏至

现如今回想起来,当年的那个画面与声音,仍让她起了一身鸡皮疙瘩,倒不是恶心人,就是有种说不出的复杂感受。

一旁开车的徐明鉴问她为何这样长叹,又说:"你若是心中有烦忧的事,可说与我听。我到底比你多吃了几年米面油盐,世上的妖魔鬼怪也比你见得多,定能提出一些具有建设性的意见供你参考。"

她说用不着。

他认为:"你对我不信任。"

她倒不是不信任他,可真要计算起来,对他的"信任"最多也就只能打七十分。

在自己的亲人跟前,她尚且不会将自己剖析开来任人观赏,何况对他这么一位八杆子才打上的"六叔"呢。

心里伤疤苦楚、羞耻难堪不与他说,但一些寻常事,尤其是那些与自己毫无关系、与他息息相关的故事,她还是会主动同他分享的。

好比,半个月后,她将从梁爽那儿听来的一耳朵闲话八卦说与他听。

大意就是,娇俏可人儿林森森,对他一见倾心,横跨十岁的年龄差,主动追求真爱。行为表现是,日日来集团晃荡,要么给他送咖啡茶点,要么双手奉上亲手煲的老火靓汤、住家菜,有那么两日,可人儿空手来、空手去,仿佛就为了在他面前展示展示面料贴身、剪裁精致的漂亮衣裳。一小撮看热闹不嫌事大的同志在私下里猜测,董经理和林小姐,一朵白玫瑰一朵红玫瑰,他究竟会摘取哪一朵?

她说得口沫横飞,连香气四溢的烤腰子都没顾上吃。

他一直默默听着,也一直似笑非笑地看着她,待她将一肚子的话叨咕完,他问她:"你什么时候转性了?"

她咬了一口渐凉的羊腰子,含糊不清地"嗯"了一声。

他不着急,慢条斯理地喝下小半杯啤酒,然后才说:"你对旁人的事情,向来不都是'高高挂起'的吗?"

她愣了一愣,觉着自己吧啦吧啦嚼了这么一通舌根子的确与往日风格不符,但舌根子嚼都已经嚼了,没机会反悔。她只能嘿嘿一笑,谄媚地说:"'六叔'不是旁人。"

他仍是似笑非笑看着她。

她委实经不住被他这一等一的人精长久打量,连忙又说:"我也就是将听来的话复述给你,绝对没有添油加醋,目的嘛,自然是为了让你了解民情和民意。"

他对她的解释丝毫不在意。

他问:"明天有空吗?"

5

甘甜的周末,并不是时常有空。

两年多前,也就是她初到深圳时,便给自己报了一些学习课程和兴趣班。

起初,何晓蕊对她报学习课程和兴趣班一事十分赞同。

何晓蕊认为:"学习使人进步! 学习使人充实! 学习使人保持头脑清醒!"

可是,在她先后报了"粤语学习班""阿拉伯语学习班""营养师学习班""导游学习班""瑜伽学习班""工夫茶兴趣班""插花兴趣班""羽毛球兴趣班"之后,何晓蕊坐不住了。

何晓蕊问她:"你还有时间工作吗?"

她当然有时间工作,而且各项工作还完成得很出色。

至少领导觉得她很出色。

去年冬天,北京冷得够呛,甘爷爷到深圳冬休。

集团大老板去融园看望甘爷爷。

夏至

当着甘爷爷的面,大老板将她的工作能力和为人处世的本事夸得天花乱坠,一副恨不能将集团第一把交椅直接送到她跟前,让她一屁股坐下去的架势。

一旁陪同的徐明鉴也十分有眼色地给大老板帮腔,二人一唱一和将甘爷爷哄得高兴得不得了。

而甘爷爷唯一不满意的,是她那日渐玲珑有致的身材在老人家看来,像极了菜园子里挂在藤蔓上的小扁豆,风中飘零不说,还干巴。

甘爷爷便命令徐明鉴,说他作为长辈,不仅要在工作上多关心侄女,生活上也要多关爱,有什么好吃的、好玩的,要记得将她带上。

徐明鉴接了指令后,但凡是自己空闲的周末,就端出长辈的身份召唤她,并不遗余力地对外宣传,是奉旨带她吃喝玩乐。

这话说得,仿佛她是他的拖油瓶似的。

所以,当徐明鉴第 N 次问甘甜,明天是否有空,她抛出两字给他。

"没空。"

他微微蹙眉:"没空?"又问她,"有什么事?"

她当即胡编:"约了佩琪去香港购物。"

他没有质疑她这话的真实性。

他直接让她爽李佩琪的约,理由是"林淼淼约我明天去爬山。我需要你的帮助"。

她一万个不理解:"需要我帮助? 帮你把她绑住,还是帮你把她推下山啊?"

他故作正经地说:"我单独跟她去爬山,传出去影响不好。"

她嗤之以鼻,直言:"她天天去您办公室晃荡,您没觉得影响不好。你们二人去爬山,又没第三个人知道,你居然担心影响不好? 再说了,你们男未婚女未嫁,一起爬个山怎么了? 再再说了,您要对她没意思,答应她爬山做什么?"

他坦白:"她是大老板的干女儿,我不能回绝得太直接。"

她已吃完了一串羊腰子,随手将竹签往小桌上一扔,愤愤问:"所以您就算计我？"

他殷勤地为她的空杯满上啤酒，并辩解："这怎么能说是'算计'呢？我分明是请你'帮助'我。"

她头一撇，表示："不帮。"

他说："你这样'忘恩负义'不太好吧？"随后，有模有样地提及，"当初我是怎么费劲把你从李礼的纠缠中解救出来的，你是不是忘记了？需不需要我助你回忆回忆？"

她将头撇回来，并狠狠瞪了他一眼。

他说的这个"当初"，也就是李礼抱着一大团红玫瑰突然杀到她办公室的那次。

那日，带领着一群人在各个办公室"视察工作"的领导，正是刚调任深圳的徐明鉴。

她不晓得徐明鉴是怎么认识李礼的，也不晓得他和李礼的关系究竟如何，反正当她脸红耳赤、羞愤得差点要当众发飙将李礼踹出窗户的那一刻，他在众人面面相觑、不知如何是好的尴尬中将单膝跪地的李礼从地上捞了起来。

他先是拍了拍李礼的肩膀，然后在李礼还没反应过来之前，将李礼手中那一大团红玫瑰轻巧地拿到了自己手里，旋即又将花转交到一旁的小弟手里，最后抬起右胳膊，亲昵地勾住李礼的肩膀，一路将李礼领出了办公室。

动作如行云流水，万分自然。

一个小时后，她接到他的电话。

他跟她说了个地址，又说李礼在那儿等她。

她不愿去。

他劝她："你去一趟，有什么话一次性说个清楚明白，他也不是完全不通晓事理的人。若你说明白了，他还这样，我马上找人把他弄回去看管起来。"

她于是问他："您跟李礼什么关系？"

他平平淡淡说:"他爸管我叫舅姥爷。"

她十分惊诧,心中感叹他这辈分着实很高。

因得了"辈分很高"的徐明鉴的帮助,那晚和李礼谈话的结果,让她十分满意。

事了,她专程去他办公室向他致谢。

他笑问她:"你致谢光凭一张嘴,是不是太没诚意了?"

那时,她已在深圳一年有余,而他调任来此不过数日。他们过往交情几乎等于零,重遇后也只见了两三面,话都没说上几句,按理,相互间怎么都该是客客气气的,谁能预料得到,他竟将话说得这么直白。

她一时语塞。

他便说,先将这份"恩情"记下,等哪日他需她相助,她再连本带利还上。

三个月后,他请她出面帮自己约肖斌吃饭。

她照他的要求办了此事。

本以为欠下的"恩情"还完了,谁知他竟说,还的是"本","利"得另算。

她听了这话,连连咋舌。她问他:"六叔,是不是经常有人表扬您'厚颜无耻'?"

他笑了一阵,然后说:"表扬我'狡猾奸诈'的人更多一些。"

后来的日子,他时不时将她欠他"利息"一事掏出来说一说,但从不真正向她收取。

此刻他重提旧日"恩情",她趁机提出条件。

她说,若是自己去当了他和林淼淼的电灯泡,以后他就不能再提收"利息"一事。

他仔仔细细想了一想,然后说:"你还是和李佩琪去香港玩儿吧。"

这下轮到急于把"利息"收回到自己手里的她不舒爽了。她表示:"不让我去,我就在集团内大肆宣扬您单独和林淼淼爬山的事儿。"

他丝毫不着急,还问她:"需不需要我给你提供两个大喇叭?"

她不理解："您刚不是说单独和林淼淼去爬山被人知道了，影响不好吗？"

他说："我改主意了。"

她问："改成什么主意？"

他故意沉吟了好一阵，最后说："不告诉你。"

她心里清楚，虽然他平日里话多，但打定主意不愿讲的事，哪怕是半个字，都难从他嘴里撬出来。

她约着李佩琪去香港玩乐了两日。

两日后上班。

她见刘良波走路姿势一扭一扭的，问他是不是摔到了腿脚。

刘良波说，周末连着爬了两回山，山丘是越过去了好些座，腿脚也废得差不多了。

她一听，估摸着刘良波是被徐明鉴拉去当电灯泡了。

结果，被徐明鉴拉去当电灯泡的人还不少。

午饭时分，她在餐厅里见着好些位跛脚走路的熟人，反而"罪魁祸首"徐明鉴，四肢完好无缺不说，精力还特别充沛。

他问她，下班后要不要去打壁球。

前两个月，她报了个"壁球兴趣班"，逢周一、周四去打两场。

因球技不佳，时常将反弹球砸到旁人身上，同班同学们都不愿意与她一组，她时常被迫单打。

上两周，她再一次被迫单打时，被刚游完泳、淋浴完毕，正准备离开健身房的徐明鉴看到了。

他毫不客气地笑话了她的球技。

她则毫不客气地手滑，将反弹球准确无误地砸向站在门口看热闹的他。

本以为，这一球砸过去，就算伤不到肋骨，起码也让他胸口或是肚子疼上一疼。可人家反应快，轻轻一闪身，就躲了过去。

他明明晓得她是故意手滑，嘴上却说："多谢你手下留情啊。"

夏至

她不理他。

他又说:"我陪你打吧。"

他打壁球的水平高出她许多截。

一场球打下来,他基本就是在给她喂球以及躲开她打来的反弹球。

那日后,他又陪她打过两次壁球。

但他不太赞同她打壁球。

他说,壁球这项运动太耗精力,姑娘家家的,不必精于此道。

她则说,自己是报了班的,不将次数打够,就等于是在浪费钱。

他评价她:"你报的班太多了!"

她辩解:"比起我刚来深圳,十几个学习班、兴趣班同时在线的盛况,现在剩三个兴趣班,简直就是凋零景象。"

他认为:"这说明你的生活越过越充实,而这份充实的感觉不再用那些五花八门的学习班、兴趣班来填充。"

6

一场壁球打下来,甘甜觉得自己的精力仿佛都被掏空了。

她瘫坐在街边的糖水铺里,连抬手将鲜香可口的杨枝甘露往嘴里送的力气都没了。

再看桌对面坐着的徐明鉴,他正吃着咖喱鱼蛋和三丝炒米粉,一副津津有味的模样。

她不自觉叹了口气。

他笑看了她一眼,劝说:"我看你就别打什么壁球了,另换个项目,健美操或者拉丁舞之类的,能塑形。"

她没理他的建议,而是说:

"您应该同林淼淼说清楚。"

这话来得过于突然,他一时愣住了。

她看着他,模样透着一股认真劲儿。

她说:"态度模糊,对别人是一种伤害。"又说,"如果一开始便没打算同别人好,就不要搭理,不要给别人希望。或许……"说着,好似说不下去了,停顿住,不再吱声。

她放低了眉眼,身子往桌前靠了靠,一口一口吃起了杨枝甘露。

这情形霎时就不对了。

可他好似扭转不回气氛,左手是竹签插着的鱼蛋,右手握着筷子,半晌不知该说点什么。

倒是她,将一碗杨枝甘露吃完后,又将刚才的半截子话补充完整。

她说:"或许……或许别人一开始也没那么喜欢你,就因为你态度模糊、时不时给人以希望……好比,前一刻打翻了她端到你面前的咖啡,转头又往她嘴里塞一颗糖。她若是蠢一些……嗯……就好像,像我一样蠢,可能会误以为你其实心底里是喜欢她的,只不过表达的方式比较特别。一旦这么误以为了……那结果……结果就太可怜了。"

她说话向来干脆利落,可这一番话却说得磕磕巴巴,而且声音越来越小,音色也越来越沉。

他第一次见她情绪这般低落,联想到她曾经历过的那些旧事,竟有些慌神了。他唤了她一声:"甘甜。"

她应了他,然后又点了点头,自顾自似的,说着:"我知道,我知道的。很多事,尤其是感情的事,要靠自己意会,不是每个人都擅长将事情说个清楚明白,尤其是当这人身不由己的时候。"

他觉得她的状态不好,想即刻送她回去休息。

她却说,想兜风。

他于是开车载她在城中各处晃荡。

城市灯火辉煌,街头巷尾人潮涌动。

夏至

　　她半趴在车窗边，任由那一阵又一阵带着闷热气息的初秋晚风吹拂在自己脸上。

　　她明白，自己不该陷入这低落的情绪旋涡，她也明白，旁人的故事，自有旁人应有的结局，自己没必要操心感慨。她只是，只是在打完一场壁球后周身疲倦乏累，连那些日日夜夜、时时刻刻支撑着自己站好、站稳、站直了的体己细胞们也都疲倦乏累了。然后，长久以来，被她压在心底最深处的许多事、个别人，突地翻滚而出，让她猝不及防。

　　其实，她对汪一琢的第一印象并不好。

　　他们是在汪家一位长辈的生日宴上认识的。

　　她与他同坐一桌。

　　整顿饭吃下来，他只讲了三句话，分别是向她妈妈问好，向她问好，向她和她妈妈告别。

　　他甚至没有敷衍地请她们多用些佳肴，脸上也没露个笑，像是被人欠了许多债，满身心的不高兴，连掩饰都不想。

　　第二次见汪一琢，是在一场土地拍卖会上。

　　他们集团和汪家看中了同一块地，都想收入囊中，结果那块地最后被力天世纪拿走了。

　　她当时的上司和汪一俊关系不错，两家在拍卖会上吃了败仗，觉着不尽兴，约着晚上在酒桌再战一回。

　　那几天，汪一琢伤风感冒有些严重，不但吃了药还挂上了吊瓶，汪一俊不敢让他端酒杯，也因此，散场时，汪一俊安排他送她回家。

　　她拒绝这份好意。她认为，自己虽喝了不少酒，走路略有些踉跄，说话略有些大舌头，可神志清醒得很，完全可以自己乘坐出租车回家，委实没必要将她当成需要被人保护的娇弱女子，况且他们与她并不一个方向，送来送去的，太折腾人了。

　　而事实上，她的神智并没有她自认为的那么清醒。至少，在事后，她怎么都想不起到底是他一定要送自己回家，还是汪一俊非让他送自己回家。她清楚记得的事情是，在快要到家时，她很不争气地吐了。

从车上下来，两步就跌坐在了路边，一面吐，一面禁止汪一琢靠近自己。

真真是难看难堪还难闻。

翌日，她的脸色犹如烂菜叶子一般，眼睛周围和喉咙处的皮肤因为呕吐过于剧烈而泛起了一片又一片的红点。

何晓蕊不理解，说她一个喝惯了伏特加、半斤二锅头下肚还只打了个底的人，怎么会在人前失态？何晓蕊问她："汪一琢握着方向盘在马路上扭秧歌了？"

她略有些艰难地咽下嘴里含着的白粥，否认了何晓蕊的猜测。

她告诉何晓蕊，人家汪一琢的车技挺好的，基本是匀速行驶，别说急刹车，连刹车都没怎么踩，除非遇到必须转弯的路口，否则就是一条直线往前开。

何晓蕊更不理解了。

她喝下半碗白粥后，随口叹了句"可能是闻不惯车上的香氛吧"。

可汪一琢对那款香氛情有独钟。

后来，她搭乘或是驾驶过他的许多辆车，车内的香氛一直未变。

她那时便觉着，他可能是个长情的人。

他也的的确确是个长情的人。

那日，他来找她退婚，说的就是"我放不下与她多年的感情"。

当时，他眼神迷离，周身被浓烈的酒气环绕，而夏夜的暖风将浓烈的酒气吹拂到了她鼻间。她嘴里叼着一根冰棍，上唇与下唇很不幸地冻在了冰棍上，久久张不开嘴。

他又说："爷爷把她藏起来了，我找不到她。为了她的安全，我不得不顺从爷爷的意思。"

他还说："我对不起你。可如果我们结了婚，我就更对不起你了。"

她费了些劲将自己的上下唇瓣从冰棍上拨拉开，顿时有几丝血腥味在口腔内散开。她问他："'她'是谁？"

他答："易晓雾。"

真是明知故问。

可在那个时候,她的脑子就像汁水被倒空了的老椰子壳,轻轻一敲,回声空荡荡的。

他们的分手,十分简洁,但后续反应可以用"山崩地裂"来形容。

作为"受害者",她疲于应付亲朋好友们的关心、关爱以及男女老少们的流言蜚语,甚至都没有时间去好好难过或是狠狠大哭一场。

本以为过上十天半个月,这场可笑的闹剧风波会平息下去,毕竟城中权贵人家数不胜数,新鲜故事层出不穷,没有谁非咬着"甘甜被汪一琢退婚"一事不放。结果,汪家对这事耿耿于怀,每日都派身份贵重的人物到甘家登门致歉,每日都有消息传出,说汪一琢又被汪老爷子怎么怎么处置了,那感觉,只差将他挂在歪脖子树上吊死。

这么个闹法,终归不是个事儿。

她主动约了汪一俊。

她请汪一俊代自己转告汪家众人,虽然这婚是汪一琢提出要退的,可也是她甘甜亲口答应了的,汪家实不必苛责汪一琢,况且,汪一琢心里从头至尾没有她,他们结不成婚,对她而言其实是天大的好事,她谢谢汪一琢的"不娶之恩"。

汪一俊听她讲完一席话,向她竖起了大拇指。汪一俊夸她:"你是个好姑娘,好姑娘值得被别人全心全意爱护。"

连日来,她没掉过一滴眼泪,听了这话,不知怎么,霎时红了眼圈。

她从咖啡馆里出来,刚一坐上前些日子甘小姑送她的结婚礼物——粉色甲壳虫上,就大哭了起来。哭了一阵,觉着车内空间狭窄,哭起来不得劲,又下了车,靠在车旁,继续哭。

几日后,她同家中说想要调去深圳工作。

几个月后,何晓蕊专程到深圳探望她。

已是冬日,可深圳阳光明媚。

她与何晓蕊穿着单薄的长袖衫坐在牛肉火锅店里喝洋酒。

何晓蕊说洋酒的味道就像浸染了许多烟头的水。

她笑嘻嘻反问何晓蕊:"你喝过烟灰水啊?"

何晓蕊哼哼了她两声。

两人吃了许多牛肉,喝完了一瓶洋酒。

她提议去吃一碗甜品作为ENDING(结束)。

何晓蕊不同意。何晓蕊说:"咱们北京大妞得用啤酒为今晚画上一个圆满的句号。"

两人在路边摊,就着些好吃的油炸花生米和难吃的烤串灌下了半箱啤酒。

醉得差不多的何晓蕊问她:"你咋样了?"

她稍稍愣了一愣,倒也晓得这话是问什么。她答:"挺好的。"

何晓蕊睨了她两眼。

她一笑,说:"真的挺好的。"

何晓蕊仰头长叹一声,说:"时间是最好的良药啊!"

她说不准时间是不是最好的良药,只觉得"时间"这玩意儿,不经用倒是真的。

7

与徐明鉴打完那场壁球之后,甘甜蔫巴了好些日子,任谁邀约出去吃喝玩乐都谢绝。

她在办公室和住处之间两点一线,每日一来一回,日子轻松简单又寡淡无趣。

到周五下午,李佩琪拎了个巧克力千层和两杯芝芝四季春来找她。

二人坐在她那间不算特别宽敞但私密性尚可的办公室里分享美

夏至

食和近日集团内新鲜热辣的八卦。

她并不太热衷于探究旁人的故事，心思重点放在了美食上。

一旁的李佩琪讲得口沫横飞，她只需择时发出一些"嗯""哦""啊"等词即可。

李佩琪见她兴致不高，决定抛出撒手锏。

李佩琪说："据知情人士透露，林森森和高副总好了。"

她一口巧克力蛋糕卡在喉咙处，疑声问："谁和谁?"

李佩琪见她的兴致被调动起来了，故作正经地说："先前大张旗鼓倒追徐明鉴的林森森，和上个月才离婚的高副总。"

她很惊诧："这? 这? 这消息可靠吗?"

李佩琪先点了点头，然后说："高副总的年龄都够给林森森当爹了。"旋即又笑道，"我真想采访采访徐明鉴，听他说说对此事的感想。"

采访徐明鉴? 让他谈感想?

以她对徐明鉴的了解，他大概率会装模作样地吐出这么句话——

"恭喜他们有情人终成眷属。"

至于别的什么带有感情色彩或是丰富情绪的只言片语，恐怕很难从他嘴里蹦出来。

两个小时后，她接到徐明鉴的电话。

徐明鉴说，有几个熟人从北京来了，都是她认识的，晚上他请客，一道去吃客家菜。

自那日他开车载她在城中兜风后，她觉着，自己作为一个晚辈，越界"指导"他这样一位长辈该如何如何处理感情，此等行为很不妥当，她不太好意思见他。

之前半个月，他约了她三回，她婉拒了三回。

现下，得知林森森与高副总好上了的消息，再接到他的来电邀约，她应下以后心中五味杂陈。

反倒是他很看得开，甚至拿自己来打趣。

他问她："有没有听说高副总谈了个女朋友的事?"

她佯装不知情。

他竟好兴致地将高副总和林淼淼的事儿仔仔细细跟她说了一遍，末了，摆出一副"我受到了一万点伤害"的模样，并说："那晚听了你的话，我差点就打算和林淼淼正正式式谈个恋爱了。好在我最近忙碌，腾不出时间将这个'打算'当正事办了，否则岂不是拆散了他们的姻缘？"

如此扯淡，她根本不信。

她问他："他俩是不是早就好上了？"又问，"您是不是早就知道了？"

他表示："我不知道啊。"还反问她，"我怎么会知道呢？"

为了证明自己的"不知道"，也为了证明自己的的确确是"受到了一万点的伤害"，晚上吃饭时，徐明鉴摆出一副借酒消愁的面孔，陆陆续续喝了许多杯。

散场时，"醉得很厉害"的他点名让未沾酒的她给自己当司机。

她听话地坐上了驾驶位，待他上车后，她说，今晚这酒杯小巧玲珑，纵使他频频举杯，加起来也没超过半斤，又说："车里就咱们俩，别装醉了。"

他笑了两声，又侧头看了她一眼，然后将整副身体懒懒靠在座椅上。他说："今晚真醉了。"

十字路口遇红灯。

她踩了刹车，侧头看他。

他于是也侧过头，目光与她相对。

他说："状态好的时候，一斤酒不在话下，状态不好的时候，二两就要倒地找妈妈了。"

显然，他今晚状态不太好。

她狐疑地问了句："真受伤了？"

他眯眼笑了笑，然后将头撤开，望向车窗外。

他说："董媛今天结婚。"

轻飘飘的几个字。

她怔了一怔,又怔了一怔。

他倒也没有特别沉浸在某种情绪中无法自拔。他先是抬手指了指变成绿色的交通灯,提醒她该发车了,然后慢悠悠地说:"也不知道她嫁的这个人,是不是她真心喜欢的。"

她往前开了一段路,终是忍不住问他:"心里要是没放下她,为什么不再努力一把? 没准她也等了您许多年。"

他说:"我放下了啊。"觉得分量不够似的,又说,"分手的时候就放下了。"

她不理解,质疑:"那您难过个什么劲儿啊?"

他哭笑不得,问她:"谁跟你说我难过了?"

她飞快地瞟了他一眼。

他突然大笑起来,还笑了好一阵,然后才解释:"我今晚状态不好是因为昨天通宵加班。今天又连开三场会。"说罢,问她,"你以为是什么?"

她觉着,自己真是脑子进了水,眼睛被猪油糊住了,才会以为他这不经意流露出来的那么一点半点怅然若失的神情神态是因为旧爱嫁与了他人。

后来,也就是小半年后,她替同事跟进集团与汪家在珠海的合作项目,因而与董媛有了些来往。

有一次,她和董媛从珠海回深圳,因路上塞车,耽搁了晚饭,恰逢徐明鉴找她撸串。说起来彼此都是熟人,所以那顿串,最后是三个人去撸的。

她从前也是见过一些分了手继续做朋友的男女,但多数是面上打哈哈,心里飞刀子,要不就是一方还挂念另一方,如徐明鉴和董媛这样,双方都能谈笑自若的,还是头一回见识。

餐后,她问徐明鉴:"你们真的谈过恋爱吗?"

徐明鉴朝她伸出三根手指,说:"谈了整整三年。"

她又问："真的是她提的分手？"

他耐心回答："真的。"

她兴致很高，追问："她觉得您哪里不好？"

他笑了笑，说："她觉得别人比我好。"

她一下子没听明白，缓了缓，才懂其中究竟。她大叹一声："她劈腿啊！"

他又笑了笑，并点头"嗯"了声。

她连连摇头，简直不敢置信。她说："我可太佩服您了！跟一个劈你腿的人，还能有说有笑？"

他故意蹙起眉头，反问她："不然呢？把她当靶子，见一回，万箭齐发一回？"

她也笑了起来，称赞他："我才知道您的心胸原来是这么的宽广！"

他故作无奈地叹息："我也想心胸狭窄啊，可为了一个已经不爱我的人而产生一种怨恨的情绪，我认为很不划算。"

她认为他的话是有道理的，可实际操作起来难度很高。

她问："所以一说分手，你就把人家放下了？"

他将这个问题认真想了一想，然后回答她："也是难过了几天的。"

她"啧啧啧"了几声，推断："三年的感情，就只难过了几天？可见你也没有多爱人家。"

他不完全承认，只说："都准备结婚了，还不算爱？"

她完全不赞同，反问："准备结婚就是爱啊？"

他直接改口，表示："结婚也不见得就是爱。"

她幽幽叹气，然后说："对。没错。结婚也许是受家庭胁迫。"

他哈哈一笑，自辩道："我可没有戳你伤口的意思。"

她瞪了他一眼，问："您是不是也笑话过我？"

他明知故问："笑话你什么？"

她头一回在他面前，不，更准确地说，是来深圳后头一回在人前提及那一桩旧事。

夏至

她说："结婚前夕被悔婚啊。"声音是出乎意料的轻快。

他先是说："我没有。"旋即又说，"我笑话你，岂不是等于笑话我自己？"

她并不是非要弄清楚他在这事儿上到底有没有笑话过自己。日子久了，当初哪怕是天大的笑话，也成了旧闻，总会过去。何况她在遥远的南方，京城中的风波是非，她关注得很少，同样，她也希望不要有人关注自己。

她对他说："我可做不到像您这样，坦然自若地与对方谈笑风生。"

他认为："做不到就做不到呗，这又不是必须完成的任务。你一个姑娘家，怎么高兴怎么来，怎么舒坦怎么过。"

8

十一点半，梁爽敲开甘甜办公室的门，问她愿不愿意同她们这群热爱工作也热衷传播正能量小道消息的秘书、助理们一道去对面新开的新疆菜馆吃手抓饭。

甘甜表示，自己对手抓饭很有兴趣，可不巧的是，她十分钟前被人约饭了。

梁爽笑嘻嘻问她："是谁？"

邀约方是她姨妈的女儿，姜嬷嬷。

她的这位表姐，常年生活在国外，只每年回京或是回沪小住上三两个月，时间算不得长，但在这算不得长的时间里闹出的动静，时常让人下不了台面。

汪一琢悔婚时，家中老老少少们分成了两派，一派是先前就不看好这门亲事的,觉着这亲结不成才最好,虽然丢了脸面,但自家的宝贝姑娘没送到火坑里;而另一派,是先前极力赞成两家联姻的,因被汪一琢狠狠打了脸,怨气颇深,大有一副与汪家势成水火、你死我亡的架势,而姜嬲嬲,作为以"我就是道理"为准则的姜家的杰出代表人物,想当然的,与汪家众人,尤其是汪一琢本人,势不两立。

在她勤恳工作且无缝连接地穿梭于各种学习兴趣班,几乎忘掉自己被人悔婚这件丢脸的事情时,她的好表姐,姜嬲嬲同志,在华夏集团的慈善晚宴上,丝毫不顾忌主人家的身份地位,当着众多名流的面,十分不客气地羞辱了汪一琢以及汪一琢的太太易晓雾。

说实话,她对头脑简单、性格冲动又横行霸道惯了的姜嬲嬲会有此举并不感到意外。

可是!

可是这么一闹,她一个远在深圳的人,霎时又被推到了风暴眼里。

她被迫接听了许多慰问电话,也被迫再次接受了来自大家的同情。

作为肇事者的姜嬲嬲,特意从上海飞到深圳探望她。

姜嬲嬲将当时的情景绘声绘色复述给她。

她左耳朵进,右耳朵出。

最后,她认认真真与姜嬲嬲商量。

"我和汪一琢的事儿已经翻篇了,咱以后再别提他了,成吗?"

姜嬲嬲先是怔了一怔,随后答应了"好"。再随后,认为既然"翻了篇"就应该向前看、向上看的姜嬲嬲不遗余力地给她介绍新朋友。

她不想结识什么"新朋友",一次又一次婉拒了姜嬲嬲的好意。

何晓蕊向来不赞成"借用一段新感情走出旧故事"。何晓蕊认为,虽然这场失败的恋爱的主责不在她,可她有自我蒙蔽、自我欺骗的重大嫌疑,她应该趁此机会好好反省反省自己,然后擦亮眼睛,以免遇到下一个人时重蹈覆辙。

她自我反省了很长一段时间。

夏至

孤身一人，度过了一个又一个年头。

今年开春，结束深圳冬休之旅的甘爷爷在回北京前与她长谈了一番。

甘爷爷倒没有正面催促她寻个男朋友结婚生子。甘爷爷只说，希望她能找到一个愿意容她随时随地撒娇胡闹的人。

她笑嘻嘻说，自己可以随时随地在甘爷爷和甘爸爸面前撒娇胡闹。

事实上，她自小到大都不太懂得如何撒娇，胡闹也几乎未有过。

徐明鉴提醒她："撒娇女人最好命。"

她认为他说的很对，但同时表示："我是学不会撒娇的，这辈子可能都学不会。"

徐明鉴莞尔一笑，隔了片刻，告诉她："你爷爷派了个任务给我。"

当时他们刚结束一顿商务宴请，正沿着深圳湾散步。

夜里的海风十分清凉，拂面而来，将萦绕在周身的淡薄酒气轻轻吹散开。

她反问他："让您介绍'新朋友'给我认识吗？"

他笑而不答。

两日后，徐明鉴给她介绍了第一个"新朋友"。

出于礼貌，她去见了这位"新朋友"。

其实场面并不尴尬刻意。

因徐明鉴还邀约了许多老朋友，又是搞户外烧烤，一众人呼呼啦啦，很是热闹。

她与那位新朋友也是聊了一阵的。

没成是因为新朋友不吃蒜。

她能理解旁人，尤其是南方人不吃生蒜，可烧烤这等美食，好比烤茄子、烤海鲜贝类，不放蒜蓉，那还怎么入口？

这个不成，徐明鉴很快又安排了第二个"新朋友"和第三个"新朋友"。

三回都没成后,徐明鉴对她说:

"你太挑剔了。"

她反驳:

"是您没用心遴选。"

他不承认自己没有用心为她遴选"新朋友"。他说:"我自己找女朋友都没有为你找'新朋友'这么认真。"

她表示:"反正我也没见过你找女朋友,自然不晓得你为自己找女朋友时会有多认真。"

他似笑非笑地看着她。

他到深圳这一年多、将近两年的时间里,时常这样似笑非笑地看她,她应是已经习惯了他的这一似笑非笑,可不知怎的,恍然间,心里竟生出了些异样。

她故作轻巧地将脸转向别处,并故作无奈地发出了一声叹息。

她不晓得他是怎么理解自己的这一声叹息,但大概率,他以为她是在慨叹"新朋友"的质素不高,没有能入她眼的人出现。因为很快,他又给她介绍了第四个、第五个"新朋友"。

可能是结识"新朋友"的频率过高,而吹八卦消息的风儿又不辞劳苦地北上入京。

闻得风吹草动的何晓蕊打来电话询问她情况。何晓蕊好奇:"你怎么突然开窍了?"

她笑答:"年龄大了,心里慌了。"

何晓蕊呸她。

她咯咯笑了一阵,几乎是将对面沙发上坐着的第六位"新朋友"当成了空气。她问何晓蕊说:"你从哪儿听到的消息?"

何晓蕊告诉她:"徐明鉴的外甥女从卫视调来我们台了,还跟我一个栏目组。那小姑娘整天叽叽喳喳的,都不需旁人打听,家里的大小事啊,都被她主动抖搂出来。她说她舅舅,人好心善。"

她忍不住蹙眉,笑问:"人好心善啊?"

夏至

何晓蕊接着说："她说她舅舅，人好心善，明明自己一把年纪没个着落，还在为'别人'找男朋友的事操心劳累，将族中子弟筛查了个遍不够，还将同学朋友们家中的子弟也筛查了一番，就为了给这个'别人'寻个称心如意的郎君。我对徐明鉴这人吧，了解不太多，可觉着'人好心善'这四个字用在他身上，真真是有些别扭的。出于好奇，我就问了句，这个'别人'是谁。小姑娘悄悄告诉我，这个'别人'是前几年被汪家悔婚的那位甘小姐。我一听，感觉特别震惊。一则是，你和汪一琢的事都过去这些年了，这小姑娘竟还知晓记挂；二来吧，也不知这小姑娘是真傻还是装傻，她不知道我和你关系要好？在我面前说这些是非？第三，是最让我震惊的地方，你居然'相亲'了！还相了很多回？"

她听了这番话，不禁哑然失笑。

她一直认定徐明鉴在为她介绍"新朋友"这事上的态度并不认真诚恳。他总是在特别随意的场合、特别随意地引入"新朋友"，仿佛真的就只是介绍一位新的朋友而不是介绍一位可以发展感情的男性朋友给她。

可实际上，他对这事好像抱有十万分的真诚。

她心里有种形容不出的复杂感觉。

两日后，她在集团内部餐厅见到徐明鉴。

这种复杂的感觉仍萦绕在她心头。

她想躲着他。

他却将她叫住。

落座后，他把自己餐盘中的那碟清炒螺片端给她。

他想知道她如何评价他给她介绍的第六位"新朋友"。

她稍稍怔了一怔，回想起两日前的那场会面。

那是她第一次单独与"新朋友"见面。

"新朋友"姓窦名智，稍长她几个月，在市政某部门工作，祖父是南下干部，父母在城中颇有些地位名望，虽与她的家族不能比肩，但综合情况尚算优加。按常理,这等见面,应是呼呼啦啦许多人,可偏巧那日徐明鉴不得空。

徐明鉴问她,怕不怕单刀赴会,若是怕,可以等他从珠海回来之后再约时间。

她不想自己在他面前总如一个需要人时刻看顾的小孩子似的,所以拍拍脑袋,说与"新朋友"见面吃饭不是什么问题。

他像是不放心,追问了一句:"真没问题?"

她说没有。

结果,在与窦智吃饭的间隙,她接到了何晓蕊的电话。

何晓蕊吧啦吧啦与她说了一通话。

她听完了那一通话,整个人更加心不在焉了。

现下,徐明鉴问她对窦智有何评价。

她只能敷衍地表示,还行。

徐明鉴顿了一顿,随后笑了起来,说:"能从你嘴里讨得'还行'二字,说明他确实'还不错'嘛。"

她没有回应他,只低头吃着螺片。

这螺片肉,又老又硬,嚼起来费劲。

后来,她与窦智吃过几次饭。

有次,窦智邀她去撸串。

那时已是盛夏。

她在加班,坐在有冷气的办公室里时间久了,又冷又饿,就应了窦智的约。

怎料,竟去了那家她和徐明鉴常光顾的烧烤店。

窦智并不知道她是这里的常客,直到老板不打招呼给他们这桌上了两串焦香四溢的烤羊腰子。

窦智不吃烤羊腰子。

她将两串烤羊腰子趁热吃完,心里升腾出了一种心满意足的感觉。

夏至

她有点想将这种"心满意足"的感觉告诉徐明鉴,但掏出手机,编写好了内容,又作罢。

她想,他回了北京,北京有那么多好吃的烤羊腰子,他大概是不会再想念这里的烤羊腰子了。

9

甘甜和姜嬷嬷约在公司附近的一家西餐厅见面。

这次见面,原本应该是在几日前。

那晚,是家庭聚会,可也赶上公司的年会。

甘甜如今属于一定级别的领导层,不好缺席公司年会,只能向家中长辈告假。

因此,特意从上海赶来北京参加家庭聚会的姜嬷嬷没能如愿见到她。

姜嬷嬷说择日再约她。

今日便是这个"择日"。

她并不是沉静婉约的性子,但在姜嬷嬷面前例外。

两姐妹面对面坐一张方桌吃午餐,远距离看去,画面像是她在接受姜嬷嬷的谆谆教诲。

姜嬷嬷吧啦吧啦说了一大通,连餐盘里的和牛里脊都没顾上吃,最后将话题兜到结识"新朋友"一事上。

姜嬷嬷说:"我找人摸清了窦智的底,虽然目前来看好像配不上你,但很有发展潜力。"

她听了十分惊讶,无奈嘴里塞满了食物,一时吱不出声,只能蹙眉挤眼地看着姜嬷嬷,大意是"你从哪儿知道窦智这个人的?"以及"你摸人家的底细做什么?"

姜嬢嬢善解她意地回答:"你都跟人见了几回面了,还指望旁人不晓得?至于摸他的底,也只算是常规做法,换作以前,我肯定找人去暗访他的同事朋友和前女友。不弄清楚其人其事,我都不放心。"

她咽下了嘴里的食物,略有些不满地抗议:"我跟他只是普通朋友!"

姜嬢嬢自有道理:"男女朋友不都是从普通朋友发展起来的?第一次见面就勾搭上的,那属于见色起意。"

她表明:"我都回北京几个月了,和他早没联系了。"又吐槽,"你这消息也太滞后了。"

姜嬢嬢认为:"距离算什么问题?职务调动还不就是一天半天的事儿?"

她连声叹气,然后正正经经说:"距离不算问题。问题是,我不喜欢他啊。"

姜嬢嬢心里其实是看不上窦智的,听她这么一说,反倒高兴了起来。姜嬢嬢笑呵呵问:"那我给你介绍别的'朋友'?"

她拒绝:"不用。"

她又稍稍抬高了音量:"姐!我想清静清静。"

姜嬢嬢揶揄她:"你都清静好几年了。"

她不好反驳这话,只能说:"我又没有立志去尼姑庵度过此生。遇到我喜欢,也喜欢我的人,我会跟他结婚的。"

姜嬢嬢又问:"那你跟我说说,这些年,你是难在了'你喜欢',还是'喜欢你'上?"

唉!爱情它是个难题啊。

甘甜将自己的胃撑得满满的,在回公司的路上又给自己买了杯热波波牛乳茶,双份糖的甜腻从口腔一路滑进肠胃里,满足感油然而生。

其实她从前是不爱喝奶茶的,也不怎么爱咖啡和茶。天冷时饮度数高些的酒类和热水,酷暑燥热时饮度数低些的酒类和冰水,便能解

夏至

决所需。时不时想念奶茶的甜腻，是从去深圳的第二年才开始的。

那时，她通过各种学习兴趣班，尤其是消耗体能的学习兴趣班将自己操练得精瘦。

按后来徐明鉴的话来说，就是："与我上一次在饭局上见到的你相比，可以用'判若两人'来形容。"

徐明鉴说这话时，她正在喝少冰少甜的牛乳波波茶。

她觉得这"少甜"实在太甜，下回应该选"少少甜"。

她对徐明鉴说："你说的'上一次饭局'已经是一两年前的事了。"

他不管这个时间线。他说起自己调来深圳总部后，在集团大厦的大堂里与她偶遇，她毕恭毕敬称呼他为"六叔"一事。他表示："我当时真蒙了。心想着'你这姑娘，你谁啊？上来就认亲戚？'"

她轻轻睨了他一眼，然后继续埋头喝少冰少甜的牛乳波波茶。

他见她一副半信不信的模样，便说："那回吃饭，你身形还略有些圆润，绷着一张娃娃脸，一副满桌子人都不愿待见的模样，别人逗你，你也是似笑非笑的，特别是罚的那三杯酒，就跟让你喝毒药似的。"

她又轻轻睨了他一眼，但没再继续喝少冰少甜的牛乳波波茶。

她默不作声。

她回想起那一回吃饭前的一些事。

对于那"一些事"，她记得倒也不是特别清楚，甚至可以说，很模糊。总结来讲，就是她和汪一琢闹了点矛盾，当然，吵架这种事，他们是不曾有过的，他们有的通常是冷战。

何晓蕊对"冷战"一词不认同。何晓蕊说："他单方面冷着你，只能算是'冷暴力'。"

冷不冷暴力的，如今已不可追究，也没必要追究了。反正，那一回吃饭，她因为被汪一琢晾凉了，所以心情也拔凉，没顾得上在一众人面前挂出笑脸。不承想，有朝一日，会被徐明鉴拿出来说事。

徐明鉴倒也不爱翻旧事来说，况且，她与他共同的旧事，本就没几件。

可能也正是因为没几件共同的旧事,反而能让她在他面前较为轻松自在。

他们关系的亲密程度,大概可算是从十度角、二十度角、四十度角、七十度角直至九十度角上升。

亲密关系的最顶点,是在他给她介绍窦智这位"新朋友"之前。而在这之后,她与他关系的亲密程度逐日下滑。

她那位偶尔拥有敏锐触觉和时时刻刻拥有好奇心的助理梁爽,发现这一点端倪后,旁敲侧击地问她是不是同徐明鉴闹了什么不愉快。

她反问梁爽:"何以见得?"

梁爽说,这几日没从她口中听到徐明鉴的名字。

她又反问梁爽:"我经常提他吗?"

梁爽认真点头。

她发了会儿怔,随后告诉梁爽:"以后会更少提到他了。"

梁爽不解,问为什么。

她答:"他马上要升迁去北京了。"

徐明鉴要升迁回北京的消息,其实早两个月就有流传,但亦真亦假的各种消息本就是满天飞,她总不能把它们都当真,况且徐明鉴本人从未承认过,所以她也从未放在心上。

事实上,后来回想,可能是她蠢笨,明知道徐明鉴这人说话留三分,他不正面承认的消息,并不等于就是假的。

她得到确切消息,知晓他定是要回京了,是在和窦智第一次见面时。

何晓蕊给她打电话,开口就告诉她,徐明鉴要回北京了,然后吧啦吧啦讲了一大通。

她听完何晓蕊的一大通话,整个人有点发蒙。

她蒙了两日。

两日后,她在集团内部餐厅遇到他。

她费劲地吃完难嚼的螺肉片,然后问他:"您要回北京了?"

夏至

他说是。

他不常这般干脆利落地回答问题。

她怔住了。

他似笑非笑地看着她,问道:"要不跟我一块儿回?"

她有点恍惚。

她并不是不想念北京,只是对于回北京这件事,总像是还缺点什么。

她问他什么时候走。

他说具体时间还未知,但左右不过是这两个星期内的事。

她轻声叹了句:"这么快。"

不知他是真的没听清她的这一声轻叹,还是装作没听清。反正他追问了一句:"你说什么?"

他这一追问,弄得她有些莫名其妙的不自在。她改口说,要在他走之前请他好好吃顿饭。

他于是笑问她:"'好好吃顿饭'的标准是什么?"

她说:"不醉不归。"

他又笑了一笑,说道:"那你应该说'请您好好喝顿酒'。"

但最后,她请他吃的那顿饭,没能不醉不归。

调令下来后,想请他吃饭的人多如牛毛。他只能挑拣了其中一部分人,而她作为他的"侄女",也总受到各方邀请一并参加饭局。

有日晚饭过后,她借着酒劲在他面前哀怨长叹,说再有一两日,他就回北京了,可自己许他的"酒菜"却还没能吃喝上,怕是只能等到往后,往后的不知某一日,才能兑现这个许诺了。

街边路灯明亮,还有各色霓虹映衬,可她眼中起了些许迷离,一时竟看不清他的表情,只晓得他的目光肯定是落在自己脸上的。

她觉着,自己的近视和散光大概是加重了度数,改天应去配一副眼镜戴上,不能再逞能假装自己是个能将一切人事物都看得通透的明白人。

她也觉着，以他的心性，八成会说一句"等到往后，这酒菜是得加利息的"，可他说的是：

"明晚。明晚我没有约。"

她问他还有没有想一块儿吃饭但一直没能排上号的人，如果有，明晚可以一并叫上。

他说没有。

她重提"不醉不归"。

他笑着说好。

结果，两个小时后，她来了例假。人蜷缩在床上，体内各处细胞隐隐作痛，连脑袋都是痛的，难受的劲儿到翌日中午才稍稍舒缓些。

去到饭馆，她遗憾地告诉他，自己没办法陪他不醉不归了。

他见她拎了两瓶白酒前来，笑问她，是不是打算让他醉到错过明日的航班。

她说，一瓶酒不足以表现她的真诚，但又说："喝多少算多少。"

开瓶后，她给自己倒了一小杯酒。

她颇有些正经地端了杯敬他，说谢谢他这两年对自己的照拂。

他却不肯端杯，说自己能力有限，"照拂"二字实不敢当。

她于是改口，称："谢谢您这两年带我吃喝玩乐。"

他这才端杯，却说："是我谢谢你这两年陪我吃喝玩乐。"

她一仰脖子，饮完杯中酒，又要给自己添一杯。

他拦住她。

她说："只喝三小杯，没关系的。"

他看了看她，随后主动帮她添了酒，但只添到酒杯的三分之二处。他说："姑娘家家的，别喝太多酒。尤其以后我不在，有些酒局能不去就别去了。"

她说看情况。

他抬眼盯住她。

她又端起了酒杯。这回是祝他工作顺利，步步高升。

夏至

他应了她的敬酒。

前两杯酒,她喝得急促,第三杯她一直留到了最后。

那时,他已喝下了七八两白酒,舌头虽还拎得直,但酒精缠绕神志,已有要醉的趋势。

她端杯敬他,可说不出什么由头。但算起来,两年间,他们喝了许多次酒,互敬了许多杯酒,常常是不需要什么由头的。

彼此默不作声地喝完了一杯酒。

然后,结束了号称要"不醉不归"的饯行宴。

10

波波牛乳茶虽然甜腻,但甘甜在不知不觉间就将它喝完了,回到办公室时,手里就剩下一个空杯子。

梁爽给她打包了一份新疆酸奶,见她手里拿着惯喝的波波牛乳茶,笑道:"有双份糖的奶茶打头阵,你一定会觉得这酸奶酸得够呛。"

她接过梁爽递上前来的酸奶,并道了谢。

诚如梁爽所言,因为前头喝了甜腻的奶茶,后续的这杯酸奶喝起来还真是格外格外的酸。

她向来不爱吃酸的东西,至于甜,也是近两年才喜欢上的。

而对于"甜"的这份喜欢,与地域相关,与徐明鉴也相关。

说起来,徐明鉴是她见过的最嗜甜的异性。

涮肉的芝麻酱里掺两大勺白糖,随时随地从兜里掏出各色软硬水果糖,下午茶从不喝咖啡,只喜欢甜腻的奶茶,去到糖水铺,就更是不加节制,双皮奶、杨枝甘露、糖不甩……不吃三样以上决不罢休。

她初见他如此,心中虽惊诧,但不便多问,后来相熟,她就不顾忌了,说他这般嗜甜,委实不太符合他男性领导的身份。

他抛出缘由:

"我低血糖。"

她认为他在扯淡。

后来,事实证明,他就是在扯淡。

她无意中瞄到了他的体检报告,各项指标比她的不知道正常多少倍。

他就是纯纯粹粹的嗜甜。

嗜甜的徐明鉴不理解她为什么不爱甜。他直言:"你真是白白浪费了'甘甜'这个好名字。"

彼时,她在他的引导劝服下已开始喝正常甜度的奶茶。她觉着,正常甜度的奶茶虽然有一些发腻,但掺杂了沙冰后也不算特别腻人,很适合作为一顿饱餐后的ENDING。

她从只肯喝少甜的奶茶到只想喝双份糖的奶茶,大概用了一年时间。

李佩琪见她染上了嗜甜的毛病,时常提醒她:"紫外线和糖是加快女人色衰老去的两大杀手。"

她对色衰老去并不是特别在意,但凡是个由细胞构成的生命,都有灰飞烟灭的一日,色衰老去又算什么?

李佩琪夸她心态好。

她对李佩琪说:"你是没见过我心态崩塌的样子。"

李佩琪于是问她:"你心态崩塌是什么样子?"

她本想将自己当年被悔婚后的种种困苦与心酸难过说与李佩琪,可她认认真真回忆了半晌后,发现自己竟记不得那时的心情了。

她似乎,在不经意间,不由自主地淡忘了那一段卑微有余、快乐缺失的感情和那一些伤害了她也同样伤害着汪一琢和易晓雾的时光。

李佩琪见她久久不出声,便收起了自己的好奇心,转口问她:"你最近遇到什么难事了吗?"

她从旧日思绪中抽身而出，回答李佩琪："没有啊。"

李佩琪疑问："那为什么总是皱眉不展，一副幽幽怨怨的模样？"

她说："工作忙碌。"

李佩琪轻笑着睨了她一眼。

她感到有些不自在了，将目光瞥向远处的海面。

日历上已入秋，可这座城市仍然燥热，夜间的海风没有丝毫凉意。

两人在栈道上信步走着。

李佩琪突然来了句："也不知徐总在北京站稳脚跟了没有。他走之前可答应了我，等我有空了去北京玩，要全程接待的。"

她告诉李佩琪："他的根本来就在京城，你随时去，他都能管你吃好玩好。"

李佩琪问她："你说，他资历这么浅，北京那些老总能服他吗？"

她坦言："这才去了一个月，大概率是还不能够的。"

她说得不算特别直白，但她心里想得明明白白，旁人不算，与徐明鉴平级的甘小姑肯定是不会给他好脸色的。

其实她考虑过，在甘小姑面前为他美言几句，可若是甘小姑问她为何要帮他说话，她总不能告诉甘小姑，因为他们时常在一起吃喝玩乐，所以交情匪浅吧？以甘小姑那个爱刨根问底的性子，定是要追问她为何要跟徐明鉴一起吃喝玩乐。若真这么问了，她觉着自己九成九说不出一个合理的缘由。

她估摸着，以徐明鉴的聪明劲儿以及徐家在集团内的根基，一个月时间不够他收买人心，但三五个月后，情势必会在他的控制范围内。

几日后，甘小姑到深圳出差。

姑侄见面吃饭谈天。

席间，甘小姑主动提到徐明鉴。

甘小姑说，徐明鉴的谋算颇深，在深圳这两年，因为对她多加照拂，竟讨得了甘爷爷的信任，此番升迁回京，甘爷爷出的力，比他徐家出的力还多。

壹 立春·陪伴

她怔了一怔，接不上话。

甘小姑又说："他倒也是个知分寸的人，此番回京，待我十分客气，凡事都先来征询我的意见。我虽不太待见他，可这伸手不便打笑脸人，况且你爷爷喜欢他，我总不能同你爷爷唱反调。几个回合下来，他悄悄地就占了上风。"说罢，甘小姑一声长叹，"后生可畏啊。我这前浪怕是快要被拍死在沙滩上了。"

她宽慰甘小姑："您是自个儿不愿意离开北京，不然的话，早都升迁到深圳了。"

甘小姑一笑，承认说："我在北京生活惯了，除了北京，哪儿都不想去。"随后问她，"你打算什么时候回北京？"

她说："我挺喜欢深圳的。"

甘小姑开始劝她回北京，絮絮叨叨抛出许多合理不合理的理由。

她听得头脑发胀，松口表示，会认真考虑。

她一松口，家中老老少少们就开始轮番上阵劝说她回北京，连徐明鉴都加入了这一阵营。

徐明鉴给她打电话，问她日子过得可还习惯。

她觉着他这问题很是奇怪。她说，自己扎根深圳三年有余，怎的还会不习惯？

他笑了一笑，随后将问题补充完整，问她，少了他以后，日子过得可还习惯。

她很快就答："没什么不习惯的。"

虽本也是开玩笑的话语，可因着她的口气有一些生硬，连无线电波都散发出一阵尴尬。

其实，自他返京后，两个月的时间里，他们之间的联系只有那么寥寥几次，而每一次，似乎都以尴尬收场。

她猜想他不会再想念深圳的烤羊腰子，也猜想他已回京城，没必要再因甘爷爷的嘱咐而关心关爱远在千里之外的她的成长进步以及喜怒哀乐了。

053

夏至

她承认，少了他的日子，她的确不太习惯。但习惯本就是养成的，她既然可以养成日子里有他的习惯，自然也可以回到日子里没有他的习惯。

她认真工作，认真投入各种兴趣班，后来，十分不幸地，接连生了两场不大不小的病。

先是感冒发烧住院，喉咙痛得几天讲不出话，紧接着又得了急性肠胃炎，上吐下泻，不过两天两夜，体重就掉了五六斤，整个人的精神气几乎被耗尽了。

甘妈妈从北京飞来看她的时候，她躺在病床上，连胳膊都没力气抬起来。

甘妈妈红了眼圈，还落了泪，心疼自家闺女独在异乡，寻常日子里的苦闷无处说也就罢了，生了病没人照料就真是太不让人放心了。甘妈妈再顾不得她本人是什么意愿了，直接报告了甘爷爷，说无论如何都要将她弄回北京去。

她身体虚弱，意志力也虚弱，象征性地抵抗了两句后，顺从了甘妈妈的意愿。

不知徐明鉴是从哪里得知她即将回京的消息。

在她忙着将手中的工作交接给继任者时，他打来了电话。

他没有问她为何会突然想通了决定回北京，他只笑着说，又要与她共事了。

她表示，她所在房地产公司距离分部的办公地略有些远，而她资历尚浅，怕没什么机会与各位大佬共商集团要事。

他说："有机会的。"

他又说："你回北京，我给你接风洗尘。"

为她接风洗尘这事儿，本就有许多人抢着做，而他出差在外，也恰巧不得空。

倒是他说的"有机会共事"，成了真。

集团给她提了一级，回京后，她有了旁听各位大佬共商集团要事的资格,只不过他仍出差在外,没能打上照面。

她以为自己的提拔是得了甘小姑的照拂,可甘小姑告诉她:

"你是我嫡亲的侄女,那么多候选人,我若是推荐你只会惹人非议,是徐明鉴在会上力挺了你,其他那些人或是看我或是看你爷爷的面子,才都没有再争抢。"

她有些恍然。

甘小姑又说:"徐明鉴这小子,也算是懂得投桃报李。"

她没有专程打电话向徐明鉴致谢。

她觉着,专程打电话向他致谢这等事,过于刻意。

她也觉着,待徐明鉴出差回来,请他吃顿酒菜,席间说上两句客套话,大概会更自然一些。

不过事出意外。

她回京后,更确切点说,是她和徐明鉴自三个多月前在深圳一别后,再次见面,却又是他帮她解围。

11

甘甜在办公室闲坐了一整个下午。

到快六点,天色都昏暗了,她才起身离开。

早上出门时,甘妈妈告诉她,老宅今晚有家宴,甘爷爷让她回老宅一趟。

她回京以来,参加了各种各样的宴请饭局,人人都好似想看看她如今是何模样,人人也都好似想将她重新测评一番,然后拉出去配一户上好人家。

她不太喜欢这感觉。

夏至

所以，在去甘家老宅的路上，她将车速控制在四十码上下。

北方的冬日，目光所及之处尽是光秃秃、干巴巴，远不及南方那些一年四季争相开放的花草树木惹人怜爱。

何晓蕊骂她矫情。

何晓蕊说她，吃了几年稻米，就忘记馒头烧饼的香气了。

她否认。她说自己很爱吃馒头，也很爱吃烧饼，尤其是牛街那家涮肉店的芝麻酱烧饼，她一口气能吃四个。

她说的是真真的实话。

上个月，她和徐明鉴去牛街吃涮肉。

两个人点了两盘牛肉、三盘羊肉，牛肚、虾滑和蔬菜豆腐各一份，外加五个芝麻酱烧饼，边聊边吃，竟一点菜肉都没剩下。

徐明鉴说她，回京以后饭量迅速恢复了北方习性。

她解释说，忙累了一日，连午饭都没顾上吃，已经饿得前胸贴后背了。

他十分好奇，问她："我以为你如今是个闲职，不该有忙碌的时候啊？"

她没好气地瞪了他一眼，说："五个工作日，前四日都闲着，最后一日忙得起飞的那种闲职。"

他似笑非笑地看着她，问："听你这口气，对现状好像不大满意。"

她早已在先前某个饭局上谢过他的提携之恩，这会儿就不再说什么客气话了，直白地表示："您出这么大力气，我哪儿敢不满意啊？"

他笑起来，并将桌上最后一个烧饼递给她。

他说："我也有过你这么闲的时候。当个副职嘛，就该这么闲，不然你事事都看顾着，让你领导干什么去？"

她边嚼着烧饼，边连连点头，一副虚心接受他教诲的模样。

餐后，他提议去买杯奶茶。

无奈这附近本就没有几家新潮的奶茶店，加上已将近十点，夜黑风高的街头巷尾，连个人影都难见着。

他感慨这老城区实在萧索,然后驱车往城外去。

两人在车上胡扯淡,除了车外的景致不同,感觉倒像是回到了深圳。

当然,这种轻松自在的熟悉感觉,并非一开始就重回了的。

实际情况是,在那晚,他帮她解了李礼的围,并驾车送她回家的时候,他们之间,其实有那么一点莫名其妙的不自在。

他向她解释,自己是几个小时前才结束了一场漫长乏味且没有任何收获的出差之旅,飞机一落地,又被告知需出席某个商务宴请。商务宴请很是无趣,他被迫应酬,内心只想打瞌睡。

她见他精神头的的确确不怎么样,便信了他的话。但说不准是因为刚才又被他撞见了自己的窘态,还是因为旁的什么缘由,反正这会儿,她有点开不了口,就是开了口,不知同他说什么,毕竟,他们已有三四个月没见过面,距离上一回以尴尬收尾的电话联系也已过去月余。

而他,许是真累了,也不似往日那么多话,车内安静的气氛一直延续到他将她送回家。

翌日,何晓蕊打电话给她。何晓蕊先将前夜那些相干的、不相干的人都骂了一顿解气后,问她,是不是徐明鉴帮她解的围。

她说是,并说:"他恰巧经过。"

何晓蕊嘿嘿一笑,表示:"真是挺够恰巧的嘛。"

过了两日。

徐明鉴邀了集团里包括甘小姑在内的一众人为她接风洗尘。

重视程度,让甘小姑咋舌。

甘小姑问她,是什么时候和徐明鉴有了这等交情。

她瞟了一眼在席间谈笑风生的徐明鉴,低声同甘小姑说:"待我亲厚,既能在你面前讨好,又能取悦爷爷,还显得他这位'六叔'关爱晚辈,一箭三雕呐。"

甘小姑略有些诧异,但转头想想,还真是这么个理。

接下来的日子里,他像在深圳时那样,常邀她一道吃喝玩乐。

夏至

她去了两回，表现都不咸不淡的。

到第三回，她拒绝了邀约。

然后，紧接着拒绝了第四回、第五回。

他终是发觉了不对劲。

某个工作日晚上，他打电话给她，说找到一家特别好吃的烧烤店，店里的烤羊腰子和深圳那家的味道如出一辙。

她对烤羊腰子的确心动了，但仍以不想动弹为理由婉拒了邀请。

他却说，自己已经到她家楼下了，她只需坐电梯下个楼，用不着其他多余的动弹。

如此这般，她再扭捏矫情，就有点对不住人了。

她裹了件黑不溜秋的长棉衣，披头散发地下了楼。

他见她这么模样出场，问她是不是准备睡觉了。

她坦白说是。

他感慨："在深圳，有的人这个点才吃上晚饭。"

她则说："在深圳，这会儿可能还穿着短袖。"

竟都是一副怀念那座城市的口气。

两人不禁相视一笑。

这一笑，倒是让气氛松快起来。

诚如徐明鉴所言，这家烧烤店的烤羊腰子与深圳那家，味道几近相同。

一口咬下去，满足感油然而生。

他提议来点啤酒。

她嫌凉。

他又提议来点劲酒，并说喝了劲酒身子暖和。

他要了两小支劲酒，却只给倒她了小半瓶。

他说："姑娘家家的，也别喝太多酒。"

她说："那您没少把我当姑娘家。"

他笑了笑，没接话。

店家的烤羊腰子好吃，凉拌菜也好吃。

她将每一样食物都吃得万分认真，倒省去了些口舌。

他今晚话也不多，反而是端杯端得频繁，并且明显有"不胜酒力"之兆。

她问他是不是遇到了烦心恼人的事儿。

他先是否认，旋即又承认。

他说："我感觉咱俩之间的情谊发生了变化。"

她一怔，未曾料想他竟会直白白抛出这样的言语。

她感觉尴尬。

他却丝毫不尴尬。

他说："我思来想去，认为咱们还是打开天窗说亮话比较妥当。"

她在他目光的注视下，不得不暂停吃食，端坐静听他的"亮话"。

他说："我调任深圳之前，去拜会过你爷爷。老爷子给了我很多有益的建议，当然，也提到了你。他担心你一个人在深圳，吃不饱、穿不暖，担心你跑到离家遥远的地方偷偷伤心，悄悄自暴自弃，让我多看顾些你。我当时想啊，我虽担着你'六叔'的这一称呼，可实际上，咱俩真是一点都不熟，况且男女有别。如要走心地'看顾你'，真是件难差事。"

她看着他，觉着，他说得很是诚恳。

他接着说："结果我发现，走点心去'看顾你'其实没什么难度。你这人不骄不躁，和善又简单，行事还低调，一般情况下不会让旁人难堪，谁待你好，你待他只会更好。对吃食不挑剔，好吃的多吃点，不那么好吃的，你也能咽得下去，阳春白雪和下里巴人都能架得住，不像有些自诩身娇肉贵的小姐，让在路边撸个串，简直像是要了她们的命。"

她反问："您意思是我标准不高，好打发呗？"

他连忙否认，又说："我因为稍长你几岁，又担了'六叔'这一虚名，所以大家，包括老爷子，都认为在深圳这两年，我照拂你许多，也因此，老爷子待我亲厚。我回北京，确实与这'亲厚'脱不了干系，但——"

夏至

说到转折处，他故意停顿了片刻，才继续说：

"但我并非是为了这份'亲厚'才与你交好。我与你交好，是因为咱们脾性、喜好相投，三观也基本一致。我与你交好，是因为我也需要朋友。我承认自己是一个目的性比较强的人，但也不是每件事都因抱有目的才去做。"

他将话说得这么敞亮，她心里也敞亮了起来。

只不过，他今晚确实不胜酒力了些，才四两劲酒下肚，舌头就有些捋不直了。

她帮他叫了代驾，他让代驾先送她回家。

在车上，两人东拉西扯的，不知怎么又聊起了回北京这事儿。

他说，自己在深圳时劝了她两回，她都不为所动，一副此生就扎根在深圳的架势，怎么才过了三个月，就改了主意。

她反问："你什么时候劝过我两回？"

他说，第一回是在集团内部餐厅，她问他是不是要回北京了，他说是，还邀她跟他一道回。

她差点没想起当时的情景，待想起来了，她说："你就问了一句，算哪门子的'劝'？"

他自有一套说辞。他说她当时神情恍惚，对他的这一句"邀请"置若罔闻，待缓过神，也只问他什么时候走。他对女人的心思了解得不够透彻，只怕贸然劝说她回北京会惹得她不高兴。虽然她很少不高兴，但真不高兴起来，着实难对付。

她不服，问他："难道我什么时候甩脸给你看了？"

他搬出林淼淼来，一副责难的口气，说她为了一个完全不知根也完全不知底的外人与他置气，将他晾了好些日子。

她哑口无言。

12

关于徐明鉴指的"第二回劝",甘甜倒是记得很清楚。

就是在他回京的前夜,她说要不醉不归,结果自己因例假上身只喝了三小杯的那次。

那晚,他也有些喝醉了,但未到醉到东倒西歪的程度。

她与他干了第三杯酒后,他提议沿着近海走走。

他说,今晚一别,怕是有一阵子吹不上深圳的海风了。

她穿着新买的、并不太合脚的高跟鞋陪着他走了大半个小时。

在这大半个小时里,他们没怎么说话。

其实,他们时常这样,在开阔的空间或是密闭些的空间,想谈天的时候就东拉西扯,不想说话的时候就沉默休憩,反正气氛从来不会尴尬。

沿海栈道快走完的时候,他很随意地问起她,对他调任北京一事,有什么看法。

她愣了一愣,旋即脑子里开始组织语言,可组织了好一会儿,也没能将语言串起来,甚至脑子里根本就是一团糨糊。她支支吾吾了一阵,最后只能吐了句:"是很好的事。"

真是寡淡又无力。

她心里直叹气,觉着自己虽不是巧舌如簧的人,可在这种时候、这种问题上,表现得如此嘴笨,实在有反常态。

趁着他还未再开腔,她又磕磕巴巴地补了几句话。

"您这升迁速度,是集团第一名。"

……

"总部的领导太多,去北京能独霸一方。"

……

"在北京,您人脉广,会比在深圳更如鱼得水。"

夏至

……

"深圳可有不少人指着您升迁得再快些呢。"

……

不晓得他是实在听不下去了，还是他本来就没仔细听她说话。

他打断了她，并抛出一句与她以上那些话完全无关的问题。

他问她："要不，你也回北京吧？"

她没忍住，"啊？"了一声。

他不待她有其他反应，紧接着就抛出了许许多多的理由劝她回北京。

她听了一耳朵，可到最后，竟一条都没记住。

她像是被他的第一句"劝"给弄蒙了。

而他，费尽口舌讲了一大通，换来的，却是一脸发蒙的她，想来，心情好不到哪里去。

后来，就是在徐明鉴回北京之后，她认认真真反思了自己，觉着，自己当时的无所作为，甚至是毫无反应，可能确确实实浇灭了他的热情，以至于在他离开后，他们原本深厚的情谊日渐淡薄。

她十分后悔。

她曾想过，并且付诸行动想要修补与他的关系。

她主动给他打电话，对他工作和生活的近况表示了关心。

他用略显官方的语气对她的关心表示了感谢。

和窦智去那家他们常去的烧烤店吃烤羊腰子那晚，她回到住处后，给何晓蕊打了通视频。

刚审定完片子的何晓蕊听闻她吃了两串烤羊腰子，无比欣羡。

她说："北京到处都是好吃的烤羊腰子。"

何晓蕊反驳："才不是到处。"

她又说："北京到处都是好吃的涮肉。"

何晓蕊又反驳："这都十二点了，涮肉店早都关门了。"

她再说："北京到处都是好吃的炙子烤肉。"

何晓蕊哼哼两声,说:"北京这么好,你倒是回来啊?"

她不吱声了。

何晓蕊问她:"和谁去消夜了?"

她懒得同何晓蕊解释窦智其人其事,于是扯谎称,独自去的。

何晓蕊笑话她:"徐明鉴一走,你就没别的伴儿了?"

她没好气地反问:"我一个人消夜还犯法了不成?"

何晓蕊嘿嘿笑说:"只要你不觉得寂寞,那寂寞就是别人的。"

她心情不佳,作势要挂断视频。

何晓蕊在屏幕那头嚷嚷:"我说你啊,你给我打视频,这才聊了几句啊,就想挂断?你这属于勾引了人,又不负责任地想跑路!"

她说:"我累了,想睡觉了。"

何晓蕊说:"手机自动美颜功能都补救不了你的气色。看来,你最近确实挺累的。"

她没好气地白了何晓蕊一眼。

何晓蕊问她:"跟我说说,你是身体累,还是心里累。"

她说:"我工作累。"

何晓蕊表示:"你要不打算跟我说心里话,说实话,那咱就晚安。"

她当真同何晓蕊说了晚安,然后关掉了手机电源并将它放得远远的。

她躺在床上辗转反侧了许久。

她觉着,心里空落落的。

她不确定这份空落落的感觉是否适合告诉第二个人。

而在甘小姑出差到深圳,告知她,徐明鉴因为两年间对她多加照拂,讨得了甘爷爷的信任,得以顺利升迁回京后,她认为,这份空落落的感觉,还是不要告诉第二个人比较合适。

她从前在看人这事儿上错过一次,吃了亏、丢了脸,还受了伤,她实在没有勇气再错一次。

当然,徐明鉴大概率也是想过修补与她的关系的。具体表现,就

夏至

是他打电话给她，问她日子里少了他，她过得可还习惯。

那晚，她给他的回答是："没什么不习惯的。"

她自认为对他的了解就算没有八九分，至少也有六七分，一听他开腔，就知道他喝酒喝到了什么程度。

他带着七分醉意说酒话。

而她，带着三分清冷，说谎话。

她说不准，自己究竟是从什么时候开始喜欢徐明鉴的。

至于对徐明鉴的好感，她很肯定，是产生于他帮她弄走了当众向她示爱的李礼那一刻。

她觉着，他弄走李礼的姿势十分的干脆利落。

她觉着，那一刻的他，很担当得起自己叫他一声"六叔"。

倒是他，对"六叔"这一称呼，不是特别满意。

在他们的情谊刚开始升温的那阵子，她总是礼貌地称呼他为"六叔"，他则总是委婉地向她传达着"我只比你大几岁而已，当着熟人的面，叫我'六叔'没问题，可当着生人的面，就没必要把我叫这么老了吧"的意思。

了解他的意思后，她就不怎么唤他"六叔"了，只偶尔，当他故意打趣她，或是她故意要打趣他的时候，才会搬出"六叔"这两个字。

集团内也有个别人质疑他和她的叔侄关系，比如李佩琪。

李佩琪三番几次感慨：

"亲叔侄都没你们这么要好！"

"许多男女朋友也没你们这么要好！"

"你们这么要好，为什么不来一场'禁忌恋'？"

她听到李佩琪说这话时，正在喝波波牛乳茶。吸管略有些粗，她一个不小心，吸了好些颗波波到嘴里，又很不走运，那好些颗波波们，一溜儿地滑进了喉咙里。

她有些艰难地将它们咽下，向李佩琪解释：

"我和他的情谊是亲情与友情的混合体，自然要比寻常情谊深厚一些的。"

李佩琪看了她两眼。

她故作淡定地迎接了李佩琪狐疑的目光。

李佩琪没表示相信她,但也没有揪着这事儿不放。

后来,她决定回京。

李佩琪给她饯行。

两人去吃日料。

现场磨制的芥末又呛又辣。

两人边吃边飙眼泪。

李佩琪劝她:"你肠胃还没完全好,少吃点。"

她则怨李佩琪:"明知道我大病未愈,还请我吃日料?"

李佩琪解释:"徐明鉴说你爱吃这家的金枪鱼腩和鮟鱇鱼肝。"

她看了李佩琪一眼,故作随意地问:"什么时候的事儿?"

"好像是刚入夏的时候吧。你出差了,不在,我忘了是谁请客,反正挺多人的。我正好跟他挨着坐。金枪鱼腩端上来的时候,他第一句话就说,'甘甜最爱吃这个。'我当时啊,还打趣他来着,说他把你的喜好记在心上了。他说,你这人不挑剔,喜好也不是特别多,很好记。"

她边听李佩琪说着,边送了块金枪鱼腩进嘴里。

芥末又沾多了些,她又被呛得直飙眼泪。

李佩琪问她是不是故意借着呛人的芥末光明正大流眼泪。

她睨了李佩琪一眼。

李佩琪呵呵一笑,说:"我就知道,他走之后,你肯定是留不久的。"旋即,问道,"你当初跟他一块儿回北京多好,还省得这几个月'人在心不在'的。"

她倔强地表示,自己回北京,和徐明鉴半点关系都没有。

李佩琪劝她:"甘甜,为难谁都可以,别为难自己,跟谁过不去都行,别跟自己过不去。"

她回京后,何晓蕊也时常这么劝她。

夏至

何晓蕊说:"人生苦短,当及时行乐。如若遇到相互喜欢的人,那就及时行双倍的快乐。千万别和过去纠缠,也千万别和未来错过。"

前两日,她与何晓蕊见面。

何晓蕊说:"我对徐明鉴这人吧,确实没有太多好感,可这就对了啊,我作为你的好朋友,要是对你的心上人有好感,那是一件多么危险的事啊!"

她呸何晓蕊。

"谁说徐明鉴是我的心上人了?"

何晓蕊反问她:"他要不是你的心上人,你怎么会为了他,三番两次爽我的约?"

她喊冤。

"第一次爽你的约,那是因为他们家请我们家吃饭,我能不去吗?"

何晓蕊认为:"他们家请你们家吃饭,又不是他们家单独请你吃饭,你们家人那么多,你去不去有什么打紧的? 你知道林画演唱会的门票有多难抢吗? 你为了吃那顿饭,连你崇拜多年的偶像都不要了!"

她表示:"我后来不是专程陪你去上海看了演唱会吗?"

何晓蕊哼哼唧唧表示:"对,专程陪我去上海看林画的演唱会,结果那么那么的凑巧,人家徐明鉴就在杭州,还喝得烂醉如泥,医生护士都救不了,只等着你去给他端茶倒水。"

她说:"我可是叫你一起去的啊! 你自己不去的。"

何晓蕊反问:"我去干吗啊? 当节能灯吗?"

她说不过,只能加大音量喊她大名:"何晓蕊!"

她们是在幽静的西餐厅共进午餐,这样的高声,引得周围两桌客人侧目。

何晓蕊睨了她一眼,责怪道:"我好歹是个公众人物,你能不能不要在公共场合拉垮我的形象?"

她哭笑不得。

何晓蕊幽幽长叹,说:"都是成年人了,一层破窗户纸,还扭捏半天不捅破!"

13

她和徐明鉴之间的那层窗户纸,在甘甜和何晓蕊见面吃饭的翌日晚上,也就是昨天晚上,终于被捅破了。

说起来,这层窗户纸,被捅破的情形十分有戏剧性。

简单来说,就是她接受了一位远亲的饭局邀约,而这位远亲还请了自己的近邻徐明鉴,所以她和他很凑巧地在城郊同吃一锅炖鱼。

他们的交际圈重叠指数高达百分之六十,在事先不知情的情况下同桌吃饭喝酒并不是什么稀奇事。

稀奇的事情是,李礼也与几个朋友来吃铁锅炖鱼,并被老板安排坐在了他们隔壁桌。

李礼倒是个懂礼貌的孩子,见到徐明鉴,主动向他问好,也主动与她打了招呼。

李礼对她说:"早先有人同我讲,以我舅太姥爷为中心,画一个直径三米的圆,在这个圆里面,九成九能见到甘家妹妹,我还不信,今晚算是亲眼见证了。"

她与徐明鉴恢复旧日情谊后,或因公,或因私,倒真是时常在一块儿吃喝。

因在深圳那两年,他们也是如此相处,并未见有什么人对此非议,所以从未想过避讳。只不过,北京这地儿到底与深圳不同,孤男寡女的,被不同的熟人撞见了两回,就飞快地生出了一大串是非。

按不成文的规矩,晚辈的是非,是不应该传到长辈耳里的。毕竟传播是非的人多少还是有些道德底线、懂些分寸的,可大概是因为徐

067

夏至

明鉴的辈分高,所以传播是非的人将是非说与甘小姑,并不算有违操守,至多算是打了擦边球。

前几日,就是公司年会那日。

她大大方方向徐明鉴等人问了好,刚要去吃点东西填肚子,就被甘小姑截住。

甘小姑将她拉扯到一旁,一本正经地看着她。

她被甘小姑一本正经地看了好一会儿,实在摸不着甘小姑是要干什么。

她问甘小姑:"我脸上的粉没抹匀?口红涂歪了?衣服没穿对?还是,有眼屎?"

甘小姑摇头,可刚要开口,有两位不那么识趣的人凑了上来。

甘小姑只得先应付那两人,并低声对她说,年会结束后要同她聊聊。

她长这么大,甘小姑从未同她聊过什么重要话题。

她觉着,甘小姑可能是想让她擦亮擦亮眼睛,看看年会上有没有合眼缘的青年才俊。

她对青年才俊也不是完全没有兴趣,只是,在饥饿的状态下,她作为一个红尘客,对各色美食的兴趣显然要更浓厚些。

甘甜陆陆续续吃了许多食物,热的、凉的、冰的、酸的、甜的、辣的,它们混杂在她的胃里,导致年会才进行到一半,她就撑不住了。

好在她不是什么特别重要的人物,也没有上台领奖的机会,趁着一桌人不注意,遁走并不是件特别突出的事儿。

她在洗手间耗了十几分钟,好不容易松爽了些。刚对着镜子整理好仪容仪表,前脚踏出洗手间的门,肚子又不行了。来回折腾了三次,腿都软了。

不晓得徐明鉴是怎么发现了她的不对劲。待她第四次从洗手间出来,看到他站在走廊的拐角处。

他问她:"怎么了?"

她冲他摆摆手,有气无力地说:"我先撤了。"

他走上前来,扶住她的胳膊。

她周身还真是发软,被他这么一扶,顿时感觉有了依靠。

他说:"我送你。"

她抬眼看他,说:"年会还没结束呢。"

他不理,而是问:"看你刚才没顾忌地吃,是不是吃坏肠胃了?"

她说:"大概是。"

他载她到附近的药店买了些药,并向店家要了温开水给她服药。

药是吃下了,可药效不可能立即发挥。她十分费劲地忍着胃里翻涌而上的难受感觉。

行至半路,她实在忍不了了。

他就近给她找了间简陋的公共厕所。

她不管不顾地冲了进去。

结果,一通爽快后,她赫然发现,自己没带纸巾!也没带手机!

这情况,真是糟糕又尴尬。

她内心无比期盼能有一位大娘、大姐或是小妹、小姐儿来解救自己,可寒冬腊月的,天一黑,路上就没剩几个人了,哪有同性光顾公厕?

唉!

就在她思量着接下来到底怎么办的时候,徐明鉴的声音透过墙顶那扇未关严实的窗户飘了进来。

他问道:"甘甜?你还在里面吗?"

她不太情愿地答了声:"在。"

他又问:"你什么情况啊?"

她支支吾吾说:"我……我那个……你……你能不能扔包纸巾进来?"

墙外一阵沉默。

片刻过后,一包纸巾从窗户缝掉进了公厕,落在了她面前的瓷砖

夏至

上。

面子，肯定是丢光了，但好歹解决了紧迫的问题。

上车后，她向他道了谢。

他说不必客气，又说递纸巾这种小事，比起上周末她去杭州帮自己救场而言，根本不足挂齿。

说起去杭州救场，这又是一桩巧事了。

她为了堵上何晓蕊念叨的嘴，花大价钱买到了两张林画上海演唱会的门票，并于上周末，与何晓蕊一道从北京飞到了上海，一睹偶像风采。

两人在候机厅遇到徐明鉴。

徐明鉴说自己到上海和杭州两地参加三场喜宴。

她们看她们的演唱会，他吃他的喜酒喜糖，本是毫不相干的活动。

可到了周六晚上，他给她打电话，说自己在杭州，被一帮本地人灌趴下了，已不能动弹。他问她能不能来帮扶一把。

那时，演唱会刚刚结束。

她与何晓蕊被汹涌的人潮推着往出口走。

她将大致情况同何晓蕊讲了讲，然后问何晓蕊去不去杭州。

何晓蕊立马就要与她分道扬镳，说："我就不耽误你去营救你'六叔'了。"

她从体育馆拦了辆出租车，第一时间赶到了杭州。

结果，徐明鉴口中的"本地人"早就不见了踪影，甚至，整个饭馆，也没有第二个人的踪影。

她将趴在桌面上的徐明鉴叫醒。

她问他："其他人呢？"

他一副迷迷瞪瞪的模样，定定看了她好一阵，仿佛是在确认自己不是在做梦。

他说："刚走了。"

她又问："那这饭馆的人呢？"

他说:"饭馆是朋友开的。"

她听他口齿还算清晰,判定他还未完全醉倒。

她问他住哪里,要送他回去休息。

他却说,再在此地休息会儿,等休息好了,回上海去,明儿中午还得参加第三场喜宴。

她有些哭笑不得,问他:"你的朋友怎么扎堆结婚啊?"

他胡乱说:"可能这两天都是黄道吉日吧。"

他们坐在饭馆里瞎扯了一阵。

她渐渐觉得累了,渐渐地嘴巴都不想动弹了,然后,竟睡着了。

几个小时后,她被他叫醒。

她睡眼惺忪,见他一张脸离自己这么近,一下子没缓过神,吓得从椅子上摔到地上。

他将她扶起来,问她饿不饿,想不想吃片儿川。

她抬头看向窗外。

天色已大亮。

他们在街边寻了家面店,分吃了一碗片儿川和一笼豆腐包后,叫了辆车回上海。

严格说起来,她的这个救场,实际意义比字面意义要大得多。

按何晓蕊的话来说,就是:"人家徐明鉴一个电话就把你叫过去了,你还敢在我面前说他不是你的心上人?"

她不想在飞机上同何晓蕊讨论这个话题。她说自己很困,只想在万米高空补一觉。

何晓蕊不依,问她:"你到底在逃避什么?"

她不接话。

何晓蕊大叹一声,索性说:"你就是怕痴心再错付!"

她仍不接话。

她就是怕痴心再错付。

14

甘甜没有顺着徐明鉴的话,去聊杭州救场一事。

她的肠胃又开始翻腾,除了期盼能快些到家,实在分不出精力去想旁的事。

好不容易见着家门了,她拿上手机,飞快地跳下车,连招呼都顾不上同徐明鉴打了,一溜烟儿地跑回了家。

在洗手间里一阵折腾,可算又换来了片刻安宁。

她有气无力地倒在沙发上,缓了缓劲儿,然后拿起手机。

有两通未接来电和几条微信,都是甘小姑的。

甘小姑问她去哪里了。

她给甘小姑回电话,解释说自己身体不适,已经回家了。

甘小姑问她哪里不适。

她说肠胃不适。

甘小姑断定,是她几个月前犯的那场肠胃病的后遗症,说她还没完全好利索,应该去医院做个全面检查,以绝后患。

她连连说是,然后问甘小姑,找她啥事。

甘小姑倒是个直爽性子,既是要说事,便说得直截了当。

"听说你和徐明鉴好上了?"

她惊得心脏漏跳了两拍,一时接不上话。

甘小姑见她没音,追问道:"你们是不是好上了?"

她连忙反问:"是谁啊?谁在您跟前嚼耳根子?"

甘小姑表示:"你别管是谁跟我说的,我只问你,你和徐明鉴,是不是好上了?"

她否认:"没有的事儿!"

甘小姑不太相信的口气:"真没有?"

她有些心虚,说:"小姑,您是长辈,能不能别这么八卦?"

甘小姑却说:"我和徐明鉴同辈啊。我八卦他,结果不小心八卦到了自己的侄女。"

她借口称:"哎呀,我这会儿闹肚子,实在难受,不跟你说了。"然后迅速挂断了电话,并将手机远远撂在了沙发上。

因为心虚,接下来的几日,甘甜一直避免和徐明鉴打照面,只保持微信联系。

和徐明鉴同桌吃铁锅炖鱼,实属意料之外。

和徐明鉴同桌吃铁锅炖鱼,隔壁桌还坐着李礼,就更是意料之外了。

眼下这情形,甘甜觉着,不太妙。

果然,李礼言语间流露出了明显的针对性。

李礼说:"在深圳那回,我就隐隐约约觉得不对劲。我光明正大、热情洋溢追求甘家妹妹,我舅太姥爷为什么不但不帮衬我,还要劝我拉倒呢?我当时吧,也是傻,脑子没转过弯,现如今想想,就都明白过来了。我舅太姥爷什么心思,甘家妹妹什么心思,想必,大家也都明白过来了。可我还是不懂啊,你俩为什么不大大方方承认呢?尤其是甘家妹妹你,你说你要承认了这事儿,我何至于闹出上次那笑话?"

一席话,噼里啪啦说完,场面上,气氛尴尬。

铁锅炖鱼是吃不香了。

饭后,徐明鉴将自己的车撂给近邻,转头钻进甘甜的粉红色甲壳虫。

甘甜自刚才就一直紧紧张张的,见他上了自己的车,就更紧张了,连说话都不怎么利索。

她结结巴巴问他:"你上我车干吗?"

他抛出理由:"夜黑风高,又是城郊,你一个人开车不安全。"

前头几辆车都走了,就剩她这辆甲壳虫,她也不能将他赶下车,只能

夏至

由着他同车。

开出一小段路后,他试探着问她:"你不高兴了?"

她余光瞥见他正注视自己,心绪很不宁静,握着方向盘的手越抓越紧,而车速越来越慢。

她否认他的猜测。

他于是说:"那咱俩好好聊聊。"

她问:"聊什么?"

他说:"聊刚才李礼说的事。"

她下意识地踩死了刹车。

车速虽慢,可这一行为也着实将两人都吓着了。

他立马提议:"要不我来开。"

她十分听话地将方向盘交给他,自己老老实实坐上副驾驶的位子。

他开车开得很稳当,话题切入得也不那么急切了。

他说:"其实我一直挺好奇的。你为什么会买辆甲壳虫?还是粉红色的?感觉与你个人气质不太相称。"

她告诉他:"是我小姑送的。"随后,补了句,"结婚礼物。"

他侧头看了她一眼,立马表示:"难怪这么不相称。"

她睨了他一眼。

他轻轻笑了起来。

他说:"你在深圳开的那辆越野车就很适合你。当然,你的车技和那辆越野车粗犷的外形也很相配。"

她听出话外音,问他:"你是在数落我车技不好吗?"

他委婉地表示:"还有很大进步空间。"

她有些不服气,可转而想想,也的确是事实,于是作罢。

他紧接着问:"你觉得我怎么样?"

她如实评价起了他的车技:

"在深圳那种交规严格到令人发指的城市,你两年加起来只扣了三分,已是很好的成绩了。"

他哭笑不得。

他问她:"你听清我的问题了吗?"

她侧头看他,不明白他的意思。

路上没有第二辆车。

他也侧头看了她一眼,说:"我问的是,你觉得我怎么样?"

她的脸"唰"的一下就红了,心跳加速、口干舌燥,只恨不能立即找个地洞钻进去躲起来才好。

他见她久久不吱声,轻轻叹了一叹,又轻轻笑了一笑,仿佛是无可奈何。

"甘甜,你是真的被这个问题难倒了吗?"

一副完全不相信的口气。

他接着说:"外面那些关于我和你的传言,满天满地飞,倒是我和你本人,还相安无事,就像是……像是什么都不知道啊。"

她飞快地瞟了他一眼,觉着,他驾车的姿态怡然自得,口气也松松快快,反观自己,真是局促得十分可笑。

她提醒自己要端出"大方"与"得体"来应对他。

她反问:"那我应该知道些什么?"

他对她的这一问感到些许意外。

他再次侧头,看了看她。

她迎上了他的目光,故意问道:"关于你和我的什么传言? 你说来给我听听。"

他脸上浮起饶有兴致的笑容。

他将目光重新放回到前方道路上。

然后,他问:"甘甜,你有没有想过和我在一起? 不是仅仅一起吃喝玩乐、谈个恋爱之类,而是组成一个家庭,生儿育女,永远不分开的那种在一起。"

她有点蒙了。

夏至

　　她刚才在脑子里飞快地设想过他们的对话可能出现的走向，但无论如何都没料到他会直接步入终极话题。

　　他这是在同她讲"结婚"吗？

　　她诧异又错愕。

　　他对她的反应倒是早料想到了。他没有追着她回答，而是给了她一长段时间去回神。

　　这一长段时间过后，他才再次发声。

　　他说："不管你是否相信，我对这件事，非常的慎重。一来，咱们沾亲带故，弄不好，受影响的人比较多；二来，咱俩之间的情谊很深，弄不好，往后当朋友也是不能够的了。"

　　她突然冒了句："你和董媛不是挺好的吗？"

　　他表示："董媛是董媛，你是你。"又蹙眉，"不是，这个时候，你提董媛做什么？"

　　她哼哼唧唧问："怎么？董媛是你的伤疤，不让提是吧？"

　　他不在这事儿上耗时间，说："行行行，我不跟你争，你今晚想怎么提她就怎么提。但往后，你别拿她来揶揄我，不然过日子容易起矛盾。"

　　她脸颊再次发起烫来，嘤咛表示："谁要跟你过日子啊？"

　　他笑问："你不愿意？"

　　她磕磕巴巴说："我……我那个……你说你，一上来就说这么奇怪的话，你让我……我……"

　　他问："哪句话奇怪？"

　　她哼了一声，说："哪句都奇怪！"旋即，命令他，"你停车。"

　　他问："停车干吗？"

　　她说："你下车，你自己打车回去。我跟你不顺路。"

　　他说："我送你到家，然后再打车回去。"

　　她松开安全带，说："我不用你送。"又威胁道，"你停不停？你不停，我就跳车了啊。"

　　他怕她胡来，只得老老实实停了车。

他见她始终不敢与自己对视,笑问:"甘甜,你是不是害羞了?"

她又哼了一声,说:"你才害羞!"

事实上,她就是害羞了。

当然,也不仅仅是害羞。

她还忐忑、兴奋、紧张、高兴,以及不安。

她喜欢的那个人,刚刚向她表达了"今后一起生儿育女"的意愿,可是,他从头至尾没有说过他喜欢她。

她不安。

她一直记得,上一个差点与她结婚的人,就从没对她说过"喜欢"这两个字。

15

以四十码车速行驶的甘甜,终于还是在七点前回到了甘家老宅。

宅院里停了好几辆车,她没太注意看,只觉着今晚这家宴大约是一大桌人。

待进了屋,果然见到会客厅里坐了许多人,相熟的、不相熟的,大多是润华集团在职的领导或是曾在职的领导。

她向客厅里的这许多人打了招呼、问了好,然后去问在餐厅忙着为开席做准备的李管家:"爷爷怎么没在会客厅?"

李管家告诉她:"老爷和徐家六哥儿在书房。"

她当下一惊,疑声问了句:"和谁?"

李管家停了手里的活儿,一字一字认真告诉她:

"徐家六哥儿,徐明鉴。"

夏至

她一颗心怦怦怦乱跳起来。

李管家可不晓得她是什么心情心思，还请她帮忙去书房请示甘爷爷是否能开餐。

她答应了，随后悄悄摸到二楼书房。

她不太心安。

她很想听听甘爷爷和徐明鉴在说什么。

无奈的是，书房的隔音效果非常好，任她以什么角度把耳朵贴在门上都听不见里头的声响。正当她泄气地要把自己的耳朵从门上挪开时，门突地从里面被人打开了。

她有些踉跄一头栽到徐明鉴身上。

场面一时尴尬。

徐明鉴抬手将她的身子扶正，半笑着道歉：

"怪我开门开得太急，没考虑到你在门外。"

他有意隐去话尾的"偷听"二字，只朝她做了个口型。

她瞪了他一眼，旋即伸长了脖子去问书房里的甘爷爷：

"爷爷，是不是可以准备开餐了？"

甘爷爷自然看得出她刚才是偷听不成，但对此事，老人家看破不说破。

徐明鉴让出一条道，请甘爷爷走前头。

她跟在甘爷爷身侧，并再次瞪了徐明鉴一眼。

徐明鉴欣然接受。

她又觉着不好意思了，急急扭过头，再不看他。

餐桌上，场面热闹。

甘爷爷虽年事已高，但身子骨硬朗，白酒还能喝二两。

众人敬酒的敬酒、敬茶的敬茶，三三两两地说话谈笑。

作为在场年纪最小的两人，甘甜和徐明鉴坐在了桌尾的位置。

趁着大家不留神，甘甜低声问徐明鉴："你刚才跟我爷爷在书房聊什么？"

他故意沉吟，还将沉吟的声音拖拉得很长。

她没太有耐心地睨了他一眼。

他倒是很有耐心。他给她夹了些炝拌白菜丝到碗里，随后慢条斯理地说："他在给我传授工作经验。"

她一万个不相信。

她说："你当我三岁小孩啊？"

他似笑非笑看着她，故意说："你要不信，自己去问呗。"

她觉着自己被他拿捏住了，心里很不舒爽。

他将分寸把握得不错，见她快要生气了，低声问她："你确定要我在这个时候、在餐桌上告诉你，我刚才和你爷爷聊了什么吗？如果你确定不担心被旁边的人听到，我倒是没问题的。"

她一听这话，连忙将他拦住。

他笑起来，端杯与她喝酒。

她不配合他。

他又低声说："当着这么多人的面，你'六叔'敬你，你连杯子都不端，怕是不太合适吧？"

她可真是窝了一肚子的火啊。

这一肚子的火，到晚餐结束后都没消下去。

甘爷爷醉意上头，吩咐她代为送客，自己先回房休息了。

她礼貌有加地将客人们一一送走。

可徐明鉴一副不打算被她送走的架势。

他坐在院子右侧的亭子里，边喝着热茶，边饶有兴致地看着她送客。

她起先是没顾上催促他回家，后来，又有点不想搭理他。

可屋外寒气逼人，他一坐就是二十分钟，总不能叫他在这里染上了风寒。

她只好走到他跟前。她说："我给你叫个代驾。"

他拦住她，说："我晚点再回去。"

夏至

她于是说:"那你进屋坐,外面太冷。"

他突然抬手拉住她的手腕,并用力扯了扯,示意她也坐下。

她由着他这突然的一拉扯,顺势坐在了他旁边的藤椅上。

他说:"屋里都是人,说话不方便。"

她看着他,没吱声。

他对她笑了一笑,问:"你不是想知道我和你爷爷在书房聊了什么吗?"

她有点心慌,还有些口是心非,眼睛看向别处,说:"不想知道了。"

"嗯?"

他疑问一声,旋即又笑出声来。

他十分坦诚地说:"真的只是在传授工作经验。"又说,"没有经过你的同意,我怎么敢向他汇报其他的事?"

她将目光重新落回到他身上。

他半笑着说:"万一你不愿意和我好,而我向他汇报我与你怎么怎么,岂不成了我逼迫你?"

她嘴角微动。

他继续笑着说:"虽然这个'万一'成真的概率不大,但在没有经得你同意之前……"他停顿住了,而且停顿了好一阵。

她听了半截子话,觉着浑身难受。

他忽然叹了叹气,才接着说:"或者就这么说吧,如果你觉得咱俩还是做一对'叔侄'更合适,那咱俩就继续做'叔侄',我之前说过什么,全都抹掉。"

她打断他:"不行。"

他眉头微蹙:"什么不行?"

她说:"你说过的话,不能抹掉。"

他又叹气。

"看吧,我就知道,我就说了,咱们这关系,一旦处理不好,情谊就会覆水难收。"

她唤了他一声："徐明鉴。"

他立马答应了她。

她问："你为什么想跟我好?"

院子里灯光明亮。

他们心里也一样明亮。

他们就是都能很清楚地看明白彼此,或许在很久之前,就已经看清楚彼此了。

可看在眼里的,总要说出口才作数,才让人觉着安心。

他回答她："因为喜欢你,所以想跟你好。"

她心头一颤,眼眶竟发热湿润起来。

他徐徐地说："如果你非要让我说个具体时间,是从什么时候开始喜欢你的,还真说不准。反正在我发现这个事实的时候,我觉得生活里已经不能缺少你了。可是你啊,好像有没有我都可以过得不错。给你介绍'新朋友',你也愿意尝试,真是叫人伤心呀。"

她反驳："明明是你把我丢在深圳。"

他表示："我那是考验你。"

她哼哼两声："你考验我? 哪门子的考验?"

他绕过"考验"这个话题,说起："我劝你回北京了,可你不理人。"

她认为："你那'劝'就像弹棉花。"

他一笑,说:"对,'弹棉花',我费劲弹,你丝毫没反应。"

她笑着睨了他一眼,嘴上仍说:"那也是你走了。"

他气定神闲,徐徐地说:"我知道你会回北京。"

她说:"我自己都不知道,你怎么知道的?"

他看着她,把握十足:"你舍不得我呗。"

她也看着他,说:"你还挺自信的。"

他静默了片刻,神情渐渐认真起来。

他问:"你考虑得怎么样?"

她被他这股认真劲儿盯得有些不好意思了,目光瞥向别处,含含

夏至

糊糊低声说:"什么考虑得怎么样?"

他不许她逃避,伸手扶住她的胳膊,并请她与自己对视。

他说:"同我生儿育女,白头偕老。"

她心潮澎湃,在这寒冬夜里,脸颊泛红发烫。

她支支吾吾说:"恋爱……恋爱都没谈啊。"

他笑了一笑,说:"那就从现在、从此刻开始谈,你觉得怎么样?"

他目光真挚。

她被这种真挚包围住,觉得周身温暖。

她说:"行。"

贰 小暑 / 等待

那晚她喝着最烈的酒，
哭得像个女鬼。
她是真的伤心极了，
到今天也没能痊愈。

1

当广播里第三次传来航班后延的消息，沈梦菱终于忍不住出口抱怨这骤起的雷雨交加的鬼天气。她在人前向来是矜持有度的知性女神，突然露出稍显泼辣暴躁的画风，引得新选调来投资业务部的黄源侧目相看，不知如何安抚。

沈梦菱的顶头上司宋海晖倒是清楚她藏在精致皮囊下的全部底细。他先是支开黄源："我口渴了，去买两瓶饮料来，要冰的。"然后将平板电脑里正在播放的美剧按下暂停键丢到一旁的行李袋上。他是个不急不缓的性子，因为嘴角有一对酒窝，所以哪怕正襟危坐也给人一种正在微笑的错觉。作为集团投资业务部的主管，他在眼光毒辣、做事稳准狠的同时又深谙权谋，所以经他一手提拔的沈梦菱总是毫不客气地称他为"笑面虎"。

寻常的项目考察不用宋海晖出马，但这次考察特别重要，所以他

夏至

亲自来到太原。

沈梦菱气还未消,嘴巴噘得高高的。她从座椅上起身,走向巨大的落地玻璃窗边,一双略有些浮肿的眼睛发怔似的望着窗外那几乎是倾盆而下的大暴雨。

宋海晖笑问她:"你常把'生气催人老'这话挂在嘴边,发这么大脾气,就不怕长皱纹?"

她没理会他。不知是不想回答,还是因为航站楼里滞留的旅客太多、人声嘈杂而根本没听到他说什么。

他抬眼看了看登机口附近的电子屏,起飞时间显示"待定"。

她转身走了回来,重新落座,随后深深叹了气,对他说:"七点半的航班,如果按时起飞,我们现在已经到昆明了。"

他心态不错,表示:"暴雨是不可抗力。"又问她,"买延误险了吗?"

她心不在焉地摇摇头。

他故意露出懊悔的表情,说:"可惜了我们一大早爬起床奔赴机场。实在应该听黄源的建议,买中午两点的航班,舒舒服服睡个懒觉,回到昆明正好吃晚饭。"

她未接腔。

他于是试探着问她:"你着急回去,是有什么事吗?"

她微微低头,答:"没有。"

他可不是个爱寻根问底的上司,她既不愿意说,他便不会再旁敲侧击讨原因。

黄源买了饮料和一些小吃回来。

宋海晖挑了瓶蜜桃汁给沈梦菱,笑说:"喝瓶果汁,让自己的心情甜蜜起来。"

蜜桃汁特别甜腻,沈梦菱咽了一口就不想再喝第二口了。她借着上洗手间的理由离开,将蜜桃汁扔进了远处的垃圾桶,然后给自己买了瓶绿凉茶。

她一直不爱喝饮料,咖啡也不怎么碰,在遍地都是普洱茶的昆明,她喜爱的饮品却是绿凉茶。这绿凉茶的瓶身比一般的瓶装饮品要小一圈，很适合女孩子拿握。

她第一次喝绿凉茶是在跟姜见清去南宁考察一个项目的路上。那时她入职没多久，分在司徒琳的手下。司徒琳和姜见清同为投资业务部下一任主管的候选人，一直面和心不合，所以姜见清在自己团队忙得不可开交而不得不申请外援的时候，司徒琳十分积极地把沈梦菱这个几乎什么都不懂的新手塞给了姜见清，还叮嘱她好好向姜见清学习。

沈梦菱虽然是新人，可不是傻子。一行四人唯独自己是个被猜忌的外援，想想这都不会是段舒心的旅程，所以从一开始，她就打算少说话、少发表观点，免得惹人讨厌。谁知姜见清团队里的人都是活跃分子，根本不管她是不是司徒琳派来的间谍，刚把行李放好另三人就嚷嚷着要打扑克牌。

他们坐的是软卧席，四个人正好一个包间，打起牌来不会吵扰旁人。

她作为唯一的女性，手气极佳，连带着跟自己打一边的姜见清也一路绿灯。

打到晚上十二点，结束时心宽体胖的刘霄连连叹声："跟清哥打了几年的牌，今天他终于赢了一回。"

瘦猴似的高志峰笑嘻嘻捏住刘霄的耳朵："你还好意思说啊？跟清哥打了几年的牌，你从来都不让让他。"

刘霄一本正经地坦白："我一直让啊，只是他水平太差了，我实在让无可让。"

姜见清只笑不搭腔，任由两人打趣自己。

她这时已与他们熟络了些，于是问道："你们选择坐火车是因为可以打牌吗？"

高志峰和刘霄指着姜见清，异口同声地笑道："他怕坐飞机。"

她有些吃惊地看向姜见清。

夏至

姜见清毫无预料地被人揭了老底,正想敲打敲打自己的两个下属,刘霄的嘴却更快了,笑着对她说:"所以即便长春离昆明这么远,他也坚持坐火车回老家,晃荡两三天也在所不惜。"

高志峰更是笑道:"每次跟清哥到远点的省份出差都是一种折磨啊!"

姜见清睨了二人两眼:"我可没阻止你们坐飞机。"

她适时说起:"现在高铁发展起来了,总能坐上几段又快又好路。"

他们玩牌的时候尽兴,入睡的速度也很快。

沈梦菱睡眠向来轻浅,周遭的动静稍大些都会被吵醒,眼下不但有火车的轰隆声,还有刘霄那时大时小的呼噜声在耳边环绕,她在狭窄的上铺翻滚了好一阵子都没能睡着,最后干脆爬起来去包厢外过道的折叠椅上坐着。

过了大概一刻钟,包厢的门再次打开了,出来的人是姜见清。

初秋的天气,夜里凉意渐深,他穿着件灰色薄羊毛衫,头发多少有些凌乱,深邃的双眼里藏着点点的疲倦。他睡的也是上铺,起身的时候肯定看到对面她的床铺是空的,所以开门看到她坐在外头时并不惊讶。他问她:"是不是太吵了?"

她礼貌地撒谎:"没有。"

他笑了一笑,说:"刘霄的呼噜声大概连隔壁包厢都能听到。"

她也笑了,表示:"胖子打呼噜,身不由己。"

他旋即问她:"想喝点什么?我去餐车买。"

她微微蹙眉:"这个时候餐车还有东西买吗?"

他告诉她:"火车上的餐车不打烊。"又问,"你有多久没坐过火车了?"

她确实很久没坐过绿皮火车了。大学就在家边读的,大学毕业后去新加坡留学,往返都是飞机,偶尔飞抵香港或是上海,也都是换乘高铁回家。习惯了高速运转的交通工具后,突然搭乘老火车,借着一点半点的星光看到车窗外那些慢悠悠晃过去的景致,反而从心里生出一种奇妙的感觉。

他买了两瓶绿凉茶。

她从没见过这款绿凉茶,觉得瓶身十分小巧可爱,味道也清甜,于是咕嘟咕嘟喝了半瓶。

他待她喝完了茶,正式向她伸出手,说:"欢迎你加入我们这个项目。"

她有一点点的惊诧,回握了他的手,带着几分坦白和几分戏谑说道:"但愿我没有给你们添堵。"

他怔了一怔,表情里有些不可思议。

她大方地说:"我知道你其实是想要董滨来的。"

他莞尔一笑,问她:"从哪儿知道的?"

她告诉他:"你跟主管申请董滨的过程,难免被人知道。我虽然是个新来的,认识的人不多,但总会有好事的看客迫不及待地将这个消息告诉我。"

他其实知道这些原由,却故意露出一副恍然大悟的表情:"看来日光之下没有秘密啊。"

她见他表情夸张,猜着他大概是另有深意。

他接着说:"我看过你的档案。你入职的时候,我本来想把你纳入我这组,但你的司徒组长一定要跟我争。她是女同志,想收个同性做下属是合情合理的要求,所以我落入下风,而你羊入虎口。"

她扑哧一笑,疑问:"羊入虎口?"

他点点头,一本正经地告诫她:"职场上的女上司可不好伺候。"

她反问:"我听说,她也曾是你的上司。"

他坦言:"所以我是以亲身经历来提醒你。"

她朝他点点头:"谢谢你的好意。"

气氛十分轻快,滚动向前的车轮与钢轨的撞击声也不再那么吵耳朵。

他说:"我在犹豫是否要告诉你……"明明已是一副话在嘴边立马就要脱口而出的架势,却还要卖关子似的顿住。

她只好配合地追问:"告诉我什么?"

他看着她,简洁地说:"李子昊是我表亲。"

她稍稍愣了一愣,缓了缓才反应过来。这李子昊是她在新加坡留学时交的男朋友,两人起初也算是情投意合,可越相处分歧越大,她提出分手,他一直不肯答应,软磨硬泡地想要复合,但她是个一旦下定决心就不再回头的人,说死不同意。倒是李子昊一直对她余情未了,得知她回国的消息后,还打过电话给她,虽然没明说,但言外之意是想要再续前缘的意思。

他见她不出声,猜不出喜怒,干脆就说:"不知他从哪里得知你和我一个集团,嘱咐我一定要以我有限的能力无限地去照顾你。"

她抬眼正视他,带着些倔强的口气:"我不需要别人的照顾。"

他连连点头,露出一副丝毫不敢小瞧她的表情:"看出来了。"

在今天以前,她与他一点都不熟,临时组了团、打了牌,喝了人家的绿凉茶,又突然间有了个共同认识的人,无端地生出了些奇奇怪怪的感觉。

哪知他褪下工作中一本正经的皮囊后,显露出了本性,开玩笑地问道:"你是因为他话太多所以把他甩了吗?"

她哭笑不得,干脆也胡说八道:"是因为他爱吃榴梿。"

2

宋海晖也爱吃榴梿。

在拒绝航空公司配发的泡面火腿肠后,他领着沈梦菱和黄源到整个候机厅最豪华的餐饮店吃黑胡椒牛柳盖饭和看上去还算精致诱人的榴梿千层。

黄源对摆在桌前的甜品切件,表现出了一种初来乍到的新人该有的、没见过世面的诧异表情:"我第一次在机场吃榴梿。"

宋海晖更正黄源的说法:"只含一点点榴梿果肉而已,气味又不重。"又扭头笑看着选了柠檬挞的沈梦菱,笑着告诉黄源说:"你可要记住你菱姐姐是拒榴梿于千里之外的人,今天没让你挪去隔壁桌吃是看我的面子。我不在的时候,你千万别犯忌讳。"

黄源连连点头。

沈梦菱却瞟了宋海晖一眼:"我早就吃榴梿了。"顿了顿,又接着低声说了句,"只不过今天不想吃。"

沈梦菱是从姜见清离开集团后开始尝试着吃榴梿的。她自认为这个开始并没有特别刻意,就是在一个寻常的周末,她去超市闲逛,各类用品食物挑选了一大堆,最后在琳琅满目的水果中看到了那些金灿灿的榴梿,然后心血来潮拿了一个。结账的时候她是有点犹豫的,可收银员的工作效率特别高,没给她后悔的时间就将那颗看上去十分扎人的榴梿扫了码。回家后,她第一时间把榴梿丢在了阳台,然后关上了玻璃门。

正值盛夏,热风阵阵,玻璃门也挡不住那颗已经成熟了的榴梿散发出的气味。她被这股气味缠绕得实在睡不成,只能硬着头皮把它剥开来吃。其实味道并没有她想象的那么怪异和难以接受,甚至有种齿颊留香的感觉。只不过她不晓得榴梿热性特别重,不知不觉间吃完了一整个,翌日脸上就冒出了三个红彤彤的火气包,涂上厚厚的粉底也遮不住。上班时,宋海晖问她周末是不是吃了很多枪子儿,竟有这样大的火气,不偏不倚地撒在左右脸颊和下巴上,连成一个倒立的等腰三角形。她不想提榴梿的事,只说是吃辣椒吃的。

那三个火气包消下去之后,隔壁公司的太子爷岳远坤对她展开了猛烈的追求。今天送九十九朵红玫瑰,明天大手笔地请整个投资业务部的人吃生鱼片,后天干脆双手送上大项目,行事不可谓不夸张。她入职两年半有余,因长得顾盼生辉,待人接物进退有度,工作起来还能奋勇向前、废寝忘食，积攒了不少好人缘和明里暗里的追求者，可像岳远坤这样超级多金的花花公子还是头一回遇到。众人，尤其是女性同事纷纷认为她绝对经受不住岳远坤的糖衣炮弹。事实上，她压根没想过抵抗岳远坤的糖衣炮弹。她是个情感正常且有一定虚荣心的单身女性，被一个除了身材稍显壮硕、没什么主见也没太多聪明劲儿但其他方面都是A+的男人追求，她实在找不出不接受他浓烈爱意的理由。

人人都觉得灰姑娘与王子的童话故事特别美好，可绝大多数人都不会想看到自己认识的某个人成为那个幸运的灰姑娘。不用竖起耳朵听办公室犄角旮旯的那些私语，她也很清楚平日里看上去团结友爱的同事们背地里都不相信她会顺利嫁进岳家。

她对这些并不太在乎，反正连她自己都觉得与岳远坤只是谈谈恋爱，不会涉及"长相厮守"这四个字。可岳远坤是真的喜欢她，也一门心思想娶她。有那么一瞬间，她差点觉得自己可能真的会跟这个心思单纯的好人步入婚姻的殿堂。但最后他们还是分手了，阻力当然来自岳家，高门新妇可不是普通人能当的。

分手之后，对她深表同情的人一大堆，可真正请喝酒诉衷肠的人只有她彼时的组长宋海晖。他全程没有说安慰人的话，反而是絮絮叨叨地讲起了自己这半生的柴米油盐，她没认真听，更准确地说，压根就没听。他问她对岳远坤的感情有几分的时候，她的思绪早已飘到十万八千里以外的地方。他把她叫清醒，又问了一遍。

她如实地回答："三分。"

他喝了不少酒，眉头蹙得很紧："这么少？"

她淡淡地说："吃饭七分饱，爱人爱三分。"又像是要肯定自己的想法似的，加了句，"三分已经很多了。"

他笑了笑，若有所指地感叹："没有爱过十分的人，可把控不了三分这个度。"

那晚他们喝到凌晨三点，成了烧烤店里最后走的客人，也成了彼此为数不多的能说说真心话的好友。

没过多久，宋海晖这个代理了近一年的投资业务部主管终于转正，沈梦菱也独当一面升任组长。聚餐的时候，他突然问起她当年为什么会选择投入自己麾下，毕竟当时大热的下一任主管人选姜见清很想将她从司徒琳旗下挖走。她笑着解释："因为我预料到你会是那个最后得利的渔翁。"

他顺势笑道："原来你有预知未来的本事。"

如果真有预知未来的本事，那她一定会找出一个最完美的理由避免被司徒琳塞给姜见清打下手，如果避免不了，那就想办法把自己的四肢钉在火车软卧包厢的上铺，然后戴上音效最好的耳机，如果她还是因为受不了刘霄的呼噜声而下床，那她一定管好自己的嘴，绝对不跟姜见清一聊就是通宵。

可这世上啊，甜果子、苦果子、好果子、坏果子，什么果子都有，就是没有如果。

在得知沈梦菱拒绝了加入自己团队的机会后，姜见清与她聊过一次。

那天是圣诞节。

出外勤的沈梦菱被车流和人群夹在了路上，到六点半才终于一点一点挪到办公大楼的停车场。她把一大堆资料送回办公室，拿着杯子去茶水室的时候遇到了姜见清。

部里爱过洋节和不爱过洋节的人在这时早都没了踪影，整个一层楼安安静静的，所以忽然看到倚靠在茶水室的窗户边喝茶的姜见清，她稍稍怔了一怔。

姜见清也感到有些意外。他正了正本是有些懒散的身姿，像是很随口地问道："还没下班？"

夕阳西下，只有点点余晖照进茶水室，光线暗淡，让她看不清他。她向来不喜欢暗淡，所以很快抬手开灯，边走去茶桌接热水，边回答："刚回来。"

他又问："不出去过节吗？"

夏至

　　她不知不觉就接满了一杯热水,水烫,杯子也很烫。她回身看着他,露出平日里对待同事的友好笑容,说:"我倒是想,可工作缠身啊。"

　　他笑了一笑,好似不信,但又没打算做其他猜想。

　　她问他:"那你怎么没出去?"

　　他耸了耸肩,笑道:"我也工作缠身。"

　　两个工作缠身的人在各自的桌前埋头苦干到十点过半。

　　姜见清提议去吃消夜。

　　沈梦菱推脱:"我怕长胖。"

　　他却问:"你吃烤蒜粒吗?"

　　她上一次吃烤蒜粒是刚留学归来和小自己半岁的表妹董珈在冬瓜山。董珈爱吃牛油粒,她爱吃蒜粒,冬瓜山有家烧烤店把这两种食物串在一起烤,那滋味别提有多棒了。董珈那时已经供职华夏集团,对自己的工作和薪水相当满意,一直撺掇着她也去上海发展。她回国前给国内一些大集团、大企业投过简历,但因为抱着先游览祖国大好河山的念头,所以对找工作这事算不上特别认真,也没有特别想去的城市。她私下认为上海好是好,可也不见得那么好。结果第二天上午,她接到了现在这个集团的面试通知。她从小被迫一心扑在学习上,外省没去过几个,因此对去昆明面试这个事还挺欢喜的,面不上就当旅游,说什么都不亏。谁知一试便成了。她为着这一试便成的缘分在爸妈的反对声中来到了这里。

　　这里的烤蒜粒没有和牛油粒串在一起,孤孤单单的,味道自然不及记忆中的那么好。

　　姜见清表示:"这已经是我能找到的最好吃的烧烤,可跟东北的烤串根本没办法比。东北的烤串可以排全国第一。"

　　沈梦菱略蹙了蹙眉,半笑着说:"我以为东北只有小鸡炖蘑菇和活雷锋。"

　　他哈哈笑了笑,问:"你没去过东北?"

　　她摇头。

他说:"这个季节去最好了。铺天盖地的大雪。"

她表情有些为难:"太冷。"

他说:"屋里暖得很,可以坐在炕上吃冰棍。"

她还是觉得太冷。

老板娘端了一些烤好的食物上桌。

她拿起其中一串,好奇地问他:"这……是烤鸡蛋吗?"

他说:"小鸡还没成形的蛋,我们叫实蛋。"

她第一次见,也第一次吃,得出的结论是:"味道难以形容。"

他见她神情凝重,不由得哈哈大笑,说道:"那是你还没吃过毛蛋和烤鸡头。"

大概是因为人都去了酒吧凑热闹,今夜烧烤店的客人不多,他们吃吃聊聊到凌晨。

最后他才终于问了她:"为什么不愿意到我这组?"

她其实并不意外他会有此一问,或者说,从拒绝了去他那组的机会时,她就清楚地知道他会有此疑问。毕竟她随他初次征战就取得了很好的成绩,受到了上级的肯定,同时也开罪了司徒琳,如果继续留在司徒琳手下难免被安排穿小鞋,跳到他那组显然是最好的选择。可她不想去他那组,也万不能留在司徒琳手下,所以她选了宋海晖,让一众看热闹的人跌破眼镜。

她自有她的理由,但不必要细细向他解释。她只摆出一副清淡的口吻,笑着说:"我怕你照顾我呀。"

这话一听,他便知道她在打哈哈,也便知道不必再多问。

后来,董珈到云南来旅游。

沈梦菱带她去大理。

姐妹俩坐在彼时还能矗立在洱海边的民宿阳台上,面对着黑漆漆的夜空讲着各自的酒话。

那是她第一次,也是唯一的一次说出自己为什么不去给姜见清打下手的原因。她说:"如果真的朝夕相处,我肯定会爱上他的。可他是

夏至

老总的准女婿,我的爱那么宝贵,不能浪费在他身上。"

3

可沈梦菱终究还是爱上了姜见清。

圣诞之后的日子好似在飞,转眼便到了盛夏。

李子昊打着探望表亲的旗号来到昆明,下了飞机直奔姜见清的办公室。他格外凑巧地遇到刚从外地出差回来的沈梦菱,并十分热情邀请她与他们共进晚餐。

沈梦菱以手上正抱着的大摞文件资料婉拒李子昊的邀请。她说:"我得写汇报。"

李子昊不依不饶:"写给谁?"

汇报是写给姜见清的。

她出差的前一天,姜见清被正式任命为投资业务部的主管,有了一间单独的办公室。

她照例去主管办公室听候指示。

他说了很多,她一一记在小本上,不曾抬头看过他。

最后,话音不再传来,她想他是说完了,才合上小本,抬了头。

他的眉宇之间有些许犹疑,口气也有点不解,他说:"我以为你会恭喜我。"

她稍稍怔了一怔,霎时竟有点不知所措。

气氛变得有点莫名其妙,但他很快笑起来掩饰这一点点的尴尬。他对她说:"路上注意安全。"

她点了点头,然后起身,在走出他的办公室前一刻,她像是突然缓过神了,回身对他说了句:"我以为'恭喜'二字你已经听得耳朵起茧了。"

沈梦菱心里清楚姜见清并不着急看汇报,明天是周六,人得休息,何况老总的独生女儿刚刚从英国学成归来,干巴巴的报告哪里比得上怀里的温香软玉吸引人。她只是想知道姜见清会怎么接她甩出去的这个锅。

结果那晚她对着电脑敲敲打打了一整夜,直到晨曦穿过玻璃窗照在她的脸上,才终于完成了一份不到两千字的汇报材料。她把它发到了姜见清的邮箱,一分钟后得到了他的回复,简简单单一个字"好"。

这份汇报到现在还存在她的电脑桌面上,她不会再打开去阅读翻看,它存在的作用仅仅是提醒自己不要再让个人情绪影响工作。

她回到家后,睡了大半天,醒来是因为屋外下了雨,是难得一见的倾盆大雨。原本寂静的世界突然陷入了一片喧哗之中,天昏地暗。

她第一次觉得自己家里空荡荡的,心里也空荡荡的,于是拿了手机,一改心意,拨通李子昊的电话,说请他吃晚饭,算是尽一点地主之谊。

李子昊自然是答应得欢。

是一家本地很有名的苍蝇馆子,离沈梦菱的住处不远,走路不过十分钟,可大雨滂沱,她一出门就淋湿了半个人,等到了馆子,整个人像是落汤鸡一样狼狈。更让人感觉狼狈的是,李子昊不但先到了,同桌坐着的还另有两人,是姜见清和姜见清的女友杨嘉璐。

李子昊见沈梦菱来了,立马起身迎上去,凑到她耳边细声解释:"他们本来也打算带我来这家店吃的,正好你说的也是这家店,所以你看,我没法撵他们走。"

沈梦菱未及开口,杨嘉璐很热情地递了纸巾给她:"快擦擦吧,身上那么多雨水,容易着凉。"

沈梦菱接过纸巾,对杨嘉璐说了"谢谢",又很礼貌地向坐在李子昊和杨嘉璐中间的姜见清问了好,尽显下属见到上司的客套。

姜见清脸上飞快地滑过了一丝诧异的表情,旋即淡淡应了一声。

夏至

杨嘉璐此时的注意力全在沈梦菱身上,她看上去就很外向开朗,主动自我介绍:"我是杨嘉璐,叫我嘉璐或者璐璐都可以。"

沈梦菱并不称呼杨嘉璐,只堆起笑脸:"你好。"

李子昊忙着招呼沈梦菱落座,帮她倒茶水。

杨嘉璐对沈梦菱说:"本来你们故友相聚,我们不应该打搅你们的,可是这家店我听同学说过好多次,一直想来尝尝。今天好不容易见清有空,我实在不想错过机会,你千万不要介意呀。"

沈梦菱说:"人多吃饭挺好的,能多点几道菜。"

在新加坡留学和李子昊谈恋爱的时候,沈梦菱一直觉得李子昊肚子没多大,胃口却总是很好的样子,每每吃饭都要点上一桌的菜,她说吃不完浪费,他就总说吃不完打包带回去给室友。他的室友非富即贵,谁都不会吃剩食,打包回去也是扔垃圾,所以她一度排斥跟他吃饭。可跟杨嘉璐比起来,李子昊还算理智的。

杨嘉璐点菜基本不询问旁人的意见,几乎是把菜牌上的都点了一遍。姜见清对此一言不发,大概已习惯了。李子昊则压根不关心吃什么菜了,只对着沈梦菱问东问西、问长问短。

杨嘉璐十分健谈,或者可以说是嘴巴不愿意停下来的那种,她很快插了李子昊的队,与沈梦菱聊起来。

沈梦菱算是善于与人交际的,说话也一直很有分寸,当杨嘉璐无意地提到姜见清的种种故事并问她是否知晓时,她的回应十分得体:"我和同事们都很少听姜部长提自己的私事,他跟我们都是讲工作。"

杨嘉璐笑了起来,回首睨了姜见清一眼:"工作狂。"

一顿饭吃下来,个中滋味,各人自知。

结账时,姜见清抢了沈梦菱的先。

沈梦菱没有过多地争取买这张单的资格,她心里想的是,那些堆成山的菜是杨嘉璐点的,让姜见清给钱也挺合情理。

刚踏出小店的门,杨嘉璐就高声问:"下半场去哪里?"

李子昊故作不乐意地嚷道:"下半场就别再打扰我们故人相聚了

吧？"

杨嘉璐笑嘻嘻朝李子昊和沈梦菱挥手："好好好。你们玩你们的，我们马上就消失，马上消失。"说罢，挽住姜见清的胳膊就将他拉走。

雨已经停了，地面湿漉漉的，空气却清新得不可思议。

沈梦菱提议："要不咱们找个地方喝一杯吧。"

李子昊眼睛发亮，笑着问："喝一杯咖啡还是喝一杯酒？"

她反问："喝咖啡能解你的馋吗？"

他摇头叹气："还是你懂我啊。"

她看了他一眼，说："刚才你没提喝酒，我还以为你戒酒了。"

他解释："我才多大呀，哪能戒酒？是杨嘉璐管得严，只要她在场，谁都不许喝酒。"

她恍然大悟地点点头。

两人在路上瞎晃荡了一会儿，随便寻了个小酒吧。

李子昊馋酒，可酒量一直差，几杯调制的威士忌下肚后说话就有点大舌头了。

他借着酒劲问她还有没有复合的机会。

她斩钉截铁地吐出"没有"二字。

他也没有太多伤心之类的表现，闷了一阵，突地咧嘴一笑，说："我知道你做了决定的事就不会有反转的余地，我也就随口问问。我现在可是黄金单身汉呢，上海的姑娘们特别喜欢我这种，我这种……"他半晌绕不出后面的话。

她笑着帮他接上："才貌双全的少年郎。"

他连连点头："对，对，才貌双全的少年郎。"

两人回忆着往昔，谈论着现状，说到自己，也提及别人。彼此共同认识的姜见清，自然也是要作为话题拿出来聊一聊的。

李子昊断断续续地说起："其实我以前根本不认识他，是从新加坡回来以后才知道他这个人。说是表亲，其实我和他的关系远着呢，九杆子或许才能打得着。要不是他如今混出了名堂，就我家里那些势利

夏至

眼们怎么可能记得他呀。"

她忍不住笑起来说:"你对你家里人的评价可真不怎么客气。"

他表示:"我是实话实说。你别看姜见清现在风风光光的,你是不知道他以前有多惨。他爸爸,原先也是个干部,有一年到广州出差,遇上一个劫飞机的疯子,当场就丧了命。他那会儿好像才十岁多点儿,就没了爸爸。不到一年,他妈也跟人跑了。家里就剩个病重的奶奶。"

她先是震惊,而后明白过来,喃喃说:"难怪他不坐飞机。"

他耳背没听清,问她:"你说啥?"

她改口道:"我说他童年真挺惨的。"

他话头也转了转,接着说:"但人家不缺志气,发奋读书、积极向上,后来还遇到了好心人,那人一直资助他读书,帮他奶奶治病就医。"

她稍稍顿了一顿,生出一个猜想:"这个人不会是……"

他很快揭晓答案:"可不就是杨嘉璐的老爸,你的大老板嘛。"

她惊得一时说不出话来。吧台的手机突然响了,铃声震耳,吓得她心跳漏了一拍。

一看来电显示,是姜见清。

他瞥见姜见清三个字,蹙起眉头疑问:"他找你干吗?"

她拿起手机,竟有一点点发颤,她说:"肯定是想来找我们。"

他在她接听电话前叮嘱:"如果是和杨大小姐一起,千万别告诉他我们在哪里。"

二十分钟后,姜见清一个人来到酒吧。

李子昊已经醉了,趴在吧台上,嘴里断断续续地嘟嚷着什么。

姜见清看着沈梦菱,口气有些清冷地问:"喝了多少?"

沈梦菱瞟了姜见清一眼,也没好气地说:"他酒量不好,没喝多少就醉了。"

他仿佛是叹了口气,轻轻飘飘地叹出一口气,他重新说:"我是问你喝了多少。"

她低着头,眉眼微动,却并不抬起来看他,只说:"我也没喝多少。"

098

4

直到五点,沈梦菱才真正接受了自己在今天日落之前赶不回昆明这个事实。

暴雨虽然停歇了,可最后的一声响雷把原本应该落地的飞机吓得调转方向飞去了西安,当其他航班陆续起飞的时候,他们却仍因为上一趟航班未抵达而不得不继续留在巨大的候机厅中等待。

也许是因为等待消耗了时间的同时也带走了心中的怒气,此时的沈梦菱已不像最初那样将满脸的不悦尽数写在脸上。她买了本杂志,有气无力地翻阅着,无论是文字还是图片,都是过眼不入脑。

宋海晖关掉手中的平板电脑,心满意足地伸了个懒腰,叹道:"亏得航班延误,让我有时间把《权力的游戏》第一季完完整整看了一遍。"

黄源疑问:"马上要出第六季了吧? 你才看第一季?"

宋海晖摇头否认,他看了沈梦菱一眼,然后故意缓缓说道:"我这是复习。好的作品值得我们妥善安放、细心保管,时不时拿出来复习复习。就像是你遇到一个好的人,也会想把他妥善安放、细心保管,时不时拿出来想念想念。"

黄源一头雾水:"这是一个道理吗?"

宋海晖反问:"怎么不是?"

黄源自是不敢同上司一较长短的,只能盲目地认同。

宋海晖摆出一副很享受因掌有话语权而不容人质疑的得意样,他又问:"你记不记得你出行被交通工具延误时间最长的是哪次?"

黄源脱口而出:"就这次。"

宋海晖微微蹙起眉头:"这次? 你果然还是年轻,走过的路太少,

夏至

这还不到十个小时呢。我有次去西安，足足等了十八个小时。"

黄源惊讶地问："延误十八个小时的航班啊？没有被取消吗？从清晨等到凌晨？真不可思议。"

宋海晖笑着否认："什么航班呀。是火车，绿皮的那种。"说罢，指了指沈梦菱，"喏，也是跟你菱姐姐一起。出行遇不顺这档子事，真不知道是我克她，还是她克我。"

黄源不太相信他们出差会坐火车，于是向沈梦菱发问："菱姐，你们真的在火车站等了十八个小时？"

沈梦菱合上手中的杂志，想了一想，才回答："十八个小时零三十八分钟。"

那趟列车是乌鲁木齐发往昆明的，途经陕西，刚出发没几个小时就在达坂城遇上大风沙。她，宋海晖，还有姜见清，从下午两点多等到翌日上午十一点。自那以后，她再也没有坐过绿皮火车。

那次出差本来不是她的任务。因为原本要去的同事家中突发变故，宋海晖才让她临时顶上。她一开始是拒绝的，理由是帮别人做项目等于白费工夫。宋海晖反问她："我什么时候把你的功劳算在别人的业绩上了？"

她扭捏了一阵，又说："我不想坐火车。"

宋海晖退让半步，表示："批准你坐飞机去打前站。但回来的时候必须和我们一起坐火车。"

她推拒无果，只能老老实实飞去西安，结果他们前一晚就出发了，翌日她乘坐的飞机落地时，他们已经在酒店办理入住手续了。

她这个先遣兵没能发挥好打前站的作用，所以在接下来的考察审视环节就格外投入，晚上休息时间也窝在房间里整理汇总各类资料，坚决不肯同他们出去赏玩钟鼓楼的美景。这般的尽心尽责，换来的是宋海晖每晚从外头给她带回来的可口小吃：人气爆棚的腊汁肉夹馍、新鲜出炉的炸柿子饼、热气腾腾的油泼米皮、香喷喷的红柳羊肉串、软糯甜腻的红枣甑糕……诸如此类美味，让她短短几天的时间感觉自己的腰身壮实了不少。

她为此向宋海晖抱怨。

宋海晖说:"我知道你们女孩子怕长胖,这不吃那不吃的。可人家姜部长说了,你加班辛苦,多吃些无妨。"

她本是在低头翻看对方公司呈来的资料数据,闻此言,惊讶地侧头看向宋海晖:"啊?"

宋海晖这才想起来什么似的,忙说:"瞧我这记性,忘了告诉你,这几天你吃的那些东西都是他买的,我的任务只是拎回来而已。"

她脑袋有些发蒙,不由自主地扭头去看房间另一头正在跟人交谈的姜见清。时值深秋,他穿了一件深灰色的毛料外套,光看站立着的侧身,他好似瘦了一些,感觉有点清冷。出来的这几日,她刻意回避了一切跟他独处的机会。她不知道自己的回避是否让他察觉出什么,或许他只以为是因为他的高升而拉开了他们原本就不近的距离,若真是这样,便是最好的了。

宋海晖的声音又在耳边响起:"有一个这么关心体贴自己的上司,是不是很感动?有没有觉得回程跟我们一起坐火车是你应该回报人家的好意?"

她回过神,以"呵呵"回应。

在候车室干巴巴等了两个小时后,宋海晖提议打牌。

集团里有数千人,工作起来都是精诚合作的好伙伴,可私生活却鲜有人拿出来分享,朋友二字也几乎跟同事沾不上边。这几天的朝夕相处,让姜见清和宋海晖多少也建立了一点感情与信任。

打牌的时候闲聊,姜见清问宋海晖:"你结婚了吗?"

宋海晖嘿嘿一笑,说:"儿子都快十岁了,正是人憎狗嫌的年纪啊。"

沈梦菱倒是知道宋海晖有妻有子,可不清楚他儿子年纪,闻言有些惊讶:"这么大了吗?"

宋海晖说:"我结婚早。"又故意叹气,"后悔啊,还没来得及去看世间美景就吊死在了一棵树上。"

沈梦菱扑哧一笑。

宋海晖又说:"结婚是人生大事,确需慎重考虑。"

那日打牌,从下午四点打到晚上十点,宋海晖的手气好得出奇,沈梦菱偶尔能赢一两次,姜见清则是一直垫底。

趁着姜见清上洗手间的机会,宋海晖对沈梦菱说:"他脾气可真是好,要换了我,连续当几个小时的输家,早就摞牌不玩了。"

姜见清的脾气确实很好。升任投资业务部主管这小半年来,从没当众发过火,遇有项目进展不顺利,也从不胡乱指责办事人,反倒是像个医生似的,愿意亲自深挖根源,解决问题,让项目健康发展下去。人人都觉得他修养好得出奇,定是与家庭的培养脱不了干系。沈梦菱却知道,他的家庭着实没有培养过他什么,他身上的闪光点都是靠自己后天修炼得来的。她想,他独自行走了那么多年,那个对他伸出援手的人定是他这一生最敬仰感激的对象。

过了十二点后,候车室里的吵嚷声已消散殆尽。

宋海晖倚靠在座椅上睡着了,鼻息间冒出不小的呼噜声。

沈梦菱近来常熬夜,习惯了睁眼与星辰做伴,加上候车室里条件有限,到了凌晨两点,睡意也迟迟不肯来。她起身去了趟洗手间,回来后发现姜见清也醒了。

他抱歉地对她说:"是我连累你们困在这里。"

她顿了一顿,突然说:"吃人嘴软。"

"嗯?"

她笑了一笑,提醒他:"西安小吃。"

他也笑了一笑,问她:"想喝点什么?"

自然是喝绿凉茶。咕嘟咕嘟小半瓶下肚,神清气爽,先前的疏离感好似也一并消失了。

他问她在宋海晖组里做事感觉如何。

她说挺好,又笑着说:"幸好当时投入他的门下,如果去了你那组,不久后你高升，没准我又得回到司徒手下。"

他轻声一笑，问她："我像是对自己组员这么不负责任的组长吗？"

她认为："当组长的时候可以全心全力维护自己的组员，可升任部长，就得站在全局的角度考虑问题。"

他定定看了她两秒，随后还真是一副不得已的口气叹道："身不由己了。"

不知怎的，她觉得他这话一语双关。

后来他辞职，集团里看热闹的人一堆一堆的，什么乱七八糟的说法都有，从以讹传讹的故事到带着恶意揣测性质的人身攻击，她一概不信，只认定他是因恩情而身不由己。身不由己地放弃自己热爱的事业，身不由己地带着杨嘉璐远走英国，身不由己地收回了对她说的"等我"二字。

5

航空公司配送的晚餐主菜是西芹炒牛肉。西芹身粗未熟，牛肉则只有零星的三两点，还硬邦邦的嚼不烂。

宋海晖使唤黄源去餐厅买好吃的套餐回来，问沈梦菱想吃什么。

沈梦菱摇摇头，嘴里继续嚼着牛肉。

姜见清就很喜欢吃牛肉。

入夏后去普洱出差那次，他说起自己从小就爱吃牛肉，但那时家里条件有限，只有过节邻居家做了大碗卤牛肉，送给他和他奶奶时才有机会吃到。高一那年，他因成绩优异且家庭贫困被学校挑选出来成为资助对象，资助人就是时任市里钢铁厂副厂长的杨勇鸣。杨勇鸣并

夏至

不像大多数领导那般只掏点钱、拍个照、走个过场,他一眼就看出姜见清是棵好苗子,待他十分亲近,不但在金钱上给予帮助,还时常送瓜果食物到姜见清家中,亦关心他的学业和身心健康。姜见清第一次自己在家中学着做卤牛肉用的原料就是杨勇鸣送来的,他小小年纪,厨艺有限,可那次的卤牛肉一直是他记忆中最好吃的牛肉。

姜见清把这个故事讲给坐在副驾驶座上的沈梦菱听时,她只觉得,在他心中,大概没人比杨勇鸣更重要。

所以,当杨勇鸣因涉嫌贪污受贿被带走,在调查过程中又自杀身亡的消息传来时,她的第一反应是去找姜见清。可他不在办公室,电话也没人接。

直到凌晨三点,他才终于回了电话给她,却只说了句"还在医院"就挂断了。

那真是特别混乱的日子。集团总裁自杀,总裁的女儿成为第二个被看管起来的调查对象,而总裁名义上的准女婿、投资业务部的主管虽然没被牵连进去却无法避免地成为众矢之的,集团里前前后后跟这事扯上关系的人有二三十个。

明明是四季如春的好地方,可在那个秋季,仿佛连空气里都充斥着萧瑟的气味。

沈梦菱就是从那时开始讨厌秋天的。去年到北京出差,正是人人都羡慕的秋高气爽的好时节,她却对那些没完没了的落叶异常厌恶,整个人一直处于焦躁不安的状态。

在北京安了家的李子昊请她去"烤肉季"吃传承了百年的烤肉,她胃口欠佳,连筷子都不想动。

他问她:"嫌味太重?这儿的豌豆黄特好吃,要不来点咱尝尝?"找了个北京大妞当老婆,他满口的京腔。

她不由得笑了笑,说:"行。"

李子昊结婚前给沈梦菱打过电话,喝得大醉,舌头都捋不直,声音含混不清,还非要最后问她一次,愿不愿意复合。

她当时就想，这人吧，心中总有那么一点两点的执念，倒不是说李子昊有多喜欢自己，就是执念在作祟，就跟她对姜见清的感情同属一类。

他又一次被拒绝之后，突然话锋一转，问她："你是不是喜欢姜见清啊？"

偌大的办公室，只有她一个人孤零零的身影。夜晚寂静，中央空调传出的嘶嘶风声像是在挠痒痒一样让人忍不住内心的那点骚动。她明明该像从前那样把自己藏得好好的，谁都不得窥见她的秘密，可这一刻，她鬼使神差地承认了："是。"

他好似一副中了奖的口气，笑说："我猜着就是。"

他们共同的交集不过是几年前的饭局而已，她疑问："怎么猜的？"

他一本正经地说："喜欢一个人，看他的时候眼睛会发光的，而且这种光呢，藏是藏不住的。"

她低低笑了笑："是吗？"

他顿了顿，还是决定告诉她："你知不知道，他上个月结婚了。"

她心中一震，随后坦言："我不知道。"

他显得有些后悔，问："那我这会儿告诉你了，你伤心吗？"

她半晌没应答，最后才淡淡地说："我以为他们早就结婚了。"

他说："当初杨嘉璐都抑郁成那样了，随时都可能自杀，怎么结婚啊。想是休养得差不多了，才终于迈进了婚姻的殿堂。"

自那晚以后，李子昊隔上两三个月就要给沈梦菱打打电话、聊聊天，也总要顺带说上一两句姜见清的近况。直到沈梦菱也快结婚了，他才不再提。

今日吃烤肉，李子昊见沈梦菱心不在焉的，豌豆黄也只象征性地尝了一口，于是忍不住旧事重提。

"还等他呢？"

她否认："我没等他。"

夏至

他疑问:"没等?"

她说:"我等他干吗? 我之前都准备结婚了,是男方突然悔婚,不然我现在也许当妈了。"说罢,她拿起筷子夹了一大片酱牛肉塞到嘴里。

他看她的举止,反正是不太信她的话,自顾自地说着:"你说他怎么就跟断了线的风筝似的,如今一点点音讯都没有了呢?"

她许久没搭腔,胃口好似突然打开了,吃了好些菜,肚子被撑得圆滚滚的了,最后才冒了句:"既然他们当初选择去英国过新生活,那切断过往的人和事也在情理之中。"

姜见清和杨嘉璐过上了新生活,沈梦菱也早就在自我告诫中过上了新生活。她的每一天、每一刻都不曾浪费,就像上了发条的钟,偶尔遇到病痛,也会以最快的速度复原,然后继续前行。

宋海晖时常感慨,集团里没有第二个女性比沈梦菱更拼命,连年轻时的司徒琳也比不上她。她从不推拒任务,也欣然接受人人都厌烦了的出差,一年三百六十五天有一半的日子比保洁大妈来得早、走得晚。有心人总爱猜测,她这般勤恳努力,是想挤掉宋海晖,成为投资业务部的主管。有心人也会揣测她事事愿意干、处处愿意闯,却从不去普洱的分公司参观检查的原因。但猜测和揣测总归属于臆想,她自是不会解答的。

普洱这座小城市,她去过两回,第一回是和姜见清一起。

他开着自己那辆半旧不新的越野车,到她家楼下接她。

那次出差包括来回也只有两天,她带了个随身的小包,一上车就笑呵呵地说:"终于不用再坐火车了。"

他笑着接受她对自己的打趣,随后问:"你家附近有什么好吃的米线?"

她说:"好吃的米线是有,可你有时间吗?"

他认为:"时间还早,吃完米线也来得及赶到普洱吃午饭。"

其实他说的不算大话,可未承想遇上交通大堵塞,行车时间一下子就拉长了许多。进入普洱市区的时候已经是晚上七点半。

她坐了一整天的车,他握了一整天的方向盘,早已经筋疲力尽,对分公司安排的饭菜一点兴趣都没有,都只想先洗漱一番,然后到床上躺一躺。

可躺在床上没一会儿,沈梦菱就饿了。当她犹豫着要不要问问姜见清想不想出去吃点东西的时候,姜见清先来敲门了。

两人在酒店附近找了家烧烤小店,林林总总点了些吃的,还喝了啤酒。

秋风习习,感觉甚是清爽。

他当时话特别多,她隐隐觉得他有什么很高兴的事,因为他的笑几乎没有断过,倒不是他平日里不苟言笑,而是那种礼貌的、善意的笑和此时的笑全然不同。

她终于忍不住问他究竟。

他并不直接说答案,而是徐徐说起:"我最近一直在认真思考一个问题,到底应该以什么样的方式去回报别人对你的恩情才是最恰当的。"

她知晓他的过往,因此也大概明白他所指的是什么。或许她应该聪明地当作不解他的意思,可她只是轻声地重复那四个字:"回报恩情。"

他看着她,眼光不再游离到别处,就只是看着她一个人,说:"然后我终于得出一个早就应该得到的结论,以身相许并不是唯一的,或者说,对我来说并不是最好的方式。所以二十四小时前,我分手了。"他的声音清朗,那清朗的声音到现在偶尔还会回响在沈梦菱的耳边。

李子昊说喜欢一个人,看他的时候眼睛会发光。

沈梦菱是什么时候看到姜见清眼里的光,她记不清具体时间了。反正在普洱那晚,真是火花四溅,就好像悄悄沉睡了许久的火山突然爆发一般,任何事物都拦不住它呼啸而来的狂热姿态,遇到什么什么就会被化成灰烬。

夏至

听到姜见清在自己耳边发出的鼻息声时,沈梦菱还觉得像在做梦。一直费尽心力保持的距离忽然就没了,伸手便能摸到他真实的肌肤,安静又温暖。

她轻轻唤了他一声:"姜见清?"

他睡得很沉,没有应声。

那一夜,她久久没能入睡。她自认为不是个爱幻想的人,可就在那短短的几个小时里,她在脑海中把将要同他携手共度的人生想象了一整遍,甚至连孩子的小名都取好了。

但故事的结局不可能尽善尽美。

从普洱回到昆明的第二天,杨勇鸣出事了。

她和他的第一夜,成了她和他的最后一夜。

她没有接受他的道歉,也没有哭。她甚至笑着跟他说,一夜情而已,大家都是成年人,不必当真。

他心中翻江倒海般难过,连嘴角都在颤抖,可除了说一声谢谢她的理解,其他一个字都无法出声。

其实她才不想理解他。她为什么要理解他?受人恩情,被恩人死前嘱托的人是他,又不是她。她自会过好自己的日子,快乐也好、难过也罢,都与他没有干系。

第二回去普洱,是姜见清离开三个月以后的事。

她买了车,又是难得空闲的周末,想着驾车出行试试车况,一上高速,不知怎么,就去了普洱。

刚过完农历新年,细雨绵绵,到处都是阴沉沉的。

她还是入住了那家酒店,也还是去了那家烧烤小店。

那晚她喝着最烈的酒,哭得像个女鬼。

她是真的伤心极了,到今天也没能痊愈。

6

晚上九点整，广播终于播放了登机的消息。

黄源兴冲冲地想要跑到最前头进机舱，宋海晖拦着他，说："急什么，反正飞机得等所有人都上去了才会开，你冲到第一个也没用。"旋即指了指还坐着的沈梦菱，"看你菱姐姐，这会儿多淡定。"

九点登机，十点十分才真正起飞，今日结束之前是着不了昆明的地了。

沈梦菱坐在靠窗的位子，飞机升空后，四周黑漆漆的一片，只有机翼上的小灯在不时闪光。她从晚饭后就一直很安静，不怎么想说话，懒懒地靠在座椅上，一副疲惫不堪的模样。

空乘送来茶点，她看都没看。

宋海晖胃口却不错，吃完了自己的茶点，感觉不够饱，又向沈梦菱讨要。

她做出请便的手势。

他慢条斯理吃完了她那份茶点，说起："为了感谢你慷慨赠与我的茶点，我决定介绍一位男性朋友给你认识。"

她直接拒绝："我今天没心情。"

他却要追问："你老实跟我说，你家里人有没有逼着你去相亲？"

她没好气地反问："我为什么要老实跟你说啊？"

他于是断定："肯定是有。毕竟你都过了三十岁了，家里人能不着急嘛。"

她不客气地睨了他一眼，说："老娘三十一枝花。"

他笑着点头："是是是，你是盛开的大牡丹，可再娇艳的大牡丹也得有人欣赏呀。"

她再次反问："你怎么知道没人欣赏我？"

他顺着她的话往下说："我知道欣赏你的人很多，所以不是最优质

夏至

的朋友我都不好意思介绍给你。反正现在闲着也是闲着,要不你听我给你讲讲这个人?"

她闭上眼,不大想听的模样。

黄源却很有兴趣,也顾不得什么上司下属的了,在一旁撺掇宋海晖:"讲讲,讲讲。"

宋海晖借着黄源的催促,立马讲了起来:"他呀,刚从国外回来,跟咱们算是同行,北上广深很多公司都想聘请他,可他呢,就喜欢昆明,说昆明的米线最好吃。"说罢,他故意提高了音量对沈梦菱说,"你们说他是不是有点傻,为了米线放弃超一线城市的高薪工作。"

沈梦菱没睁眼,反倒是黄源急了,追着问:"傻你还介绍给菱姐啊?"

宋海晖哭笑不得,只好接着说:"人虽然有点傻,但长得帅呀,个头又高,跟我比起来,可以算得上是旗鼓相当。"

沈梦菱听到这里,忍不住笑了,睁眼看了看宋海晖,问:"跟你旗鼓相当啊?"

宋海晖笑了笑,说:"看吧,你的兴致被我调动起来了。"

沈梦菱喝了口水。

宋海晖又说:"他爸妈都过世了,家里没什么亲戚,所以像婆媳关系这么难处理的问题你也可以省了,是不是捡了大便宜?"

黄源又急了,问:"不会是孤儿吧? 性格会不会有点孤僻古怪?"

宋海晖没好气地白了黄源一眼:"孤什么儿呀,他性格好着呢。内心不知道有多阳光,还有担当。"

黄源一脸的真诚:"部长你这么卖力推销他,该不会是嫂子那边的亲戚吧?"

宋海晖否认:"哎呀,不是、不是,是我的朋友。"

黄源就好似沈梦菱家的三姑六婆,饶有兴致地问:"那多大年纪了呢?"

宋海晖想了想,说:"比我小四五岁。"

黄源算了算,比宋海晖小四五岁,那就是比沈梦菱大四五岁,他说:"那也没有多大年纪嘛。"

一直未吱声的沈梦菱这时发问了:"他干吗不找二十岁的小玫瑰,找我一个大牡丹干吗?"

宋海晖说:"唯有牡丹真国色呀!那些二十岁的小姑娘怎么比得上你呢。"

沈梦菱一语道破:"男人一辈子都喜欢二十岁的小姑娘。"

宋海晖被揶揄了,缓了一缓才故作正经地说:"我们虽然的确是喜欢二十岁的小姑娘,可那只是喜欢她们的不竭活力而已,心里真正惦记的可不是她们。"

沈梦菱看了黄源一眼,提醒他:"好好跟你部长学学怎么说鬼话。"

黄源嘿嘿一笑。

宋海晖也不计较,继续说着:"这唯一算得上是缺陷的,就是结过婚。"

黄源立即叹道:"原来如此啊。"

宋海晖说:"这年头,离婚不算啥大事吧?"

黄源却道:"那要看什么原因离婚了。诸如家暴、出轨之类的,那可一定要不得。"

宋海晖说:"你一个刚踏进社会的小孩,懂得还挺多嘛。"

沈梦菱不再有更多兴趣,说了句:"我困了,睡会儿。"就窝起来不再吭声。

宋海晖还有些不依不饶的意思,轻声说:"你考虑考虑。"

沈梦菱随口答应:"嗯,我考虑考虑。"

飞机在经过云贵交界处的时候遇到气流,沈梦菱睡眠轻浅,一下就被颠醒了。

机舱里灯光昏暗,宋海晖和黄源都睡着了。

她看了看手表,十一点三十七分。

距离新一天的到来只有二十三分钟了。

夏至

其实她并没有什么要紧事非要早早赶回昆明，只不过前两日从李子昊那里得知了姜见清今日回国的消息。就只是知道他今日回国，不知他是否会回昆明，也不知他是自己回还是偕夫人一同回。

他走的时候，她对他说再也不见，所以这些年，他从不曾联系过她。她不希望自己变成一个拖泥带水的人，可事实上，她就是一个拖泥带水的人，听到关于他的一点点消息，就会乱了阵脚，失了方寸。

这因天气耽误的大半日，或许就是老天爷在提醒她放下执念。

她望着窗外发了很久的怔，直到机舱里响起广播提示马上就要抵达昆明，才渐渐缓过神。

飞机落地已是十二点四十。

从太原到昆明，从清晨到凌晨，把人折腾得骨头都快要散架了。

走出机舱，黄源深吸了几口气，不由得感慨："还是昆明的空气好。"

宋海晖打开手机，收到好些条信息，他一一翻阅完，随后向沈梦菱和黄源宣布："我朋友来机场接我们了。"

黄源很诧异："真的啊？这么晚了还来接机，真是够意思啊。"

沈梦菱听了没什么反应，继续往出口走。

宋海晖有意拦了拦沈梦菱飞快的脚步，说："他是挺够意思的，当初还帮过我一个大忙，不然你们的部长指不定就姓司徒了。"又交代黄源去行李转盘那儿，"你去等行李。"

沈梦菱心不在焉的，没注意听宋海晖说话，只告诉他："我行李都在，我先走了。"

宋海晖不同意："别别别，一起走吧。行李很快就出来了。"

沈梦菱不信："才不会。"

宋海晖只好退一步，道："那你听我说完再走。"

沈梦菱大叹一声气："还要说你那个朋友？行，想介绍给我对吧？没问题，但今天我这蓬头垢面的样子实在没法见人，能不能等我改日盛装打扮了再赴宴？我保证不丢你的脸。"

宋海晖无奈地一笑,说:"他在离开昆明前专程去找副总裁为司徒说尽好话,结果呢,我就成了投资业务部的代理主管,而司徒被分流到下面的公司,再也没机会给你小鞋穿。虽然说起来算是使了些手段,但我一直很承他的情,也答应了他一个要求。"他说到此处,停顿了,想看看她的反应,可她一脸的茫然,他只得继续说,"所以啊,你现在知道为什么我会允许你在我面前横着走了吗?"

沈梦菱微微蹙起眉头,像是在思考,可半晌眉头仍是蹙起的,不见有半点"恍然大悟"的表情出现。

宋海晖见状,哭笑不得,全盘托出:"你脑袋糊住了? 还没反应过来? 我的那个朋友,就是姜见清啊。"

沈梦菱脑袋里那些乱七八糟的线头在听到"姜见清"三个字的瞬间就被捋清了,便什么都不顾了,转身就往闸口的方向跑。

宋海晖朝她猛喊:"喂喂喂,行李都不要了啊?"

沈梦菱急匆匆跑出闸口。

时间已经很晚了,接机的人寥寥无几,她一眼就看到了姜见清。

他穿了件灰白色的T恤,差不多色系的裤子,定定地站在那里,目光如炬,仍是旧年的模样。

她刚才跑得急,喘着大气,等见到真人就在眼前不过几米远的距离,反倒有点不敢置信地怯场了,杵在原地,无论如何迈不开脚。

她不向前,他便向前,一步一步踏踏实实走到她面前。

他眼里尽是光,比楼里所有的大灯都更明亮。他的眼里也尽是温柔,比任何春风都更和煦。

她忍不住轻声唤他:"姜见清。"

他微笑着应声。

他的声音好听极了,她的心都要融化了,生怕这只是自己在飞机上做的一个梦。她颤颤地又唤他:"姜见清。"

他抬手捋了捋她额前的碎发,想好好看看她。他已经很多年没见过她了,她还是他记忆中的样子,未曾改变。他应声:"是我。"

夏至

　　她簌簌落泪,视线模糊起来,可仍然想唤他:"姜见清。"

　　那夜在普洱,他睡着了,她唤他未得回应,成为她心中一直以来的遗憾。

　　他伸手紧紧抱住她,紧紧贴着她的脸颊、头发,亦落下了热泪。他在她耳边说着:"我回来了,再也不离开你。"

　　黄源推着大大小小的行李和宋海晖走出闸口的时候看到沈梦菱和一个男人抱在一起,惊得下巴都快掉下来了。他有些茫然地问宋海晖:"部长,那是谁啊?"

　　宋海晖会心笑了一笑,说:"是我朋友。"

　　黄源感觉不可思议:"你朋友? 他……他和菱姐发展得这么快啊?"

　　宋海晖看了黄源一眼,说:"他们相爱很久了。"

　　黄源似懂非懂:"所以他们是久别重逢吗?"

　　宋海晖认真点了点头,又认真地说:"他们是久别重逢。"

叁 大暑、欢乐

> 你上山能……春天刨笋子,夏天捉
> 小龙虾,秋天打板栗,冬天围着红泥小
> 火炉,但凡吃了不会毒死人的,都逃不
> 出你的胃,那林江齐对你来说还不就是
> 小菜一碟嘛。

1

肖松波让裘纷纷去十五楼给领导送审这次培训的结业报告的时候,她正埋头趴在办公桌前,双手捂着自己的腹部,嘴里哼哼唧唧不知在嘀咕什么。

肖松波见状,立马摆出关心下属的姿态,朝裘纷纷的脑袋凑近了些,好声好气地询问:"你怎么了? 生病了吗?"

肖松波虽是裘纷纷的主任,但两人不仅是同乡,读研究生也是在同一个导师门下,所以自从裘纷纷五年前打败一众人才成为继续教育中心的一员,身为师兄的肖松波就对她十分关照,从不摆领导的架子。裘纷纷听到是肖松波的声音,也不急着正襟危坐,而是微微抬了抬头,撩开自己差不多齐肩的乌亮黑发,露出大半张脸,斜着眼睛问他:"肚子饿算病吗?"

他嘿嘿一笑:"没吃早饭呐?"

夏至

　　她缓缓直起身子，一副无精打采的模样，指了指窗外那似火的骄阳："这会儿太阳毒辣，可今早却是风雨大作，我能挤上地铁，赶在八点半前打卡上班已经是阿弥陀佛了。"

　　他趁机撺掇她："赶紧买车呀。"

　　她大叹了一声，说："咱们楼下的停车位那么窄小，以我这破技术，真怕我倒车的时候把谁的车头给撞了。撞了你的斯巴鲁还不算太大的事，勒紧裤腰带就能修好，万一把谢芳芳限量版的大奔驰给撞了，那我就只能勒紧脖子了。"说罢，她伸出舌头、翻起白眼，做了个勒脖子的动作。

　　与她同一个办公室的勇哥从一堆资料里探出半个身子，他打算去洗手间，边往屋外走，边笑着纠正她："人家上周换劳斯莱斯了。"

　　她立马摆出一副夸张过头的羡慕模样："真是让人嫉妒的资本家小姐啊。"

　　肖松波没接她的话头，而是问："你不是常年储备了小零食吗？"

　　她十分无奈地表示："去北京前我'不得不'全部赠送给娟姐了。"

　　肖松波摇头大叹："娟姐都那么胖了，你还送小零食给她！"

　　她反问："你没听到我说的是'不得不'吗？"

　　娟姐是这层楼另一头的财务结算室的主任，年纪不太大，人也不太高。当初裴纷纷净重130斤的时候，娟姐150斤，她净重120斤的时候，娟姐150斤，如今她110斤了，娟姐还是150斤，所以她认为"多年如一日"这个词就是用来形容娟姐的。

　　她下定决心减肥的时候，她爸是第一个站出来反对的，而第二个反对的人就是娟姐。娟姐在单位的人缘只能算得上一般，但因为和她有着爱吃的相同爱好，所以两人关系尚可。半个多月前，娟姐得知她将去北京出差后，旁敲侧击地问她放在办公室的零食百宝箱里最近有没有增添新成员。她虽然从没改掉嘴馋的毛病，但如今为了身材懂得克制自己，有什么实在忍不住想吃的零食就买了带到办公室，白天吃，晚上坚决闭嘴，因此攒了不少好货在办公室。

馋猫见了鱼,自然是两眼放光的。

她想着娟姐平日里也分享过一些好吃的给自己,比如排队一小时才能买到一盒的雪贝,开车四十分钟才能到店的老字号花生酥,犄角旮旯里的网红钵仔糕,等等。于是她收拢了自己的不甘愿,请娟姐随意挑选喜欢的带走。只是她没想到娟姐样样都喜欢。

肖松波疑问:"一点不剩?"

她说:"倒是剩了包过期的饼干,我闭着眼睛吃掉了,可就跟石投大海差不多。"

他笑道:"你欲壑难填啊。"

她抗议地解释:"从昨晚到现在都没怎么吃东西,能不饿吗?"

他好奇:"不是昨天下午就回来了吗?怎么不吃晚饭?"旋即又质问,"你不是还在减肥吧?你现在这身材挺好的了,别再折腾自己的胃了。"

她摇摇头,一副一言难尽的表情:"不想说,不想说。"

他倒不追问了,改口说起正事:"你把这次培训的报告送去给陈副。"

她接过了文件夹,却要问清楚:"你怎么不自己去?"

他见屋里没别人了,才解释说:"周六晚上被他叫去打牌,赢了他的钱,估计这会儿还在恼我呢。"

她也是见屋里没别人了,才亮出一副正义凛然的模样:"你们领导干部还敢赌博!"

他哭笑不得:"赌什么博呀,我们打一毛的。都不知道他从哪里找来那么多一毛硬币,还非说打点钱更过瘾。结果打了一整个晚上,我眼睛都起眼屎了,才赢了他六块钱。六块钱啊,都不够我吃碟瘦肉肠粉的。"

她笑起来,问他:"你明知道陈副好胜心强,干吗还要赢他的巨款?"

他连连摇头叹气,说:"反正我现在肠子都悔断了,计划找个合适

夏至

的机会邀请他打两毛的，让他赢回那六块钱，再加六块钱利息。但在此之前，我觉得我还是不要出现在他面前比较好。"

她问："所以你就把我推到前线？"

他说："这次地市局的人去北京培训本来就是你跟进的，报告也是你写的，我基本没改动，他如果问起什么，情况你比我清楚。何况你马上就要晋升了，不去分管领导面前晃荡晃荡，干再多活也是默默无闻呐。"又表示，"你送完报告，还可以自行去附近买点吃的填饱肚子，我绝对不会批评你翘班。"

买吃的填饱肚子这一点深深打动了裘纷纷。

她以迅雷不及掩耳之势呈送了报告，完美对答了陈副提出的各种稀奇古怪的问题，然后兴高采烈地按下电梯键，计划先去马路对面买半熟芝士蛋糕，再去另一条街买奶绿布丁来安抚自己躁动已久的胃。

结果当电梯门"叮"的一声开启时，这两样吃食竟齐齐出现在了她的眼前。

拎着半熟芝士蛋糕的是综合办公室的大红人林江齐，而左右手各拿着一杯奶绿布丁的美人正是被裘纷纷称为"资本家小姐"的谢芳芳。两人乘坐电梯自下而上，一副满载而归的样子。

裘纷纷仿佛是被芝士蛋糕和奶绿布丁晃了眼，一时愣住。

从电梯里走出来的谢芳芳用了和志玲姐姐同款的甜腻声音先开口唤她："纷纷。"她这才腻歪地打了个激灵，缓过神，脸上立马堆出友谊的笑容，冲着二人摆了摆手，算作打招呼，然后飞快地闪进电梯里，按下1楼的按钮。

谢芳芳那句"你喝奶茶吗"就这样被活生生地夹断在电梯门外。

关于"谢芳芳会是裘纷纷这一辈子的噩梦"这个论断，是吃货三人组里的闫鹏提出来的。闫鹏比裘纷纷大两岁，但同一批被录取，裘纷纷好运进了机关，闫鹏则去了两条街之外的办事处，因为有着"好吃"的共同爱好，两人早年就结成了饭搭子，加上前年裘纷纷偶遇在附近酒店当餐饮部经理的小学同学何小娇，吃货三人组就正式出道了。

三人隔三岔五地寻吃觅食，也隔三岔五地闲聊八卦。

聊谢芳芳那次，他们三人是在吃潮汕牛肉火锅。

临近春节，天气终于有了一丝丝寒意，火锅腾腾冒出来的热气扑面而来，让人感觉又香又暖。

裘纷纷爱吃辣，下锅滚了两圈的薄牛肉片捞上来她非得蘸满了辣酱才送到嘴里，嘴唇自然是辣肿了，眼睛也辣得直往外飙眼泪。

作为单位文艺会演观众之一的闫鹏因此故意调侃她："虽说你在台上确实丢了人，可也犯不着伤心到流眼泪吧？"

何小娇不知道事情原委，扭头问裘纷纷："丢什么人了？"

裘纷纷正忙着把油乎乎的炒牛河塞到嘴里，一时腾不出空答疑。

闫鹏笑嘻嘻地说："今天下午单位搞文艺会演，她本来是表演合唱，可惜对方实力过于强大，她几乎沦为伴唱。"

裘纷纷觉得闫鹏用"几乎"这两个字，到底还是给自己留了些面子的。她从前一直是傻乎乎地过日子，直到被初恋劈腿了才懂得做人需把"自知之明"这四个字弄懂学透。

关于当天下午和谢芳芳同台表演的合唱，她一开始就知道自己会沦为配角，毕竟人家是音乐学院毕业的正规生，哪怕不属于优异的那一拨，也绝对比她这种五音刚刚齐全的业余人士强好几倍。要不是肖松波以一只烤全羊、两个猫山王榴梿、三条陈皮拉肠、四对大鲍鱼作为诱饵，让她代表文艺人才凋零的继续教育中心在单位文艺会演上露个脸、走个过场，她才不会把自己的小圆脸化得跟猴子屁股似的上台高歌。起初她是按照肖松波的要求去表演独唱的，无奈别的部门文艺人才济济，想露一手的太多太多，会演的总导演为了平衡各方关系，脑细胞都快耗尽了，最后大概是见她在一众人中表现出的积极性不高，所以将刚从市局调上来不到一个月的谢芳芳塞进了她的节目里。她对此并无意见，反正她上台的目的是为了那些好吃的，虽然少唱了一半的歌词，但肖松波应该不至于会把吃食减半。

肖松波得知独唱变成合唱的时候，压根没提吃食减半的事，只是问她:"你觉得自己会不会被谢芳芳碾压?"

她其实认真想过这个问题,但从她与谢芳芳彩排合练那几次的情况来看,虽然能听得出高下,可也谈不上被碾压,况且谢芳芳反反复复称自己在机关是新人,有不当之处请她多多关照,还总买鲜果芋圆给她吃,所以她没太当回事。结果等到正式演出,她被谢芳芳碾压得粉碎粉碎的。先是人家一开口就飙高了音调,惊得她歌词忘了一大半,歌词一忘,节奏也跟不上了,节奏一乱,脑子里一片漆黑,最后话筒都像是受不了她了,直接以接触不良的方式抗议她的五音不全。真真是丢人丢到姥姥家了。

她都不知道自己最后是怎么从台上走下来的了,只伤心地觉得马上到嘴边的烤全羊肯定是飞了。

不过后来肖松波还是履约请裘纷纷吃了烤全羊。在小年夜,作为中心的主任,他组织中心的成员和成员家属们聚餐。

本来吃得高高兴兴,不知谁提起这顿烤全羊的由来,把裘纷纷的伤疤当作了桌间笑谈。

裘纷纷左手拿着焦香的羊腿肉,右手抓了刚端上桌的烤奶皮子,嘴里嚼着羊肉馅饼,压根没在意自己沦为众人谈资这档子事。反倒是肖松波的老婆、开了几家连锁美容店的女强人秦园大吼一声:

"这不就是绿茶小姐嘛!"

2

谢芳芳这人到底绿不绿茶,裘纷纷不好妄下定论,反正整栋楼的人都知晓谢芳芳有个特别特别有钱的老爸,谁要是有幸赢得谢小姐的青睐,嫁妆肯定是够吃好几辈子的了。每次想到这里,裘纷纷就恨自己不是个男的，没机会"嫁给"谢芳芳。当然，作为一女的，她也深感自己没那个本事和谢芳芳成为闺密。

合唱掉链子事件的翌日，谢芳芳主动邀请裘纷纷去吃海鲜火锅。裘纷纷垂涎那家高级餐厅已有大半年之久，一直因为菜价昂贵没敢登门，如今遇到有金主主动请客，自然是不能错过的。

餐厅经理极尽殷勤的态度让裘纷纷断定谢芳芳是这里的常客，而常客谢芳芳点菜的架势也让裘纷纷见识到了当有钱人的快乐。澳洲大龙虾、法国大生蚝、深海大螺片、浅海大花蟹、巴掌大红虾、手指大沙虫，等等，撑得她既难受又满足。大概是吃了人家的真的会嘴短、嘴笨，明明平日也算是个巧嘴，可她当时鬼使神差地说了句："早知道沦为配角能换来海鲜大餐，我还费劲练啥呀，关了麦，让你独唱就好了。"

其实是真心话，但说出来就有种怪怪的感觉，让人好生尴尬。

回宿舍的路上，裘纷纷在吃货三人组的微信群里检讨自己说话不过大脑。

何小娇却骂她："你能不能有点出息？一顿海鲜就让你忘了她扮猪吃老虎的事？你还检讨自己？检讨个毛线！"

闫鹏先是发了两个大笑的表情，随后表示："她是该检讨自己，不过是检讨自己为啥被一个新人碾压。经过昨天的惨败，她因为年纪的增长而日渐下滑的人气基本跌入了谷底。想要在本系统内部找到一个如意郎君的可能性为负。"

在本系统内找一个如意郎君？自打年初和马家铭分手后，裘纷纷就知道这事的可能性为负了。毕竟当初她和同在一栋楼上班的马家铭都已经到了谈婚论嫁的程度，上至领导下至扫卫生的大姐都知道这事。虽说现代人提倡自由恋爱，别说分个手，就连离婚都是常有的事，可不知为啥，分手这事到了她这里，就成了她的全责。

说起马家铭，确实是个综合素质不错的男人。他比裘纷纷大两岁，高十厘米，戴副无边框的眼镜，模样白白净净、斯斯文文，是家中独子，在闹市区有一套带学位的小三房。她在九楼上班，他在四楼办公，

夏至

虽然早些年就认识，可一直没什么交集。

两人的媒人是陈副。陈副和马家铭是同乡，在裘纷纷终于把体重控制到110斤的时候，陈副突然发现她竟也是个模样周正的姑娘，于是撺掇着肖松波一道组了个饭局。

裘纷纷从不觉得自己和马家铭在一起是因为天雷勾地火，就是不知不觉到了27岁这个有些微妙的年纪，遇到一个第一眼不讨厌的人，所以决定试上一试。毕竟在她的观念里，遇到爱情和遇到房子着火的概率差不太多。

秉着不以结婚为目的的谈恋爱都是耍流氓的观念，在相处了一年后，马家铭向她提出了结婚的想法。

结婚就结婚吧，反正人都是要结婚的。

可最终，她还是和马家铭分手了。导火线是一把羊肉串。

羊肉串是何小娇买的。

那晚她们和闫鹏从如轩砂锅粥喝完虾蟹粥出来，何小娇觉得自己没吃饱，非要去买烧烤吃。

裘纷纷有好一阵子没吃过羊肉了，见了那油滋滋、香喷喷的羊肉串，口水都快要淌出来了。

何小娇于是分了一把给她。

她纠结再三，也只拿了两串，说要在回去之前吃完。

哪知她一上车，就接到老妈的视频，全程都在讲聘礼、嫁妆、酒席之类的事，弄得她脑袋发晕，一个不留神就把打包的羊肉串全都带回去了。

带回去不要紧，只要在马家铭回来之前吃掉也是相安无事的，可偏偏她回去以后把肉串丢在茶几上，自己就去洗澡了。洗完澡出来，就看到了脸色铁青的马家铭。

然后他们就分手了。

闫鹏戏称这是"一把羊肉串引发的惨剧"。

她为此伤心了好一阵子，但始终没有后悔自己的决定。作为一个羊肉爱好者,嫁给因嫌弃膻味而不能吃羊肉的马家铭,然后下半辈子不能吃羊肉,自己的孩子一辈子不能吃羊肉,自己的爸妈也不能在马家铭面前吃羊肉,这真是太太残忍了!

事后,肖松波问她:"那你当初干吗要和他谈恋爱?"

她长吁一口气,回答说:"当初天真地以为我有鸡鸭猪牛就可以了,如今终于认清了我最想拥有的还是羊这个事实。"

计划中的半熟芝士蛋糕和奶绿布丁,裘纷纷是不想吃了。

她在吃货三人组的微信群里邀请闫鹏和何小娇去附近的重庆小菜馆吃午饭。

何小娇惊讶地问她:"你的表是不是走快了,现在还不到十一点,就吃午饭?"

她发了个大大的"饿"字表情。

闫鹏随后发来一个定位,显示自己正在下川岛,他说:"我休假了,正准备去玩摩托艇。"

她没好气地咒他:"晒脱你一层皮。"

何小娇问:"我这中午有酒席,实在走不开。能不能晚上吃?"

她说:"晚上我得去参加同事的婚宴。"

虽然三人组缺席两人,可裘纷纷还是决定去重庆小菜馆吃午饭。

这里离单位只有五六分钟的脚程,因为店铺环境确实破旧,哪怕味道诱人,也鲜少会碰到同事。

裘纷纷是这里的常客,和店里掌事的老阿姨挺熟的。老阿姨见她这么早就来了,笑问她是不是打头阵的。

她说今日就一个人。

一个人她也点了藤椒蹄筋、泡椒黄喉、米椒毛肚和鲜椒鱿鱼须四个菜。

老阿姨怕她吃不完,她表示自己快要饿死了,一整头牛都能吃得下。

事实上,她才吃了几口就有点吃不动了,抬手向老阿姨要一瓶甘蔗汽水的时候,看到林江齐和杨攀登走进了小店。

她还没来得及缩回自己抬起的左手,就听到了洪亮的声音。

"纷纷姐!"

叫她的人是杨攀登,上个月刚从下面的市局调到综合办公室,与她不仅同乡还沾了些远亲关系。他明明只比她小三天,却从第一次见面就非要叫她"纷纷姐",说是以示敬重。她听到这个"姐"字就头大,时常有意躲避与杨攀登碰面的机会。可今日在这一方狭小的餐馆里,怕是躲不过去了。

杨攀登十分自来熟地要求与裘纷纷拼桌,并且热情地向她介绍自己的同伴林江齐。

林江齐去年从特区调来厅里,跟裘纷纷早就认识了,可此时他任由着杨攀登叽里呱啦地给裘纷纷介绍自己。

裘纷纷瞥了林江齐一眼,随后拦住满腔热情的杨攀登,说:"我认识林科,认识的。"

杨攀登一拍脑门,哈哈大笑起来:"我真是傻了,一个新人还在给你们老同事介绍。"旋即打量起桌上的菜,疑问,"纷纷姐,你一个人吃四个菜啊?"

裘纷纷低头看了一眼几乎没怎么动的菜,略有些尴尬地说:"有点饿,有点饿了。"

杨攀登称赞:"这些菜看上去色香味俱全呐!难怪刚才齐哥不太乐意我跟来着,是怕被我发现了新大陆,占领了这里吧。"说罢,向老阿姨要了菜牌,大方地表示,"来了一个多月了,还没请纷纷姐吃饭呢,今天我来请客。"又问林江齐,"齐哥,你想吃什么?"

林江齐点了麻辣沸腾鱼和一鸣尖叫鸡。

杨攀登直夸:"你们都是铁打的胃啊!那我就加个上汤豆苗和红糖糍粑。"

老阿姨加好菜,问杨攀登:"您喝点什么?"

杨攀登说:"我喝豆奶。"又扭头问林江齐,"你喝什么?"

老阿姨笑道:"他喝甘蔗汁。"

杨攀登露出一副"我懂你是熟客"的表情看了看林江齐,然后问裘纷纷:"你什么时候从北京回来的?怎么不告诉我,我去接你呀。"

裘纷纷答:"昨天。"

杨攀登估算着:"去了有十天吧?"

裘纷纷点了点头。

杨攀登感慨道:"真羡慕你们继续教育中心,能经常组织市局的人去全国各地的高校学习集训。"

裘纷纷表示:"刚开始是挺新鲜的,去多了也就那样,没你想的那么好玩。"

杨攀登又问:"听说你们还能出国?"

裘纷纷说是,又说:"出国的名额比较少,想去的人又比较多,所以我至今没搭上顺风车。"

杨攀登恍然大悟地点点头,旋即问:"那国内你去过哪里?"

裘纷纷数了数:"北京、天津、上海、济南、西安、武汉、长沙、重庆。北京和西安去过两次,重庆四次。"

杨攀登有些惊讶:"重庆去了四次?"

3

裘纷纷第一次得到去重庆出差的机会,激动得一夜没睡着,满脑子都是鲜活的美食在跳跃。第二次、第三次去重庆,她也还高兴,毕竟能把先前发掘的老店再吃一遍。可第四次去的时候,她是真的心不甘情不愿。那次本来是安排她去美国的,可临出发的前两天,却被中心的副主任顶了包,美国去不成不说,还临时将她拉到重庆班凑数。她

夏至

窝了一肚子的火，被市局相熟的朋友邀请去吃老火锅的时候，喝了好些冰镇啤酒才算是稍稍解气。她酒量其实还算可以的，但那晚情绪不佳导致发挥失常，散场的时候一个趔趄不小心打翻了火锅底，汤油洒了大半出来，几乎都溅在了当时还在特区工作的林江齐身上。

刚入秋，大家的穿着虽然都还比较单薄，但林江齐人并没有被烫到，只是那一身看上去就价格不菲的衣服算是毁完了。

真是尴尬极了。

翌日一早，商场刚一开门，她就冲去男装区照着林江齐昨晚穿的衣裤买了套差不多的赔给他。

一顿火锅吃掉两千多大洋，她为此心痛了好一阵。不过好在林江齐在特区市局工作，这档子事过了就算完了，等集训一结束，各回各家、各找各妈，谁也别记得谁是最好的了。所以两个月后，她边吃着刚出炉的糖炒栗子，边慢悠悠晃回宿舍，发现自己隔壁空置小半年的房间有人在搬东西，忍不住好奇心，伸了脖子往人家门里瞧，结果看到林江齐的时候，她差点被粉甜粉甜的板栗噎个半死。

杨攀登像打了鸡血一样兴奋，一张嘴天南地北地说个不停。

裴纷纷听得头都大了，所以当杨攀登问她和谢芳芳熟不熟的时候，她心中突然蹿出一股火，随后把问题砸向林江齐。

"林科跟她熟一点。"

杨攀登一双眼睛溜向林江齐。

林江齐却是慢条斯理地把问题顶了回去："我跟她不熟。"

杨攀登一头雾水。他看了看林江齐，又看了看裴纷纷，然后说："我来厅里才一个多月，就已经听说机关追她的人不下十个。"

裴纷纷于是问他："你想成为第十一个？"

杨攀登连连摇头，解释："纷纷姐，你还不了解我。我跟你说，我这个人啊，优点特别多，其中一个就是有自知之明。我可不想被别人说成是癞蛤蟆想吃天鹅肉。"说罢，他调侃起林江齐，"齐哥倒是可以试试，我用我的火眼金睛断定谢芳芳对你有意思。"

裘纷纷顺势看向林江齐。

只见他仍是不急不缓地表态："我没意思。"

杨攀登好奇："为什么呀？你是不喜欢她婀娜多姿的身材，还是不喜欢她甜美动人的声音？或者说，你不喜欢她的劳斯莱斯？"

林江齐坦荡地回答："我有喜欢的人了。"

杨攀登更加好奇了，想要追问，却被裘纷纷拦腰截住："该上班了，上班了、上班了，再不走就迟到了。"她边说边起身往外走。

出了门，就被白花花的太阳烤得头皮疼。

杨攀登告诉裘纷纷和林江齐："天气预报说今天39.2℃，还有不到一度就够发布高温红色预警了。"

裘纷纷热得压根不想张嘴。

杨攀登又问："你们晚上去参加卢珍妮的婚礼吗？"

林江齐微微蹙眉："她邀请你了？"

杨攀登哈哈笑道："摆酒这种事不是向来有杀错没放过吗？"

裘纷纷感觉杨攀登的心态真是格外的乐观。

杨攀登知道林江齐有车，于是主动靠上去："齐哥，下午让我和纷纷姐搭你的车去吃酒席呗？"

林江齐应允："好。"

裘纷纷却说："我坐肖主任的车。"

因为被太阳烤得脑仁疼，又引得胃里也一阵阵绞痛，所以裘纷纷回到办公室后再次无精打采地趴在了桌上。

肖松波想交代她写稿子，见她这般，问道："中午又没吃饱？"

她做出可怜巴巴的样子恳请道："主任，我这次是真的病了，你能不能把写稿子的重任交给其他同志啊？"

他笑起来问她："干吗了？贪嘴吃了什么不该吃的？"

她说："藤椒、泡椒、米椒、鲜椒。"

他哈哈笑了笑，问："呦，肉食动物改吃素了？"

她一副一言难尽的表情。

夏至

他问："胃药有没有？"

她摇头。

他又问："你的移动药箱呢？"

她不解："什么移动药箱？"

他说："楼梯间偷偷摸摸递送个风油精、祛风露、跌打膏药的那个移动药箱呀。"

她恍然大悟，又有些不好意思，而且办公室还有勇哥在，也没法明说，只能朝他挤了挤眼，示意他别说漏了嘴。

他接收到她的讯息，改口批评起她来："我看你就是瞎折腾，本来好好一副肠胃，为了减肥吃什么酚酞片，吃多了就把肠胃搞坏了吧？"

她委屈地抗议："我好久没吃了。"

他推断："前前后后加起来，两瓶该是吃完了吧？"

一瓶酚酞片100片，成人一次的用量半片到两片。裴纷纷绝对不承认自己这些年吃完了两瓶酚酞片，最多也就一百二三十片。

虽然她深知减肥这种事靠药物是没有用的，也一直以坚持不懈的运动和控制饮食去接近自己的既定目标，可一个月里总有那么两三天实在忍不住闫鹏和何小娇的勾引，随他们一起放开肚皮去吃晚餐和消夜。这个时候，治疗习惯性、顽固性便秘的酚酞片就显得格外重要了。她从最初吃一片就能拉空肠胃，发展到吃两片才有些许效果，再到三片下肚才能痛快流畅，用了大概三年的时间。

吵得林江齐一夜没睡好的那次，就是她第一回尝试吃三片酚酞片。

那天是何小娇生日，吃货三人组在顺德吃完鱼生、烧鹅、炒牛奶和砂姜鸽子肾焗饭后感觉意犹未尽，又跑到远景路享受热量极高的韩国烤肉和彩虹蛋糕。坐在闫鹏新买的商务车上喝着红枣奶露的时候，裴纷纷十分庆幸自己今天早早做好了准备，吃下了酚酞片。

果然，酚酞片不负期望。她刚回到家，没过十分钟，肚子就有反应了。她开始还挺高兴的，感觉那么多美食只是过了过嘴瘾，身上不会贴膘,可一个小时内去了七次洗手间后,她就有些顶不住了。

同样顶不住的,还有住在隔壁的林江齐。

单位这宿舍是多年前的老楼,楼体结构一般,隔音效果更是差得惊人。裘纷纷毕业的时候家里给了首付在不太贵的地段买了套房子,可因为离单位远,上下班高峰时段乘坐地铁差不多得挤破头才能得到放两只脚的位置,所以她早早就出租还贷,自己一直住在单位分的这套一室一厅一厨一卫的宿舍。她时常能听到楼上楼下的住户发出各种五花八门的声音,所以她这过于频繁的冲厕所的声音自然也是传到了隔壁的林江齐那儿。

林江齐来敲门的时候,她第八次从洗手间出来,走去开门,只觉得两条腿都是软的。

她猜到他来造访的原因,于是先开口,问:"是不是影响你休息了?"

他见她一副虚弱的神态,与白天在单位见到的样子简直判若两人,于是问道:"你没事吧?要不要去医院?"

她连连摆手:"不用不用,只是吃坏了肚子而已。"

他疑问:"确定只是吃坏了肚子?"

这会儿就算打死她,她也不能跟新邻居说自己是吃酚酞片吃多了作的呀,所以她无比认真地回答:"确定。"

那晚,裘纷纷到底去了多少次洗手间,她自己是记不清了,后来林江齐告诉她,十六次。肚子真是彻彻底底拉空了,连水都没剩下。

她在沙发上躺了一夜,到早晨,天渐渐亮起来,她感觉自己快要断气的时候,林江齐又敲门了。

他像是刚从外面运动回来,满头满身都是汗,手里拎了粥和肠粉,边给她边说:"我估计你昨晚应该元气大伤。"

她见着吃食,眼里冒出一点点光亮,对他说了"谢谢"。

他并不着急走,又问了她一遍:"你真的不需要去医院吗?"

医院是肯定不去的,只不过药效还没过,这一碗艇仔粥、半碟鲜虾

夏至

韭黄肠吃下去,肚子里又是一阵翻江倒海。

她休养了几天才慢慢恢复生气。

何小娇提议去吃榴梿鸡煲庆祝她重回人间,她死活不答应。每日下了班后,老老实实去附近的公园夜跑。

遇到林江齐,是一个周六。

她吃了半个木瓜和一个黄瓜当作晚餐,被从不赞成她减肥的老爸说成是"可怜人"。她晓得这"可怜人"有双重含义,既可怜她只能吃水果,也可怜她孤身一人度过这大好的周末夜。

那晚,她心里拔凉拔凉的,但跑步却更加卖力,一鼓作气跑完了五千米。刚停下来,就看到了在前面走着的林江齐。

他似乎也是运动完不久,正在边走边放松肌肉。

她想起他好心送给自己的粥和肠粉,于是决定还一杯时下最流行的波波奶茶给他。

虽然不久后她就知道了林江齐根本不爱喝奶茶,可当时她是不知情的。她诚意满满地排了队买回奶茶给他,并认真细致地告诉他:"最上面这层焦糖奶盖,你可以用勺子舀一点尝尝,滋味独特,别家学不来的。底部的波波比较甜,一次不能吸太多。当然,最重要的是一定要在半个小时内喝完,不然会影响口感。"

他听她讲得头头是道,又见她给自己买的是矿泉水,好奇地问:"你不喝吗?"

她毫不费劲地拧开矿泉水瓶盖,半开玩笑地说:"我减肥。"

他扫了她一眼,贴身的运动服显露出她姣好的身材,他不懂:"你这么瘦了,还需要减肥吗?"

大概是夜里暖风拂面,让她放松了心情,咕噜咕噜喝了半瓶水,她对他说:"你是没见过我胖的样子。"又说,"我初恋就是嫌弃我胖所以才劈腿的。"

他疑问:"所以你就决定减肥?"

她否认:"也不是。是有一次过完端午节,坐高铁从家里回来的途中发现牛仔裤的扣子不知道什么时候绷掉了,才意识到必须得减肥了。"

他笑了笑,说:"想象不来你以前的样子。"

她想了想,说:"一脸盆肉。你想象一下一脸盆肉有多少。"

他被她的形容逗乐了,表示:"那是挺多的。"

4

不知肖松波从哪里找来了两片胃药,裘纷纷吃下后胃里不再那么火辣,有股凉凉的感觉。

肖松波告诫她:"晚上你就别大开吃戒了。"

别大开吃戒?裘纷纷打算把肖松波的话当耳旁风,婚宴的头牌可是烤乳猪呢,不大开吃戒就太对不住自己了!

五点半下班,她紧跟肖松波的步伐,要蹭他的车去酒店。

肖松波说:"我得先去给菁菁买她指名要吃的海苔肉松小贝,路上肯定特别堵,排队的人也多,你确定要跟我一起?"

她拍拍胸脯:"我这个做姐姐的给她买。"

他哭笑不得地睨了她一眼:"你比她大了整整二十四岁,你还好意思让她叫你姐姐?"

她很好意思地说:"本地习俗,没结婚的都叫姐姐。"

他表示:"我求求你快点当阿姨吧。你妈前两天还给秦园打电话,说让她给你介绍对象。秦园的嘴巴多大呀,可是为了帮你保密,愣是一个字都没透露。你这到底要瞒到什么时候?是想先搞出人命再领证吗?"

正是下班的时段,到处都是同事,她急忙说:"作为主任,你说话是

夏至

不是应该正经一点啊！"

两人走出办公大楼。林江齐的沃尔沃停在正对面，他和杨攀登正准备上车。

杨攀登见着裴纷纷，也不上车了，而是立马挥手打招呼："纷纷姐，纷纷姐。"

一副生怕别人不知道裴纷纷年纪不小了的架势。

裴纷纷真是想一巴掌把杨攀登拍死在林江齐车前盖上，但为了维持自己仅剩的那么一点点形象，她还是忍了下来，回了杨攀登一个僵硬的笑容，然后飞快地闪进肖松波的斯巴鲁。

肖松波边发动车边问她："那新来的小子是不是想追你？"

她没好气地说："想追我还整日管我叫'纷纷姐'？除非他脑子和屁股长反了。"

他呵呵笑起来说："女孩的心思不是每个男孩都能猜懂的。"

斯巴鲁慢慢驶出狭窄的车道，跟在了林江齐的车后。他突然问："你们是不是闹矛盾了？"

她飞快地否认："没。"

他可不信："你当我瞎呢？"

车子驶出大门，沃尔沃往右，而他们需往左转。

她趁机岔开话题，说："开车开车，去迟了肉松小贝就没了。"

事实上，裴纷纷和林江齐就是闹矛盾了。

她虽然没有七窍玲珑心，但也算得上是善解人意的好姑娘。昨天她从北京回来，原本林江齐答应了去机场接她，可大老板临时决定召开会议，他作为负责接洽的人抽不开身，不得已放了她鸽子。按她一直以来的心性，是不会埋怨计较的，可昨天她就是忍不住埋怨计较了。

从机场回来后就一直坐在沙发上，生了整整三个小时的闷气。林江齐回来的时候，她已经一肚子气了。

他自知理亏，又见她面有怒意，于是小心翼翼地赔着笑问她："问你想吃什么，怎么不回我微信呢？饿坏了吧？要不去京味道吃烤鸭？"

叁 大暑 欢乐

这可算是踩着雷点了。

她抬眼瞪着他，声音大得跟洪钟似的："烤什么鸭啊！我刚从北京回来，你还要我去吃烤鸭？你是不是都忘了我去的是北京了！"

本着敌强我弱、敌进我便退的战术，平日里甚少低声下气说话的他此时好言好语地向她赔罪："我错了，我错了。这几天实在是忙翻了，谁能想到暑假期间也这么多事呢？办公室几个人同时休假，我转都转不开。"

她两道眉毛一横："转不开？转不开你还能吃上烧烤乳鸽！"

他一头雾水："烧烤乳鸽？"

她断定："一看就是大鸽饭的烧烤乳鸽。"

他回想了一下，然后解释："那是杨攀登买回来的。"又疑问，"你怎么知道我吃了乳鸽？我好像没跟你说吧？"

她睨他："还用得着你跟我说吗？谢芳芳的朋友圈有你的大头贴！吃得美滋滋的样子！哼！"

他说："她恰巧路过，说想吃，难道我捂着不给啊？再说了，杨攀登也在场，又不是我一个人。至于她的朋友圈，我一直屏蔽没看过，我怎么知道她拍了我？"又问，"你不是说她老发一些炫富的照片，看多了影响你的价值观，也屏蔽了她的朋友圈？怎么又去看了？"

她支支吾吾给不出合理的解释，改口问："那奶绿布丁怎么回事？"

他又一头雾水："奶绿布丁又是什么？"

"前天晚上视频的时候，你桌上有一杯喝了四分之三的奶绿布丁，你明明不喜欢喝奶茶饮料，为什么它会出现？"

他哭笑不得："裘纷纷，你看到吃的东西两只眼睛就会发晕是不是？那个奶绿布丁分明就是在杨攀登的桌上！他中午出去买的，没喝完。你给我打视频的时候晚上十点半，它还没被我顺手扔进垃圾桶。可是一杯奶绿布丁怎么惹你生气了？"

她说："谢芳芳那个时间段就买了奶绿布丁，在单位附近的那家店买的。她平时朋友圈晒的都是金贵的东西，可那天居然晒了两杯不值

133

钱的奶绿布丁！配文还是什么'最爱'。"

他倒是肯大大方方地告诉她："她的确拿过奶绿布丁给我，但我没要啊。"

她像是终于抓到了证据，不高兴地说："果然就是！她对你的意思已经是路人皆知了！我去北京这些天，童冠辉经常说谢芳芳不正眼瞧他是因为喜欢你，如果没有你，他就能和谢芳芳双宿双栖，还给我举了很多事例，桩桩件件都暧昧！"

他反问："童冠辉就会吹水，他追不到谢芳芳就把屎盆子往我身上扣，你也信他？"

她哼哼两声，说："怎么不信？谢芳芳在我面前都夸奖过你好几回，一副想把你吃了的样子。"

他问她："那怪谁？"

她眉头蹙紧："怪谁？难道怪我啊？"

他也有些生气了，说："就怪你。是你不同意公开交往，非要搞什么地下情！如果我胸前贴上了你'裴纷纷'三个大字，还会有这些花边新闻吗？"

不公开恋情，是裴纷纷和林江齐正式交往的第一天定下的准则。

她的名声好不容易随着马家铭调去北京工作而渐渐恢复了些，万一和林江齐又谈崩了，那就真是永无翻身之日了。何况觊觎林江齐的人那么那么多，她可不想成为被雌性生物们争相投掷的箭靶子。

肖松波和秦园之所以是知情人，也是因为在西餐厅撞见了林江齐把自己盘里的牛排切了一半分给裴纷纷的画面。倒不是说同事之间不能单独吃个饭，可单独去那环境撩人的西餐厅，还分食盘中肉，她就算是全身长满了嘴巴也不能让肖松波和秦园相信她和林江齐只是同事关系。

翌日，肖松波专门找了勇哥不在的时机，唠了好些没用的废话，最后才向她抛出重点问题："你怎么看上林江齐的？"

她正在费劲地嚼着麻辣豆干，面对他的疑问，她十分慢条斯理地咽下豆干后，回了句："你是想问林江齐怎么看上我的吧？"

他当场就笑翻了，但死不承认她猜中了他真实的疑问，而是夸张地表扬她："你上山能捕蛇，下海可抓鱼，春天刨笋子，夏天捉小龙虾，秋天打板栗，冬天围着红泥小火炉，但凡吃了不会毒死人的，都逃不出你的胃，那林江齐对你来说还不就是小菜一碟嘛。"

她和林江齐到底谁是小菜，她心知肚明。

有次闫鹏从湛江买了新鲜大生蚝，带着何小娇来她的宿舍分享美味。

那会儿她和林江齐谈恋爱没多久，不肯对任何人暴露关系，所以只把他当成是偶然撞见他们在吃美食的邻居邀请了来一道吃。

吃到一半，林江齐被叫回去加班。他前脚迈出门，何小娇就忍不住问裴纷纷。

"这么一大帅哥住你隔壁，你是怎么做到半夜不翻阳台过去找他的？"

裴纷纷吃了一嘴的蚝肉，一时没接上话。

闫鹏笑哈哈地说："她可能想翻来着，但人家阳台封得死死的，她过不去。"

何小娇又问："是不是单身？"

闫鹏继续积极地抢答："是单身也跟她没关系啊。倒追林江齐的人没有十个也有八个，个个都是九十五分以上。她的人生噩梦，你还记得吧？就是那个谢芳芳，也常给林江齐暗送秋波。就她这点段位，都不够给那些女的提鞋的。"

闫鹏话音刚落，裴纷纷就打了个特别响亮的嗝。

这嗝一打就是半个晚上，怎么都压不下去，林江齐加完班回来的时候，她躺在沙发上一动都不想动，整个人元气大伤。

他给她倒水，她不想喝，于是他去他的宿舍从冰箱里拿了几袋酸奶过来。

她吸了一大口青柠味的酸奶，感觉稍稍好些了，问他："你怎么偷偷藏了这么多酸奶啊?"

他说:"要是不藏着点在我冰箱里,我怕你一天就把它们干掉。"

说得她好像比猪还能吃似的! 她郁闷地又吸了一大口酸奶,然后问他:"林江齐,你到底看上我什么了?"

他没有立马回答她,沉吟起来,倒像是在认真思考这个问题。

过了好久,她都把一袋酸奶喝得干干净净了,他才说:"你吃东西的样子让我感觉好像是吃进了我的肚子里。"

她惊得眼珠子都要掉出来了:"你是在认真回答我的问题吗?"

他一脸认真地点点头,接着又说:"歌唱得也没那么难听。"

她差点背过气去,一晚上没再理他。要不是第二天早上他在厨房倒腾的葱油拌面实在太香,她都打算跟他分手了。

5

排队买海苔肉松小贝的人果然很多,但好在店家旁边有倒卖的,裘纷纷加了二十块钱,要了两盒海苔肉松小贝和两盒雪贝,她和肖松波对半分。

肖松波问她:"你老实说,你的工资是不是有一半都花在吃上了?"

她不承认:"哪有那么夸张啊。"

其实在她和林江齐谈恋爱之前,实际情况比肖松波想的更夸张。只不过谈恋爱之后,出去觅食时绝大多数都是林江齐买单。老吃他的,她特别不好意思,可买单的时候又抢不过他,于是想了个法子,就是给他买衣裤鞋袜。

她对男士着装没有太多的了解,就花大价钱按着他平时穿衣的喜好买了两套。

本来是想给他一个惊喜的,结果拿回去给他试穿,他举着差不多能塞下一个半人的上衣,问她:"上次在重庆我就想问了,只不过那时跟你不熟,问了怕你尴尬。可是,你是不是对我的身材有什么误解?"

既然存在误解,那接下来肯定就是实践操作,让她好好认识一下他的真实身材了。

只是实操的过程中,她一直嘟囔着:"这也太快了吧……不行不行……我是一个有原则的人……不可以不可以……我怕,哎呀,不行……你那个别压着我……等等,让我吸口气……你听你听,手机响了……别把我衣服扯坏了……好痒啊……不要不要,别别别……"

他突地抬起头问她:"明天咱们去长沙吃小龙虾吧?"

她愣了一愣,随后说:"好啊。"

他哈哈一笑:"你说'好'了。"

婚宴的酒店在车多人多的大码头附近。

裴纷纷和肖松波到酒店的时候已经过了七点,连迎宾的人都已经撤了。

她叹道:"估计这宴席没有咱俩的位子了。"

两人走进电梯,他笑问:"是谁刚才非要绕道去买甘草水果,耽误了小半个钟的?"

她舔了舔还残留在嘴唇上的酸甜甘草汁,说:"你不也吃了吗。"

一出电梯,就听到婚礼司仪热情洋溢的声音。

裴纷纷积极地走在肖松波前面,一双乌溜溜的眼睛四处转动着想找到空位。还没等她发现空位,空位先发现她了。

杨攀登挥着大胳膊喊她:"纷纷姐,这里这里,给你们留了位子。"

裴纷纷朝两桌外的杨攀登那边看去,确实有两个空位,可那桌不但有林江齐,还有谢芳芳,她实在不想去。

肖松波推了她一把,边催她往前走边说:"我觉得杨攀登的脑子和屁股可能真长反了。"

她没心情和他探讨这个问题。

夏至

两个空位,一个在林江齐左边,另一个在林江齐对面。裘纷纷一屁股坐在谢芳芳右边,正面迎接林江齐的目光。

谢芳芳见裘纷纷没奔着林江齐旁边的空位而去,还挺高兴的,边给她倒水边随口问了句:"特别塞车吧?"

裘纷纷说"是",然后迅速扭头去看台上的新郎新娘,完完全全避开和林江齐的眼神接触。

仪式还算简单,很快就开席了。

头牌果然是烤乳猪。

裘纷纷吃了一块,口感酥嫩得很,蘸上些许白糖,更是别有一番滋味。

杨攀登见桌上别的人都嫌烤乳猪油腻,只吃一块半块的,就她一个人吃了四五块还不肯放筷子,于是问:"纷纷姐,你是不是很喜欢吃烤乳猪啊?"

肖松波扑哧一笑,说:"何止是烤乳猪,你很快就会发现每一道菜她都很喜欢吃。"

裘纷纷没好气地睨了肖松波一眼。

杨攀登又问:"你这么能吃、这么爱吃,身材却还这么好,是不是吃了不吸收?"

不吸收? 不吸收才怪!

她为了保持身材,常年晚上只吃果蔬,偶尔吃了最爱的大鱼大肉,回来以后肯定要被林江齐拉着去跑步,三千米起步。有的时候真是不想动,就冲他撒娇想躲懒,他那叫一个铁面无私啊。有两次,她着实生气了,他就反问她:"是谁让我当监督员,监督你吃完大餐后必须运动的?"她鼓起来的气一下子就被戳瘪了。谁让她自小身体的吸收功能就好得出奇呢? 不像林江齐,吃多少都不会胖,真是让她好生嫉妒。

其他的菜不太好吃,但裘纷纷还是在大家的闲聊中默默无闻地快把自己喂饱了。

旁人问起林江齐想找个什么样的女朋友时,裘纷纷刚拿起一个水煎包塞到嘴里，只听得林江齐回答说：

"我有女朋友了。"

就这几个字，桌上立马炸开了锅。

有人惊讶："小林有女朋友了啊？"

有人可惜："什么时候的事啊？我还想着把我侄女介绍给你呢。"

有人好奇："谈了多久了？"

也有谢芳芳这种被突来的雷电击得声音都变了调的："有女朋友了？"

林江齐挑了其中一问，回答说："谈大半年了。"

有人笑道："你这保密工作做得可以呀。"

裴纷纷的头差不多都埋到桌上了，可也能感觉到林江齐正在看自己。

林江齐的目光确实是落在裴纷纷的脑袋上的，他冲着她说："是她不想公开。"

有人疑问："啊？她是做什么工作的？"

杨攀登胡猜："不会是大明星吧？"

林江齐否认："不是。"

有人看热闹："今晚不知有多少女孩子要伤心了。"

有人八卦："有没有结婚的打算呀？"

林江齐说："我是有，不知道她有没有。"

有人哈哈笑："听起来，这个姑娘应该是特别有魅力的吧？连你这大才子都心甘情愿被她牵着鼻子走的样子嘛。"

杨攀登说："如果是结婚的对象，你把她带出来让我们见见呀。"

林江齐许诺："近期一定找个合适的时间请大家吃饭。"

杨攀登还想说点什么。

林江齐突然唤："裴纷纷。"

"啊？"裴纷纷当众被点名，手上那半个水煎包都被吓掉了。她被动地抬起头，发现大家的目光齐刷刷地投向了自己。

林江齐问："你吃饱了没有？"

裘纷纷咽了咽口水，支支吾吾说："我……我没吃饱。"

林江齐已经起身准备离席，他告诉她："没吃饱回家吃。"

与其留在这里被大家盯着看，裘纷纷觉得，还是走为上策。

一出宴会厅，林江齐就拉着她一路往外走，也不跟她说话。

她觉得自己此时就像是犯了错的小学生，被林江齐这个家长从学校领回去受罚。

上了车，开了好一段路了，她才小声地嘀咕了一句："我的海苔肉松小贝和雪贝还在肖主任车上呢。"

他说："芝士蛋糕在后面。"

她闻言扭头看了车后座，还真有芝士蛋糕，就是上午她在电梯外看到他手上拎着的。那会儿她还气鼓鼓地以为他是和谢芳芳一道出去买上午茶了，原来是个误会。这让她原本就不高的气焰又掉了好几截。

他又说："上12306。"

她看了他一眼，然后掏出手机，边问："干吗？"

他说："买票！"

她进入APP，问他："去哪里的？"

他说："去你家见你爸妈。"

她连忙把手机收起来，说："觉得刚才没吓死我所以不过瘾，想要吓死他们吗？"

他看了她一眼，问："我达不到你爸妈对女婿的要求？"

她低声说："绰绰有余了。"

他又问："那我达不到你对老公的要求？"

她又低声说："也绰绰有余了。"

他下命令："那就上12306买票。"

她不肯，说："我怕你现在是眼睛里夹了板栗，等热乎劲一过，发现眼前人是我，会把肠子悔断的。"

他哭笑不得，说："你用眼睛夹个板栗给我看看。"

她道："哎呀，我这是比喻。"

他问："你就这么没安全感？"

她缩在座位上，叹道："可不就是没有嘛。"

他说："现在大家都知道咱俩的关系了，以后不会再有苍蝇围着我转。"

她理由清奇："你要有缝，照样围着你转。"

他半笑着问："就你这馋猫，有缝的蛋能活到第二天吗？"说罢，他掏出自己的手机。

她以为他要买票，连忙说："你开车怎么玩手机啊。"

他不理她的抗议，表示："这个红灯有60秒，足够我发一条朋友圈。"边说着边飞快地把手机摄像头对准她拍了照片。

她反应迟钝，等他拍完了，才想起来要挡住自己的脸。她问："你干吗啊？你拍我干吗？"

他双手拿着手机，手指灵活地运动着，他说："把你发到我的朋友圈，打上我的标记，免得杨攀登那小子对你心存歹念。"

她立马要去抢他的手机："你别乱来啊。"

他已然完成了步骤，笑看着她："我发了。"

她想要删除照片，向他伸出手："手机给我。"

他把手机放在左边的裤兜里，然后一本正经地提醒她："绿灯了啊，你别做些危险动作影响我开车。"

她哼哼好几声："哎呀，你真是的！哎呀，你太过分了！哎呀，我生气了！"足足过了两分钟，才突地想起拿出自己的手机看他的朋友圈，然后一阵哀号："哎呀哎呀！你怎么把我拍得这么丑！"

他笑说："我老婆天下最美呀。"

她脸上一阵发红发热，声音里透着一点点难为情和满满的幸福："谁是你老婆了。"

他大声说："裘纷纷呗。"

肆 谷雨·猜测

> 她一直不承认自己是贪恋段耀明
> 的美色,虽然他确实长得棱角分明,还
> 有一副精壮的好身材。她只承认他们
> 是彼此在这个纷繁复杂的都市中可以
> 相互满足对方生理需要的床伴。

1

时间刚过十二点,程学政就提议去吃午餐。

会议室中前一秒还在埋头忙碌着的精英们接二连三地响应,毕竟今天是周日,而且从周五傍晚开始,他们已与堆积成几座小山高的文件资料鏖战了近四十个小时,即便是想赚大容先生开出的五倍加班薪水,到这时也实在有些力不从心了。为首的程学政一张嘴,他们只恨不得立马出去透口新鲜空气,纷纷离座,鱼贯而出。

唯独对着电脑键盘一顿敲打的董珈没抬屁股。

程学政唤她:"董秘书,人是铁,饭是钢。工作一时半会儿干不完的,大容先生又不是明天就回美国。还是先去吃点东西吧,对面街新开了一家椰子鸡,味道很不错的。"

董珈停了手上的活,从电脑屏幕后露出一张脸来,微微笑着对他说:"谢谢。我不饿。"

程学政夸张地蹙眉:"昨晚你就没怎么吃东西,今早也只喝了杯咖啡了事,这么能抗饿,我能不能问问你到底是哪路神仙啊?"

作为容智恒的秘书,董珈自然与容智恒的亲信程学政关系熟稔,她直白地告诉他:"我没什么胃口。"

程学政故意问:"你是因为大容先生要离开了,所以伤心过度没有胃口吗?"

面对他一本正经的胡说八道,她哭笑不得。

他看了看四下的人都走远了,才刻意压低了声音,笑着说:"相信我,比起整日一脸严肃的大容先生,你一定会更喜欢小容先生的工作风格。"

更喜欢小容先生的工作风格?对这一点,董珈尚不能认同。虽然大容先生平时确实不喜言语、难见笑颜,乍一看去还给人一种高高在上的冷漠感,可他工作起来却是一等一的好上司,任何事都进退有度、有节有礼,她当他秘书这些日子,只见他发过一次脾气,涵养真是没说的。整栋大厦里几百个女职员,不敢说百分之百,至少十之八九对她日日能在大容先生跟前晃荡而羡慕不已。前阵子,大容先生将回美国总部的消息正式在集团公布后,她为此失眠了两个晚上。虽然早就知道他来上海只是镀个金,短则两年、长也不会超过三四年就肯定得回去继承大统,可她就是生出了一种莫名其妙的惆怅感。这股惆怅感一直萦绕在她心里,闹得一颗心总也不得宁静。

董珈最后听了程学政的劝,放下了手头上的活,走到街上呼吸点新鲜空气。

椰子鸡的味道确实不错,只不过大家都累得两眼昏花,吃得无精打采。

程学政眼见再熬下去没准得叫台救护车在一旁候命,于是壮了胆子给容智恒打电话。

容智恒大概心情不错,听了情况,直接给他们放假,有天大的事没

夏至

忙完,也补休一天,周二再上班。

程学政立马向大家宣布了这一好消息,众人欢喜得很,当即纷纷表示要回家睡大觉,锅里的椰子鸡也顾不得吃了。

又是只剩下董珈没抬屁股走人。

程学政笑问她:"你不但不会饿,也不会困是吧?"

董珈答他:"我昨晚趁你没注意,偷偷睡了几个小时。"

程学政摇摇头,不信她。顿了片刻,他突然说:"我知道你在想什么。"

她一反常态,飞快地反驳:"你才不知道。"

他愣了一愣,哈哈笑了两声,像是收敛起了什么,改口承认:"好吧好吧,女人的心思最难猜,我不知道你在想什么。"

她喝了半碗椰子鸡汤。

他又问:"大容先生有没有问过你想不想去美国?"

她放下碗,看着他,颇有些认真地表示:"我有自知之明。一个秘书,纵使再怎么得力,对大容先生来说也不可能重要到不可或缺。"

他耸耸肩,意思与她境遇相同:"他也没问过我。"

她指出:"他需要你在这里辅佐小容先生。"

他却说:"段耀明同样可以留在这里辅佐小容先生。"

她耐心地分析:"你土生土长呀,老婆小孩都在这里。段总的护照可是人家美帝国的,他跟大容先生漂洋过海而来,再漂洋过海而去,不是挺正常的嘛。"

他笑了笑,故意批评她:"你看你这个心态啊!美帝国的护照就牛呀?咱们的护照现在也很吃香的。"又说,"况且我老婆一直嚷嚷着想让孩子去美国读书,我怎么就不能期望期望去总部?"

她笑着揶揄他:"那你是非要让我说出段总才是大容先生左膀右臂的实话吗?"

他倒没有任何尴尬的神情,而是笑嘻嘻地说:"吃鸡吃鸡,多吃点。

你看你这段时间都瘦了。"

董珈很清楚自己瘦了。平日里想甩掉一斤肉,可得下不少功夫,近来裤腰却一日比一日松垮。同爸妈视频聊天,他们惊异于她的下巴越来越尖,忧心她得了什么病,催了她几回去医院检查身体。得病是没有的事,她只是睡得不太好,吃得不太香,心里时而空落落时而又堵得发慌罢了。

吃完午餐,董珈独自回了公司。她把凌乱的会议室稍稍收拾了一下,然后回办公室,准确地说是回容智恒的办公室。

这间办公室很大,还辟了专门的会客区,沙发、电视、冰箱、酒具等一应俱全。有时她独自忙到很晚,或是周末加班,那张三米长的沙发就是休息的好地方。

她第一次坐段耀明的车就是在这张沙发上正睡得香,却被他拍醒之后。那晚她陪着容智恒从香港开完会回来,因为飞机晚点,她把资料送回公司时已经凌晨。在香港那几日她铆足了精神干工作,几乎是耗尽了精气神,到这时人累得刚一挨着沙发,立马就倒下睡着了。那时是十二月初,天气寒冷,办公室里没开暖气,她意识里晓得自己因为冷而缩成了一团,可实在困倦,即便冷,即便灯全部亮着,即便耳朵明明听到有人在唤自己,也不想睁眼动弹。最后那人拍她的肩膀,她实在没办法了,才很不情愿地睁眼,这就看到了段耀明。

段耀明随容智恒征战四方多年,是嫡亲的亲信。不晓得是不是物以类聚,他和容智恒一样不喜言笑,甚至更加沉默,比起对谁都是笑脸相迎的程学政,他脸上就像是写着"生人勿近"四个大字。所以即便同为容智恒效力,董珈与他也只能算得上是经常打照面而已。

忽然看到段耀明一张脸离自己只有一尺远的距离,董珈那迷迷糊糊的睡意一下子就跑光了。她连忙起身,结果动作幅度稍稍大了些,前额直接撞上了段耀明的下巴。

段耀明吃痛闷哼了一声。

董珈的额头也没占什么便宜,但到底是撞到了别人,她心慌了,连

夏至

连向他道歉。

他惜字如金，摆摆手，说："没事。"

她感觉尴尬，转而问："段总，您……您怎么还在啊？"

他说："加班。"

她想了想，定是这边敞亮的大灯引起了他的注意，于是解释："那个，我刚和大容先生从香港回来，我把资料拿回公司。因为有点累，就想在沙发上坐一下，没想到睡着了。"

他点了点头，旋即问："你回不回？"

她说："回，回。"

他又问："开车了吗？"

她摇头。

他便表示："我送你。"

她下意识拒绝："不用了。我打车就行。"

他看了时间，已经快三点，于是忽视了她的拒绝，而是问："住哪里？"

她知道集团给他租下的公寓在什么位置，与她的住处完全是南辕北辙。她便说："我跟您不顺路。"

他却说："我喜欢晚上开车。"

她愣了一愣才明白他这话啥意思。既然人家喜欢大晚上开着车在城市里乱晃悠，她干脆就成人之美好了。

或许是因为白天喧闹的街道此时过于静谧，所以白天沉默的人到了此时也像是打开了一直关着的话匣子。他在不经意间流露出了对很多事物的关注，有些让她感到吃惊、意外，有些甚至让她错愕。她觉得自己都快要答不上他的某些疑问，又觉得他懂得很多，仿佛是个藏宝盒。

因为心里怀着撞到段耀明下巴的歉意，也想谢谢他送自己回家，董珈连着几日都多买了一杯咖啡想给段耀明，可惜她也连着几日都未见到他。后来，咖啡被程学政喝了。程学政无意提道："段耀明这小子开开心心陪儿子去旅游了,丢下一大堆工作,可把我累坏了。"

董珈十分震惊:"儿子?"

程学政料到她会是这反应,接着说:"小学都快毕业了。他自己也没多大,你算算,是不是二十出头就当了爹。"说罢,他又有点后悔了,于是交代她,"不过这事算是人家的隐私,你知道就行了,可别传播出去。"

董珈的嘴一向严实,这样的秘密她自然是不会传播出去的。可她不说不代表旁人不会从别处得到风声。没过两天,容智恒的另一位秘书姚宇芬就悄悄拿这事与她八卦。

姚宇芬与她关系好,说起话来没啥顾忌,往最坏处揣测:"结婚生子正大光明的,他却要隐瞒,是不是想着在这边搞点啥?"

董珈反而看得明白些,说:"无论他是不是已婚生子,都会有人愿意贴上去的,就看他自己愿不愿意而已。"

2

董珈在沙发上呆坐了一会儿。她双眼有些干涩,闭上却越发肿胀难受,唯有微微眯着才稍稍舒服些。

四点多的时候,梁志健发来微信,问她晚上是否有空一起吃饭。

梁志健是她远在昆明的表姐沈梦菱的大学同学,按照她这位颇有男人缘的表姐的说法,梁志健是集智慧勤奋与优渥家庭条件于一身的好男人。一个浑身发光的好男人却没被沈梦菱自己收入囊中,她觉得事有蹊跷。果然,年前见面吃饭,才发现梁志健的模样着实有些对不起观众。她觉得自己虽不是绝色美人,但好歹算清丽佳人,即便年近三十,可在魔都这样的大都市,还不至于已经没有了市场。所以礼貌

夏至

地吃完一顿饭后,她认认真真打了退堂鼓。谁知梁志健却对她上了心,明知道已被她派发了好人卡,可一日总会发那么两三条逗趣的笑话段子或是搞笑小视频给她。他不多滋扰别的,也就没惹她心烦,甚至有时累了倦了看上一两眼还真能逗乐。

有那么两回,她是真的想说服自己,要不就接受梁志健算了,男子嘛,无丑相的,看久了总可以习惯的。但转头看到睡在旁边的段耀明,这个念头就又烟消云散了。

她一直不承认自己是贪恋段耀明的美色,虽然他确实长得棱角分明,还有一副精壮的好身材。她只承认他们是彼此在这个纷繁复杂的都市中可以相互满足对方生理需要的床伴。

他们第一次同床共枕是去年初夏在檀香山。

她与沈梦菱约好去夏威夷度假,结果临走的前一天沈梦菱车祸伤了脖子,躺在医院一动不能动。机票酒店早就订好了,一时又找不到别的伴,她只能独自前去享受热带海洋的沙滩阳光。

几乎算是形单影只地度过了五个日夜,她都不晓得回去以后该如何编造出一个艳遇的故事来堵住沈梦菱那张必定会笑话她的嘴,结果最后一天下午竟遇到了来参加朋友婚礼的段耀明。

他请她喝了果汁,也顺便请了她一起去观礼。

她当时真是无聊透顶了,好不容易遇到熟人,立马就跳上了他的小摩托车。

新郎是黑白混血儿,新娘是黄白混血儿。婚礼的规模不算大,整个风格十分摇滚朋克,来观礼的人形形色色,但只有她和段耀明的穿着显得格格不入。

她猜想或许他心里住着一个摇滚版的小段耀明,只是碍于容智恒的权威才一直把自己装扮成一本正经的商务男。她忍不住问他:"你是新郎还是新娘的朋友?"

他回答她:"我是新娘的前夫。"

他的口气云淡风轻,却惊得她哑口无言。

缓了好一阵,她突地拍拍胸脯,说:"我请你喝酒。"

就好像他是个失恋的大男孩,她充当起了知心大姐姐的角色。

实际上,他从端起酒杯到饮尽最后一滴酒都没有流露出任何的伤心难过。

她看不透他,甚至到最后,她醉到根本看不清他了。

在沙滩上,她走得东倒西歪,他松松地抓着她的胳膊。

她憋了一整个晚上,终于还是忍不住了,微微抬头看他,语气有些感慨:"没想到你居然是个会参加前妻婚礼的人。"

然后,事情就发生了。他先低头吻了她,随后她抱住他的腰背,加深了这个吻。好似着了火的老房子一样,一发不可收。

她到现在都还记得自己当时的状态,酒醉迷离、胡说八道,一点平日里端庄正经的样子都没有了。她到现在都还记得自己在事后说的那句话:"不如我们当床伴吧。"

是床伴,所以不需要投注感情,只要身体的契合度达到那个高度就行。

过年的时候,沈梦菱拉她去冬瓜山吃烧烤。

大冷天的,两人喝了点白酒暖身。

沈梦菱不怀好意地笑问她单身三年了,有没有特别想念异性的怀抱。

她不知是哪根筋抽搐了,竟晦涩地跟沈梦菱说了段耀明。

沈梦菱一脸的不理解:"男未婚女未嫁,不正经谈恋爱却要偷偷摸摸当床伴,难道是为了寻找刺激的感觉吗?"

她故意点了点头,吃了些东西,又喝了口酒,才缓缓说:"他来上海只是镀金,很快就会回美国的。"

那时她说"很快"二字只是随口,没想到是真的"很快了"。

梁志健提议去吃铁板烧。

董珈应允。这是她第三次接受梁志健的邀请,第二次是两个星期前,集团开月例会,容智恒当着一众高管的面宣布自己不日将回美

夏至

国,他感谢大家这段日子以来在工作上的配合,也顺道提了一句,段耀明将随他一道返回。

对于段耀明随容智恒回美国一事,集团上下没人会感到意外。她亦不应该感到意外。

那晚和梁志健吃的是重庆火锅,她选了最辣的锅底,辣得眼泪都流出来了。

段耀明发微信问她晚上是否有空。她回了他两个字:没有。

她在檀香山的那个提议是她以为他已经睡着了以后说出口的,他当时没有吱声,她便以为他没听到。她是翌日一早的航班回国,所以走的时候他也没有醒。在太平洋上空飞行的时间里,她一直在后悔,后悔喝了那么多酒,后悔回应了他那个不知道是带着什么情愫落下的吻,更后悔那个什么狗屁的"床伴"提议。她觉得自己简直没办法抬头做人了,上班后,连着好几日都尽量躲着段耀明。

后来收到他的微信,是一句简单的问话:"今晚有空吗?"

她看着这几个字出了神,好一会儿才缓过来,回了个"有"字。

他接着发了句:"去你家。"

如此,他当时显然是听到了她的提议,也显然是同意了她的提议。

他们有时两周见一次,有时三周见两次,忙起来也可能一个月都不见面。

她也有过不方便的时候,生理期或是工作劳累过度,对他说"没空"二字的次数两三回总还是有的,但那晚说"没有",她知道自己是心里不舒服。

她与梁志健吃火锅那晚的第二天上午,在电梯里遇到段耀明。

电梯里没有旁人,他们也就没必要端着大老板秘书和大老板亲信的身份相互问好致敬。可连招呼都没打,反而让气氛略有些尴尬沉闷。

是他先开的口,问她:"今晚有空吗?"

她想了想,说:"有。"

他便说:"去你家。"

她答:"好。"

她七点多才离开办公室,回到家已经八点。

他有她的房门钥匙,这会儿正在阳台上与人视频通话。见她回来了,他与视频中的人说再见。

她弯腰脱鞋,隐约听得出对方是他儿子。她不由自主地叹了声气,明明是很轻飘飘的一声却好似有万斤重,压得她几乎起不了身。

他从餐馆买了几样菜打包回来,等着她一起吃。

他们从不单独在外就餐,遇到实在想一道出去尝鲜的,就编出些合理的理由叫上程学政。都是容智恒身边的近人,三人同行应该不会特别扎眼,至少她觉得不会。

段耀明不挑食,也没有特别喜欢吃的菜,所以每次叫外卖都是董珈看着办。今晚他做了回主,点的是紫苏鱼块、椒盐排骨、红烧豆腐和蒜蓉炒春笋。因为时间有些久,菜已经凉了大半,又在餐盒里闷了好一阵,所以每道菜看上去都有点蔫蔫儿的,不过味道尚好,总算是个安慰。

她问他在哪个餐馆买的,又说那个餐馆最好吃的是板栗蒸鸡和香椿煎蛋。

他则说起今日的城市交通顺畅得出奇,他一路上遇到的尽是绿灯。

屋外下起雨,她起身去关窗,说梅雨季节到了,连犄角旮旯都是湿漉漉的。

他又告诉她,他一个友人在附近的商场开了一家健身房,她得空可以去。

反正他们一直有无关痛痒的话题可聊,好似一点都不会冷场。

饭后,她给他泡了杯茶。

茶叶在瓷杯子里被开水冲得四处逃窜。

夏至

她笑着对他说:"回美国之后可就很难喝到这么好的君山银针了。"一颗心都提到嗓子眼里,可音调并没有大起伏。

他看了看她,然后接过茶杯,低头看着杯中那些差不多要归于平静的漂亮茶叶。

雨势突地就加大了,雨点乒乒乓乓地敲打着阳台的玻璃窗,伴随着呜呜作响的风声,像是要破窗而入似的。

她很快接着说:"以后我去美国旅游,你要给我当导游啊。"

他沉默了片刻,吐出个"好"字。

她起身,自顾自说忙着给他端茶,自己那杯还没泡上,又说:"可惜算不上新茶,如果是新茶那才真是……"

他打断她,难得唤了她的名字:"董珈。"

她本是背对他的,这时回了身看他。

她不喜欢白色的日光灯,所以即便是租住的房子也一早便将灯泡全都换成了温情的黄色。在这种光线下,看人是最好看的。她曾有过不少机会近距离看他,接电话的他、看电视的他、吃东西的他、动情的他,还有睡着的他。或许她还是应该承认,自己就是觊觎他的美色,所以才会生出一种叫舍不得的情愫。

忽然,门口传来一阵动静,是有人在屋外开锁。两人原本对视的目光同时投向房门。

这位不请而来的访客是沈梦菱。她大概以为没人在家,却不想看到董珈的同时还看到了一个男的,她有些尴尬地询问:"我是不是来得很不凑巧?"

无论凑不凑巧,反正段耀明肯定是不能留了。

他前脚刚走,沈梦菱立马就扑到董珈跟前,几乎是认定了一般追问:"他就是段耀明?"

董珈用力推开沈梦菱凑上来的脸,蹙眉问:"你怎么来了?"

沈梦菱不答反问:"我是不是坏了你的好事?"

董珈摇摇头,说:"你来得很是时候。"

3

梁志健选的这家铁板烧,董珈曾和段耀明吃过一次,当然,一道的还有程学政。

不知程学政是从何处得知那日是董珈的生日,吃到最后突地变出一个草莓奶油蛋糕来,不但惊到了她,也惊到了毫不知情的段耀明。

程学政边把寿星小帽子戴在董珈头上,边笑说:"生日饭跟我们一起吃,可见你很看重我和段总嘛。"

其实那顿铁板烧明明是程学政提的议。他老婆小孩去国外旅游了,就摆出孤家寡人无处去的可怜样,非要让段耀明请吃饭,还得带上一起加班的董珈。他最是爱打趣人的,饭后故意拉着段耀明问:"段总,我送了生日蛋糕和生日歌,你就不考虑送董秘书一件生日礼物吗?"

董珈连忙说:"不用不用。"

段耀明沉吟了片刻,说的却是:"我还有事。"

这么不通人情世故,真是让董珈和程学政尴尬到家了。

程学政送董珈回家,路上无可奈何地笑道:"这段耀明还真是难以形容啊。"

难以形容的还有董珈的心情。她自知与段耀明的关系并不是正经谈恋爱的男女,所以生日之类的事并未告诉他,亦没想过要他送什么礼物,只不过但凡是个稍微灵通些的人也不至于当面说出那么驳人脸面的话来吧。她心中到底是意难平的。

结果晚些时候,他来找她了,并带着一份刚从专柜购得的项链。

在那一个瞬间,她觉得自己无限接近他的内心。

夏至

　　她对那条项链的感情十分复杂。戴上被他看见了，好像是在告诉他，她重视这份礼物，从来不戴又显得自己一点都不在乎这份礼物。好好的一条项链，竟然成了一个难题。

　　今日店里的客人很多。

　　梁志健虽然预订了位子，二人仍在外等候了小半个钟才得以入内。

　　店内不大，共有四张桌台。只扫一眼，董珈就看到了段耀明。

　　他坐在靠窗户的那桌，与他同桌的是平日与他关系很好的三名下属。他们几乎是正面对着门，真是好巧不巧。不但他们都很快发现了她，而且等待着她和梁志健入座的那两个空位正好就在他们那桌。

　　众人眼中独身的董秘书和一个男人来吃铁板烧，即便这个男人长相一般，也仍是引起了他们的格外关注。

　　在简单打过招呼后，董珈主动介绍起梁志健，说是自己的朋友。

　　嘴快的赵恺笑嘻嘻将菜牌递给董珈，说："遇到就是缘分，今晚我们既给明哥钱行，也正好一并请了董秘书和新朋友。"

　　戴眼镜的蒋有余附和："想吃什么随便点，千万别客气。"

　　董珈感觉这情景真是磨人，连菜牌都不想伸手去接，嘴里连连说着"不用"。

　　倒是梁志健表现大方，将菜牌接下，并笑着说："既然是缘分，我们就不客气了。"说罢，主动问起段耀明，"段总是要高升去哪里呀？"

　　段耀明这时像是被什么东西噎住了，半晌没张嘴。

　　心急的雷裘站出来替他说："回纽约总部。"

　　梁志健连连点头："段总好前程啊。"

　　段耀明这才礼貌地回了个笑。

　　梁志健埋头点起菜来。

　　赵恺问董珈："董秘书最近一定很忙吧？我见程总这几天带着你们没日没夜地加班。"

　　董珈嗯了一声。

雷裘认为：“其实大容先生也没那么着急回纽约吧？”

蒋有余笑着说："你懂什么呀，程总这是想在大容先生走之前再好好表现一番。以后隔着太平洋，可就没有这机会了。毕竟总部优秀的人才一抓一大把，大容先生要多久才能再记起程总呀。”

赵恺连忙抱住段耀明的胳膊，故作惨状地哀求："明哥，你回去以后可千万不要忘记我呀。”

蒋有余表示："你一个身上连二两肉都没有的瘦子却这么能吃，应该很难让人忘记。”

说着，几人笑起来。

董珈陪着笑了一笑，段耀明却始终不松动嘴角。

其实昨晚段耀明找过董珈。

他很少给她打电话，即便打电话也都是公事，可昨晚他问她有没有空。

她是走出会议室到空荡荡的走廊接听的。

说实话，她并不是一定要留在这里加班，可她告诉他，没空。

她猜想他是要跟自己告别，她觉得没必要，他们并不是需要正式告别的那种关系。有过一段时间的欢愉，然后分道扬镳，结果甚好，毕竟本就是各表一枝的两朵花。

饭后，雷裘提议再去酒吧喝一杯。

董珈以疲累为由拒绝了。她祝他们玩得开心，并与梁志健离去。

她是真的疲累，回到家，躺在沙发上一动都不想动。她需要好好睡一觉，也就真在沙发上睡到了第二天早上。她没把昨天程学政说的今日放大假的事挂在心上，爬起来洗了个澡，化了个精致的妆然后去上班。

作为秘书，她一直秉持着要比自己老板早半个小时到办公室的原则，也一直这么做。可今日不止容智恒，连程学政都来得比她还早，不知是发生了什么大事。

见程学政从容智恒办公室出来后一脸复杂的表情，她实在忍不住好奇,凑上前去,小声询问:"怎么了?"

程学政看了看她,摇摇头,叹叹气,又无奈地笑了笑,反正就是不肯吱声。

她只觉得定是有什么突发事件,一颗心不由得提了起来。

此时段耀明也从容智恒办公室出来了。

程学政抬起手指着他,像是要批评人:"你啊你……"

段耀明截断他的话,难得露出一丝狡黠的笑意,反问:"是想感谢我吗?"

程学政哭笑不得:"我谢谢你杀我一个措手不及。"

段耀明欣然接受:"不客气。"

一旁的董珈看得一头雾水。

程学政也不再多说什么,识趣地快步离去。

段耀明却没动,而是突地问董珈:"你去过新疆吗?"

她一时愣住,不知他的提问有何目的,待缓了缓神,才答:"没有。"

他继而说:"听说新疆的喀纳斯很美,春夏秋冬景色各异。"

她只得顺着他的话说:"看过照片,确实是人间仙境。"

他表示:"我最想盛夏的时候去。"

她觉得此刻的他很奇怪,有一种她没从见过的轻快感。

他忽地转换话题,问道:"梁志健。昨晚那个人是叫梁志健吧?"

她看了他一眼,感觉自己压根没办法跟上他的节奏。

他问:"是你男朋友?"

她否认:"还不是。"

他追问:"你觉得我怎么样?"

到这时,她心里有了些谱。只不过他从未有过此类的举动,这让她有点慌神之余还有点不好意思。她回避了他的目光,低声说:"什么怎么样?"

他说:"当男朋友。"

她的心扑通扑通乱跳起来,声音微微发颤,反问道:"你……你不是要回美国吗?"

他告诉她:"昨晚我找大容先生,跟他说我不回了。"

"他同意了?"

"同意了。"

她差不多猜到了答案,只是这来得太突然,她不敢置信,喃喃问:"为什么?"

"你说呢?"

"你儿子在美国。"

"这确实是个问题。不过好在他对中国很感兴趣,也很喜欢上海。"

"你父母也在美国。"

"他们在周游世界。"

她终于再次抬头正视他。她从未在白日里离他这么近,他们在日光下总是疏离的。

他从来不是温柔的人,可此刻格外的温柔。他握着她的手,问:"你愿意……"

他的话还没说完,她就答:"愿意。"

心急得如同那夜在海边,当他吻了她之后,她就什么都顾不上地迎接了他。这爱意究竟是什么时候生的根? 竟这样深,连她自己都不敢承认。

不知容智恒什么时候出来了,干咳了两声来提示他们自己的存在。

按理说,这一突变打乱了容智恒的计划,他因为修养好而没有大发雷霆,因为把段耀明当成嫡亲的亲信而没有多加责备,但流露出不悦是完全可以理解的。可他看似心情不错,语气中还带着些平日里难得的调侃口吻:

"看来我的观察力不行了,连我的干将和我的秘书在一起了都不知道。"

伍 小满 ╲ 知足

他并非心甘情愿娶她。

他娶她，

是为了将另一个女人拉出泥潭。

1

一进烤鸭店的门，姜飒飒就吐了。

好巧不巧地吐在人家店门口那一排擦得锃亮锃亮的玻璃橱窗上，乍一看，它们好似糊在橱窗里那些溢着金灿灿油脂的烤鸭肚子上。

原本走在前头的费晋听到动静后，回过身，他先是看了看身高将近一米八但仍踩着一双红底恨天高的佟小炫，然后看了看身高只到佟小炫胸口、正忙着从包里掏纸巾出来擦嘴的姜飒飒，最后故意打趣道："飒飒，你不想吃烤鸭就直说，往人家橱窗上吐算怎么回事？万一把店家的老板娘惹不高兴了，不给咱们吃了怎么办？"

姜飒飒胃里那股翻滚的难受劲儿还没完全过去，顾不上回腔。

佟小炫双眉一挑，饶有兴致地问："呦？我出国走了趟秀的工夫，您就成婚了？"

费晋嘿嘿一笑："你都没点头，我成什么婚呐？"

伍 小满＼知足

佟小炫倒也习惯了费晋这爱胡说八道的毛病，笑着呸了他一声，又说："咱们赶紧落座吧，给飒飒来点热水。"

大半杯热水灌到胃里，姜飒飒感觉舒服了很多，还没等笑容可掬的经理把菜牌奉上，她就噼里啪啦报了一大串烂熟于心的菜名。

佟小炫为了保持身材，早就把自己饿成了小鸟胃，她工作忙碌，又有近半年时间没跟姜飒飒同桌吃饭，见了这点菜的架势，惊诧地劝道："虽然这馆子是费晋开的，你把它吃倒闭都没问题，可现在国家提倡节约，咱们吃不完这么多，少点几样吧？"

费晋朝经理摆了摆手，示意他出去备餐，随后看着佟小炫说："认识十几年了，你对她的食量还不了解啊？但凡跟烤鸭、涮肉沾边的，多少都能塞进肚子里，当场塞不进的，带回家后午夜十二点前也肯定会塞进去。现在才上午十一点半，有足够长的时间给她发挥。"

费晋的这一评价，姜飒飒本人没有任何需要反驳的地方。

熟悉她的人都知道，她自小爱吃烤鸭和涮肉，这两样食物，哪怕是吃到吐，她也还想再吃。

十一岁那年，在调至广西工作的姜爸爸的奋力争取下，她第一次离开姥爷家，去南宁上学。姥爷家的孙子孙女好几个，外孙女只她一人，金贵程度排第一。她走了没两个星期，姥爷就坚持不住了，嚷着要把宝贝外孙女接回来，姜爸爸不肯，姜妈妈亦不配合。姥爷行事虽然霸道，但也不是个完全不明事理的人，心里清楚孩子的确应该跟在父母身边，于是又忍了大半个月，谁知最后竟思念成疾，生了场病，住进了医院。她连期中考试都没参加，就被大舅从南宁提溜回了北京。姥爷见着了心肝宝贝，病好了一大半，躺在床上，问她想吃什么。她自然是想吃烤鸭和涮肉的。于是一个小时后，她在病房里吃上了热腾腾的涮肉和刚出炉的烤鸭。小小年纪，舟车劳顿后的第一顿饭就如此油腻，吃起来还狼吞虎咽，当场吃吐了也不足为奇。可姥爷不这么认为，姥爷认为是姜爸爸姜妈妈没照顾好女儿，平日里肯定尽是些粗茶淡饭，把他的心肝宝贝饿瘦了，所以她没再回南宁，并且过上了想吃烤鸭

159

夏至

就吃烤鸭、想吃涮肉就吃涮肉的逍遥日子。

唯一的问题是，这两样食物吃得太多，以至于她身上看得见、看不见的地方光明正大地贴上了许多肥膘，体检结果十分难看。

到了十八岁生日，又调去陕西工作的姜爸爸特意飞过来，语重心长地同她谈了半个晚上，希望她能克制一下对烤鸭和涮肉的喜爱，多吃点瓜果蔬菜，再不注意，她嘴角那两个可爱的酒窝会被脸上的肉挤没了。

身上长肉事小，唯一长得像爸爸的两个酒窝要是没了事可就大了。于是，她开始克制自己对烤鸭和涮肉的喜爱之情，先是一周吃一回，再是两周涮一次，最后成功地保持住了一个月临幸它们一次的好成绩。

要不是因为后来去了香港，她大概能一直保持这个好成绩。

而没保持住这个好成绩的原因，她觉得应该赖在姜爸爸身上。

她从出生到二十五岁，除了十一岁那年短暂地离开过姥爷视线范围一个月外，几乎再没有单飞过，一直过着姥爷走哪儿游山玩水她就走哪儿游山玩水，姥爷和谁吃酒钓鱼看星星她就和谁吃酒钓鱼看星星的日子。虽然这种日子显得她很没有自由且很没有自理能力，但有姥爷这棵参天大树罩着，她觉得混吃等死的生活很是惬意。

可姥爷一日日老去，总会有罩不动她的时候。

她二十四岁这年，姥爷生了一场大病，脑袋动了刀子，在医院休养了一个多月，又在家中静养了小半年，直到农历年前身体才恢复得七七八八。

为着老人家高兴，散落在世界各地的血脉都赶回来陪姥爷过年。

家中各处都是人，场面异常热闹。

在这异常热闹的场面中，甚少发言的姜爸爸借着酒劲故意笑话她长这么大了却还没离开过皇城脚下三尺远，一点独立生活的能力都没有。

她其实一点都不在意姜爸爸这几句笑话，她愿意猫在熟悉的地方过着重复的生活。可这几句笑话听在姜家一众人耳朵里，就成了他们过于溺爱这个随母姓的外孙女，过于干涉这个唯一外孙女的成长。当然，姜家一众人对这几句笑话在不在意还不是最紧要的，最紧要的是，姥爷突然改变了口风，说："姑娘大了，是该出去走走、见见世面了。"

于是，她被"发配"到了香港。

她同初中结识的好友佟小炫说起这件事时，唉声叹气地往嘴里塞涮肉。

佟小炫担心她情绪不好，吃多了涮肉会吐，一边悄悄地把肉碟端远了些，一边笑说："也只有你会把去香港称为'发配'。"

她咽下嘴里的羊肉，扬着脑袋反问："怎么不是发配？我听不懂那里的话，吃不惯那里的东西，不喜欢那里的天气，也不喜欢那里的人。"

佟小炫连忙接话："打住打住。你这个帆儿可不要立得这么早。能被派驻到香港的，都是各部、各集团筛选出来的精英，说不定你的白马王子就在其中。"

白马王子？

十四岁之前，她倒是对此充满了幻想，十四岁之后，觉得那根本就是天方夜谭。

为什么以十四岁作为分水岭？这就需要烤鸭和涮肉来背锅了。

姜妈妈是姥爷众多子女中长得最像他的，而她除了遗传到姜爸爸的一对酒窝外，模样神态都像极了姜妈妈，换言之，她长得与姥爷特别像。姥爷是一等一的帅哥，所以，她至少也是个一等的小可人儿。

但俗话说得好，一白遮三丑，一胖毁所有。

拜烤鸭和涮肉所赐，她十四岁的体重比姜妈妈四十岁还要多一些些。

这就有点难看了。

这就使得即便她是姜家最金贵的孩子，在学校仍阻止不了因年纪还小不太懂阿谀奉承之道的同学们对她的身材指指点点。尤其是当她和瘦高瘦高的佟小炫一同出现，那画面宛如阿拉伯数字10。

别说白马王子，是个男子都对她敬而远之。

当然，她对此并没有特别伤心难过，毕竟那个时候比起白马王子，烤鸭和涮肉要重要得多。

但把话说回来，那些年的那些议论，到底还是在她当时幼小的心灵种下了一颗不自信的小种子，以至于多年以后，她对一切意图、妄图接近自己的单身异性都有一种排斥的心理。

在她十九岁那年，表姐姜嬷嬷见她一直没有心仪的对象，也不太愿意跟异性接触，好心好意安慰她：

"只要是咱们姜家看上的人，就没有弄不到手的，就算你长到两百斤，排队想娶你的人也能绕皇城三圈。"

说得如此直白，就像是所有对她有意的人其实都是对她背后的姜家有意。

所以，即便那时她已经快要出落得亭亭玉立了，也仍不自信。

到香港，已经是姥爷下令两个月以后的事。

姥爷虽狠了一回心，让她学习独立生活，可背后早早遣人为她打点好了一切。

她人刚到，公寓的沙发还没坐热，就被各个派驻机构、大公司集团那些认识的不认识的叔叔阿姨、哥哥姐姐们洋溢出的热情紧紧地包围住了。今天邀她参加谁谁谁的生日派对，明天约她过海去赌场玩牌，后天请她出席某个慈善晚宴，日程安排得满满当当，想自己单独出去喘口气都成了奢望。

连续作战近两个月后，她终于忍不住向大舅舅投诉，请他帮帮忙，同那些叔叔阿姨、哥哥姐姐们说一说，给她留一些自己的空间和时间。

投诉很快见效。

进入五月，她第一次有了自个儿上街的机会。

而她的第一愿望就是吃烤鸭。

经过多方打听，她寻了家北京老师傅开的店。那店实在小，橱窗占了一大半,能坐的位子只有两个。

老师傅十一点半开门,她十一点就去了。烤鸭刚一出炉,她立马点了一只,然后坐在小圆桌前吃得津津有味。

店里生意很好,上百只烤鸭不一会儿就要卖完了。

她几乎把一只烤鸭全吃下肚,仍觉得没过瘾,想向老板再买一只。

老板正取下架子上挂着的最后一只烤鸭,颇有些遗憾地告诉她:"姑娘,最后一只烤鸭被他要了,你想吃,明儿再来吧。"

她嘴里含着一只鸭腿,很不高兴地伸长了脖子,想看看橱窗外边站着的这个抢了她烤鸭的人长什么模样。

后来,她和易经年都回了北京,结婚前,他领她见他的朋友,有人问起,他们第一次见面是在哪里。

易经年语气平淡地回答:

"在一家烤鸭店。当时她嘴里塞了一只鸭腿,嘴巴周边泛着闪亮亮的油光,瞪我的眼神很凶狠。"

她一直不承认自己眼神凶狠地瞪过易经年,她分明是个活泼可爱、与人为善、有点胆小、有点不自信的姑娘,从不会眼神凶狠地瞪人,更不可能眼神凶狠地瞪易经年。

她只承认,因为烤鸭的缘故,她看他第一眼的时候,的确略带了些敌意。但这一点点的敌意,在他大方地分给她一半烤鸭后立马消失了。

她觉得他是个好人。

如果有机会,她一定会回报他。

夏至

2

一顿烤鸭下肚，姜飒飒又吐了。

这次吐得比刚才在费晋的烤鸭店门口要严重一些。

她瘫坐在家中主卧室的马桶边，十分后悔硬塞了最后那半张烤鸭比萨。

她应该听佟小炫的劝，学会"适可而止"。

可惜，打她出生，就没人教过她适可而止，姜家的教育理念，从来都是"得寸就要进尺"。

像她这种只对自己特别喜爱的人、事、物有一定执念的性格，在姜家，已经是异类。

作为异类的她，自然受到了姜家上上下下最最细心的呵护。而这个呵护的范围既广且深，好比，她当年很不小心地在某位阿姨面前表露出了对易经年的一点点关注，翌日姜姥爷就派了她的表哥姜致铭、表嫂丁雯二人访港，面上说的是带些北京特产来看望她，实际把人家易经年查了个底朝天。

当然，表哥表嫂的实际目的，当时的她并不知情。等到她知情，已是小半年后的事。

那时她与易经年已经确定了恋爱关系，那位向北京的姜姥爷打小报告的阿姨在她面前自诩是他们二人的媒人，她才晓得这背后的故事。

她并不喜欢被人过度关注、过度关心的感觉。

可她喜欢易经年。

她在她最喜欢的皇城脚下，在最喜欢的秋天，顺利地嫁给了最喜欢的人。

她结婚的时候，佟小炫在米兰走秀，两人通了视频电话。

佟小炫只见过易经年的照片，并给照片里的易经年打了九十分。

她表示抗议，认为九十这个分数配不上易经年。

佟小炫那两道化得五颜六色的眉毛拧成了难看的一团，并说："你看他绷着脸、苦大仇深的表情，要不是因为你喜欢，我最多给他打六十分。"

她再次表示抗议，着急解释说："他只是不喜欢拍照，他是个很和善、很阳光、很有朝气、很有能力、很有……很有……反正什么都好！你必须给他打一百分。"

佟小炫被她气急败坏的模样逗笑了，哈哈笑说："他又不是我老公，我干吗给他打一百分？你觉得他值一百分就行了。"

其实她也不是一开始就认为易经年能得一百分的。

他们第三次见面的时候，她还只觉得他勉强能得八十五分。

那时是夏天，她所在集团与他所在公署搞共建，浩浩荡荡一行人去爬山，还要搞比赛。

她怕热又怕晒，不得已参加这种比赛，恨不得弄个遮光布从头到脚把自己包裹住。

好不容易爬到半山腰，她实在坚持不住了，硬着头皮向健步如飞的老总申请退赛。

老总不但批准了她的申请，还借此向公署队提要求，说自己这边少了个人，他们也得撤下来一人，不然这比赛不公平。

公署队尽是些年轻力壮的有志青年，撤个人下来是小事，一口就答应了这一要求。

于是，老总十分不客气地指了一直冲在最前头的易经年。

她觉得十分对不住易经年，明明是最有可能拔得头筹的种子选手，瞬间就被迫跟她一同退赛了。

她一直向他道歉。

他虽然心不甘、情不愿，可该有的礼貌客气都还是有的。

他陪她在树荫下坐了二十来分钟后，忽地提议："要不我们先下山吧？"

夏至

她点头说"好"。

他又指了指她脸上、脖子上、手臂上包裹着的层层防晒布条,说:"我建议你把它们解开,这会儿有风,吹在皮肤上挺凉快的,比你这样捂着强。"

她很听话地解开了那些防晒用具,然后就发现那些被防晒用具捂得过于严实的皮肤全都是红的,还有点痒。

山顶没登上不说,还把自己给弄过敏了,实是悲催。

易经年大概也觉得倒霉,但碍于她的金贵身份,又不好直接将她撇下不管,只得送她去医院,陪着看了医生、开了药,待她输上液,才终于表示自己还有事要办,想先走一步。

他用的是"想"这个字,好似到底能不能先走一步,还得经她批准。

她就是因着这个"想"字才扣了他十五分。她不喜欢被人特殊看待,更不喜欢被人毕恭毕敬地供着。只是她的"不想"和别人的"想",从来都是两码事。

在心里给易经年打了八十五分后,她有一段日子没见过他。

再见面,已是盛夏。

她费尽千辛万苦靠自己的本事抢到了一张林画演唱会的门票,座位离舞台中心很远,毕竟不是像往常一样张个嘴、靠关系便能获取的中心位置,所以整场演唱会,她都表现得特别亢奋,一直到散场,还没有平静的迹象。

心情的不平静,直接导致她在离场过程中一个踉跄摔了一跤,并且摔在了某位路人的脚下。

这位路人叫康健,爬山那次,她见过。

而与这位路人同行的人正是易经年。

所以与易经年打的第四次照面,她当时的形象实在算不得好看。

后来他们结婚,康健从香港赶回北京参加婚礼,敬酒的时候,康健故意调侃,说她当初明明是拜倒在自己脚下,怎么就成了易经年的太太了。

康健对她,自然也是有过一些想法的。他一眼就认出了摔在自己脚下的人是谁,第一反应就是约上一道去消夜。

那晚消夜是打边炉。身为广东人的康健要的都是打边炉必点的食物,什么鱼肚、鱿鱼片、墨鱼丸、鲮鱼丸、牛肉丸、猪肉饼、紫菜,还配了沙茶酱、梅子酱、花生粉,林林总总一大桌,没有一样是她爱吃的。

出于礼貌,她敬了康健两杯啤酒,但万万没想到,康健的酒量竟只有两杯啤酒。

做东的人突然就趴在桌上睡着了,剩她和易经年面面相觑。

她有些尴尬地问他:"你知不知道他的酒量就这么点?"

他有些抱歉地回答:"他是说过,可我一直以为他说着玩的,没想到是真的。"

她好奇:"你们平时不切磋吗?"

他一本正经地表示:"我们平时不喝酒。"

不喝酒?

不喝酒才怪了!

她第二次见易经年,就是在酒桌上。

是一位长辈组织的饭局。

他跟着他的领导姗姗来迟,屁股还没坐热,就被喝得正高兴的吃客们要求先自罚三杯。

他领导那日感冒,喝不得酒,这三杯,以及三杯之后的众多杯,都是由他代劳。

他的酒量好得让她咋舌。

她在心里将家中表兄表姐表弟表妹拎出来衡量一番,觉得大概只有初生牛犊姜满园能跟他不相上下。

桌上十几号人,他一一敬过,最后轮到年纪最小的她。

他看她的眼神显示他已然认出了她,但并未在旁人面前显露,仍是由着一位喝高了且很聒噪的大姐互相介绍。

大姐先后把她和他夸得天花乱坠,一副热情热心热血沸腾的媒婆形象。

她和他端着酒杯,在人声喧闹的包厢里,面对面干巴巴站了好一会儿,气氛很是尴尬。

那晚,她回到公寓后,久久没睡着,不知是因为身体里的细胞们不适应洋酒,还是因为脑子里的细胞们不适应嘶嘶作响的空调风声,反正躺在床上辗转反侧,左右见不着周公。

几日后,在另一个饭局上,那位聒噪的大姐再次热情热心热血沸腾地向她介绍同桌的一位有志青年,她再次端着酒杯干巴巴地与那人面对面站着,气氛同样尴尬。尴尬之余,一个念头在她脑中一闪而过。

虽然她不想承认,可实际情况是,她没准、可能、大概、也许是对易经年动了心,所以那晚才会辗转反侧难以入睡。

真是个不可思议的念头。

她将这个念头压制了许多时日,在这许多时日里,她一反常态地接受了各方邀约,参加了各种她不太喜欢、完全不喜欢的娱乐活动,整个人面上看起来神采飞扬,就像个朝气蓬勃的小太阳。

而一旦结束了那些热闹非凡的活动,回到公寓后,她就只想瘫在沙发上,心神不宁地胡思乱想。

费晋从北京来看望她的时候,她胡思乱想已有月余。

她三岁与费晋相识,费晋出国读高中之前,两人一直同校同班。除了前两年,他为了追她单位的头号美人,无意间冷落过她之外,其余时间算是个十分称职的发小。

称职的发小在与她视频聊天时感觉她蔫巴得很,问她是不是吃不香、睡不好,她答是,他却又不信,非说她这个精神恍惚的状态跟他初二那年暗恋校花而不可得的状态很像。

她不承认,他于是特意来当面逼她承认。

已是夏末,香港烈日当头。

两人去吃涮肉。

他认识她二十几年,头一回见她在涮肉面前表现得如此斯文。他觉得问题有点严重,也觉得问题有点蹊跷。

他好奇:"你到底喜欢那人什么?"

她没搭腔,只是默默将碗筷放在了桌上。

他蹙起眉头:"难道是喜欢他对你没有兴趣?"

她翻了个白眼送给他。

易经年的确对她没有兴趣,至少在他们认识的前几个月里头,没有表现出任何兴趣。

其实看上的人没看上自己,是一件特别正常的事,又不是每个人都必须向她抛出橄榄枝。

没有得到易经年青眼的这件事,她是能接受的。

只是,接受是一回事,不再胡思乱想又是另外一回事了。

在她胡思乱想了三四个月后,事情出现了转机。

那是秋末冬初,气温骤降。

她不小心感染了风寒,喝下两包感冒药,坐在办公桌前对着电脑屏幕昏昏欲睡。

同室的樊姐见状,提议晚上去吃猪肚包鸡,说那汤里放了许多胡椒,喝上两碗,定能驱寒。

她想想,这冷天喝些热汤暖身子怎么都比她自个儿窝在被子里胡思乱想强,于是答应。

与本地AA制习俗不同,约吃饭这档子事,从北京来的同事朋友们向来是爱热闹,也基本都不差钱,进了店,入了包间,相熟不相熟的,在饭桌上打个招呼即可。

樊姐跟她说晚上有几个朋友一起,她听了只是点点头,对这几个朋友是谁丝毫不关心。

结果这几个朋友里头,有一个正是易经年。

直到很多年后,在她通过很努力很努力的回忆再将那些聚会串联起来后,她才发觉,自那个秋末冬初起,她与他之间的许多事都是那么不合情理,而那些事,在发生的当时,她一点都没有察觉出它们的刻意。

她那时天真地以为是他终于发现了她的活泼可爱、善良真诚,所以才会想了解她,才会愿意与她恋爱结婚。

唯一向她的这一"以为"泼过冷水的人,是佟小炫。

佟小炫说:"只要他易经年不是个脑袋进水的傻子,他就该知道跟你结婚意味着什么。"

他当然知道跟她结婚意味着他从此平步青云。

她当然也怀疑过他的目的。

可出乎意料的是,姜家上下对易经年的评价非常高,都明里暗里向她灌输"他易经年是真的爱你姜飒飒"这一理念。

鬼话听多了,难免当真。

她沉浸在众人苦心营造出来的幸福氛围里生活了四五年,最终还是在去年的秋天撞破了真相:

他并非心甘情愿娶她。

他娶她,是为了将另一个女人拉出泥潭。

3

断断续续把胃里的东西吐完之后,姜飒飒横躺在床上睡了一觉。

她醒来的时候,肉汤的清香已从门缝里飘进来,塞满了卧室。

她立马觉得自己饿了,立马从床上起身去厨房。

在厨房忙活的人是在姜家当了三十几年保姆并且看着她长大的余妈。

余妈见她来了,舀了一碗肉汤递给她,又指了指已经切好、码在碗里就等着下油锅翻炒的几碟子荤素菜,问她:"想啥时候吃饭?"

她没戴手表，不晓得几点了，但见窗外天色已暗，邻家传来高压锅上气后顶子转动的嘶嘶声，于是说："现在就想吃。"

余妈故意问："不等姑爷了？"

她小嘴一噘，下巴都快扬上天："等他干什么？"觉得不够，又添了句，"余妈，你是不是忘了，我跟他离婚了。"

余妈哭笑不得："你这孩子，尽瞎说。"

她才没有瞎说。

她跟易经年半年前就离婚了。

只不过，只不过离婚协议书上，只有她姜飒飒一个人的签字。

易经年不签字，无论她怎么保证即便二人离了婚，姜家也一样把他当姑爷看待，一样助他越飞越高，他都不提笔签字，甚至拒绝见她，还敬告加警告身边的人不许帮她递离婚协议书给他。

两人僵持了许多时日。

元宵节后，她趁着他的领导邀约去市郊农家乐过周末的机会，将他锁在洗漱间，自己搬了张小板凳坐在外边，语重心长地同他谈离婚的事。

她先是从"我们在一起就是个错误"开始谈，接着谈"我们结婚是错上加错"，最后谈"离婚是终止错误的唯一途径"，她谈得十分认真，而他听得很是随意，因为两个小时后，她将他放出来，他竟已洗了澡，一派神清气爽的模样。

她气得心肝脾肺肾全部都疼，要不是天气太冷，路面结冰太滑，周围没有路灯，没有星星月亮，她真想立马回市里，管他的领导会怎么想！

一团气窝在身体里，睡是睡不着的。

她睡不着，也不许他睡。

他抱着被子窝在沙发一角，满脸无奈地问她："你能不能讲点道理？"

她立马接话："我们姜家的人，从来就不讲道理，怎么，你才发现吗？是不是后悔了？现在有一个纠正错误的机会，你只用签个名就行了。"

他睨了她一眼，然后把被子蒙在头上，再没理她。

他睡觉不打呼噜，她不晓得他是什么时候睡着的，也不晓得自己是什么时候睡着的。

反正他半夜里肯定醒了，因为她醒来的时候，他已睡在了床上，睡在了她身边。

屋子里黑乎乎的，她根本看不清他的脸，连轮廓都看不清。

结婚这几年，他工作一直忙碌，出差几日、十几日半夜才回家或是直接宿在单位是常有的事，她并未因此而觉得缺少陪伴。她从来不是个贪心的人，只要他们同床共枕时，她能抱着他的胳膊入睡，就已经很满足了。

佟小炫不理解她为什么这么喜欢易经年，更不理解她明明这么喜欢易经年，为什么还要离婚。

她哀怨地答："他心里的人不是我。"

佟小炫劝道："心里的人是不是你，有那么重要吗？同床异梦却白头偕老，相亲相爱却变成怨偶的夫妻多得不得了，你何必非要分那么清楚。"

她也不是非要分那么清楚，她也想过，虽然易经年当初娶她并非心甘情愿，但几年婚姻生活下来，他对她即便没有爱，至少也有一些感情，既然有感情，不管这感情是爱情还是亲情，假装什么事都没发生，继续和谐地过下去未尝不可。

但是。

但是谁让她偏偏正好认识纪寒露，偏偏和纪寒露还有过一些交集，偏偏还记得纪寒露离港去加拉加斯这件事。

真是想叹一句，造化弄人！

她是理科生，地理成绩一塌糊涂，在听说纪寒露被调任加拉加斯前，她以为委内瑞拉这个国家是在非洲。

她与纪寒露是在某位叔叔组织的海钓活动上认识的,也就是她为了充实自己的生活、避免时时刻刻对易经年胡思乱想的那个时间段。

那日,她与把"献殷勤"这三个字演绎得完美无缺的两位优质男青年将能玩的水上项目统统玩了一遍,回程的时候累得嘴巴都不想张开。说实话,那日她对随他人一道来的纪寒露的印象并不特别深刻,只觉得纪寒露性子安静,待人接物进退有度。

第二次见纪寒露,是在一家铜锅涮肉店。

其实她常去那家店,也知道那家店须得预订,否则要排队等很久,可那日她突然嘴馋,排队也挡不住的那种嘴馋。

谁知那么巧,竟在店门口遇到预订了座位却被人爽约的纪寒露。

结果就是,仅仅算是见过面的两个人一起吃了顿涮肉,聊了些能与对方聊的事。

最后结账,她抢着买了单,并且开玩笑说谢谢纪寒露那位爽了约的朋友,否则自己还在店外站着排队呢。

后来想想,她感谢的纪寒露的那位爽约的朋友,十有八九就是易经年。如果那晚她遇到的是纪寒露和易经年两个人,那现在肯定不是如今这般模样。

而因为这一顿涮肉,她对纪寒露的印象深刻了许多,所以在几个月后的某日下午茶,听到某位好八卦的同事说起纪寒露的时候,她的两只耳朵竖得直直的。

"分社的纪寒露在新闻报道中犯了严重错误,引起舆论上的轩然大波,结果却基本算是略受薄惩,只不过是被调到加拉加斯而已,不知是动用了什么大关系……"

她当即上网查了查加拉加斯的位置,觉得距离可真远!

她有些同情纪寒露,但又觉得,每个人都得为自己犯下的错误买单,而纪寒露买的这张单,已经很小了。

她对纪寒露动用了什么大关系这事并不好奇。她从小就明白,"关系"这两个字写起来简单,说起来错综复杂,用起来则是一把锋利

夏至

的双刃剑,救人害人,常常是一念之间。

再次听到纪寒露的消息已是去年初秋的某个周六。

她照例陪姥爷在家吃午饭。因为下午约了朋友看电影,所以那顿午饭她吃得很着急,出门也出得很着急,结果把手机落在了家里。

她就是折回去拿手机的时候,在门外无意听到纪寒露这个名字的。

其实她从没有偷听的习惯,但那日鬼使神差,把吴秘书和姥爷的对话听了个完完整整。

内容可真是晴天霹雳。

霹雳到她都没敢直接找姥爷证实,而是拐着弯向爸爸妈妈及各位舅舅舅妈、表兄表嫂、表姐表姐夫们打听。

人人都嘴严,除了姜嬲嬲。

姜嬲嬲是个特别典型的姜家人,霸道强势,理亏也不饶人,性格还急躁,刚听到她说纪寒露回来了,就已经炸了毛,张嘴就发火:

"易经年到底怎么回事? 当年明明说好了,咱们家帮他保住纪寒露,他老老实实跟人分手,一心一意待你。这才几年? 他是翅膀够硬了,还是觉得咱们家对他太好了,想挑战挑战权威?"

她这位表姐,三五句话,把整个姜家辛辛苦苦藏了几年的秘密全都抖了出来。

姥爷为此生了好大的气,姜嬲嬲吓得连夜从国外赶回来认错挨批。

可姜嬲嬲有什么错?

错的,明明是他们,而这个他们,也包括她。

她仔仔细细想了两日,最后决定去找纪寒露。

她事先已弄清楚了纪寒露的现状,知晓纪寒露在加拉加斯出了严重车祸,左腿截肢,先前是在当地治疗,春天的时候回了北京,经过几个月康复训练,已能适应假肢行走。可当她到纪寒露家,见到她本人,并瞥见那只特别的左腿时,她立马就控制不了自己的情绪了。话没说几句,眼泪先飙了出来。

她边哭边向纪寒露道歉,那感觉就像人家如今没了半条腿全该怨她似的。

纪寒露劝不动,实在没法子了,只好给易经年打电话。

易经年出差刚回国,在电话里听到她鬼哭狼嚎的声音,直接从机场赶了过来。

她没想到易经年竟提前回国了,见到他后,先是一怔,旋即脱口而出:

"我要跟你离婚,我要把你还给她。"

易经年几乎是立马将这话驳了回去,朝她低吼了一声:"你胡说什么!"

他们结婚几年,无论她干了什么惹他生气的事,他都不曾凶过她。

她觉得委屈极了,哭得更厉害了。

最后,她是被他连扛带抱塞进出租车的。

她力气小,挣脱不开他的钳制,就故意把眼泪鼻涕全部抹到他衣服上,还张嘴咬他的手指。无论她怎么闹,他就是不松手。她于是向出租车司机求救,说自己被家暴了,请直接开车去最近的派出所,她要报案。

司机嘿嘿一笑,说:"姑娘,分明是你在咬人,你说自己被家暴,不太合适吧?"

她呜咽一声,知道自己再怎么挣扎都没用了,终于安静下来。

待将她弄回家后,他放开她,并问:"你跑到人家家里胡闹,你觉得这个行为合适吗?"

她朝他哼了两声,提高了嗓门:"我胡闹什么了?我是去道歉!我是去更正错误的!"

自从认识以来,她几乎没有朝他哼哼过,现今衣衫不整、头发凌乱、眼泪一把鼻涕一把,仪态全无,还朝他哼哼,他感觉又好气又好笑。

夏至

他问："你道什么歉？更正什么错误？"

她瞪他："你这是明知故问！"

他不承认："我不知道。"

其实事情的缘由，姜妈妈前两天就给他打电话说过了，可他人在阿根廷，忙得不可开交，实在不可能立马飞回来。他猜想到她突然知道当年的事，必定难以接受，所以他当即给她打电话。她不接，一天下来插空给她打的十来个电话，她一个都不接，信息也不回。他感到事态可能比他猜想的要严重，于是忙完正事后马不停蹄赶回来。结果飞机刚落地就接到纪寒露的电话。他知道她是个藏不住事的性格，可怎么都没料到她会直接去找纪寒露。他感到，事态比他猜想的可能要严重很多。果然，刚进纪寒露的家门，就听到她说要离婚。

她见他假装糊涂，于是明明白白告诉他："我为我们姜家向纪寒露道歉，我去更正我们姜家当年拆散你和纪寒露的错误！"

他简直气结："你……"

她扬头反问："我怎么？"

他叹了声气，语重心长地说："没有人需要为这件事道歉，也没有错误需要更正。"

她听他叹了气，心里一时翻滚起层层叠叠的难受，但还是克制住了情绪，尽量轻快地说："你不用担心，也不用害怕，我保证我们家不会对你，不会对纪寒露进行打击报复。"

他见她越说越离谱，表示："你先冷静一下。"

她认真看着他，认真地说："我很冷静。这是我深思熟虑后做出的决定。我要跟你离婚，结束这段荒谬的婚姻。"

他一口否决："你想都别想。"

4

余妈做了酱肘子、雪菜笋尖炒羊肉、蒜香虾球、炝炒莲花白和红糖麻酱饼。

姜飒飒将它们一一吃了大半后，心满意足地躺在沙发上看电视。

余妈问她剩下的菜要不要放进冰箱，她先是说放，旋即又说，还是摆在餐桌上，一会儿她要是饿了，就再吃一些。

她食量一直挺大，原先同易经年谈恋爱吃饭的时候，她总爱点许多菜，起初那两回，他还觉得是不是太浪费，后来发现，但凡她自己点的菜，几乎样样都能吃完，实在吃不完就打包带走，午夜十二点前肯定塞进肚子。

他于是夸她胃口好、能吃。

她虽然没有正儿八经与谁谈过恋爱，可不知从哪儿冒出来的经验，觉着被男朋友夸胃口好、能吃，定是因为食量太大，把男朋友吓到了。

此后，他们约会，到了吃饭的时候，她总是吃得很淑女、很克制、很不像自己。

但，江山易改本性难移。

谈恋爱没生活在一起，还能披个羊皮装一装，一旦结了婚，想要饭后背着他去吃别的零食来填饱肚子就有一定难度了。

所以他们刚结婚那会儿，她经常饿着肚子睡觉。

他见她总在床上辗转反侧，迟迟不入睡，问她是不是有什么烦心事。

她无论如何也不好意思同他说，她的烦心事是肚子饿，只能瞎扯别的原因。

转折出现在三个月后。

她例假时间一直不太准，吃了中药调理也迟迟不见效，那次是隔

夏至

了近两个月才终于来了。

她吃了晚饭就上床躺着,躺到八九点,突然就忍不住哭了起来。

在书房办公的他听到哭声,跑过来问她是不是疼得难受,需不需要喝点热水、红糖水或是吃片止痛药之类的。

她边哭边摇头,可怜巴巴地说:"我想吃小龙虾。"

那晚,她一个人吃了三斤麻辣小龙虾、三斤蒜蓉小龙虾,外加一份臭豆腐、一碗辣卤毛豆和一碟三丝炒米粉。

她觉着,既然她和易经年已经是拿了证的夫妻,那就不应该再继续掩饰自己的食量,反正就算他想反悔也是不能够的了。

结果,万万没想到,想反悔的人,竟然会是她自己。

她找了律师朋友,拟写了一份离婚协议书,在把离婚协议书送给易经年之前,她将它先给费晋看了看。

费晋看完后,惊讶地问:"你这是要净身出户啊?"

她呵呵笑,说:"毕竟是我要离婚的嘛,在物质上多补偿他一些也是应该的。"

费晋摇头,一点都不看好:"我怎么觉得你这事干得这么冲动、这么扯淡、这么不符合你的真实想法?完全就是不可能成功的样子嘛。"

她不满:"怎么就不能成功了?那么多夫妻都离婚了,我姜飒飒想离个婚,怎么就不行了?"

费晋问他:"你爸妈同意了吗?你姥爷点头了吗?"

她的本意是先和易经年离婚,然后再同家里人说,免得又因为家里人的干涉,使得易经年不敢跟她离婚,或使得纪寒露再遭远调,所以这个问题,她支支吾吾答不上来。

费晋又问:"他答应你离婚了?"

易经年当然没有答应。

她打电话给他,刚提到"离"这个字,就被他挂了电话。她转而给他发信息,说等他晚上回家后好好谈谈。虽然连"离"这个字都没提,他还是没理她,甚至干脆不回家,以工作忙为借口宿在了单位。

她只好去他单位找他,将离婚协议书放在他桌上,并请他务必好好看看,里面的条款对他真的特别友好。

他倒是当着她的面拿起了离婚协议书,只不过拿起来之后当着她的面直接放进了碎纸机,并像批评小孩似的批评她:"你都多大了,别胡闹了。"

她就知道自己在他眼里是个不懂事的小孩!

她很生气,几天没理他,并搬到佟小炫的住处商量对策。

佟小炫一点都不信她是真心想跟易经年离婚,还劝她不要瞎折腾,过去的事就让它们过去,虽然纪寒露的人生是很坎坷,但这并不是她造成的,事实上,纪寒露还应该谢谢姜家,若没有姜家搭救,也许早就失去自由了。

她听不进这些话,仍觉得跟易经年离婚,并把他还给纪寒露是最妥当的做法。

佟小炫批评她:"你这就是赌气。"

她不承认:"我才没有赌气。"说着,竟有些想哭了。

佟小炫把她揽到怀里,大叹一声:"爱情它是个难题啊!"

她呜呜咽咽地说:"反正他爱的又不是我。"

佟小炫反问:"你怎么知道他不爱你?他跟你说了?他说他还爱那个纪寒露了?"

她理所当然地认为:"他都愿意为了救纪寒露跟我结婚,这还不是爱吗?"

佟小炫思考了一阵,说:"那个时候爱,不代表现在还爱嘛。你还不许他变心啊?他要是没变心,他要是心里揣着别的女人,还跟你和和美美过日子,那他就是个大渣男!咱得快快把他甩了。"

她又不同意了,解释说:"他才不是渣男。"

佟小炫扑哧一笑,表示:"我的好飒飒,你在我这儿纠结这个没用,你应该直接去问他。问他在你们同床共枕这几年里究竟有没有爱上你。如果他说有,那皆大欢喜;如果他说没有,那也算得了个结果。"

夏至

而身为男人的费晋对此事则有不同的见解。

费晋认为："男人是这个世界上耍太极拳耍得最好的动物,绝不会直截了当回答这个问题。这个问题太容易踩雷了,易经年又不是傻子。"

她一双眼睛瞪着费晋。

费晋扬了扬下巴,建议她："你要不信,你就去问他,看我说得对不对。"

直接问易经年爱不爱自己?

这?这……

她曾经也是问过的。

那是他们结婚第三年的中秋国庆节。

他带她回齐齐哈尔探望易爸爸易妈妈以及一众亲人朋友。

人人都对她客气友好,几日下来,吃吃喝喝一团和气。

直到临走了,着急抱曾孙的易奶奶这才终于忍不住,问了她一句,准备啥时候给他们易家添个小娃娃。

事实上,她比任何人都希望自己的肚子赶紧隆起来,可她的体质不容易受孕,加上他工作忙碌、时常出差,想要"搞出人命"还真不是件简单的事。

回北京后,她悄悄找了好些著名中医,背着他悄悄喝了好些补身子的中药。也不知是药材相克还是怎么,她悄悄努力了两个月后成功把自己的肠胃给折腾坏了。

她在医院躺了几天,没敢跟家里人说,而他在外地出差,只有费晋每天费劲地送吃食给她。

她心里不爽快,赌气说："费晋,我当初还不如嫁给你。"

费晋连连摇头："咱俩太熟了,你能想象咱俩脱光衣服睡在床上的画面吗?"

她想象不了。

她满脑子想的,只有易经年。

易经年出差回来后,到医院给她办出院手续。

回家的路上,他批评她乱看中医、乱吃中药的这种胡来行为。

她原本觉着的确是自己胡乱投医有错,被他数落几句没什么大不了的,可在医院憋了几日,好不容易出院了,能透口气,却还要被他教育,她就有点不高兴了,脱口而问:

"你爱不爱我?"

他正在开车,被她这一问弄得莫名其妙:"这跟爱不爱有什么关系?"

好像是没有什么关系。

可……可电视剧里不都说了,爱一个人就会时时刻刻想着对方,时时刻刻关注对方,时时刻刻呵护对方?为什么这些时时刻刻,她一点都没从易经年身上感觉到?

佟小炫劝她:"姑娘,你醒醒吧,电视剧都是骗人的。要真有一个人时时刻刻这么盯着你,你就该报警了!"

她也是报过警的。

在她和易经年闹离婚闹得最厉害的时候。

那天下了大雪。

他破天荒地捧了一大束玫瑰花去她办公室找她,说晚上带她去吃涮肉。

她朝他翻了两个白眼,却又不得不在同事们投来的羡慕眼神中被他裹挟到车上。

她骂他要赖皮、玩阴招。她觉得自己最近总在骂他,这放在以前,根本是不可能的事。

他当没听见她的粗口,专心致志开车。

谁知,车子在半道熄了火。

她趁着他下车检查的时候跳下车,拔腿就跑。

无奈积雪很深,她逃跑的速度慢得可怜。眼看就要被他追上了,她灵机一动,拐了个弯,跑进了路口的派出所。一进派出所,就大声疾

夏至

呼:

"警察同志,有人在追我!"

好巧不巧,撞上了正在基层检查工作的夏正楠。

夏正楠与她小舅舅是"跌打"的兄弟关系,待她如亲外甥女一般。外甥女和外甥女婿生了嫌隙,舅舅会怎么做呢?

两日后,她被姥爷召见,一同被召见的当然还有易经年。

她觉得,易经年肯定会被姥爷骂得狗血淋头,她觉得有些对不住他,毕竟闹离婚的是她,所以她打算一见到姥爷就立马把错都扛在自己身上。

可易经年是多么精明的一个人!

还没等她开口,他就向姥爷报告:

"怪我不细心,没有第一时间发现飒飒怀孕了,对她照顾不周,惹她生了气,都是我的错。"

5

没错,她姜飒飒终于怀孕了。

在她和易经年闹离婚闹到最关键的时刻,她居然发现怀孕了。

她坐在沙发上,边吃着余妈离开之前给她切好的果盘,边看着不需要动脑筋的综艺节目,内心既无奈又甜蜜。

事情要从元宵节后,易经年的领导邀请了部分下属到市郊农家乐过周末开始说起。

她一直挺喜欢和他的同事朋友们搞团建活动,也一直挺愿意和他的同事朋友们的家属保持着较为亲密的友好关系。

那日的活动,就是几位家属合力邀请她去的。她本来编了许多条理由拒绝,可转念想想,平时易经年总是避着他,愿意跟她一道的时候又都是有姜家人在场,如果她想好好与他谈一谈离婚的事,何不利用这个大好机会呢?

可结果是,她不但没有利用好这个机会,还把自己给赔了进去。

那晚他开始是在沙发上睡的,半夜爬回了床上,并趁着她防备不周、抵抗不力,认认真真与她行了夫妻之礼。

他们有日子没同房了,同一次房还是在这样的情景下,她十分怨恨自己没有死守到底,被他一两句好话,一两个亲吻就给俘虏了。

她为此半个多月没怎么跟他说话,并且再一次跑去佟小炫家借住。

佟小炫人在国外,被时尚元素充斥着的大房子里只有她一个人,孤零零、惨兮兮。

她越想越觉得自己可怜,连夜向单位告了年假,跑到陕西找姜爸爸。

姜爸爸本来没将她闹离婚这事当作一回事,可见她一张圆脸竟瘦成了瓜子脸,便觉得她大概不是闹着玩的,于是正正经经问她:

"只要你跟爸爸说,说你不喜欢经年了,因为不喜欢他了所以要跟他离婚,那我马上去找他,一定想办法让他签字。"

不喜欢易经年了?

她支支吾吾好半天,绕了好些乱七八糟的题外话,到最后也没说出"不喜欢易经年"这句话。

她在陕西住了半个月,左手肉夹馍、柿子饼,右手擀面皮、羊肉泡馍,回北京的时候,瓜子脸又恢复成了小圆脸。

费晋到机场接她,见了面直夸她气色红润,好似一朵娇嫩欲滴的红玫瑰。

可她这朵红玫瑰才开了几天就蔫巴了。烤鸭刚下嘴就恶心想吐,涮肉就更不用说了,闻见味道只想捂住鼻子。

费晋觉着情况不对劲,问她:"你是不是怀孕了?"

夏至

她立马否认:"怎么可能!"

费晋嘿嘿一笑:"可不可能的,你自己最清楚了。"

她当然是最清楚的。虽然她和易经年一个多月前确实同了一次房,可她的生理期向来紊乱,同房这么多年都没"搞出人命",她就不信这次会中招。

她十分顽强地自我欺骗了半个月,最后是因为单位体检,许多检查项目禁止怀孕女性入内,她到底是不敢真拿可能存在的小生命开玩笑的,这才不得不偷偷摸摸去路边药房买了验孕棒。

验孕棒这个东西,她曾经买过许多,是在她特别特别想怀上孩子的那段时间,但凡生理期过去半个月,她就时不时将它们从衣柜最深处拿出来使用。

有一年夏天,易经年突然要去南非出差,急匆匆收拾冬天的衣服,一个不小心就把那些验孕棒全都翻出来了。

数量之庞大,让他咋舌。

他问她:"你买这么多验孕棒干什么?"

她手忙脚乱地将它们拢在一起,边往随手抄来的袋子里装,边扯谎:"这……这不是我买的,是买别的东西送的。"

他又问:"买什么东西会送验孕棒?"

她情急之下继续扯谎:"避孕套。"

他拉住她的胳膊,请她直视自己,然后一脸不解:"我什么时候用过避孕套?"

她心中大叹一声,糟糕!

他见她神色慌张,表情也有些绷不住了,声音低沉地问:"你买避孕套给谁用?"

撒谎撒到立马就得澄清的程度,她觉得自己很失败,但承认失败总比让他产生误会要强。她老老实实向他解释了缘由,然后做出可怜巴巴的模样想博取他的同情:"我就是……就是想要个孩子,可一直怀不上,心里特别着急。"

他接受了她的解释,并宽慰她:

"孩子的事不用着急,该来的时候会来的。"

结果,这孩子来在了她认为不该来的时候。

她第一时间将自己怀孕的消息告诉了费晋和佟小炫。

费晋问她还闹不闹离婚,如果闹离婚,是不是得立马掐断这条小生命。

她吓得连忙捂住自己的肚子。

佟小炫则认为:"离婚的事,咱缓缓。先把孩子生下来,光明正大落了户口之后,再考虑一脚蹬了他爸的事。"

出了这么个变数,她觉得自己必须认认真真思考后边该怎么办。

就在她认认真真思考的几天里,她怀孕的事,经由喝高而说漏嘴了的费晋、同费晋一块儿喝酒好八卦的某朋友、某朋友那位和她大表嫂丁雯沾亲带故的太太……的不懈努力,顺利地传到了易经年耳朵里。

易经年可不像她一样是个糊涂蛋,掐指一算就把她怀孕的日子摸准了。

他有些生气,问她:"这都快两个月了,你是打算等肚子大到遮不住了再告诉我吗?"

她有些赌气:"我就没打算告诉你。"

他那两条好看的眉头迅速拧成了一团:"你不想要这孩子?"

她经不住被他直视,转过脸去,才憋出一个"我"字,就被他的话音给淹没了。

"姜飒飒,你敢不要这个孩子,你试试看!"

近段日子来,他对她的态度大不如原先那般彬彬有礼、事事谦让,时常就是一副把她拿捏得死死的样子,她听了不爽快,立马站在沙发上摆出一副凶神恶煞的模样。

"我怎么不敢?我们姜家人有什么事是不敢做的?易经年,我跟你说,我从前对你那些好脾气、好态度都是装出来的,我其实很霸道、

夏至

很不讲道理、很仗势欺人的,我警告你,你不要以为我是好欺负的人,我要真欺负起人来,你就知道怕了!"

他见她站到了沙发上,因为情绪激动,身体晃来晃去的,看着吓人,当即转变口气:"我怕,我认输,你厉害,你有本事,这总行了吧?"

咦?

她完全愣住了,感觉自己脑子转不过来。

他趁机拉住她的手腕,好声好气好态度地劝道:"你先下来。咱们安安稳稳坐着,好好谈一谈。"

哼!

当初她想同他好好谈一谈的时候,他总是插科打诨,现如今,风水轮流转,可算轮到她当女大王了。

当了女大王的姜飒飒,成功地把易经年这个在家中威风了好几年的男主人打倒在地。

佟小炫问她:"你现在是不是感觉特别爽?"

她从认识易经年到与他共同生活的这几年里,面上看着是他对她尊重有加、爱护有加,事事与她商议,处处征求她的意见,但其实她心里清楚,他们之间那架天平,她的那一头从来都是被他压得翘到天上去的。谁让她爱得多? 爱得多的那个人,注定占不了上风。

可如今不同了。

如今,她想怎么批评数落他就怎么批评数落,想怎么指挥他干活就怎么指挥,感觉真是,真是爽得特别不真实。

上周六上午,她吐了三回,情绪不太好,吃午饭时,怪他把酱牛肉做得太咸。

他十分好脾气地端了酱牛肉去厨房,说加些洋葱一起剁碎了,夹在姜妈妈托人从陕西带来的馍馍里头一起吃就不咸了。

他在厨房忙活了好一阵才把做好的牛肉洋葱夹馍端出来。

也不知怎么,她突然就发脾气了:"你是不是因为我怀孕了才对我这么好? 你不必为了这个孩子勉强自己。我可以去拿掉他。我不需要靠一个孩子来维系一段没有意义的婚姻。"

他被她几句话怼得有些不高兴了,将菜碟子放在餐桌上,反问她:"怎么就是一段没有意义的婚姻了?"

她心里蹿出一股怒火,大声说:"你又不是心甘情愿和我结婚!你是为了帮纪寒露才娶我的!你现在又想为了让我把孩子生下来,做这些你以前根本不会做的事!你就是个骗子!感情骗子!"

在心中聚集了半年的委屈和怨念,终于还是忍不住倾泻而出。

他当时赶着出国,实在没时间安抚她的情绪,加上她的话说得确实重了些,他心情亦是不佳。

就这般,两人隔着太平洋,僵持了几日。

她白天在单位,同事们一团一团的,或是忙碌或是闲聊,心里不觉得什么,下了班回到家,吃着余妈做的香喷喷的饭菜,心里也不觉得什么,待余妈走了,那空落落的感觉席卷而来,飞快地抽空了她的心。

别人都认为她闹离婚闹得像个小孩耍性子,事实上,她也真就是小孩心态,因为那过去没得到、现今不知有没有得到的易经年的爱,而上下折腾。

可谁能告诉易经年,她想要的,不过就是一句他爱她,哪怕开始不爱,但在他们朝夕相处的这几年里终于还是爱上她了。

一想到这些,姜飒飒就更惆怅了,怀里抱着的果盘吃起来也不香了。

她放下果盘,看看时间已是九点过半,洗洗差不多能睡了。

她洗得慢条斯理且神思飘忽,完全没有在意家里有什么动静,所以当她从浴室出来,看到出差归来的易经年正在收拾行李的时候,还吓了一跳,支支吾吾一阵,问了句:

"你怎么回来了?"

他将最后一件衣服从行李箱取出来挂在衣帽架上,反问她:"你不知道我今天回来吗?"

她先是避开他的目光,然后又快速走进卧室,想避开他整个人。

他没拦她,而是跟在她身后,说:"我昨天早上发信息告诉你了。"

她故意说:"我不记得了。"

他说:"起飞前,我也给你发信息了。"

她疑问一声:"是吗?"又说,"我今天很忙,没注意看手机。"

他问:"忙什么了?"

她又回到客厅,在沙发上落座后,重新抱起了刚才剩下的那半碟子果盘,扬头看着他:"我为什么要告诉你啊?"

一副还没消气儿的口吻。

他靠着她落座,并好脾气地说:"这几天,我好好反省了一下自己。"

他靠得太近,身上的气味一下把她笼罩住了。

她觉得十分舒适心安,但仍故意蹙眉,问:"反省什么?"

他说:"反省这段日子以来,你到底对我哪个方面产生了不满。"

她既吃惊又窃喜,飞快地看了他一眼后,又飞快地塞了一颗大草莓到嘴里,含糊不清地问:"那你得出什么结论了?"

他停顿了一会儿,仿佛是在她耳边叹气,他说:"没有结论,我反省不出来。"

她转头就瞪他:"你!"

他立马说:"但我知道我错了。他们说,只要男人承认错误,就能得到女人的原谅。"

她气不打一处来,哼哼唧唧断定:"这个'他们',都是男的吧?还是那种认为女人就爱无理取闹的男人!"

他没承认,而是夺走了她手里的果盘。他将果盘放到茶几上,然后双手握住她的手,徐徐地说:"我承认,当年我和你交往,的确是有目的,一开始也并非全心全意待你,但当我决定和你结婚的时候,我也决定和过去的人、过去的事完完全全划清界限。你应该知道的,我不是一个拖泥带水的人。"他看着她,继续说,"我们结婚前,你姥爷单独跟我谈了一个下午。他说你和姜家所有人都不同,说你很简单、很善良,说你自小就是在大家的呵护中成长,没有历经过任何苦难,他希望你这一生都能事事顺遂。"

听到此处,她心里那股怒气瞬间消散了,她喃喃地说:"姥爷是这世上最疼爱我的人。"

他点了点头,说:"是。"又说,"他给了我两个选择:第一,如果我做不到百分百真心实意地对你,那他绝对不同意我们结婚;第二,一旦我们结了婚,那我必须一辈子爱护你。"

她看着他,一时吱不出声。

他说:"我当时没有任何犹豫。"

他的眼神温柔而坚定,她有些害羞了,微微低头说:"可是,可是纪寒露好可怜。我觉得很对不起她。"

他轻抚着她的手指,说:"你没有做任何伤害她的事。事实上,你们家也没有。就算有'对不起',那也是我对不起她。可我从来没有后悔过当时的决定,在那个当时,把她拉出泥潭比别的事要重要得多。"

她想想,觉得他说话很是实在,但她忍不住疑问:"她知道真相吗?你跟她分手的真相。"

他告诉她:"当时肯定不知道。现在知不知道,我也不清楚。"

她猜想:"她当时一定很痛苦。"

他顿了一顿,说:"我跟她分手以后,没再联系,直到去年她回北京,我从别人那儿得知她出了车祸,很严重,截了肢,我才以一个朋友的身份去探望她。除此之外,我和她没有别的交集。"

他继续说:"她的遭遇确实很不幸,但这不代表你要因此而跟我离婚,把我还给她。你的这个想法,这个想法真是太令我震惊了!你让我感觉自己就像个物件,你不想要了就能随手把我送人。你就没考虑过我的感受吗?"

他直直地看着她,不让她有半点闪躲的机会。

她觉得他的眼神里好似夹杂了些哀怨,像是在怪她随随便便就提出离婚。她感到茫然:"你的感受?我以为你的感受是怨恨我们家乘

夏至

人之危,禁锢住了你。"

他先是叹气,随后摇头,说:"怎么会呢? 就算是禁锢,那也是我心甘情愿被禁锢在你的爱里啊。"

她惊诧地蹙眉疑问:"你心甘情愿?"

他认真地点头承认:"我心甘情愿。"

她觉得脸颊有些发烫,喉咙也有些干,她又问:"你不后悔娶我?"

他说:"不后悔。"好似这三个字分量还不够,又添了句,"你这么好,我怎么会后悔娶你呢?"

她激动得差点说不出话了,可心中的终极疑问必须弄清楚。她语速飞快地问:"那……那你爱我吗?"

他飞快地答:"我爱你。"

她进一步确认:"不是因为我怀孕了,所以才昧着良心说爱我?"

他直截了当地否认:"不是。"

她心里简直乐开了一朵花,脸上也再藏不住笑了,又问了一遍:"真的爱我?"

他道:"真的。"

她真是高兴极了,又高兴又责怪他:"你为什么不早说呀?"

他表示:"结婚的时候不是说过了吗?"

她笑道:"那种场合,不都是说着应景的吗?"

他故意黑脸:"你意思是,你说结婚誓词的时候,不是真心实意的?"

她连忙否认:"不不不,我很真心实意的。"

他凑到她面前,问:"你真心实意? 我怎么那么不相信呢? 你这把'离婚'挂在嘴边的架势,是不是有什么情况?"

她抬手将他的脸慢慢拨远了一些,说:"怎么可能! 你不要瞎想。"

他又慢慢凑近到她面前,问:"真的是我想多了?"

"真的。"

"真的?"

伍 小满＼知足

她实在经不住他这缠人的模样，嘤咛一声："哎呀，你别这样看着我。"

他不听，并说："几天没见了，我看看你还不行啊？"

她被他撩拨得心里麻麻发痒，只好说："易经年，你还是变回去，变回以前那个易经年。你现在这样，我有点受不了。"

他笑问："怎么？你不喜欢啊？我倒是挺喜欢你现在这个样子的。你最好把你所有的真实的样子都表现出来。"

她含笑睨了他一眼，颇有些得意地说："这一辈子还长着呢，我得慢慢给你惊喜。"

陆 寒露┃偿还

她觉得这个死法有点难看,但转而又觉得,这个死法应该算得上是为国捐躯。如果能有一面红旗盖在她的棺椁上,那她欠易经年的,就可以自我安慰当作还清了。

1

闲下来的时候,纪寒露喜欢做甜品。

在加拉加斯那几年,社里的同事们都特别期待由她亲自操刀的广式糖水,糖不甩、椰汁红豆糕、杏仁豆腐、蛋奶糊等,随便一样都能轻易勾起众人的思乡之情。

有次跨年夜,与她同一时间调到加拉加斯分社的梁心安好奇地问她,明明她自己不爱吃甜食,为什么将此道钻研得这么深? 是不是为讨心爱之人的欢喜?

那晚,她和梁心安喝着老马家属从北京带来的二锅头,穿着单薄的真丝衫东倒西歪地瘫在阳台的小沙发上,远处传来一阵又一阵的欢呼声,星光点点、灯光点点,新的一年准时到来,又与往日无异。

那晚,她没有解答梁心安的疑问。在她刚要陷入回忆时,梁心安突然号啕大哭了起来,哭得那么厉害,以至于她根本没听清梁心安究竟在絮叨着什么样的伤心事。

后来，梁心安调任布达佩斯，临走前，向她提要求，说想吃一道特别的糖水，从没吃过的那种。

她花了半个下午的时间，做了两份酥皮双皮奶。

两人坐在阳台的小沙发上。

梁心安不停惊叹手里的酥皮双皮奶多好吃，吃完了自己的，又抢了她手里的那份来吃。两份都吃完了，仍觉得不满足，娇嗔地抱怨道："这么好吃的东西，你怎么不早点做给我吃呀？明天就走了，你这是故意挠我痒痒呢？我以后肯定会经常馋这个，你可真是太坏了！"

她只笑了一笑。

梁心安定定看了她一会儿，随后将手里的碗碟放到一旁的小桌子上，又突地凑近到她面前，换了一副不怀好意的笑脸："真不打算告诉我，你这好手艺是为谁练就的？"

落日余晖，映照在她们的脸上、身上，正值冬日，但这里丝毫感受不到冷意，一切都是热热的、暖暖的。

可纪寒露很清楚，她的心是凉的，赤道的热并没有温暖她，从来都没有。

再后来，她回到总社，又提任到深圳。已经嫁人生子、回总社述职的梁心安特意来深圳探望她。

两人仍旧像是多年前在加拉加斯时那样，坐在阳台的小沙发上，迎着晚霞，吃着酥皮双皮奶。

梁心安仍是不停惊叹手里的酥皮双皮奶多好吃，但已不再追问其他。

有些事，拦在肚子里，日子久了，烂在肚子里，未尝不好。

只不过，这么多年过去了，偶尔，偶尔的时候，她还是会想起易经年。

好比前几日，社里聚餐，二十来号人分坐在长桌两边，吃着新鲜的鱼生，喝着甘洌的清酒，有人起兴唱歌，有人助兴伴舞，场面十分热闹。

夏至

在这一团热乎的氛围里，她脑子里突然就闪过了易经年的身影。

她十年前第一次在香港见到易经年，也是在这样的聚会上。

那一晚，她因办事耽搁了时间，到日料店时已快九点。穿着和服的侍应生引她到店内最里边的房间，一推开门，她差点与正要往外走的易经年撞个正着。

她怔了一下，他也怔了一下。

还是屋里有人唤了声："小纪，你来得这么晚，好东西可都被我们吃完了啊。"

她这才收回落在他脸上的目光，边不好意思地闪了闪身，让了条道给他，边回了屋里那人的话：

"给我来份炒乌冬就行。"

关心她的这人叫董齐钰，是分社的一把手，因与她是同乡又是同校同系，自她两年前到港，便一直对她多有照拂，但凡有好吃又不累人的饭局，总会将她捎上，并总是十分热情热心地向她介绍饭局上的优质男青年。

那晚的饭局，做东的是董齐钰的朋友，受邀的尽是由首都派驻香港的能人。她之所以有幸混迹于此，明面上是董齐钰提携，实际是因为那位在半月前曾与她有过一面之缘的东家的侄子饶晔。他对她颇有好感，但又怕贸然邀约独处会唐突佳人，所以才想了个折中的法子，以团建为名将关系拉近一些。

她虽来得晚，但位子是早早留好的，长桌一侧的正中间，左边是饶晔，右边是饶晔的堂姐，在驻港公署工作的饶昕。

饶晔性格腼腆、不善言辞，只一味给她夹菜倒酒，饶昕则是个不折不扣的话痨，也不管是第几次与她见面，反正话匣子打开了关也关不上。

她夹在两人中间，除了吃点喝点，就只剩点头附和。好在旁人都是三两成堆地聊天说笑，没人注意到她的尴尬。

也不，还是有人注意到她的不自然了。

是坐在她对面的易经年。

他皮肤比较白，鼻梁上架着一副无边框的眼镜，大概是刚理过头发没两天，发丝向上的姿态显得十分有生机。她觉得他长得很斯文，不是那种柔弱的书生斯文，是斯文中带着点坚毅。

他对她的处境投以一个看戏者想笑但又隐隐克制住了的玩味眼神。

不知怎的，他的这个眼神让她有点恼火。她趁着旁人不注意，飞快地朝他翻了个白眼。

他倒没在意她的这个白眼，转头就端杯拉了旁边的人一起敬饶昕。

那晚，许多人都喝醉了，她因去得迟，躲了前半场，所以成了在场唯二清醒的人。

另一个清醒的人，是易经年。

她不晓得他前半场喝了多少酒，反正光看后半场的量，五个她也喝不过。

翌日午饭，董齐钰旁敲侧击地问她对饶晔印象如何。

她顾左右而言他："我一心扑在工作上。"

董齐钰扑哧一笑。

其实她这话并不特别假。

两年前，她通过层层筛选考进总社，半年前，又通过层层审查被派驻到港，事业还没站稳脚跟呢，谈什么儿女情长呀？

同社好友乔娉婷则对她的回答嗤之以鼻，一针见血地指出："你分明就是没看上人家。"旋即，又劝说，"饶晔的家庭条件多好呀，工作也好，长得又不丑。你应该给他一个机会，也给自己一个机会嘛。"

她故意做出一副格外勉强的表情，摇头说："他家门槛太高，我配不上。"

乔娉婷睨了她一眼，笑说："我看你就是想找个电光石火间把你的心紧紧揪住的人。"

夏至

电光石火间把心揪住？

这么不可思议、不可想象的事，她还真没有期待过。

她幼时父母离异，爸爸常年在非洲大草原追着野生动物拍写真，妈妈常驻渥太华盖戳，他们陪伴动物和留学生的时间，比陪她的多多了。她自幼跟着生性要强的奶奶在胡同院里长大，早早就对情情爱爱产生了抗体。在她的观念里，恋爱也好，结婚也罢，都不是什么要紧的事，遇到踩在她点上的人固然好，遇不到，也不必为了"合适""还不错""能凑合"这些字眼勉强自己。

她看饶晔的第一眼便觉得不对盘，既是不对盘的人，大可不用浪费对方的心意和彼此的时间。

可惜她干脆利落，人家饶晔却是个颇有些执着的主儿。今儿约饭不成，明日便托人来约团建爬山，爬山不去，又绕着弯找人邀她团建出海。按情理，对方都已经做到这份上了，且又是一群一群的人一道活动，她去一去，给些面子也无妨，可越是这般，她越是心生抵触。两个月下来，与她相熟、不太相熟的同事朋友们几乎都知晓了，饶家那位面上腼腆、内心火热的三公子对她情根深种。不少人在背后说她不识抬举，也有人猜测她是在欲擒故纵。

简直就是人在家中坐，闲言碎语天上来。

董齐钰眼见议论这事的声音越来越大，于是建议她：

"要不你找个时间好好跟他谈谈，别老是避而不见，大不了就当是个急难险重却又不得不完成的任务。"

于是，她约了饶晔去吃铜锅涮羊肉。

在小小包间里那一片雾霭朦胧的香气中，她诚诚恳恳、真真切切地同饶晔表明了自己的想法，并委婉地请他高抬贵手放过自己，世上比她好百倍千倍的姑娘满地都是，像她这种家庭不完整、缺乏父爱母爱、心理残缺的小门小户出身的姑娘实在配不上他。

也不知是哪句话惹恼了饶晔，又或许每句话都惹恼了他，反正服务员刚把菜品端上桌，他就借故离去了。

满桌子的菜，她费了好大的劲和好长的时间才吃完，肚子被撑得圆滚滚的，一出饭店的门，差点要吐出来。

结果就在路边三米外，还真有人胡乱靠在墙上，一副要吐的模样。

她下意识想赶快走，怕碰上酒鬼耍无赖。

可那人却叫住她：

"纪记者。"

竟是字正腔圆的普通话。

她愣了一愣，没动。

路边灯光昏暗，她看不清那人的模样，但这声音仿佛在哪里听过。

那人缓缓转了转身，路灯终于照清了他的脸。他今日没戴眼镜，语气里藏着点点笑意："怎么？不记得我了？"

她已认出他是谁，但故意说："不记得。"

他稍稍怔了怔，随后哈哈笑起来。不知是笑得太厉害还是怎么，他原本就晃晃悠悠靠在墙上的身子跟跄了两步，险些摔倒。

她连忙走上去，伸手捞住他的胳膊。

他今晚是真的喝醉了，不但周身酒气浓烈，连胳膊都特别沉。

她费力地将他身体的重心重新靠到墙上。

他低声说了句："麻烦你帮我拦辆车。"

因为离得近，她能清楚地听出他的舌头已有些捋不直了。

她帮他拦了车，出于安全负责的态度，又随车把他送到了住处。

他全程靠在后排座椅上，一句酒话都没说，安静得让坐在副驾驶位上的她以为他睡着了。

可一到住处附近，他就开口了，带着酒意问她："你怎么知道我住这里？"

她口气坦然地反问："这不是你们公署的宿舍吗？"

其实她当时是有些慌神的。

他们公署租住的宿舍有好几处，她本不应该知道他住在哪一处。

夏至

她之所以知道,是两个月前那顿晚饭的翌日,董齐钰问她对饶晔有无想法,她给出了冠冕堂皇的理由,本以为话题就此打住,但董齐钰又絮叨地说起饭局上的各色人物。她一直都是安静听着,直到董齐钰说到易经年的种种,她不自觉地插了句:

"他挺能喝的。"

董齐钰笑呵呵地说:"他家在齐齐哈尔,冰天雪地的,大概自小就喝酒取暖吧。"

她感到惊讶,她觉得他说话没有半点东北口音。

后来,她慢慢与他熟悉起来,他就露出了一些本色,什么"完犊子""麻溜儿""掰扯"时不时会从他嘴里冒出来。

但她仍觉得他不像自己印象中的东北人。他深沉心细,遇事冷静自持,几乎从不做没有百分百把握的事,一点都不直愣,也丝毫不冲动。

乔娉婷也认识易经年。

在她遇到他醉酒这夜的前两个星期,是个周末,天气晴好,社里几个年纪相仿的小年轻一道坐船去澳门吃葡国风味菜。

席间廖之楠提起自己新近认识了公署的一位美人,很想与这位美人发展关系,可初步打听后,得知美人的芳心早已明许给了公署一位叫易经年的冉冉之星。

廖之楠的话音刚落,乔娉婷立马接上:"那我劝你还是早早放弃为好。"

众人纷纷向乔娉婷投以疑问的目光。

廖之楠的眉头更是蹙得很紧:"敢问何解?"

乔娉婷说话向来耿直,又因与廖之楠关系好,十分不客气地表示:"易经年多优秀啊!他们学校的人才都堆成山了,他还能拿全额奖学金、保研,第一名考进外交部,办公室的凳子还没坐热呢,就被这边公署的一把手点名从北京要了过来,样貌、品行也都是一等一的好。我看你啊,再修炼个十年也未必赶得上他。"

众人又纷纷惊叹，虽说能被派驻来此地的都是拔尖的人，可拔尖的人和特别拔尖的人总还是有一定差距的。

有人见乔娉婷对廖之楠的这位隐形情敌这么熟悉，便打趣："你怎么知道的？是不是暗恋过他？"

乔娉婷坦然说道："我的一位远房表哥明恋过他。"

远……远房表哥？

闻此言，正端了杯喝水的她一下子被灌到喉管里的液体给噎住了，真是难受又尴尬。

乔娉婷倒没有在意她，顾自惋惜："可惜易经年不喜欢同性，不然我的那位远房表哥和他站在一起，绝对是才子配佳人。哦，不，应该是绝代双骄。"

半年后，她和易经年处在差一层窗户纸未捅破的状态。

他们去吃涮羊肉，她突然想起了乔娉婷的远方表哥，便问他是否有这么个人和这么一档子事。

他先是大方承认，随后问她："你对此是什么看法？"

她笑着说："看法有三。"

他放下筷子，摆出一副准备听她长篇大论的架势。

她于是也放下筷子，一本正经地说："第一，你招女人喜欢；第二，你招男人喜欢；第三，在男人和女人之间，你可能比较喜欢女人。"

他一直看着她，嘴角和眼角都带着笑意，他微微扬了扬音调，问："那依你之见，我会喜欢什么样的女人？"

她已二两白酒下肚，趁着酒意，反问他："莫不是我这样的？"

那是她第一次，也是唯一一次在男女情爱的拉力中说出稍有些轻佻的话。

夏至

2

深圳是一座年轻且十分有活力的城市，与隔岸相望的那座城市相比，深圳就像是已经藏不住头角光辉的明日之星。

三年前，纪寒露提任来此地，羡煞了许许多多的旁人。

实际上，她的第一、第二、第三意愿并不是深圳，她想去里约热内卢，想去华沙，想去基辅，就是不想来深圳。可她在加拉加斯的那场车祸过于严重，总社的领导们谁都不同意让一个装了假肢的姑娘再出国，他们起初甚至都不同意她离开首都，只想把她圈在眼皮子底下干些审稿的轻松活儿。

深圳，是她能争取到的，离易经年最远的地方。

可深圳，也是她和易经年有最多回忆的地方。

那顿夏日里的涮羊肉之后，她和他顺理成章地走到了一起。出于各方面考虑，他们没有公开关系，所以也不曾成双成对地在狭小的香港街头游逛，只偶尔地、恰巧地共同参加过一些饭局。在那些为数不多的饭局上，他们小心翼翼地保持着恰如其分的距离，以至于从没有人将他们串联在一起。

她工作很忙，他工作更忙，平日里见不上面，连周末也不见得能碰头。如果遇上双方有空的日子，他们就过关到深圳。

他爱吃烤鸭，她爱吃水煮鱼，深圳有一家餐厅，完美地满足了两人的喜好。

有次吃完饭后，他们去看电影，是战争片，战况激烈之时，360°环绕声响吵得人耳膜疼，可他却歪歪斜斜靠在座椅上睡得呼呼响。

他这么累，她十分心疼。

为了解决在休息日来深圳能真正休息的问题，他们在关口附近的待拆迁楼里租了间房子。房子虽小，但五脏俱全，各色住户撑起的是满满人间烟火的味道。

他们有时在这里过夜，有时早上来、晚上回。

房东是一对老夫妻，手上有几栋楼，有钱的同时还有许多精力。老两口不愿闲在家中收租度日，便在一楼开了间小小的糖水铺。

那糖水铺叫"百花"，店面不大，品种百花齐放。

她就是那个时候开始学做甜品的。

倒不是易经年有多爱吃甜品，只不过休息日也不能光躺在床上思考人生，总还是要填饱肚子的。而他厨艺了得，从正餐到消夜根本没有她插手的余地，为了显得自己在食物制作这一块不是那么无用，她花了好大的力气才拜得房东夫妻为师，学做广式糖水。

她在厨艺方面没有任何天赋，能把广式糖水做好，她认为全靠四个字：勤能补拙。

他对此不苟同，他觉得："我这个挑剔的食客也是促进你技艺不断进步的重要原因。"

说这话的时候，他正坐在沙发上吃着刚出炉的酥皮双皮奶，酥皮的碎渣星星点点粘在他嘴唇上。

她边抬手轻轻将他唇上的碎渣抹抹干净，边笑说："那我岂不是得好好谢谢你呀。"

她要谢谢他的地方，着实不少，最最紧要的一条，是他给了她从未曾有过的安心的感觉。

这种安心的感觉深深扎根在了她的骨血之中，哪怕后来因为工作上的失误被限制在宿舍许多日，悬在头上的巨石随时可能将她砸入万劫不复之地，她也没有完全慌神。她那时觉得，只要他在，就好，哪怕再艰难的情况，心也仍是安的。

可他给她的安心，终究只有那么一段时间而已。

后来她离港去加拉加斯，乔娉婷为她饯行，问她想吃什么。

她说想吃铜锅涮羊肉。

乔娉婷是唯一知晓她和易经年关系的人，但也仅仅是知晓关系，并不了解和铜锅涮羊肉有关的那些故事。乔娉婷以为她是想念首都了，便说："你跟钰姐申请，她会同意让你回趟北京的，你不一定要从这里出发去加拉加斯。"

她并不想念北京。奶奶在她读研的时候就过世了，姑姑一家对她并不亲厚，学生时代的两三好友也都漂泊四海，北京没有人在等她，也没有人会给她一个温暖的拥抱。她考虑过去渥太华或是中非大草原走一趟，但又考虑到眼下的处境，实在不想再给父母生出什么幺蛾子了。

乔娉婷一如既往的多话，从加拉加斯的天气讲到加勒比海的热带鱼，从委内瑞拉的风俗聊到法属圭亚那的赤道空间发射场。

纪寒露漫不经心地搭几句话，好似把更多的注意力放在吃食上。

乔娉婷认认真真唱了一出独角戏，最后没劲了，叹了好大一口气，看着她，声音也低了八度："寒露，我知道你很难过，要不你就狠狠哭出来吧。把所有委屈都哭出来，哭出来会舒服很多的，别憋在心里了。"

她也觉得把难过哭出来可能会舒服很多，可她哭不出来。她虽然从未想过会和易经年分道扬镳，可真到了他要与她分道扬镳的这一日，她总得坦然面对并接受。她在孩童时期就懂得，哭不能解决问题。何况本就是她自己在新闻报道中犯了错，负面影响严重，连累两位同事一起受罚已是万般过意不去，难道还要他也赔上光明前程吗？

她一点都不怨易经年，但乔娉婷却把易经年狠狠骂了两回。

一回是她接受完调查，终于得以外出透气，他避开了一众人悄悄来找她那日。

已是入秋时节，可这座城市里的热浪燥意正浓，即便是傍晚，阳光也还很刺眼。

见到他的那一刻，她心里真是高兴极了。

可谁知，他竟是来与她分手的。

他没有找冠冕堂皇的理由，也没有遮掩自己的想法。他十分干脆利落地告诉她，经此一事，他认为他们的步调不一致，往后很难走到一起，不如趁着还没生出更大分歧，好聚好散。

她满是惊诧错愕,许久没有回过神。

他定定站在她面前,定定看着她。他脸上一点慌乱愧疚的神情都没有,就好像他从来没有爱过她,他想要的是一个能与他齐头并进的人,而现在的她已配不起他了。

她异常艰难地向他挤出了一个字:

"好。"

他异常轻松地回了两个字:

"谢谢。"

不远处的乔娉婷见他们两人不太对劲,凑近了一听,竟是要分手。乔娉婷二话不说,扯开嗓子就骂易经年。

她不记得易经年有没有老老实实站在原处挨骂,更记不得乔娉婷骂了什么难听的话,分手的那个场景,她很快就忘记了,事后怎么都想不起来,唯一记得的,是他身上那件湛蓝色的衣服,那颜色让她有种莫名其妙的炫目感。

乔娉婷第二回骂易经年,是她去加拉加斯大半年后的事。

她们通越洋视频,一直聊着鸡毛蒜皮的小事,到快要结束通话了,乔娉婷才终于忍不住告诉她:

"易经年要结婚了。"

她正在整理衣物,准备去马图林出差,听了这话,并没有停下手中的动作。她本意是让这句话轻轻飘过去算了,可结果却是鬼使神差地问了句:

"新娘是我认识的人吗?"

乔娉婷答:"姜飒飒。"说罢,就开始骂易经年。

她再一次记不得乔娉婷骂了些什么难听的话。

她对易经年和姜飒飒结婚这件事甚至没有感到意外。

说起来,她比易经年要先认识姜飒飒。

那是她和他在一起两年后的某日。

董齐钰带她去海钓,游艇上男女老少十几人,姜飒飒是其中之一。

夏至

那日,她身体不适,下不了水,只能坐在一旁,眼巴巴看着姜飒飒和另两位优质男青年将各种水上项目玩遍了。

她并不晓得姜飒飒是什么来头,但从游艇上各人对其表现出的热情和关爱,她断定这个笑起来像小太阳似的漂亮姑娘定是顶一级权贵人家的掌上明珠。

后来的日子,她陆陆续续从各处听闻了一些关于她认识的、不认识的、相熟的、不相熟的男人们变着法子追姜飒飒的故事。

窈窕淑女、君子好逑,原本是再正常不过的事,可这正常的事放到姜飒飒身上,再从旁人嘴里说出来,那些男人们就都成了攀龙附凤之辈,没有一个真心人。

她第二次见姜飒飒,是吃铜锅涮羊肉。

那天是易经年生日,他们早早订下了包间,以免被人撞见。可临到饭点,易经年突然有事走不开身,而她已经到店门口了。

门口站了好些排队的人,姜飒飒是其中之一。

阴差阳错,易经年在办公室里度过了30岁生日,而纪寒露和姜飒飒在一起吃了一顿涮羊肉。

姜飒飒特别爱笑,笑起来的时候嘴边两个酒窝衬得人越发活泼可爱,她对纪寒露说她一点都不想来这里,这里的话她听不懂,这里的食物她吃不惯,这里的天气她就更不喜欢,她只想在北京城里混吃等死。她之所以来了这里,都是因为她爸爸当众笑话她都25了,还从没离开过皇城脚下三尺远。爸爸笑话女儿本不是什么大不了的事,可这笑话听在姜家一众人耳里就成了他们过于溺爱这个随母姓的外孙女,过于干涉这个唯一的外孙女的成长。所以,她就被"发配"到了这里。

发配,没错,姜飒飒用的是"发配"这个词。人人都盼望来镀金修行的宝地,在她眼里可能还不如吐鲁番,至少吐鲁番有肥美的羊肉吃。

那顿涮羊肉,是姜飒飒抢着买了单,她十分感谢纪寒露那位爽约的朋友,不然自己肯定得在外面等两个小时才能满足口腹之欲。

她和姜飒飒并没有因为一顿涮羊肉就成为朋友。虽然她觉得姜飒飒与旁人口中的姜家人完全不同，是个挺好相处的爽直姑娘，但她也觉得她们之间好像隔着一层奇怪的、说不清楚的屏障。

她不知道易经年是什么时候认识姜飒飒的，也不知道姜飒飒是什么时候喜欢上易经年的。

当她从董齐钰嘴里听到姜飒飒有心上人这个消息的时候，心里突地就有种不妙的预感。她不敢多问一句姜飒飒的这心上人是谁，她只盼着董齐钰能快快签批完手中的稿件，然后快快离开。

可董齐钰却慢下了动作，随口就说出了易经年的名字。

情况有点糟糕，但还不至于特别糟糕。

他们在一起之前，有许多美人向他示好，他们在一起之后，也有不少男青年向她示好。他们都没有过任何动摇，这次应该也不会例外。

她本不想理会这件事，毕竟只是姜飒飒喜欢易经年，又不是两相欢好，她若是拿着这么个事去问他，就显得自己太小家子气了。她把这事在心里埋了一个多月，自以为能把"若无其事"演绎好，但忙碌的易经年终于还是看出了她的不对劲。

他问了她两回，她都十分勉强地圆了过去，到第三回，他竟猜出了大概。

他哭笑不得，自白道："我平衡性很差，一脚踏不了两船。"

她抬眼看他，不接话。

他又说："我就是怕你会胡思乱想才压根没提这事。况且这不是什么大不了的事。她有什么想法，那都是她的，你是对我不放心还是对自己没信心？"

她凝视着他，声音低沉："她那么好，她的家庭也那么好。"

他第一次见她这般没有心气，知道她是真在意了。他将她拉到怀里，认真说："她好不好，她的家庭好不好，跟我没关系。"

3

纪寒露是寒露这一天出生的。

为了取名字的事,她奶奶和妈妈大大小小闹了十七八回,爸爸夹在中间,左右说了不算,也左右讨不到好,僵持了不下小半年,最后是居委会的老阿姨出了个主意,说她是寒露出生的,不如就叫纪寒露,好听好记且有新意。

户口本上登记的名字是纪寒露,奶奶叫她妞妞,妈妈唤她囡囡,爸爸夹在中间,在奶奶面前叫她妞妞,在妈妈面前唤她囡囡。

生活一地鸡毛。

她小的时候,总是很同情夹在两个女人之间的爸爸,长大后,才发现自己的同情十分无知。当然,她不能批评生养自己的人,她最多是在父母离婚后,心中默默替他们三个人感到解脱。

从父母的故事中,她看清楚了,美满的婚姻并不只是两个优秀的人简单结合就可以达成,它需要天时地利人和,更需要有改变自己、容忍他人的实际行动。

她从不怀疑父母对她的爱,哪怕她的小学同学们、初中同学们乃至高中同学们,或多或少因为她父母离异且都不管她教她的事而可怜或是笑话过她。她认为,这世上没有不爱自己孩子的父母,只不过有的父母可能更在乎他们自己的感受而已。

她理解他们,理解了许许多多年。

而他们,终于在她出车祸后,第一时间赶到加拉加斯,第一次在她面前痛哭流涕,第一回承认他们没有尽到做父母应尽的责任。

她从没见他们哭得这么伤心难过,在那一瞬间,她看清楚,她的爸爸妈妈是真的老了。

其实那场车祸怨不了旁人,是她自己分了心,没注意路况,才会撞上滚石。

那日雨势凶猛，不断有大大小小的石头、泥块从山坡滑落到路上，那日狂风凛冽，吹在高大的树间，犹如鬼魅在嘶喊，那日天色昏暗，连闪电都难以在天空撕开一道口子。

她当时估摸着，自己大概是会死在这异国他乡的盘山公路上了。

她觉得这个死法有点难看，但转而又觉得，这个死法应该算得上是为国捐躯。如果能有一面红旗盖在她的棺椁上，那她欠易经年的，就可以自我安慰地当作还清了。

而在那之前，她一直以为是易经年欠了她的。

虽然她嘴上从不说他的不是，虽然她一再告诫自己往事如云烟，这日子如流水一般淌过，还隔了一整个太平洋，有什么事、什么人是忘不掉的呢？可结束了忙碌的工作，到了夜深人静时，难免，很难免会压不住心底里的那一丝怨念。

倒不是有多怨易经年，更多的是怨自己眼瞎，竟把小心翼翼珍藏了那么多年的真心掏出来给了一个见异思迁、见利忘义的男人。

直到车祸前几日，已经升迁到总社的董齐钰率小型慰问团来探望在南美洲各分社的同人，纪寒露才从醉酒后的董齐钰口中得知当年自己从香港调任此地真正的前因后果。

她一直以为，是董齐钰将自己从那一摊泥泞中生拉硬拽解救出来的。她对董齐钰的万分感谢没能在香港表达，好不容易等到大恩人来了自己的驻地，她陆陆续续、真心实意地敬了许多杯酒。

那酒性烈，董齐钰初次品尝，喝下肚没多久就上头了。

她送董齐钰回房间休息。

董齐钰拉她聊天。

工作自然是要聊的，生活学习也要聊，个人问题虽然排在最后，可明显是董齐钰最关心的一部分。

董齐钰问她有没有对象。

她也有些酒劲上头了，玩笑说："分社就那么两个未婚的男同志，您看着谁比较适合我?"

董齐钰笑了一笑,又叹了叹气,还停顿了一会儿,才说:"再过个一年半载,我找机会调你回北京。你年龄也不小了,总不能因为工作把个人问题耽搁了。"

她先是谢谢了董齐钰的好意,旋即委婉地拒绝:"我不怎么想回去。"

董齐钰看了看她,脸上露出了复杂的神情。

她连忙笑起来解释:"这里天气好,北京太冷了,我怕自己受不住。"

董齐钰反问:"你一个土生土长的北京大妞,还怕北京冷吗?我看你怕的是别的吧?"

她有点绷不住脸上的笑了。

董齐钰长长叹了一口气,缓缓说起:"当年易经年是为你做出了牺牲,可这些年他得到的并不少,如果你一直因为他而耽误自己,那就太没有必要了。"

她微微一怔,没料到董齐钰竟会提到易经年,更没听懂董齐钰说的是什么意思。

董齐钰已打算全盘托出,说道:"我现在实话告诉你,香港那个事儿,以我的能力根本解决不了,我只是在易经年来找我的时候给他指了一条路。我这么说,你大概也猜到了。姜家只有姜飒飒这么一个外孙女,她喜欢上一个人,哪怕她自己是不求回报的,他们家上上下下也会想尽办法让她如愿。我不知道易经年具体是怎么跟他们家的人谈的条件,反正结果就是那件事对你的影响仅仅是你来了这里,他在大半年后成了姜家的外孙女婿。"

她真是惊诧到连呼吸都忘记了。

她真是不知道该怎么去接受这个事实。

后来,这个事实萦绕在她心中,盘桓在她脑海。她几乎每时每刻都在想着要马上去见易经年。可见到他了,她又能说点什么?谢谢他的以身搭救,然后祝他婚姻幸福美满吗?

他早已经过上了新的生活,他的前途一片光明。

或许,她应该把对他的谢意永永远远埋藏在心底最深处。

但天意总喜欢捉弄人。

她车祸受伤严重,左腿没了半截,不得不回国休养。

她已有六年没回过北京,回去那天是个晴朗的春日,有风无沙,她差点不习惯这清新的空气。

爸爸妈妈都陪着她,小姑一家来接机,晚上在胡同院里吃铜锅涮羊肉。充斥在屋子角角落落的,是她许久未曾感受到的亲情温暖。

大家都知道她回来了。

远亲近邻、同学朋友,纷纷到家中探望她,纷纷鼓励她重新站起来。

她自然是要重新站起来的,不过得靠器械,还得靠不懈练习。

易经年也来过,可恰巧她和爸爸去游雁栖湖了,回到家时已是晚上八点。

妈妈端出模样有些难看的小笼包和黏稠得有些过分的八宝粥给父女俩吃,随口告诉她:"下午有人来看你,我说你出去了,让他给你打电话问问什么时候回,他说没你电话,我说我来打,他又说不用,急匆匆就走了。"又指了电视柜下放着的一堆补品,"拎了好多东西。"

爸爸十分艰难地咽下嘴里的小笼包,含糊不清地问:"你没问问人家叫啥?"

妈妈解释:"我问了呀,可他不说。"

爸爸好奇了:"这是什么道理?送了东西,还不愿意留名字啊?长什么样呀?"

妈妈回想了一下,说:"长得挺好的,也挺高,戴副眼镜,斯文儒雅,大概三十五岁左右吧。"边说边看向她,问,"能猜到是谁吗?"

她摇摇头,将脸埋在碗里喝粥。

但她心里猜着这人大概是易经年。

夏至

大家都知道她回来了,这个"大家"当然也包括易经年。

北京城是很大,可该遇上的人总会遇上。

进入炎夏,她终于能独自撑着拐杖,磕磕绊绊地使用假肢行走。

这日,她照例去医院做康复练习。因为过于专注,有些忘了时间,直到医护催促,她才发现窗外的落日余晖。

正是下班的高峰期,整条街塞满了赶着回家、赶着赴宴聚会的人和车。

她在医院门口等了许久都不见有出租车,心想着挤挤公交算了。

不知易经年是怎么发现她的,不过她如今行动不便,目标明显,他开车的时候眼睛瞎转悠看到了她,也正常。

他没有给她拒载的机会,先是把车停在了她面前,然后下车帮她开了门,又小心翼翼地扶她上了车,一串动作一气呵成,就好像,好像他是专程来接她的。

他发动引擎,重新融入车流。

她坐在后座,不敢看他,她将目光投向车窗外,轻声说:"谢谢。"

她自己也分不清这一句"谢谢",是欠了他许多年的那一句还是仅仅代表此时此刻的心意。

车内的空间过于狭小,气氛很快就要陷入沼泽。

他没有回应她的"谢谢",而是说起:"上个月我去过你家。你不在,你妈妈说你和你爸爸去雁栖湖拍照了。"

他的声音没什么变化,语速比以前稍稍缓慢了一些,不晓得是因为年岁的增加还是阅历的增长,短短两句话,她就觉得他沉稳了许多。

她告诉他雁栖湖很美,告诉他,她的身体已恢复得七七八八,也告诉他,她在加拉加斯那几年工作和生活都很顺心顺意。她想,他应该是希望听到这些的。

他将她送到家,帮她开门,扶她下车。

她没有目送他离开,先转身走入了院门。

她自始至终没有正眼看他,她有点害怕与他对视,怕自己会忍不住落泪,怕自己会说些已不合时宜的话,更怕发现他的眼里已没有了她。

可他眼里就是不再有她了。

姜飒飒来找她的时候,她正在挑选翌日上班的衣裳。

秋日凉爽,她正好能穿长裤来盖住略有些特别的左腿。

她不是没想过会再见到姜飒飒,只不过没想到姜飒飒竟会来找她道歉,更没想到姜飒飒才开口说了几句话,就忍不住哭了,边哭边替姜家老老少少向她赔不是,恳请她原谅。

她从董齐钰口中得知姜飒飒对那事并不知情,即便知情,她也是靠姜家的帮助才得以脱身,退一万步讲,怎么都怪不到姜飒飒头上。

可姜飒飒哭成了泪人,无论怎么劝都劝不住。

她只好给易经年打电话。

易经年很快就赶来了。

三人处在一个屋子里,本应该是尴尬得不得了的情景,可姜飒飒偏不按套路出牌,见易经年来了,直接就说要同他离婚,要把他还给她。

她没来得及对姜飒飒的言语做出任何反应,就听到易经年低吼了一句:"你胡说什么!"

易经年从来不曾吼过她,他对她说话永远都是好声好气的,可那一刻,她竟觉得,他的这一声低吼里,是已藏不住的紧张。

那晚,姜飒飒是被易经年连扛带抱弄走的。

他走得那么着急,连一句"再见"都没跟她说。

那晚,她躲在被子里偷偷流了眼泪。

后来,姜飒飒又来找过她两回。

这两回,姜飒飒没有再哭。第一回,姜飒飒告诉她,已决心更正错误,请她拭目以待。第二回,姜飒飒带了已签好字的离婚协议书,请她转交给易经年。

夏至

她看着那份离婚协议书，问姜飒飒为什么不自己给易经年。

姜飒飒说："他不见我，也不让身边的人见我。他一定是恨透我了，恨我拆散了你们。"言语间满是伤心难过，眼底里也满是伤心难过。

她当然没有帮姜飒飒转交那份离婚协议书，他们夫妻俩之间的事，轮不到她一个外人费力。何况她知道，姜飒飒根本舍不得易经年，而易经年也已舍不得姜飒飒。

这一次，她是彻彻底底失去了他。

这一次，她是真真正正放了手。

飒飒东风细雨来，寒露一别已经年。

柒 处暑 \ 初恋

人人都想遇到轰轰烈烈的爱情，
可那种爱情啊，就像香江上燃放的烟
火，只能霎时炫目，真正的生活应该
是朝与暮。

1

任知意刚把车开出小区大门，老天爷就发了脾气，还是特凶狠的
那种。她的车技十年如一日的烂，这会儿雨点拼命一般打在挡风玻璃
上，密集的程度跟汛期的黄果树瀑布差不多，她是半步都不敢往前挪
动了。

任伟华就是在这个时候发了视频来，第四次仔细交代她晚上的宴
席需要注意的事项。

那些注意事项，她已经听得耳朵都快起茧了，又因此刻被大雨困
身，终于有些不耐烦地说："爸！今晚是姐姐的订婚宴，她和她的如意
郎君自然是全场瞩目的焦点，明日城中的头版头条。您跟我说一大堆
注意事项干吗呀？我从前当姑娘的时候就一直活在她的万丈光芒之
下，现如今都是已婚妇女了，您还担心我会抢了她的风头吗？"

视频里的任伟华听她这般言词，立马不悦了，声音一沉，呵斥她：

213

夏至

"怎么说话的！你又不是不知道你姐姐的情况。"

她双眼微微一斜，不看屏幕里的任伟华，刻意压低了声音，轻飘飘地吐了句："那我晚上不去了，行吧？"

他当即断绝她的念想："亲姐姐的订婚宴，做妹妹的不参加，成何体统？"

她清楚不参加订婚宴根本就是异想天开的事，也习惯了父亲这些年在某些问题上的态度，只是有时候心绪仍然受到影响，蔫蔫儿的，便忍不住沉默起来。

他见她不接话，又问："沛尧呢？"

她敷衍地回答："大概刚上飞机吧。"

他再次不悦了，质问她："什么叫大概？他从哪里回来？新加坡还是香港？你不知道他坐几点的飞机吗？你们是不是吵架了？你有没有跟他说晚上的订婚宴？"

她压根不想对他的提问一一解答，只拣了最后的一问回答："说了。"

他见她态度松散，既生气却也无奈，顿了片刻，他收敛起先前的戾气，可仍是带着警告的口吻："这几年我们任家的面子已经丢得差不多了，你最好不要再冒什么泡。"

论冒泡，任知意在任家同辈中要是认了第二，就绝对没人敢认第一了。毕竟别人都是八九岁才得来"人憎狗嫌"这四个字，而她从三岁开始就不安分了。幼儿园时趁着午睡偷偷剪了男娃娃的小辫子；小学时把学长的书包扔到水池里，翘掉无聊的音乐课溜进隔壁的中学在双杠上给一众哥哥姐姐们表演杠上飞；初中时跟两个女生打架打到对方抱着头去医院缝针；高中就更不得了了，抢了广播室的控制权，在全校大骂化学老师。

种种恶行，让她十八岁之前，换了九所学校，而九所学校的学生都把她列为风云人物。这般折腾，学习成绩自然好不到哪里去，可高考的时候却发挥超常，收到那张来自首都的录取通知书的时候，任家上下都以为是她花十块钱假造的。

大学那四年,她格外老实,简直就是脱胎换骨了,几乎变得和任知晓一样讨家人喜欢。可到底只是"几乎",刚一毕业,她就露出了原形。先是与刚成立不到两个月的动漫公司合伙人闹不和,二话不说将对方扫地出门;接着同邵家小姐抢男朋友,闹得满城风雨,好不容易抢到手了又弃之不要;再是在蒋官的夏日派对上喝吐到吓退全场人,种种劣行,连最疼她的大哥任翼都看不下去了,与她长谈了一回,问她是否愿意去香港锻炼锻炼。她当即就同意了。要不是前几年任知晓为了追求爱情而失去了一条腿,之后家中又接连发生变故,她其实是打算老死在香港的。

说实话,当初看到少了条腿的任知晓,她脑子里的第一反应是想起小时候看过的言情剧中的一句——你失去了一条腿,可紫菱失去了半条命和她的爱情。幸好她不是紫菱,虽然任知晓也和绿萍一样是天之骄女,虽然她也一直生活在任知晓的光环下,可她才不是自怨自艾的性格,更没有和自己的姐姐爱上同一个男人。

她尽心尽力地照顾了任知晓三个月,每天都绞尽脑汁逗她亲姐姐一笑,助她的亲姐姐渡过人生的难关,她觉得那大概是她这辈子做过的第二认真的事。可一波未平,一波又起。任翼为了维护自己的婚姻,捅破了自己其实是任妈妈和别的男人所生的尴尬事实。任伟华第二天就解除了任翼在崇明实业的职务。她最敬爱的大哥一夜之间就被她的爸爸扫地出门了。当她觉得生活一团糟乱的时候,更大的打击接踵而至,任妈妈患上了淋巴癌,还没等她反应过来,任妈妈就归天了。

那个冬天,阳光比往年更明媚,可她感觉不到一丝暖意。

其实大多数时候,她还是能理解任伟华的。他一直把面子看得跟命一样重要,结果先是儿子娶了他的私生女,没多久最疼爱的女儿少了条腿,紧接着又得知一直当作接班人培养的好儿子是别人的种,想要狠狠责怪妻子,妻子却患病离世。这四个大巴掌接连打在他的脸

夏至

上,就跟往心上扎了四刀差不多。只是几年下来,他的眼中仍然只看得到任知晓,心中仍然不肯原谅早已去世的任妈妈,对任翼的打压也仍然在进行,这让任知意心生出一种厌倦烦躁的情绪。

清明节时,她和任知晓去扫墓,遇到专程从深圳赶回来的任翼和大着肚子的段零露,还有已经三岁多的小圆子。两姐妹与任翼是同母异父,与段零露是同父异母,小圆子在叫姑姑还是叫姨姨的问题上犯了难。她抱着小圆子又是亲又是捏的,喜欢得不得了,可任知晓的态度却比较冷漠。她知道任知晓这些年深受任伟华的影响,又因为感觉命运对自己不公,心性早不如先前那般宽大,所以也不打算发表意见去评判任知晓态度的对错,但任知晓偏偏要抱怨出来,说他们不该来拜祭。

这可好,一下子就把她心里那一大堆炸药给点着了。自任知晓没了一条腿后,那是她们第一次吵架。她忍让了许多年,发现到头来让任知晓养成了得寸进尺的坏习惯。

那天的雨,下得也像今天一样凶狠。她明明车技很烂,却赌气一般开得很快。事后,任伟华专门打电话批评她,怪她不顾任知晓的安全。

那晚她失眠了,躺在床上翻来覆去睡不着。徐沛尧人在香港,偌大的房子里只有她一个人,空荡荡的吓人。她把住隔壁的颜洋吵醒,邀他去消夜。

颜洋是她的高中同学。

她高二下学期因为花钱大手大脚而被原来学校附近的混混们盯上,任妈妈为了她的人身安全,把她转校到了颜洋就读的高中,又因为任伟华肯花钱,她被校长特意安排坐到第一排、讲台正下方的位置,和当时身高比她矮了那么一点点的颜洋成为同桌。以那时的大众标准来评判,颜洋正儿八经是个纯正的崇明岛的原住民,说得好听点是以天为被、以地为席,实际刮场大台风基本就得在水中睡,家中最多的东西是小鱼干、小虾干,在绝大多数同学都营养过剩的名校里,他那矮小的身材差不多算是倒数第一。要不是因为班主任是他亲舅舅，他和她完全不可能会有交集，自然也不可能有成为她转校后收下的第一个小弟的后续故事。

她收到大学通知书的时候，颜洋哭得死去活来的，说保护伞走了，自己以后就是任人宰割的鱼肉。她跟他当同桌这一年多来，但凡家里送了补脑子、补身子、补血补气的东西都会分他一大半，吃得他基因都突变了，身高"刷刷刷"地冲到了一米八几。她自然是要朝他翻白眼的，又教育他："打不过你就跑啊。"他连连摇头，唉声叹气地说着："失去你，我失去了安全感。"为着这安全感，他自上大学的第一天开始就买彩票，天天盼着中大奖，最后因为开发的游戏软件大卖而赚了一大笔钱，屁颠屁颠地买下了她隔壁的房子，还在第一次和徐沛尧见面吃饭的时候表现出了格外的喜悦，就好像一块贴上她的狗皮膏药。

徐沛尧那时对他们之间的深厚友谊了解还不多，十分狐疑地问她："他是不是偷偷喜欢你很多年了？"

她喝了点酒，心情是放松的，笑着撩起右胳膊的衣袖，向他展示自己的肱二头肌，说："喜欢我结实的胳膊很多年了。"

把颜洋吵醒，再出门已是凌晨两点，大部分店都收摊了。两人好不容易找到一家二十四小时营业的面馆。

颜洋心不甘、情不愿地问她："咱们就不能去酒吧吗？"

她低头看着菜牌，嘴里说："我明天一早有个会，不能喝酒。"

他连连摇头："你变了，变了变了。"又故意问她，"你还是我认识的任知意吗？是那个在炸串店和校长儿子的女朋友抢鸡腿，把偷窥女厕的男生打得满学校乱跑的那个任知意吗？"

她倒是轻轻笑了一笑，但没有理会他的问话，而是顾自说着："还真有点饿了。"

他便问："晚上没吃饭？"

她说："吃了一肚子气。"

他来了兴致："嘿呦，还有人敢给你气受？谁不想活了？告诉小爷

夏至

我，我自愿当你的枪，你指哪儿，我打哪儿。"

她在菜单上勾选了红烧牛肉面、羊肉炒刀削、韭菜煎饺、凉拌海带丝和卤花生，又给他点了一大罐啤酒，然后才抬头看了他一眼，半笑着说："我要是真想收拾谁，还用得着你出手啊。"

他抬手招来服务生，将菜单给了人家，随后笑嘻嘻地问她："是你爸还是你姐？"

她耸了耸肩，一副不想回答的模样。

他会意了，不再追问，而是在服务生送啤酒过来的时候向人家要了两个杯。

她由着他倒酒，反正不松口："我今晚真不能喝。"

他也不勉强她，自己端了杯喝上一大口。

到这个点，面馆里的客人很少，上菜的速度挺快的。

她一口一口吃着面和菜，慢条斯理的模样让他看了觉得有些陌生。

他肚子里有话，憋了几天了，一直犹豫是否该告诉她。他端起啤酒，想着还是将那些话淹没了拉倒，可杯子到了嘴边，他到底是忍不住了。他说："跟你说个事，不过你听了，可别吃不下去。"

她倒干脆，表示："那你别说了。"

被她这么一拒绝，他倒感觉必须讲出来才对，于是说："我等你吃完再说。"

换了从前，她必得马上知道是什么事，可如今她改了动不动就着急上火的毛病，沉着了不少，也成熟了许多。她不慌不忙地吃完了一碗牛肉面，半碟子炒刀削，两个韭菜煎饺，几口海带丝，最后拿了些卤花生，边剥壳边对他说："我差不多吃好了，你可以说了。"

他看了看她，飞快地吐出："方炜生病了。"

她听到这个名字，先是愣了几秒，回过神后，将剥好的花生仁塞到嘴里，含糊不清地问："什么病？"

他见她眉眼低垂，晓得她心里定不是面上这般平静，但既然开了头,总得说全。他又告诉她:"跟你妈一样。"

她又愣住了,这次过了许久才缓过来,反问他:"淋巴癌?"

他点点头,说:"已经是晚期了。"

她叹了声气,又叹了声气,才说:"那没得救了。"

那晚,任知意连一刻钟都没睡着。

她实在吃了太多的东西,它们都堵在她胃里,迟迟不肯到肠子里,躺着只怕它们会从嘴里跳出来,所以她在客厅里来回踱步消食。

翌日开会,精力自然集中不了。散会后,任伟华把她单独叫到办公室,又是劈头盖脸一顿责骂。她其实早就想和任伟华吵一架了,好好问问她的爸爸为什么就不能对她慈爱一点,为什么就不能把她和任知晓放在同等的位置,但她发现自己浑身无力,脑子里尽是任伟华那重叠在一起的杂乱回音。

那天她是被人抬出任伟华办公室然后送去医院的,医生说她是突发性眩晕症,她懒得关心自己身体出了什么毛病,只觉得在医院躺着还挺舒心的。

徐沛尧从新加坡回来去接她出院的时候,她正津津有味地吃着颜洋昨晚送来的雪花酥和麻辣牛肉,专心致志地看着近日大热的一部仙侠剧。

徐沛尧脱下外套随手挂在衣帽架上,信步走近床边,俯身凑到她面前,半笑着问:"我估计你不太想出院吧?"

她与他初识时,感觉是棋逢对手、不相上下,可日子长了,尤其是结婚这一年来,不知怎么,自己就渐渐落了下风。加上她住院这三天本就是装病,被他这么直戳要害,气势立马矮了一截,连忙扔掉手里的零食,做出抱头的姿势:"我头疼。"

他说:"我以为眩晕症应该是头晕。"

她狡辩:"我倒在地上的时候摔到脑袋了。"

他告诉她:"我刚向医生要了你的全身体检报告,你可以放心,没有任何脑震荡的迹象。"

夏至

　　她平日肯定是不会轻易屈服的,可这几天的战斗力不行,于是向他坦白:"我不想上班,行了吧?"

　　他点了点头,说:"回家也可以继续装病。"

　　说到底夫妻还是一体的,不靠任家吃饭的徐沛尧没理由站到任伟华那边去压榨自己的徐太太。

　　办了出院手续,他带她去吃晚餐。

　　清淡的潮汕菜,她对滴酒不沾的他说自己想喝酒。

　　他反问她:"你想哭了?"

　　她是挺想哭的,可这许多年来,她养成个坏毛病,不喝醉就绝对哭不出来。酒就像是导火线,灌到肚子里,就跟点着了火苗似的,不需要太长时间就会炸裂。

　　今晚她没有炸裂,半瓶洋酒下肚,也只是默默流了两行清泪。

　　她对他说:

　　"徐沛尧,我初恋快死了。"

2

　　八点出门,遇上倾盆大暴雨,城市交通一片混沌,连环撞车的交通事故将任知意堵在桥中间进退两难。

　　什么地痞流氓、蛇虫鼠蚁的,她样样都能对付得了,唯独就怕这狂风暴雨的鬼天气。

　　刚去香港生活那阵子,但凡有台风预警,她就不愿出门,抱着零食窝在沙发上煲电视连续剧。那年的夏秋,途经香港的台风特别多,所以她请假的次数也特别多,自然惹得办公室里前后左右那些格子间里坐着的同事眼红非议。给她安排这份工作的任翼从上海打来电话问她究竟。她堂而皇之地表示:"我煲剧是为了学习粤语。你是不知道,粤语不灵光在这里生活有多不方便啊。"

她花了半年学习粤语,但仍然说得马马虎虎。

交流时,遇到对方是善人,她定是努力拼凑当地词汇加上比手画脚务求把意思表达到位,遇到对方有意刁难,她就飚英语并附带最土的上海话损人。结果她遇到一堆装模作样的假洋鬼子,英语听不懂几句,上海话更是外星语言。

认识徐沛尧就是因为上海话。

初春的周日,她外出寻吃,到了一家所谓的百年老店。店主一脸的傲娇自满样,还看不起不会讲本地话的部分外来食客,因此把她惹毛了。她将原封未动的碗仔翅当着店主的面倒进垃圾桶里,然后飚出一通自家方言将他狠狠教育了一番。

一个独行女子,在别人的地头上义正词严地撒泼,真是威风又好笑。

几个与店家相熟的瘦弱食客围了上来,一副要教训她的架势。

她见他们细胳膊细腿小脑袋的,根本不待怕的,撸起衣袖就要迎面而上,一副女侠的风范。

看热闹不嫌事大,没一会儿就聚了一堆人。

正当双方都等着对方动手的时候,徐沛尧站出来了。

他与他当时的女朋友在她隔壁桌吃东西。按他后来的说法,他是因为被围观的人围得透不上气了才不得不站出来说了一长串息事宁人的话。那些人本来也没什么胆,只不过想吓唬吓唬她,见有人出来当和事佬,立马缩了回去继续吃东西。

她见过不少没胆的人,可没见过多对一还这么没胆的,倒有些不甘心了,想再去同人理论。

他连忙拦住她,用上海话跟她说江山不是一天打下来的。

她愣了一下,才抬头细细看他。他还挺高,头形长得不错,头发也利落,毛发估计比较重,但胡子刮得干净,算是斯斯文文的样子。

夏至

她并不领他的情,而是狠狠瞪了他一眼,然后扬长而去。

再遇到已是秋天的事。

工作日,她与关系尚算不错的同事阿娟到公司附近的茶餐厅吃午餐,碰到拼桌的他与女朋友谈分手。

她来港近一年,见识过不少速食恋爱的男女在忙着赚饭钱中挤出时间谈恋爱或是谈分手的,所以并不觉得稀奇,也没有太大兴趣去八卦人家讲的是什么。只不过他和他的女朋友竟然都说着上海话,唉!异地闻见乡音,又是悦耳的男声和女声,她就没办法当作听不懂了。

她向来认为男女朋友若是谈到分手的地步,最好就是撕破脸,往后老死不相往来,也绝不会再惦念对方,省得惹出后续的藕断丝连。

但他和他的女朋友都是文明人,与其说他们在谈分手,倒更像在谈理想信念。当然,理想信念不同的人确实没办法天长地久。

反正那天,她以一个拼桌人的身份听他说了许多话,竟觉得他样样都有道理。

她与徐沛尧互通姓名正式认识彼此是三个星期后的事。

她的英籍上司王家国带着她与瘦高仔、May姐与徐沛尧任职的公司谈项目。

他并不在洽谈合作的那个团队中,只不过她正好路过他的办公室,无意看到了他边吃着猪仔包边与人讲电话。

在这寸土寸金的地段,年纪轻轻就拥有一间独立办公室,她觉得他应该是有两把刷子的。

他显然也是记得她的。在她走出会议室上洗手间的时候,他十分凑巧地与她在走道里迎面相撞。他笑着用上海话与她打招呼。

"同乡。"

她看了一眼他脖上挂着的工作证,才晓得他叫徐沛尧。

有很长一段时间,她都以为他和自己一样,是在这个不怎么有人情味的金融大都市里随波翻滚的上海人,后来才晓得他是操着上海话在美国长大的新加坡籍人士。

她总嫌弃他非自己的同乡，他总搬出自己儿时的经历。说祖上好几十代都在浦东生活，自己五岁前也一直住在弄堂里，移民新加坡是因为丧偶的老妈嫁了个华侨，那时他年纪小，没办法抗争，只能颠沛流离地生活在异国他乡。

颠沛流离？她说他扯淡，并质问他：

"颠沛流离你还能十六岁考上斯坦福？"

那时他们的关系已经挺不错的了。彼此的公司和公寓都离得不远，吃东西的口味相似，还都爱爬山，三观虽不是实时完全吻合，但在这个不怎么有人情味的繁忙大都市里还算是谈得来的朋友，十天半个月约顿饭是常事。

面对质问，他笑着说："要不是因为颠沛流离，我能去深泉学院。"

时值炎热夏日，两人爬到半山腰，累得坐在溪边喝着残存一丝凉意的啤酒，别有一番滋味。

一罐啤酒下肚，她忽然说："徐沛尧，你很像我的初恋。"

他怔了一怔，旋即哈哈笑起来，反问她："你的初恋有我这么帅吗？"

她睨了他一眼，说："比你帅，且没你自大。"

他饶有兴致地追问："你初恋哪里像我？眉眼？唇齿？还是身材？"

她一本正经地回答他："脑袋。"

他表情诧异，缓了缓才问："IQ也超过130吗？"

她扑哧一笑，指了指他的脑袋："我指的是头形。"很快又补充，"不过他也很聪明。"

他蹙了蹙眉，如实表示："第一次听说头形像的，你的观察点真特别。"

她笑了一笑，然后懒懒地靠坐在大石头上，抬了脑袋去看天。

天空真是湛蓝湛蓝的，一朵云都没有。

他未解惑，问她："他现在哪儿？"

她却眯起了眼睛,嘴巴也封上了似的不吱声。

过了好一阵子,他问:"该不会是在奈何桥的那头吧?"

她这才重新睁了眼,告诉他:"在上海。"

他恍然大悟,认为:"你们分手后,你对他余情未了,所以你才离开上海来这里的吧。"

她却否认:"我和他没谈过恋爱。"

他问:"你单相思?"

她扭头看他:"谁规定初恋不能是单相思?"

他被她看得立马改口:"单相思好啊。单相思应该永远都不会失恋,对吧?"

她收回目光,再次看着那湛蓝湛蓝的天色,幽幽地说:"单相思的对象结婚了,不就失恋了?"

他表示赞同:"说的也是。"随后,又说,"任知意,其实你也很像我的初恋。"

她觉得他这是故意揶揄自己,都懒得正眼看他,就胡乱问:"是脖子像吗?"

正好有一阵风吹过,带着他的笑声到她耳边。

他说:"你真聪明。"

那日香港,天空湛蓝、万里无云。

那日上海,爽风习习、秋月无边。

那日,是方炜大婚的日子。

那日的前日,她接到他的电话,邀请她参加婚礼。

他明明不是日理万机的人物,却忙得直到结婚前才抽出时间将自己的天大喜讯告诉她这位他曾以知己称呼的最佳好友。

她明明不是日不暇给的人物,却忙得根本抽不出时间去见证她暗恋许多许多年的最佳好友迈向人生的新旅程。

同样是最后得到消息的颜洋打电话来问她会不会打飞的回上海抢亲。

她正窝在格子间里敲键盘,办公室里的冷气吹得她瑟瑟发抖,连毛料外套披在身上都不顶用。

她说:"要是你保证我抢亲能成功,我就回去。"

他连忙表示:"那你还是别回来了。"

她呵呵一笑,交托他:"急匆匆的,结婚礼物是来不及买了,你明天去的时候帮我带个红包。"

他问:"包多大?"

她说:"红包能有多大,就包多大。"

颜洋最后找任知意要了一万块钱,他告诉她:"我本来是想买一张红纸,从咱们高三那年开始算,帮你包上七大捆,可那么包吧,不但很重很扎眼,还有可能让人误会我是去砸场子的,所以我思来想去还是到礼品店找了个最大的红包,塞了一万块钱。"

她差点要吐血了:"我真是谢谢你'思来想去'了,不然我上哪儿凑那么多钱还你!"

他笑嘻嘻说着:"上个星期你亲姐姐爱慕的王洛令过生日,她送给他的那块手表花的钱可比我买的红纸能包得住的人民币多多了。你不至于连她的个位数都比不上吧?"

她轻轻闷哼一声,说:"她是有钱,也肯花钱,可人家王洛令理她了吗?"

他哈哈大笑:"你嘴巴真毒。"又问她,"想不想听听婚礼上的故事?"

她反问:"那就要看你是不是想挨揍了。"

"是不是想挨揍"是任知意专用于颜洋身上的口头禅。但实际上,学校里那些欺负颜洋的人都是被她驱散的,她从不打击弱小。通常她对颜洋说这句话的时候,都是因为他戳中了她的心事。比如他猜测"你总是表现得这么闹腾,其实是想得到爸妈的关注吧",又比如他断定"你喜欢上方炜了吧"。

她死不承认自己想得到爸妈的关注,也死不承认喜欢上了方炜。

夏至

直到某个秋天的周末,她受他的邀请去他崇明岛家中做客,发现同行的竟然还有方炜。三人并排坐在船舱内,颜洋与方炜侃侃而谈,而她第一次安静得像个女孩子,才不得不自我坦白。

无论任知意后来怎么努力地去回想,她都记不得自己究竟是什么时候开始喜欢方炜的。或许她和那些年给他送情书的学姐学妹是一样的,被他丰神俊朗的长相、潇洒飘逸的球技、彬彬有礼的态度、名列前茅的成绩所吸引。又或许仅仅因为在她斥责了校花第三次漏收颜洋的作业本而遭到校花的拥护者们围攻的时候,他的出言相救。

她觉得,十七八岁的男女,心里大多都藏着一个人,这是寻常事。

可颜洋偏要说:"你哪里是藏在心里?分明都写在脸上了,连瞎子都能看得出来。"

连瞎子都能看得出来的事,方炜从来看不到。

他们从关系淡薄的同学到共同奋战在题海中的好友,再到无话不谈的知己,就是到不了异性关系所能达到的顶配。可她还是忍不住暗自努力。努力地收敛自己豪迈的习性,努力地击退觊觎他的各方美色,努力地学习只为了能跟他考上同一所大学。只是人若没有天赋,光靠努力总是很难达到期望的。

在她因为底子不够好,学习十分吃力,而不得不砸下大把时间泡在图书馆里复习功课以免期末挂科的时候,他恋爱了。

那是大三的下学期,北京的夏日干燥异常。白天,毒辣的太阳炙烤着整座城市;晚间,扑面而来的热风吹得人呼吸都发烫。

她在他们常去的烤串店点了他们常吃的食物等他,结果等到了他和李嘉茗。

那晚,她吃了两碟烤干鱿鱼。干鱿鱼沾满了芥末,送到嘴里,她光明正大地掉了眼泪。

或许,一个人不喜欢另一个人,可以没有任何理由,也可以有很多理由,比如,他喜欢的是别人。

她仍喜欢他,只不过这份喜欢不再写在脸上,而是藏在心里。

他仍将她当作最好的知己，只不过这份友谊在李嘉茗的笼罩下，必须藏在心里。

她当然理解他，毕竟换了谁都不会喜欢自己的男朋友有红颜。

3

路上耽搁了许久，任知意达到殡仪馆的时候，追悼会已经结束了。

来参加追悼会的人散得七七八八，留下来善后的都是方炜生前特别亲近的人。

任知意本想去方炜爸爸妈妈面前表达心中哀意，可双脚不听使唤，怎么都迈不进灵堂。她杵在灵堂外远远看着方炜的遗像发了会儿呆，然后转身走到灵堂前空旷的平地最边缘处。

平地的对面是一座不高的山丘，山丘上绿树成林，绵绵的阴雨中生出一层淡薄的雾气。这雾气仿佛映照进了她的眼底，把她的眼眶也染得湿润湿润的。

从颜洋那里得知方炜病重的消息后，她去探望过方炜几次。

他那时已经对治疗不抱希望，且不想把人生最后的日子耗在空气中满是消毒水味道的医院里，所以说服了父母，在家中静养。

她以前常去他家，熟门熟路的，可那日却成了路痴，像一只没头的苍蝇在弄堂乱撞。陪她同去的徐沛尧询问了街坊才找到方炜家。

其实就是不久前的事，但那时的情景在她脑子里已经成了一段特别模糊的影像，做过什么、说过什么，通通忘记了，唯独记着他窗前那些铜钱草，翠绿翠绿的，一副生机盎然的样子，与他的精神状态形成巨大的反差。

过了几天，徐沛尧托人从广州带回来一箩筐荔枝。

夏至

她问他："你不是不吃荔枝吗？"

他说："这些荔枝是给方炜的。"又问她，"你上次去方炜家的时候不是答应了给他送荔枝吃吗？你忘记了？"

她确实忘记了，而且是心不在焉断了片。

翌日，徐沛尧出差，她独自去送荔枝。

他的力气有限，她就成了叽叽喳喳的喜鹊，什么有趣就讲什么给他听。他一直赔着笑脸，最后实在坚持不住了，才不得不同她说自己有些累了。

她笑着说自己过几天再来，带上一箩筐番石榴来。

她陆续又带了龙眼、香瓜、杧果，最后一次许他的是新疆的小白杏。

但他到底没有吃上小白杏。

昨天上午接到方炜爸爸的电话得知方炜凌晨离世的消息时，她正准备与难缠的老股东们开会。这会议是任伟华执意让她召开的，为了检测她是否有驾驭崇明实业的能力。

她半个月前就开始为这次的股东大会做准备，也在徐沛尧面前练习了好几次鼓动式的发言该如何把握分寸，连措辞都要求徐沛尧改了又改，还生怕有爱刁难新丁的老人家会问些刁钻古怪的问题，担心得一夜没睡着。

结果一上场，她就熄了火，前言不搭后语，场面一度混乱到像菜市场。

任伟华自然是很生气，将她数落了半个小时，并再次提到让徐沛尧来替她撑场子的事。

她一声没吭，待回到自己的办公室，把门关上锁好，才给徐沛尧打电话，说："我需要你的帮助。"

他好似在她身上装了监视器，根本无须她多说什么就能猜到是怎么个情况。他呵呵笑了笑，反问她："让我吃任家的米饭？"

她嗯了一声。

他说:"我考虑考虑。"

她抱着手机不出声,也不挂断。

他有些无可奈何地笑道:"这可是会让大家误以为我想插足崇明的大事,你总不能指望我不经过大脑思考就立马答应吧?"

她的思绪早就不在这个事上了,嘴里轻轻吐出几个字:"方炜走了。"

人都会死,生了重病的方炜没能向老天爷多借到一天。

任知意在平地站了许久,觉得脚跟有些累了。她今日穿了一双黑色的细高跟鞋,一身纯黑色的套裙。

大学毕业之前,她从未穿过高跟鞋。

她高中时已有一米六七,在颜洋冲刺式发育之前,她穿着运动鞋也比颜洋高上一些,但比方炜矮一个头。有时晚自习结束后,三人同行回宿舍,她总爱走在方炜前一步,好让自己的影子在路灯下与他并肩。颜洋那时就撺掇她买双恨天高穿上,那就不用借路灯的光,时时刻刻都能与方炜一样高。方炜当时就觉得不好,他说穿运动鞋的女孩有活力,蹦蹦跳跳的很可爱。

大学毕业后,她仍穿了两年多的平跟鞋。

她的第一双高跟鞋是徐沛尧送她的生日礼物。那时因为家中突逢诸多变故,她不得不离开其实也没有多少感情的香港返回上海。临行前,徐沛尧给她饯行,并送了她一双裸色的小羊皮高跟鞋和一个哆啦A梦的彩虹蛋糕。

她看到蛋糕的时候,感动得差点掉了眼泪。家中人人都焦头烂额,没有人记得她25岁的生日。

他笑说:"据说向哆啦A梦许的愿,都可以实现。"

她于是说:"那我希望世界和平。"

后来她的鞋柜里存放着各式各样的高跟鞋,她不再是那个蹦蹦跳跳很可爱的任知意,而是挑上重担的任知意。

任知意不知道徐沛尧是什么时候到殡仪馆的,也不知道他跟方炜的爸妈聊了什么,反正他出现在她面前的时候,手里拿了一个白色的信封。

她有些惊讶:"你怎么来了?"

他把信封给她,说:"方炜爸妈让我转交给你的。"

信封上写了几个字:任知意亲启。虽然笔迹有些抖,但她一眼认出是方炜的字迹。

她微微抬头,扫了一眼四周,问道:"他们呢?"

他说:"已经走了。"又告诉她,"他们没看到你。"

她微微低头,看着手中的信封,幽幽地说:"我一直在这里。"

细雨蒙蒙,笼罩着这一片天地。

雨刮器在挡风玻璃上扫出的那片清晰,不一会儿就会再次被细雨覆盖,如此反复,发出单调的声音。

他开车,她坐在副驾驶位。她手里一直拿着那封信,久久未开启。

他觉得她此时不会看那封信了,便问她:"你饿不饿?"

她答他:"有点饿。"

两人去吃海鲜火锅。

虽然下过大雨,但仍是炎热的夏日,火锅店的生意只能算是不咸不淡。

徐沛尧第一次见到方炜本人就是在这家店。

那顿饭是他执意要请的,为的是会一会被任知意一直挂在嘴边的初恋。

任知意起初不同意,后来改口答应是因为他问她想不想扬眉吐气。

她哭笑不得反问他:"你是能浑身发光还是能点石成金去亮瞎人家的眼睛啊?"

他冲她抛出选择题:"要么让我见见他,要么你以后再也不许提他。"

她觉得他和方炜迟早是要认识的,于是选择第一种。

邀请的是方炜和李嘉茗夫妇二人，但来的只有方炜，李嘉茗没来的理由是出国深造了。

大半年后，她与徐沛尧从大溪地蜜月归来，颜洋告诉她，方炜和李嘉茗早已经离婚了。

颜洋问她："你后悔吗？"

她反问："后悔什么？"

颜洋说："成为徐太太。"

她愣了一愣，半晌给不出答案。

她与徐沛尧的友谊之路始于她去香港，按理说，她离开香港，他们的友谊之路差不多也就到头了。事实上，在她离开香港后半年多的时间里，他们也没再见过面。

他忙得风生水起，她忙得焦头烂额。

电话倒是经常通，但基本上是她向他求助。他常说她欠他的饭票能摞成一本小人书。

后来见面是个巧合。

她被有关部门选中去狮城参加一个不大不小的论坛，他去给他妈妈过生日。

狮城就那么点大，转个身就碰上了。

她立马表态要把欠他的饭补上，可他怎么都算是东道主，哪能让她抢先。商量来商量去，他请她吃晚餐，她请他夜场喝酒。

她酒量还行，他酒量也还行。

吃着喝着聊着，不知不觉两人都有点酒精上头、眼花耳热了。

他送她回酒店，到房间门口的时候，她突然对他说：

"徐沛尧，我玩不了一夜情。"

他愣了好几秒，表情复杂得不得了，最后才认真地说："任知意，我也不是个随便的男人。"

真是尴尬极了，怕是自他们相识以来最最尴尬的情景。

她连忙钻进房间里，把自己闷在被子里一个劲地后悔刚才的酒

夏至

后胡言。什么一夜情啊？人家根本没想和她一夜情，是她喝多了胡思乱想。这下好了，友谊的小船被打翻了，以后遇到难题找不着人求救了。

她沉浸在满满的悔意中长吁短叹，完全忽视了一直在屋外敲门的他。直到他喊她的名字，她才回过神，急匆匆跑去开门。

他站在门外，哭笑不得地说着："我话还没讲完，你就把我关外面了。"

她连忙解释："我喝多了，脑袋乱糟糟的，刚才瞎说了什么你别放心上。我们继续做好朋友，好一辈子的那种好朋友，行吗？"

他沉吟了片刻，然后很有耐心地说："好一辈子的，也不一定非要是好朋友嘛。你看，你单身，我也单身，两个单身的人是不是可以发展发展那种超越友情的关系呢？"

她倒是立马就明白了他的意思，只是不敢确定，于是反问："你想跟我谈恋爱？"

他笑了笑，点头承认说："我想跟你谈恋爱。"

说起来，她和徐沛尧在恋爱之初，得到的是身边人的一致反对。

任伟华和任知晓认定徐沛尧是看中她身后的崇明实业，颜洋认为她在没放下方炜之前和任何人谈恋爱都会无疾而终，就连任翼都在悄悄查了徐沛尧的老底后告诉她，徐沛尧感情经历丰富，算得上是情场高手，担心她这种母胎单身的人会受伤。

越是这样不被看好，她越是想要认认真真谈给大家看看。

一认真谈，就把自己谈成了徐太太。

颜洋问她是否后悔成为徐太太，她觉得没什么可后悔的，毕竟后悔也没用，况且与徐沛尧做夫妻，简单又舒服。

他对她基本没有要求，他的亲妈后爸对她也基本没有要求，说是嫁了人，实际上她的自由程度跟单身时没两样。

任知晓对她捡了个徐沛尧这样的老公一直心怀羡慕和嫉妒，见他们过着上海、香港两地分居的生活，就时不时以姐姐的姿态提醒她要提防他养外室。

男人要真有心养外室，提防也是无用的。不过她还是同他聊过两次这个话题，反正他们几乎是无话不聊的，连她的初恋方炜都常成为话题的中心。

她第一次提到这个话题时，他们结婚还不到三个月。

徐沛尧把小笼包子塞了一嘴，好不容易嚼吧嚼吧咽下去，然后蹙起眉头反问她："我们连新婚都没过完，你觉得我有那个心力去勾搭别的女人吗？"

她想了想，说："应该没有。"

第二次提到这个话题，是上周五。他原计划从香港回来过周末，可是八号台风刮得异常凶猛，香港当日所有的航班都被取消了，到第二天也没能起飞。

她自得知方炜将不久于人世后，情绪一直低落，做事、说话常常没头没脑的，那晚她脑子好似抽了筋，对他说："你可以在香港安第二个家了。"

他只答了一个字："好。"

她一整晚没睡着。家里没有第二个人，连住在隔壁的颜洋都出差外地，但她却固执地藏在被子里偷偷掉眼泪，连声音都不敢发出。

接下来的几天，他们没联系过彼此。直到昨日，她因为在股东会上表现得奇差无比而被任伟华狠狠批评了一顿，她习惯性地给他打电话，一时忘记了他们正在冷战中。

电话接通的一瞬间，她是后悔的，万一他态度冰冷，那她的脸就算是全部丢光了，可他在笑，还猜中了她的处境，就好像从来没有生过她的气。

夏至

4

吃完午餐已经两点多了。

任知意和徐沛尧回家换了身衣服,然后出发去夏樾酒店。

订婚宴是交由宝雅公关公司负责的,任伟华列出的宾客名单并不长,但很有分量,所以宝雅启用了夏樾酒店最富丽堂皇的臻景宴会厅。

任知晓的订婚对象张子明是她的高中同学,暗恋她良久。在任知晓遭逢变故后的这几年时间里,上任家来提亲的人也不在少数,但只有在苏州市政工作的张子明忍受住了任知晓的脾气。

任知意当然也怀着当初众人怀疑徐沛尧的心态去怀疑过张子明,但徐沛尧在这件事上的看法十分浪漫,他说:"张子明从十五岁开始就喜欢你姐姐,喜欢了十五年。如果一个人肯花十五年的时间去骗另一个人,那这个被骗的人其实也挺幸福的。"

她当即说:"那我希望他能再骗她五十年。"

他晓得她虽然嘴上总要说自己不喜欢现今性格跋扈暴躁的任知晓,可到底是亲姐妹,总归还是盼着姐姐好的。他说她是刀子嘴豆腐心,又说:"人人都想遇到轰轰烈烈的爱情,可那种爱情啊,就像香江上燃放的烟火,只能霎时炫目,真正的生活应该是朝与暮。"

朝与暮,朝朝与暮暮,真是再美好不过的词了。

到了臻景,徐沛尧去向任伟华及几位来得较早的叔伯问好,任知意则去了休息间找任知晓。

休息间里,两位化妆师正在为任知晓梳妆打扮,张子明陪伴在她身侧。

张子明见任知意推门进来了,连忙起身与她打招呼。

任知意朝他回了礼,目光随后落在梳妆镜前的任知晓身上。

任知晓的长相继承了父母所有的优点,如果不是缺了条腿,当是这城中拔尖的名媛。这些年,性格原本十分暴烈的任知意一直对任知晓忍让,也全因她缺了条腿。所以,很多时候,一个人身上发生了巨大的变故,改变的不仅仅是这一个人。

张子明起身后就没再坐下,他招呼两位化妆师出去吃些东西稍做休息,明显是要给两姐妹腾出一些空间和时间。

自清明闹出不愉快,任知意有好些日子不曾主动与任知晓亲近,就算是迫于任伟华的要求同桌吃饭,两人也是寡言淡语。现下突然相对,气氛难免尴尬。

但今天好歹是任知晓的大喜日子,任知意总不能扫了兴,她想了好一会儿,才挤出一句:

"你今天真漂亮。"

任知晓一直拿着卷梳对着梳妆镜整理自己的长发,也一直避免与任知意有目光上的接触。面对妹妹的主动,她仿佛也有些尴尬,别扭地回了声:"谢谢。"

彼此又沉默了良久。

任知晓将卷梳放置在梳妆台上,缓缓说:"我给他发了请柬。"

任知意不懂,问:"给谁发了请柬?"

任知晓看了她一眼,说:"哥哥。"

任知意既诧异又惊喜:"哥哥? 是真的吗?"

任知晓点了点头,"至于来不来,就是他的事了。"

任知意仍有些不敢置信,她问:"爸爸知道吗?"

"知道。"

"他同意?"

任知晓露出了无可奈何的笑容,说:"本来是不同意的,但你昨天在股东大会上的表现实在惨不忍睹。他觉得比起让你把公司搞成一团乱,还是让哥哥回来更好些。虽然不是亲儿子了,但好赖也是亲女婿吧。"

任知意只觉得自己在一瞬间被巨大的好消息砸晕了脑袋,怔了好一阵才缓过劲来,一颗心雀跃得不得了,追问:"是真的? 你没骗我?"

任知晓故意说:"你差点都要开着车跟我同归于尽了,我哪里还敢骗你。"

任知意脸一红,抱歉地表示:"那天我不是有心的。我就是,就是情绪激动了一点点。"

任知晓斜眼看她:"一点点?"

任知意连连点头:"嗯嗯,一点点,一点点而已。我保证以后都不会了。"

任知晓笑了一笑。

任知意真是高兴极了,俯身抱着任知晓,难得撒娇的口气:"姐姐,你真好。"

任知晓又笑了:"我真好?是你的真心话吗?"

任知意松开双臂,认认真真看着任知晓,说:"比真金还真。"

任知晓轻快地叹了声气,说着:"最近我经常在想,过去的这几年我一直不开心,一直心有怨恨,脾气又臭又大,身边的人都很难受,而我究竟为什么要这样呢?我是没了一条腿,也没了那个心心念念想要得到的人,还没了妈妈,没了哥哥,差点还会没了你,但我还有明天啊。明天对每个人而言都是崭新的,我干吗要把过去的阴霾带到明天呢?"

任知意听她说了这些,心头一热,眼眶也湿润了。

任知晓接着说:"这人呢,遇到困难不怕,最怕是自己把自己绕到死胡同里,出不来还急得团团转。我呀,想通了,决定卸下过去那个沉重的包袱,张开双臂拥抱新生活。"

其实这些年有不少人把这个道理讲给任知晓听,想让她接受,可她一直不肯听,如今豁然开悟,真是最好的事了。任知意心里放下了一块大石头,高兴地说:"姐夫这几年的陪伴没白费。"

任知晓却摇了摇头,说:"他在苏州工作,陪我的时间还没有你多。所以呢,其实我要谢谢的人是你,谢谢你没有放弃我。"

任知意的眼泪已经溢出了眼眶,她笑哈哈地说:"我要掉眼泪了啊。"

任知晓帮她擦了擦眼泪,说:"为了避免婚后造成你和徐沛尧这种两地分居的局面,我决定跟张子明去苏州生活。反正苏州离这里很近,可以常来常往。"

两地分居的婚姻生活对婚姻本身就是一个考验,它或许能让人产生小别胜新婚的新鲜感,也有可能因距离日渐疏离而另得新欢。

订婚宴自然是气派热闹的,但最吸引人眼球的并不是准新娘和准新郎,而是重回大众视野的任翼。人人心里都有个问号,不知任伟华究竟是在什么时候重新接纳了曾被他视为崇明实业接班人的假儿子任翼。

反正任知意是高兴极了,将任翼从一众人中拉扯出来,亲昵地拥抱了他,随后问:"嫂子和小圆子呢?"

任翼说:"她们倒是想来,可你嫂子的预产期就这两天了,我没敢让她坐飞机。"

任知意定定看了看任翼,叹道:"真好啊。你回来了,真是太好了。"

订婚宴九点多散场。任伟华一直忙着没停,但这次有任翼在他身旁,任知意终于可以歇口气。

徐沛尧载她回家。

她窝在副驾驶座上,安安静静地看着车窗外五颜六色的霓虹。这一日的大小事、白红事真是让她有些累了。

徐沛尧此刻只充当称职的好司机,半句话都不多说。

在第三个十字路口等红绿灯的时候,她突然说:"要不,我回香港吧。"

他反问:"你不是说那里没有归属感?"

她侧头看了他一眼,口气难得的温柔讨巧:"不是有你吗?"

他冲她笑了笑:"你不是让我来吃任家的米饭吗?"

她嘟了嘟嘴,说:"你不是不愿意吗?"

他告诉她:"我今天跟老板辞工了。"

夏至

她惊讶地蹙起了眉头："太冲动了吧?"

他十分夸张地叹气,说:"看到你爸爸跟你哥哥言归于好,我感觉我确实太冲动了。"

她有些哭笑不得,问他:"那现在怎么办?"

他倒看得开,说:"反正都辞工了,要不就先游览游览祖国的大好河山。"

她仍抱有一丝希望:"你真辞工了?"

他提醒她:"你昨天在电话里怎么跟我说的?"

她不得不承认昨天确实是自己先提了要求,但仍表示:"你不是说要考虑考虑吗?"

他表示:"花了五分钟考虑,结果做了个错误的决定。"

她扑哧笑了,说:"你跟 Mark 那么熟,应该还有回转的余地吧?"

红灯转绿,他开着车继续向前行驶,问她:"你这么想回香港?"

她其实并不是有多喜欢香港,她说:"我只是想念简单的生活。"

他便说:"那我们就回去。"

她又侧头看他:"真的?"

路上车多,他手握着方向盘,腾不出空回以眼神,只是轻淡地说:"我什么时候骗过你。"

他还真没骗过她,从他们相识到相守,五年多的时间,将近两千个日子,他从来都是说到就做到,做不到的就绝对不松口答应。

她有些感慨,说:"你不是说如果一个人愿意一直骗另一个人,被骗的那个人也是很幸福的吗?"

前方塞车严重,他们被堵在了原处。

他终于腾出空看她,然后想起了什么似的,问她:"我有没有跟你说过我读幼儿园时候的故事?"

她不明白他的用意,问:"读幼儿园才多大点儿? 你还有故事? 你还记得你的故事?"

他不解答,只问:"你听不听?"

238

"你不会胡编乱造吧？"

"你不听算了。"

她后悔了，拉着他说："听听听，你说吧，我竖起耳朵听，行了吧？"

他摆出一副讲故事的姿态，徐徐说起："我小小年纪就没了爸爸，我妈呢，要强又好面子，因为不想街坊邻里看轻我，所以她费了很大劲把我送到一所条件特别好的幼儿园。本以为条件好的幼儿园会是老师和蔼、小朋友之间友睦，结果呢，就因为我没有爸爸、家里又没什么钱，所以老师对我爱搭不理，小朋友都喜欢欺负我。我那个时候啊，在幼儿园受了委屈从来不敢跟我妈说，就怕她再为我操心。她呢，一直喜欢新潮的东西，不知道是看了画报还是什么，非要给我留个小辫子，就是那种后脑勺留一小揪头发结个小辫子。我内心当然是一万个不愿意的，可为了她高兴，还是接受了。"

她没想到他的童年是这样的，听着觉得有些趣味。

他接着说："幼儿园的小朋友发现我结辫子，都笑话我是个女孩。笑话倒也没什么，可恨的是有几个小朋友总是故意从后面拉扯我的辫子，你想，那是我的头发啊，老那样揪着我能不疼吗？好几次我都想偷偷剪了它，但是一剪，我妈肯定问我原因，那我在幼儿园的处境就会暴露，所以我只能忍着。"

她忍不住发问："你怎么不找老师？"

"老师眼里没有我啊。"

"那后来呢？"

他先是自己笑了起来，说："后来有个小朋友在我午睡的时候，把我的辫子剪了。"

她疑问："他是你的好朋友？想要帮助你，还是恶作剧？"

他摇摇头，告诉她："她是隔壁班的女大王。因为抢玩具和园长的孙子打架，所以被换到我们班了。"说着，他意味深长地看着她，"如果我没记错的话，她换到我们班的第二天就把我的辫子剪了。"

她感觉这故事很有趣："女大王？女的啊？听起来很威风的样子。"

夏至

他很配合地笑道："是啊,她很威风的。剪完我的辫子,就收了我当小弟,从此没人敢欺负我了。"

她想了想,提出疑问："她剪了你的辫子,你妈没找她算账?"

他一本正经地说："她家有钱呀,跟园长孙子打架都只是换个班继续当老大,剪了我的辫子自然也有老师帮她擦屁股。"

她蹙了蹙眉,又想了想,觉得哪里不对劲："你这个故事,我听着有点熟呀。"

他没理她,继续说："可惜我只当了她两个月的小弟就去新加坡了。"

"你那个幼儿园叫什么啊?"

"春风幼儿园。"

她喃喃重复了一遍："春风幼儿园。"旋即猛地想起什么,瞪圆了眼睛看着他,"春风幼儿园! 徐沛尧,你……你该不会正好有个外号叫'鼻涕虫'吧?"

他一个劲地摇头："这么恶心难听的外号我当然是不会承认的。"

她狐疑地看着他。

他终于忍不住笑场了,说："但那位女大王一直这么叫我,就因为她见我第一面的时候我被人欺负了,躲在角落哭得眼泪鼻涕一起流。"

她觉得不可思议,惊喜、惊奇、惊讶各种复杂的情绪杂糅在一起,最后疑声问他:"你真的是'鼻涕虫'啊?"

他否认:"我才不是'鼻涕虫'!"

她认定了他:"你怎么不早说啊?"

他辩解:"我说了啊。我很早以前就跟你说过的,'你很像我的初恋'。"

她想不起来。

他提醒他:"爬山那次,你说我像你的初恋,然后我说你也像我的初恋。"

她笑着说:"哎呀,我以为你开玩笑的。以为你是为了报复我说你像我的初恋。"旋即又疑问,"不是,你的初恋? 我是你的初恋啊?"

他大方地承认:"是啊。"

她哈哈大笑:"你那时才几岁啊? 懂什么叫初恋吗?"

他反驳:"我五岁不懂什么叫初恋,那你十八岁就懂了?"

她摇头:"那么小点的人,男女都分不清吧?"

他说:"那是你分不清男女,我可分得清清楚楚。"

她好奇:"你怎么认出我的呢?"

他说:"你脖子上有个胎记,而且你又没改名字。我为什么不能认出你。"

她连连摇头,觉得今天过得真是跌宕起伏,她问:"为什么不早点跟我讲这个故事?"

他表示:"你守着你的初恋故事,我守着我的初恋故事。"

她慢慢收住笑容,看着他,认真地说:"我早就放下方炜了。"

他点头,说:"我知道。"

她沉吟了片刻,心底里生出一种放松自在的感觉,她缓缓地说:"你什么都知道。"

他看了她一眼。

城市的灯光折射进车内,色彩绮丽,映照在她脸上,是种撩人心脾的暖色。

他想起那一年,他逼着她让他见一见方炜,她思来想去答应了一同吃饭。邀请的是方炜夫妇,但来的只有方炜一人,说是李嘉茗出国了,但翌日他们在奢侈品店中却撞见了李嘉茗。他并不认识李嘉茗,可任知意的暴脾气在那个时候显露无遗,他冲上去就打了挽着一位中年大肚男人的李嘉茗一巴掌。他知道,那一巴掌是她替方炜打的。

他以为她大概会同自己提分手,毕竟她常年将方炜挂在嘴边,心里大约也是一直想着的。既然方炜已经和李嘉茗离了婚,那她这个候补队员应该能得到方炜的青眼了。但她没有,她假装对此事一无所知。他想,或许她是想保全方炜的面子,也或许,她已经放下了在少年

夏至

时住进心里的那个人。

他抬手帮她捋了捋额前的碎发，然后温柔地对她说："我什么都知道。"

5

知意：

你好。

首先，请你一定原谅我用这样的方式来跟你告别。因为自我十七岁时认识你，便从来没有见过你的眼泪，所以我不希望最后是带着你的眼泪离开的。也请你一定原谅我的自私。与你在我们的感情中所付出的一切相比，我实在是辜负了你的深情厚谊，但令我欣慰的是，你遇到了你的先生，我看得出，他很爱你，你也是爱他的。

我们在年轻的时候，总想要追求绚丽的东西，因而忽略了身边那些细微的小美好，总想要得到更多的东西，因而忽略了有舍才有得的这个道理。虽然我时日无多，但我仍然庆幸在我失去思考的能力之前终于明白了这些。你是我最珍视的朋友，或许我们曾距离遥远，可我想我们心里都已将对方视为亲人，所以我希望你能珍惜拥有的一切，过上平安快乐的生活。

你还记得崇明岛的那些芦苇吗？我最近常常梦到它们，在朝阳中，在轻风中，它们是那样的自由自在。我想，我很快就要变成它们了，很快，我也可以自由自在的了。

谢谢你出现在我的生命中，祝你幸福。

方炜

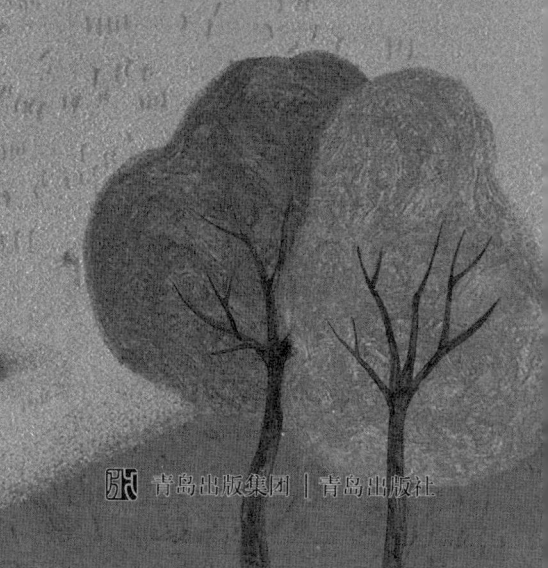

夏至

（下册）

周弯弯 著

青岛出版集团 | 青岛出版社

图书在版编目(CIP)数据

夏至.下/周弯弯著.—青岛:青岛出版社,2022.4

ISBN 978-7-5736-0079-0

Ⅰ.①夏… Ⅱ.①周… Ⅲ.①中篇小说—小说集—中国—当代 Ⅳ.①I247.5

中国版本图书馆CIP数据核字(2022)第037192号

书　　名	夏至 XIAZHI	
著　　者	周弯弯	
出版发行	青岛出版社(青岛市崂山区海尔路182号,266061)	
本社网址	http://www.qdpub.com	
责任编辑	程兆军	
封面制作	孙姝颖	
照　　排	青岛新华出版照排有限公司	
印　　刷	青岛新华印刷有限公司	
出版日期	2022年4月第1版　2022年4月第1次印刷	
开　　本	32开(890mm×1240mm)	
印　　张	15.5	
字　　数	350千	
书　　号	ISBN 978-7-5736-0079-0	
定　　价	58.00元(上下册)	

编校印装质量、盗版监督服务电话　4006532017　0532-68068050

捌 小寒 / 成长

> 如果爱一个人爱到失去了自我，
> 爱到整日整夜担忧他被别人抢去，爱
> 到被许多人反对，爱到相顾无言，爱
> 到耗尽了彼此的力气，那一定不是一
> 段好姻缘。

1

雪大概是从半夜开始下的，到天色泛白的时候，已经在视线所及的范围内堆起了厚厚的一层。

自从到广州工作，冷静已经有些年没见过雪了。

说来也巧，她北上出差的机会并不少，也曾在大冬天里行走在北方凛冽的风中，可一次都没赶上下雪。看到满世界都被白雪覆盖时，她心中有股莫名其妙的兴奋。然而这股兴奋，渐渐被车站候车厅里不断传来的晚点消息淹没了去。

她就是在这时看到陈卓的。

或者更确切点说，是陈卓看到了她。

同有些年没见过雪一样，冷静也有些年没见过陈卓了。

暑期的时候，樊灵和她老公带着四岁的双胞胎儿子从长沙去广州长隆野生动物世界过周末，冷静请他们吃饭。

243

夏至

席间，樊灵很不经意地提起了陈卓，说他得大老板赏识，升职又加薪，在北京买房买车，日子过得很是富庶，末了，低声添了句："女儿应该也快三岁了。"

冷静不晓得应该用什么去定义"日子过得很是富庶"。光从陈卓的穿着上，她看不出他与五年前有多少区别，或许是因为他的穿衣风格一直是少年老成，所以二十九岁和三十四岁的差别不大。不过他瘦了一些，泛黑的眼圈被鼻梁上的黑框眼镜遮挡住了大半，大概是因为忙碌，上嘴唇和下巴处留有少许的胡茬，仍是平头，模样仍好看，声音也仍好听。

他对她说："好久不见。"

候车厅里满是滞留的旅客，座椅早没空的了。

冷静寻了个角落，坐在自己的行李箱上，边玩手机边时不时看一眼头顶的大屏幕。当她某次抬头看到陈卓朝自己走来，便知没什么可躲的。

她从行李箱上站起来，朝他笑了笑，说："好久不见。"

许是因为真的好久不见，招呼过后，彼此顿住，一时间谁也讲不出下一句话。明明是喧闹的场合，可到了他们这一小方天地，气氛倒像是凝固住了似的。

冷静觉得有些尴尬，十分后悔自己今日穿了一件妖艳的大红色棉袄。这件棉袄是她为了这趟武汉之行专程购置的，如果不是颜色这样扎眼，她想陈卓是不会注意到自己的。不知怎么，她心中有些泄气，但又生出些力量，主动告诉陈卓："我来参加朋友的婚礼。"旋即问他，"你呢？"

他稍稍顿了一顿，明显是经过深思后才吐出两个字："出差。"

她点了点头，指了指几乎全部是显示"延迟"的大屏幕，问："你坐哪趟车？"

他报了自己的车次，目前是延迟58分钟，他问她的，她无奈地笑说："你前面那趟，延迟121分钟。"

他说:"全国大部分地区都在下大雪。"

她感慨:"真是个寒冷的冬天啊。"

他说:"就像2008年。"

为了不让彼此陷入尴尬,她尽量避免与他对视,可听到这话,还是忍不住抬眼看了看他。

他们是2008年相识的,在火车上。

那一年全国大部分地区在同一时间下大雪,整个交通系统几乎瘫痪。

冷静在郑州火车站等了足足九个小时,才终于在凌晨三点挤上了从西安缓缓开来的火车。

卧铺的车票是她老爸托战友买的,来之不易,她格外珍惜,所以上车后,看到有人窝在属于自己的下铺上呼呼大睡的时候,她十分恼火。

她借着从站台透过玻璃窗的一点光拍了拍缩在被子和大衣下的人,还算礼貌克制地压低了声音唤道:"你好,同志,你睡了我的铺位,麻烦你起来挪个位。"

那人可能是睡得熟,没有动静。

她本就因为晚点而困在车站许久,此刻已是又累又倦,见那人没动静,火气一下子就冒上来了,抬高了声音的同时手上拍打的力度也加大了好几倍。

"同志,麻烦你起来,这是我的铺位!同志,你醒醒。不要装睡!你再这样,我就要叫乘务员过来了。请你自觉一点!"

这一闹腾,上中下六个铺有四个人被吵醒了。他们纷纷从被子里伸出脑袋想看看是什么女神仙在咋呼。唯有被她揪着被子的那位仍是没动,只含糊不清地低吼了句:"跳子,你给我滚上去。"

她闹不清状况,只见睡在对面下铺的人老老实实从被子里钻了出来。那人打开床头的小灯,笑嘻嘻地朝她赔礼道歉:"不好意思哈,借睡了一下你的铺。"他边说边把自己的被子、大衣让中铺的人给递回到上铺,又将另一床干净的被子拿到下铺,继续解释:"你看我这副身板,睡上铺睡得腰酸背疼，见下铺的人在上一个站下车了，就想着蹭下铺睡睡。你人美心善，别见怪哈。"

她有些狐疑地掏出自己的车票，细细一看，刚才还真是自己闹错了铺，打错了人。她怪有些不好意思的，杵着没吱声。

跳子边往上爬，边把其余看热闹的人塞回到被子里，说："还早着呢，快睡吧。"像是怕她不放心似的，又添了句，"你放心，我们都是西安交通大学的学生，不是坏人。"

她上下眼皮都快要打架了，只想赶快躺下睡觉，根本没心思研究谁是不是坏人，刚一挨着枕头就进入了梦乡。

也许是因为车里开了暖气，又有被子傍身，她躺下没多久后，身上渐渐暖和起来，这一觉便睡得格外香。

她醒来是因为肚子在咕噜噜地叫唤。她极不情愿地睁开眼，发现身上盖着的不只是被子，还有一件厚实的大衣。她警觉性特别高，"唰"一下坐起来，把坐在对面铺正在看书的人吓了一跳。

她下意识认定眼前这人是昨晚被她折腾了一通却始终不起身、不露面的人。因是自己认错了铺，眼下她有些尴尬，低头拉了拉不知是谁的大衣来掩饰自己的难为情。

他却会错了她的意，以为她是不想要这大衣了，于是伸出手想要将大衣拿回来。

她哪里知道实情，见他伸了手过来，连忙护住自己，大吼一声："你想干吗？"

他一脸惊愕，又难免夹杂着尴尬，只好解释："大衣是我的，见你冻得缩成一团所以给你盖上了。"

再次误会了人，她禁不住脸红了起来。

这时跳子一行人洗漱完回来了，见到她起身了，跳子道："哎哟，你醒啦。你好你好，我是跳子。"随后又一一介绍其他小伙伴，旋即问她，"你叫什么？"

她见他们一行人看着确实是学生的模样，长得亦无害，于是报了家门:"冷静。"

谁知他们像是炸开了锅。

"冷静?"

"你叫冷静?"

"是不是真名啊?"

她见惯了因自己名字特别而引起的各种反应,只点了点头,并不多言。

最后跳子指了她对面坐着的人:"那真是太巧了,我们这有个陈卓。"

沉着与冷静,倒是配成对的。

2

车站大屏幕更新了延迟发车的时间。

陈卓北上延迟73分钟,冷静南下延迟129分钟。

陈卓没对继续延迟的车次发表任何意见,他问冷静:

"最近怎么样?"

"最近怎么样"这种问题,若是认真作答,怕是73分钟加上129分钟也不够的。而通常被询问人的回答来来回回逃不过三个字"挺好的""还不错""一般般""还行吧"……

冷静选择的是"还不错"。

事实上,她的日子确实过得"还不错"。在房价飙升之前,借着家人帮忙在广州买了套不大不小的房子,现下工作稳定,收入可观,还完房贷车贷仍有不少可自由支配的资金,结交了一些朋友,也有几个亲戚在本地可以走动,空闲的时间旅旅游、练练瑜伽、爬爬山,当然,

夏至

在世人眼里最重要的个人感情问题,也已有了着落。

其实"还不错"这种回答,听起来实在敷衍。如果只是随口一问,倒也怪不得别人随口一答,毕竟绝大多数人都只是随口一问。但既是得了这样的回答,陈卓便只能随大流一般接上一句:"那就好。"

冷静本想自己是否应该礼貌地回问一句,比如"你呢?过得也不错吧",但她的舌头这时好似打了结,吱不出声。

结果正好给了他机会。他接着问她:"叔叔阿姨还好吗?"

她仍保持着制式的回答:"也挺好。"

他见她一直答得简单,于是改了口,主动同她说:"跳子去年结婚了。"

提到跳子,她笑了一笑,说:"他给我发了请帖,但阿根廷真的太远了。"

他说:"确实太远了,才几个人去。"

她知道他是那几个人其中之一,便笑着问:"新娘漂亮吗?"

他诚恳回答:"中人之姿。"

她想起什么来,开玩笑地说:"他当年可是嚷嚷着非校花不娶的。"

当年跳子想娶的校花,是冷静的室友。

火车上认识之后的初夏一个周末,跳子拉着陈卓从西安到郑州玩。他们打算去少林寺逛逛,非要让冷静当导游。

那会儿冷静跟他们并不是特别熟,但因为自己回学校的车票是陈卓帮忙买到的,受过人家的恩惠,她不好推辞,于是叫了室友彭萌萌一同前去。

跳子一眼就看上了彭萌萌,而彭萌萌则是一眼看上了陈卓。

四人各怀心思地游玩了几日。

回西安的前夜,跳子向彭萌萌表白,结果,当然是被拒绝了。

虽然这根本就是还没开始就结束的故事,可跳子摆出一副伤心欲绝的架势,逼得冷静只能请他撸串喝酒以示安慰。谁知他的酒量差得吓人,才半瓶啤酒下肚就滚到地上找妈妈了。跳子身高一米八五,她实在没那么大本事把他弄回酒店,只好给大概是正在接受彭萌萌表白的陈卓打电话求助。

陈卓飞快地赶到了路边摊,开腔第一句就是质问冷静:"你怎么跟他喝酒了?"

她本是好心好意安慰跳子受伤的心灵,被陈卓这么一问,又是生气又是委屈:"他自己要喝的啊!我又不知道他半瓶啤酒就会倒。我要知道他是这个酒量,我都不敢给他吃酒鬼花生!"

他却还要训她:"你一个女孩子喝什么酒?你知道什么叫危险吗?现在几点了?你还不回宿舍?"

她顿时就气炸了,抬起脚想狠狠踩地,却不想踩在了跳子的脚背上。

整个人挂在陈卓肩上的跳子惨叫一声,鬼哭狼嚎地抱怨:"你们吵架,踩我做什么啊?"

那晚的结局就是不欢而散。

跳子表白被拒,陈卓冷面相对,冷静吃了一肚子气,彭萌萌也好一阵子郁郁寡欢。

冷静觉得,她与陈卓和跳子的情谊应该到此为止了。没想到几天后的周末,这两人又从西安晃来了郑州。

于是,跳子继续对彭萌萌献殷勤,彭萌萌继续垂涎陈卓,她继续请跳子撸串的戏码一演就是半个学期。快到暑假的时候,她终于扛不住了,几乎是恳求陈卓:"你再不要带跳子蹭免费火车来郑州了。"

陈卓把师傅刚做好的鸡蛋灌饼递给她,问她为什么。

她唉声叹气地回答:"我回家的车票钱都被他吃光了。"

他顿了一顿,大笑起来,说:"车票是小事。"

对于继父在广铁当领导的陈卓来说,车票当然是小事。

后来那些年,冷静的七大姑八大姨们,没少背着她去找陈卓买车票,有的给了钱,有的假意要给却最终没给,有的干脆就不给。当然,这些事都是在他们快要分手的时候冷静才知晓的。她更加理解了为

夏至

什么陈卓的妈妈自始至终不喜欢自己，因为对陈卓而言，她是个累赘。

冷静扫了一眼大屏幕，半笑着提醒陈卓："你的时间又延后了。"

陈卓微微抬头看了一看，自己的车次从73分钟跳成了101分钟，而冷静的车次仍是延迟129分钟。

陈卓笑道："看来要在这里吃晚餐了。"

陈卓的心态一直很好，冷静很少见到他慌乱的样子。第一次看到他焦急的状态是在他研究生毕业的那个夏天，正巧她也大学毕业。

他家中早已给他联系好了工作，她却一直在长沙和广州之间犹豫不决。在回家的火车上，他一反常态，像个一直不肯停歇的喇叭似的，绘声绘色、添油加醋地描述着回长沙有多么多么好。十几个小时下来，同一个车厢的老太太听得耳朵都起茧了，在火车快到长沙的时候，终于忍不住插话："姑娘，你男朋友都快急死了，你就答应他吧。广州虽然好，可再好也没有你男朋友好呀。"

他们中间隔着的那层窗户纸，就这么被一个陌生人无意间捅破了。

他们在一起后，冷静最喜欢问的一个问题就是"你究竟喜欢我什么啊"。她自认为不是绝色，家世也一般，性格尚算开朗大方，可离善解人意相去甚远，身材倒是不错的，与身形修长、浑身发光的陈卓站在一起，勉强可以用"般配"二字。

陈卓从不回答这个问题。而他越是不肯答，她越是想找答案，尤其当他令众多莺莺燕燕垂涎的时候，她就更是想从他的回答中找到他对她的特别的喜欢。她想用这点特别来拯救那被自己藏在心底深处的自卑。

候车厅里聚集的旅客越来越多，偶尔有一趟车能发动，就会引起一阵骚动。人人都在盼着快些赶到目的地，没人想在这里停留。

陈卓去买晚餐的时候，冷静看到他的车次延迟的时间已比自己的多了一分钟。

陈卓买了一份盒饭、两盒饼干和两瓶热饮。他把盒饭和热饮递给了冷静,告诉她:"是酸辣椒炒牛肉。"

她接过盒饭,低声问了句:"你不吃吗?"

他说:"我中午吃多了,吃点饼干就行。"

她知道他在撒谎。滞留的旅客这么多,这盒牛肉饭估计是他费劲才抢到手的。她不打算戳破什么,默默收下这份心意便是最好的。

他喝了口热饮,忽然问她:"广州的冬天很暖和吧?"

她点头,说:"很暖和。偶尔才会冷。"

他看着她吃了几口饭,又问:"学会煲汤了吗?"

她怔了一怔,想说自己仍不会做饭,平日若是不下馆子,都是男友下厨。但话到嘴边,她咽了回去,只告诉他:"在外面吃的时候多,很少自己下厨。"

他仿佛是理解她对厨房的厌恶,顿了一阵,说:"我会揉面擀饺子皮了。"

她抬眼看了看他,大概是因为空间密闭,人声又鼎沸,让人不自觉地生出一种不知身在何处的错觉。

当两个都忙碌且都不愿意进厨房的人过起了同居生活,想来是不可能把彼此喂成胖子的。跳子第一次从南昌来看陈卓和冷静的时候,就对二人都快瘦成杆的身材表示了一万个惊叹。他一本正经地提醒冷静:"你得长点肉,不然睡觉的时候会硌到你男朋友的。"临走时还笑嘻嘻强调,"男人大多喜欢有点肉的女人,你要把自己吃胖点,免得你男朋友去外头觅食。"

那会儿,陈卓任职的集团里正有一个身材玲珑有致的美女对他垂涎三尺,任他怎么跟她撇清关系,她总像膏药似的贴上来。冷静听了跳子的话,在时时刻刻揣着狼牙棒保卫自己男朋友的同时,每顿都吃三大碗米饭,三个月后顺利把自己吃成了一个胖妞。

陈卓从没说过她胖,他甚至很喜欢在睡觉的时候摸着她隆起的小肚子。可当她穿不上去年的裙子时,她意识到了问题的严重性,又花

夏至

了三个月的时间努力恢复到了正常的身材。

看到自己女儿忽胖忽瘦的,冷爸冷妈自然要问原因。她哪好意思说是因为爱陈卓才想让自己时时刻刻都能成为他喜欢的样子,只能胡乱说自己饮食不规律。

3

冷静花了小半个钟才把盒饭吃完。她去了趟洗手间,稍稍补了个妆,回来时,陈卓告诉她:"你的车次延误169分钟。"

她看了看手表,如果不再延误,那她将在57分钟后上车,而他的车次则比她晚了53分钟。

大屏幕上陆陆续续有一些车次显示出"停运"二字。

因车次停运而耽误了行程的旅客们发出了阵阵不满声,与工作人员起了些小冲突,候车厅里的喧闹声一波盖过另一波。

冷静以前是爱看热闹的,但现在怕吵闹。她以旁观者的姿态说道:"这可能是高铁开通以来第一次这么大面积、长时间的延误。"

他说:"没有高铁的时候,火车晚点是常事。那年从郑州到长沙,不就用了两天两夜。"

他说的那一年,是2008年。

冷静在郑州上车,睡了一觉醒来,火车才开到许昌。白日里走走停停,傍晚在快到信阳的时候彻底熄火了。干粮吃尽了,每个人都是饥肠辘辘的。半夜饿到前胸贴后背,冷静怎么都睡不着,干脆就起身去车厢连接处走动走动。

没一会儿,陈卓也起身了。

两人对着车窗外的一棵被冰完全冻住的枯树不咸不淡地聊起了

天。

因为周遭安静，所以当冷静的肚子经不住饿叫器的时候，那声音显得格外大。

她感觉到难为情，赶忙捂住肚子，又觉得这情景特别好笑，于是忍不住哈哈大笑起来。

他看了她好一会儿，最后说："你等一下。"然后就往另一节车厢走了。

她猜想他是去弄吃的了，可这车上的干粮早就被旅客们掏空了，四周又是荒地，能找到什么？

结果他带了两盒泡面和几根火腿肠回来。

她当时见他从狭窄的车厢过道走来，浑身散发着耀眼光芒，简直就是自己肚子的救世主。她一脸的不敢置信："你从哪儿弄来的？"

他不答反问："红烧牛肉还是香菇鸡肉？"

她选了红烧牛肉。

直到现在，遇到实在顾不上做饭的时候，冷静也只吃红烧牛肉味的泡面，其他新出的口味她尝都没尝过。

刚到广州的时候，她在某处看到这样一段话。

"当你认真谈过一场感情，最后却分手了，后来你会很难再去喜欢别人。你不想再花时间去了解另一个人，就好比你一篇文章快写完了，老师却告诉你，字迹太潦草，要撕掉重写。虽然你记得开头和结局，但你也懒得写了。因为一篇文章花光了你所有的精力，只差一个结局，却要重新来过。"

所以当有些人问她为什么不试试老坛酸菜或是藤椒牛肉味泡面的时候，她就干脆说，一盒红烧牛肉面已经花光了她所有的喜欢，她没有力气再去尝试别的。

大家都笑她吃个泡面还要假装文艺，只有如今的男友听懂了她的故事。

在聊光了能心如止水的聊天话题后，冷静想起了陈卓的女儿。

夏至

　　她其实知道那个小姑娘的年纪,却也只能假装不知地问起:"你女儿多大了?"

　　他倒不是刻意要回避这个话题,只不过她提起来的时候,他心里"咯噔"一下。他说:"快三岁半了。"

　　她忍不住好奇:"有照片吗?"

　　他顿了一顿,还是掏出了手机,找到女儿的照片,然后将手机递给她。

　　她细细看了照片,然后将手机还给他,说:"很像你。"

　　他笑了一笑,没说什么。

　　她又问:"叫什么?"

　　他答:"陈雨濛。"

　　她猜测:"下雨天生的?"

　　他点了点头。

　　关于陈卓的儿子或是女儿应该取什么名字这个问题,冷静曾在脑子里思考过千百回。虽然她一直担心陈卓会被别的女人抢走,但她也一直觉得自己这辈子必定是要嫁给陈卓的。陈卓与冷静天生就是一对,他们的后代也许可以叫陈大胆和冷细心? 不过她从没跟陈卓探讨过这个问题,因为陈卓不喜欢小孩,甚至根本不喜欢婚姻。他可以是这个世上最好的男朋友,却不愿意成为最差的老公。

　　在过三十岁生日的那天,樊灵打电话调侃地问冷静年过三十是一种什么感觉。她想了很久,久到樊灵都不想等答案,跳去了别的话题。冷静觉得,三十岁是一个分界线,在这之前,她很想与某个人结婚生子,在这之后,她将婚姻视作水到渠成的事。

　　候车厅里的大屏幕上又有几趟车显示停运。

　　冷静的车次没再推后,陈卓的则是延迟得更久了。

　　他问她:"会经常回长沙吗?"

　　她粗略算了算,说:"一年总会回去两三次的,爸妈也会去广州。"

　　他说:"高铁很方便。"

她点点头,问他:"你呢？回去的次数多吗？"

他说:"我妈现在在北京生活,偶尔才会回去。"

她脑子里浮现出陈卓妈妈的模样,一个精致漂亮的女人。

她很难想象陈卓妈妈带孩子会是怎么样的情景,不过人总是会变的。

分手是冷静提出来的。

起初她以为会很难,而事实上,比她以为的更难。

但她终究是做到了的。

如果爱一个人爱到失去了自我,爱到整日整夜担忧他被别人抢去,爱到被许多人反对,爱到相顾无言,爱到耗尽了彼此的力气,那一定不是一段好姻缘。

广播开始播报最新的进站情况。

冷静的车次即将到达。从天亮等到天黑,终于有了结果。

她整理了一下衣衫,抬眼看陈卓,有些认真地说:"我准备进去了。"

他细细看了看大屏幕,确认车次即将进站,又低头看着她,问:"几点能到广州？"

她说:"路上不再晚点的话,大概十一点半。"

他问:"有人接你吗？"

她点点头,又说:"你的看上去要十一点才有希望发车。"

他又流露出了极好的心态,笑道:"至少还没有停运。"

她亦笑了一笑:"那我预祝你登车成功。"

他感觉自己的声音变得有些艰难,只好尽力克制一些情绪,淡淡地说:"谢谢。"

她眼波里有些东西在流动,不好让他瞧见,于是轻巧地转头看向入闸处,并轻声说:"我要走了。"

他说:"到北京出差一定给我打电话。"

她亦礼貌客气地邀请:"有空来广州玩。"

夏至

他笑着点了点头，最后挥手："再见。"

她最后朝他笑了一笑，说："再见。"

停运的车次越来越多，候车厅里的旅客越来越少。

陈卓在巨大的玻璃窗前站了许久。这里可以清楚地看到出入站的高铁，几十条铁路线，只有寥寥几趟车经过，显得寂寞清冷。

他一早就看到了冷静手上的订婚戒指。

她的手指瘦削修长，她曾在他面前抱怨过自己戴戒指肯定不好看。

其实他知道她话里的意思，可他那时并不愿意去正视婚姻这个沉重的话题。他自小父母离异，母亲改嫁了两次，父亲给他生了三个弟弟妹妹。他一直认为"丈夫"和"父亲"这两个称谓是字典里最沉重的两个词，他很害怕去承担它们，因为他就是个外表光鲜亮丽、内心却懦弱胆怯的人。

冷静提出分手的时候，他也已为这段感情疲惫不堪。

他晓得她不是无理取闹，也晓得她当年为了他而放弃了多么好的机会，他无法确定的是，继续将她留在自己身边对她而言是否是最好的安排。他想或许他们应该给彼此一些时间和空间，可没想到的是她走得义无反顾。他们在一起的这些年，人人都觉得是她高攀了他，其实真正高攀的是他，他攀上的是她那颗可以让自己感觉到温暖与悸动的心。

如今的他，成为别人的丈夫，也在努力地尝试成为一个好父亲。可他已永远失去了在那个清晨忽然闯入他世界的女孩。

广播里传来播音员抱歉的声音。

所有的车次都停运了。

玖 大寒、救赎

她承认自己是个失败的心理医生，
不但没有将病患治愈，
还把自己搭了进去。

1

通常情况下，朱瓌一周休息两日，逢三逢六。

若是某位客户无法按约定时间前来，她会将那半日也闲着。她的规矩是一日只接诊两位病人，算下来，一周的接诊量在八九位客户之间，因而，在这面临黄浦江、风景无限好且仅有七位心理医生的高档私人诊所里，她是最不勤恳的一位。虽不勤恳，但她的病人们对她的职业水准和职业操守很是满意，出手很是阔绰，所以，她的收入亦算是不菲。

彭立森长她十来岁，是诊所里与她关系最好也是诊所里最爱惜钱财的医生。他常以一个过来人的身份一本正经地告诫她：

"朱医生，你一定要趁着自己年轻的时候多赚点钱，等再过几年，等你到了我这个年纪，就会深刻地感觉到，像我们这么优秀、收费这么昂贵的心理医生，遇到自己消化不下、解决不了的心理问题，只能向更优秀、收费更昂贵的同行求助。"

她总是莞尔一笑。

她从没告诉过别人,三年前,也就是在她从洛杉矶回到上海后的第二个月,她便开始定期看心理医生了。其实这并不是什么难堪的事,干她这行的,接收了许多人的许许多多负面情绪,须得定期排解出来,以免自己心神受损。只不过她看的这位心理医生不在医院或是诊所工作,而是在大学任教,是她的师兄戴有余。

戴有余比她大几岁,比她早几年回上海。

他从不在整洁的办公室见她。他喜欢喝咖啡,总能找到一些僻静的咖啡店,与她坐上一两个小时都不会有旁人来打扰偷听。他也从不刻意将她归类成需要排解问题的病人,常常是天南地北胡扯一番,就能将她从泥潭中拉扯出来一大截。

是的。

只是拉扯出一大截,而已。

有次见面,赶上戴有余生日,正值云南菌菇上市的季节,他请她去了家滇菜馆,他提议喝些酒。

她的酒量尚算不错。

可他的酒量差得吓人,几小杯白酒下肚就开始说胡话。

他说的胡话,大多数都是他平日里绝口不提的那些关于自己对某个人的感情执念,只有几句是关于她。

他说:"没办法把你从泥潭里完全拉扯出来,纵然是怪我学艺不精,但归根结底,你为什么出不来,你我心知肚明。所以,以后咱们别在那事上浪费时间和精力了,还不如聊点别的,或者就是吃点喝点。人生总有遗憾,谁也不可能是完美的人嘛,有问题就有问题呗,只要不是寻死觅活,能有多可怕?是吧?"

她对着已经快要迷乎过去的戴有余点了点头。

后来,他们二人还是会定期见面,吃点喝点,聊天扯淡。

与他们师从一脉,已牢牢扎根在太平洋彼岸的师姐肖丽娜,听闻

二人如今成了饭搭子,于是打趣朱璟:

"你俩干脆升个级,饭搭子变室友得了。"

她如今性子清冷,很少在人前说笑,但因在美国读书工作的那十五年多得热心热情的肖丽娜关心照顾,关系非比寻常,所以在肖丽娜面前,多多少少会流露出些许欢乐逗趣的性情。她笑着告诉电脑屏幕里的肖丽娜:

"有余师兄的心里早就装了人了。"

肖丽娜不追问戴有余心里的人是谁,反而是追问她:

"你最近有没有动静?"

她自然知道这"动静"特指什么。她倒也没有装傻充愣的意思,直白白告诉肖丽娜:"上个月,在我爸和我阿姨的胁迫下参加了一场相亲宴。"

肖丽娜哈哈大笑一阵,然后说:"相亲宴这种活动,我还以为你会抵死不从呢。"

她大叹一声,躺在办公室的单人沙发椅上。这张新买的沙发椅实在舒服,难怪有人一躺下就不愿起身,宁愿花大把钞票在这儿睡上几个小时。

回想起来,她之所以会答应去相亲,是因为她爸近来身体欠佳。

朱爸是公职人员,官位不大不小,半年前单位组织体检,发现有两根心血管堵了八九成,医生建议做手术。其实不是什么大手术,只需从手腕处插根管子通到堵塞处,然后支两个小架子即可,从现今的医疗水平来看,手术的风险系数很低。可朱爸一直不肯,闹了几次危险情况,吓得阿姨也就是她的后妈,哭天抢地地来找她,请她一定要劝服朱爸去做手术。

她六岁那年,爸妈离婚,法院把她判给了爸爸,九岁那年,爸爸给她找了个后妈,一年后,后妈给她添了个妹妹朱瑄。她十五岁出国读书,出国前也一直同奶奶生活,与阿姨和小朱瑄的关系算不上亲厚,但人家找上门了,且患病的是自己的亲爸,无论她能不能劝得服,试一试总是应该的。

结果朱爸一口就答应了去做手术,只不过在手术前,想给她介绍一位年轻有为的男青年,并期望她能与这位男青年擦出火花。

与她一同在弄堂里长大的发小张妮对此行为给出了五个字的总结:"满满的套路!"

当然,张妮又表示:"虽然是套路,可为了你爸的身体健康着想,你这次就顺一顺他的意。不就是见个面、吃个饭嘛,能有多难? 再说了,万一,万一要是看上眼了呢? 岂不就是两全其美、皆大欢喜!"

她三十岁回到上海,在这三年里,想给她介绍朋友的人数不胜数,她向来是连理由都懒得编,直接就说不需他们费心劳力。起初,朱爸觉得她在美帝生活久了,思想自由,一时不适应国情,便由着她,可日子久了,特别是眼看她过了三十三岁,仍是独来独往,心里终于禁不住焦急起来。

相亲这事,她虽不喜,但思索之后,还是答应了下来。

相亲那日的下午,气温骤降。

她早上穿了件薄羊绒大衣出门,根本抵不住凛冽的寒风,从停车场走到餐厅那一段两三百米的路,几乎被从黄埔江面刮来的风吹成冰棍。

好不容易行至餐厅门前,竟十分凑巧地与从餐厅里推门而出的男人撞了个正着。

男人虽不是粗犷魁梧的壮汉,但身高将近一米九,与她这么一撞,立马把身形本不算娇小的她撞得连连后退了两三步。

男人长了一副中西混血儿的脸,操着一口字正腔圆的普通话,先是向她赔了不是,旋即突地抬高了音量,唤她:"朱小姐!?"声音里满是惊奇。

她认出了眼前的人,但比起眼前这人表露出的惊奇,她的态度显得格外平静。她礼貌地唤了他的名字:

"David."

David见她的长发被风刮得四处飞舞，连忙将她拉进餐厅的玄关处，边引着她往餐厅里面走边告诉她：

"白先生还没到。"

她倒没有盲目地由着David引路，早早停了步子，向David说明，自己并不是白先生的客人，她来此处是与别人有约，然后不再等David多说什么，抬手招来了一旁的侍应生，请侍应生为自己引路。

她的这位相亲对象同朱爸一样，是公职人员，比她大两岁，据中间人的描述，对方年过三十五仍单身的原因是自身软硬条件太好，家庭又比较富庶，一般人入不了眼，愿意与她见面，一是因为她虽然年龄不小了但照片里的模样看着尚算青春可人，二是因为她会读书，在康奈尔大学硕博连读还能拿全额奖学金，想必智商特别高，日后生出来的孩子肯定聪明过人。

实话说，她见到这位相亲对象的第一眼，内心是毫无波澜的。这可能是因为她第一次相亲，实在不晓得相亲应该是怀抱着怎样的一种心情和态度，所以毫无波澜。也可能是由于她的心绪略有些凌乱，不太来得及端出自己的职业习惯，仔仔细细将这位相亲对象观察一番然后给出评分，再根据这评分来判定自己的内心究竟需不需要起一点波澜。

晚饭后，她回到家中，张妮打来慰问电话，问她相亲相得如何。

她给自己倒了杯水，"咕咚咕咚"喝下后，告诉张妮：

"估计不会再约我吃饭了。"

张妮笑问："你干了什么把人家吓退了？"

这可真是冤枉。

她真真是什么都没干，不过就是顺应相亲对象的意愿，多喝了些葡萄酒罢了。

把相亲对象吓退的，是账单上那一串数字。

相亲对象大概是考虑到她曾长年生活在国外，喜好西餐，所以见面吃饭的地方定在了罗斯福。来了这里，自然要亲自去酒窖或是请餐

夏至

厅经理推荐一支好酒来佐牛排。

她比约定的时间早到十分钟，相亲对象比约定时间晚到十分钟。等他们寒暄过几句，在经理的推荐下点好了菜正准备去选酒的时候，David拿了一支葡萄酒出现在他们桌前。David和颜悦色地对她说，白先生得知她与朋友在此处用餐，特意挑选了这支酒送给她和她的朋友品评。

许是因为自始至终没被David正眼瞧过，相亲对象不太高兴。不太高兴的相亲对象表示，今日是他请客，不需要旁人赠酒。

经理委婉地提醒相亲对象，这支奔富707是店里仅存的这个系列年份最好的三支酒之一，与他们刚才点的主菜是绝配。

相亲对象一听这话，觉得自己被人看扁，脑子一发热，十分豪气地命令经理将另两支酒拿来开瓶。仿佛他这样一位富有的绅士，绝不会因为一两支葡萄酒而在女士面前失了面子。

结果吃饱喝足后，经理将账单呈上来，相亲对象那张原本因喝了酒呈现出绯红色的脸霎时变成了惨白色。

张妮听得很入神，向她追问："然后呢？"

她又给自己倒了杯水，"咕咚咕咚"喝下后，轻描淡写地说："然后我就把单买了。"

张妮倒吸一口凉气，"啧啧啧"了一阵，十分没意思地感慨："分明是他要打肿脸充胖子，到头来却是你帮着兜底。"

兜个底倒也没什么，虽然确实吃掉了她小半个月的收入，但毕竟完成了朱爸的愿望，至少是完成了一半的愿望，她觉得挺值当的。

2

今日周五。

本该上午来的客户因故不来了,所以与肖丽娜聊了会儿天后,朱環继续躺在沙发椅上小憩。

前几天阿姨生日,她照例去商场挑选首饰作为礼物。

玻璃柜里的首饰琳琅满目,件件都好看。她选了一条成色极好的珍珠项链,又请导购把珍珠项链包得漂亮一些。

女人嘛,都喜欢漂亮的东西,哪怕再不喜欢首饰的女人,见到那些精美璀璨的玩意,第一反应总是会在嘴上或是心里"哇"上一"哇"的。

她在十一二岁的时候,也很喜欢各式各样的首饰,一旦存上了些零花钱或是亲妈从香港回来看她、塞给她些许钞票,她就迫不及待拉着张妮扎进学校附近的精品店。精品店的最里面有一个玻璃柜,柜子里摆放着各式各样的项链、耳环、手链等,其实都是些粗看还不错、细看很劣质的首饰,但已能满足小女孩们的喜爱。后来出国,一年一年长大,她对这些闪亮亮的东西渐渐没了兴趣,在商场见到那些璀璨夺目的首饰虽然仍会在心里不由自主"哇"一声,但仅仅就是"哇"一声而已。

在网络视频还不如现今发达的十年前,张妮在无线电波里批评她变了。

她笑着说:"我变高了。"

身高体重会随着时间的流逝而发生变化,性格喜好自然也是会变的。她十五岁离家,远渡太平洋在异国他乡求学,想要保持着十五岁以前的自己,那是无论如何都不可能的。

而这留学,当初,朱爸并不太同意,但朱妈十分坚持。

朱妈仍是像多年前那样毫不客气地怼朱爸:

"你妈过世了,你和你老婆忙着照顾你们的女儿,让我女儿跟着

夏至

你们一家三口生活,还不如让她去美国。我女儿这么聪明,以后肯定能上常春藤名校! 你不要妄想阻拦我女儿发光发亮!"又说,"学费生活费不用你操心,我全出。你留着你那点工资给你老婆和你女儿花吧!"

朱爸经不住朱妈隔三岔五的狂轰滥炸,终于同意让她出国。

她倒也没有辜负朱妈的期望,一路读完了博士。

毕业那日,专程从香港赶到纽约参加毕业典礼的朱妈抱着她哭成了泪人儿,哭完,又迫不及待在朋友圈发了许许多多照片,恨不得让所有朋友都知道自己有个优秀的女儿。

当晚,朱妈请她去吃自助餐,母女俩喝了些葡萄酒。

朱妈表示,希望她能随自己去香港发展。

她没答应。

她说,不想花太多时间去适应一个新环境。

于是朱爸提出请她回家乡上海的要求。

她也没答应。

她说,自己对纽约很有感情,已然习惯了此地的生活。

其实她对脚下的土地根本没有多少感情,过了这许多年,她仍不喜欢吃汉堡比萨、可乐薯条,也仍不喜欢一头扎进各色派对纸醉金迷,她只是觉得在这里过生活,想多么清静就多么清静,绝对不会有人干涉打扰。

三年前,她萌生了回国的想法。

朱妈和朱爸为了她是回上海还是去香港吵得不可开交。

她从未考虑过去香港,回上海也仅仅是因为恰巧得了戴有余的推荐,一份薪水优渥、办公环境很讨她喜欢的工作正热情地朝她招手而已。

既然回到了上海,即便是她自己独住,总还是要时不时参加一些家庭活动的,好比阿姨生日,她主动请他们吃一顿像样的饭菜,送上一件价格适宜的礼物表心意,画面通常其乐融融。

岔子是出在晚饭快要结束的时候。

她那位同父异母的妹妹朱瑄,突然向她提出一个让她颇有些为难的要求。

朱瑄长得很像朱爸,模样与她有三四分相似,智商大约也只及她三分。因为自小成绩差,无论喝多少补脑口服液、上多少名师辅导班都无济于事,所以朱爸早早让朱瑄学了美术这一特长。靠着这一门学得也不算有多好的特长,朱瑄考上了本市的一所普通大学。家里没人指望朱瑄能像她一样来个硕博连读,只盼着毕业后能谋份可以养活自己的工作。可朱瑄心比天高,毕业后一年里换了十来份工作,近半年,干脆以没有适合自己的工作为由什么都不干了,糊口不成,还整日伸手向家里要生活费。

阿姨在她面前说过两回朱瑄的不是,还说要是朱瑄有她一半懂事听话就好了。她从来都是听一听,从不张嘴多言。

生日宴上,阿姨喝多了些酒,忍不住将两个女儿做一番比较,比较之后,又忍不住数落了朱瑄几句。

朱瑄立马就不高兴了,当场甩了脸子。

朱爸半个月前才做完手术,见母女俩起了嫌隙,一副着急上火的模样,频频向她使眼色,示意她想想办法解围。

她本是个看客,无奈被朱爸寄予厚望,迫不得已破例说了几句“朱瑄还小,找工作的事不急”“找工作也需要缘分”此类十分违心的客套话。

结果这几句话一出口,火就烧到了她身上。

朱瑄央着她:“姐姐,我想去中利集团工作。你的好朋友,张妮姐姐是不是在中利集团的人事部门?能不能找她帮帮忙?”

按她的性子,这种要求,一定是要当场拒绝的,但为了一桌四个人的面子都过得去,她继续违了心,口头答应去找张妮了解了解情况。

翌日一早,朱瑄给她打电话,问情况了解得怎么样了。

夏至

她直截了当地告诉朱瑄，这件事，以张妮的能力的确办不成。

朱瑄二话没说就把电话挂断了。

两分钟后，阿姨又给她打来电话。

阿姨说，朱瑄年纪小不懂事，不晓得世道艰险，请她这个当姐姐的多包涵，又委婉地表示，如果进中利集团需要资金疏通关系，他们可以提供。

几个小时后，她将阿姨的这番话原封不动地说给张妮听。

张妮正费劲地切着盘里那块煎得过老的牛排，听了这一番话，两道眉毛拧得更紧了。张妮一本正经地问她：

"你阿姨是不是对世界五百强企业有什么误解？以为跟八九十年代那样，只要有人打招呼就可以通融？"

她被张妮逗乐了，笑了一阵后，开始撇清关系。她说："我只是把我阿姨的话转告给你，免得这事不成，好像是因为我在中间设卡似的。"

张妮看了她两眼，眉头突地舒展开来，不怀好意地笑说："你阿姨和你妹就是没搞清楚情况，何必通过你来找我，直接找你就是了。你要是真希望你妹进我们集团，大可以直接去找白先生。我听说他是个特别念旧的人，床垫沙发、枕头台灯都能大老远从美国带过来，想必对故人的情谊也会保存很久。"

她微微抬眉，看了张妮一眼。

因为表情过于平淡，张妮看不出她心情如何，但张妮怕自己这一番话会引得她不愉快，所以很快改口：

"你看我这张嘴，说的都是什么浑话呀。他是你的病人，你们签了保密协议，治疗期一结束，谁也不该认识谁，算哪门子的故人嘛。"

她没有马上出声。

她将注意力全都放在餐盘中，慢条斯理地切了一块牛肉送入口中。

她的这份牛排是七分熟，很香嫩，但残留着一点点血腥味。

从前,她吃不惯七分熟的牛排,去任何需要她吃牛排的餐厅,都会挑着能做成全熟的那款来点。

第一次吃七分熟的牛排,是她二十八岁那年。

那年,她刚跳槽到一家收费昂贵的私人诊所,为一些身价不菲且患有或轻或重心理问题的人排忧解难。

白易炜是她跳槽后的第一位病人。

她第一次见白易炜,是五年前,在圣诞节后没多久的一个周日。

按照约定,他的司机到她公寓接她去他位于市郊僻静处的别墅。不巧的是,车子在半路抛锚,她在那条人迹罕至的道路上干等了半个多小时,最后是David从别墅另开了辆车来接她。

David是个不急不缓的性格,与她说话的同时,将车速一直控制在五十到六十码之间,等他们晃晃悠悠到了别墅,已将近午饭时间。

管家告知David,白先生刚刚睡下,吩咐他们先给朱小姐准备午餐。

午餐的主菜是牛排,七分熟。

她十分勉强地吃下了半份牛排。

后来,她与David的关系渐渐熟稔起来。

David隐晦地告诉她,她是白先生看过的第七位心理医生。

而在她成为白易炜心理医生的第八个月,白易炜告诉她,他在选择她成为自己的第七位心理医生之前,曾找私家侦探摸过她的底。

他说这话的时候,表情和语气都十分坦荡,仿佛这对他而言是稀松平常的事,但他还是说了请她见谅的话。

他说:“我不能让太多人知道我的情况。”

他还说:“我的家族要求我必须是一个正常人。”

3

白易炜的每一位心理医生，任期都不超过两年。

两年后，朱璟主动向他提出结束他们之间的医患关系，并向他保证，绝不会对第三个人提及他。

他写了一张支票给她，数字大得让她差点想掉眼泪。

但事实上，她并没有信守对他的承诺。

回到上海后，在一个寻常夏日的雨夜，她与刚和男友分手的张妮在路边撸串喝酒，她陪着伤心的张妮一道喝了许多酒。在酒精烧脑的情况下，她终于还是没忍住同张妮说了他这么个人。

本以为，世界那么大，就算她与白易炜还有重遇的一日，可张妮哪怕与白易炜正面撞见，也不会识得对方。哪晓得半年后，张妮竟跳槽到了中利集团。

那时中利集团在上海这边的话事人是比白易炜大两岁的白易裕，他们是堂兄弟，白易裕一副天生风流公子哥的乐天做派，性格与白易炜截然不同。

张妮有次在她面前试探性地提起白易裕和白家诸人，她没接腔，张妮便识趣地再也没有往这个话题上靠过。

三个多月前，秋风刮得树叶簌簌落下的时候，她与张妮逛街买了许多新衫，晚上二人在江边一家杭帮菜馆吃饭。

座位在窗边，江对面的璀璨灯火一览无余，广告牌也清晰可见。

张妮随意指了指中利集团的广告牌，随口说了句：

"我们换老板了。"

并没有说到底是换了谁，可意思就是那么个特指的意思。

她仍是没有搭腔。

张妮便转入别的话题。

三个多月后的今日，在这顿午餐上再次提及白易炜，她照旧没有搭腔,张妮便照旧转入别的话题。

其实,她早就与白易炜打过照面了,还不止一次。

那是在三个月前,也就是她从张妮口中得知白易炜来上海之后的第二个星期。

那日是周三,她在家休息。

午觉起来后接到David的电话。

David告知她,自己于半个月前随白先生一起到上海工作,在这座美丽的城市还没交上能让人放心的新朋友,但又很想去尝一尝麻辣火锅,可听闻一人吃火锅在国内是"孤独症"第八级的表现,让他有些却步,他记得她也爱吃麻辣火锅,且几年未见,对她甚是想念,所以顾不上叨不叨扰人,就盼着她能抽空与他共进晚餐,聊聊彼此近况。

她刚成为白易炜心理医生的前两个月,因摸不准他的心性脾气,闹了不少笑话和尴尬事,亏得David从旁提点照拂才事事顺利起来。虽然她离开纽约后,他们之间的联系仅限于重大节假日发封邮件问候一声,但如今人家到了她的家乡,毫不生疏地找上她,不过是想吃顿麻辣火锅而已,她哪有不奉陪的理由?

他们约在号称全上海最正宗的麻辣火锅店见面。

David一如过往那般唤她:"朱小姐。"随后夸她较之三年前,愈发美丽动人了,一定是因为家乡的水土更养人一些。

她收下他的夸奖,礼貌地回敬他:

"你也越来越英俊帅气了。"

David莞尔一笑,将菜单递给她,请她将她平日里爱吃、觉得好吃的菜品都勾选上,并笑着说:"我选的是最辣的锅底。"

结果等到开吃,David的战斗力断崖式下跌。他两片嘴唇被辣得又红又肿,一直抱着那碗红糖冰粉往嘴里塞。

她哭笑不得,劝他:"下次要再想吃麻辣火锅,记得点微辣锅底。"

David连连点头,旋即与她聊起来。

"日落公园附近那家火锅店可没有这么辣,他们那儿最辣的锅底也只有这三分之一辣。"又说,"这几年,我陪白先生去过许多次,你可能都不会相信,像白先生这样看到辣椒就蹙眉头的人,有一天竟然会爱吃麻辣火锅。"

她正夹了一块毛肚到嘴里,许是带了些汤汁流到喉咙眼里,呛得她忍不住咳嗽了几声。她略有些艰难地将毛肚咽下,然后喝了几口八宝茶顺气。

David递了几张纸巾给她,并看着她,仿佛是在等她对他刚说的那些话做出点应有的反应。

她擦了擦嘴,朝他笑了一笑,说:"这锅底确实太辣了。"

David也笑了一笑,转而问起她现今的工作。

她将大致情况如实告诉了David,总结表示自己对现今的工作很满意。

David又挑起别的一些话题,但最终还是绕回她的工作。David问她:"你有没有空当?"

她稍稍愣了一下,没太明白David的意思。

David明显犹豫了片刻,才继续说:"白先生需要你。"

需要她?

她可不敢高估自己。

她觉得,白易炜需要的,是一位能用过硬的专业技能帮助他睡个好觉的心理医生。

她委婉地告诉David,上海虽然不比纽约遍地都是心理医生,但费些心思,也是能找出一箩筐符合白先生要求的人,至于她,没有空当,也没有意愿与同一个人建立两次医患关系。

David对她的答案仿佛不感意外。David说:"白先生不知道我来找你。"顿了片刻,接着说,"这几年他没有再看过心理医生。他的家人,那些较为亲密的家人,都认为他的病已经好了。"

她放下筷子,徐徐地说:"David,我想你大概比我更清楚,他睡不着、睡不踏实、睡不安稳,这些跟睡眠有关的所有问题,主因是他自己不想改变。再优秀的心理医生,遇到一个主观不想改变的病人,也只能束手无策。他的问题,往严重里说是很严重,可他想通了,自己想通了,这就成了一个很简单、很容易解决的问题。他没再看心理医生,成了他的家族需要他成为的那种人,这不是皆大欢喜的好事吗?"

David摇摇头,口气满是无可奈何:"可他睡不着。"

从前,白易炜是给她发薪水的老板,老板睡不着,她当然得费尽心力、绞尽脑汁让他睡着,但现在不同了,她不吃白易炜发的大米,他睡得着、睡不着的,跟她有什么关系?又没有哪一条规定写明了,一日为心理医生,就得一辈子负责病人的心理健康。

读书的时候,她的导师时常告诫当学生的,日后挂牌成了能接诊的医生,切记要与病人保持一种既亲密又不亲密的关系。"亲密"是要取得病人的信任,取得信任了才能探究病人的内心,然后找出问题的症结并帮助解决。"不亲密"是要防止因工作之便取得病人的信任之后,无意或有意使病人对自己产生一种依赖的情感,从而发展成为恋人、夫妻,这是很不道德且违反职业操守的行为,情节严重者,会面临被吊销行医执照的惩罚。

她一直小心翼翼遵守着导师的告诫,至少在行动上遵守得很好。多年来,医患关系一旦到期结束,就算在饭桌上遇到了,也会是彻彻底底的陌生人。

当然,她没有在饭桌上遇到过白易炜。

他们的世界不在同一层。

她再次见到白易炜,是在私人诊所的接待室。

两个月前,彭立森在股市大赚了一笔,难得豪气地请各位医生去吃怀石料理。

因彭立森晚上还需接诊,所以那顿料理吃得不算特别尽兴。

饭后也不过才七点多。

彭立森的车送去4S店保养了,她顺道送他回诊所,又因翌日是周三,她休息,于是也顺道回办公室拿些资料回家研习。

夏至

她和彭立森刚进诊所的门,前台的小妹就告诉她,有一位先生在接待室等了她半个小时了。

彭立森的好奇心比她强多了,问小妹:"朱医生晚上从不接诊,怎么会'有位先生'在这个时间来这里等她?"旋即,又将问题抛给她,"难不成'这位先生'算准了你今晚会回来?"

她当时压根没往白易炜身上想,她以为是上周那位很想与她建立医患关系但又排不上时间的先生。她朝彭立森做了个请他回他自己办公室的手势,并笑着说:"也许是听闻我医术了得,但又苦于我这人懒惰、走正常程序排不上我的期,所以想以诚意感动我为他开一扇后门。鉴于保密原则,就请彭医生你回避一下,让我单独去见见这位先生,你看如何?"

话说到这个份上,彭立森遁走回避的速度很快。

她转头问小妹:"怎么不给我打电话?"

小妹解释:"那位先生不让打。他说他坐一会儿就走。"

她问:"他坐了多久了?"

小妹看了看时间,说:"半个多小时。"

诊所的接待室不太大,通常是用于医生和病人第一次见面,在较为随意的环境中较为随意地聊上十分钟二十分钟,若是病人感觉合适,再签订协议,进入治疗程序。

她曾在这间接待室碰过三回钉子,是她刚入职诊所的第一个月,前两回是因为对方觉得她太年轻不可信,第三回是因为对方觉得她是个女人不可信。

她在推开接待室的门之前,在心里盘算了一阵,想着要怎么说才能既保全了对方的面子又达到拒绝的目的。

可她的盘算没用上。

推开门,她看见坐在沙发上闭目养神的人竟然是白易炜。

4

靠坐在沙发上的白易炜微微侧过头。

他刚才大概是睡着了，又被开门声给吵醒了。他一双眼睛看向朱環，目光带了些迷蒙不清的感觉。

她真真是吓了一跳，心跳仿佛漏了两拍。

他称呼她"朱小姐"。

他们一直用普通话交流。虽然他的普通话讲得并不是特别灵光，偶尔会因为发音用词不恰当而闹出一些不大不小的笑话。

他也从没称呼她为"朱医生"。

她没问过他身边的人，他是怎么称呼在她之前的那六位心理医生，但她直觉他不会称呼他们为医生。她直觉，他不喜欢被当成病人，所以她一直称呼他为"白先生"。

许是因为她一直没有应答他，或者更确切地说，是一直没有反应，所以他缓缓起身，与她正面相对，又对她说了句："不好意思，冒昧前来，打扰你了。"

字面意思是抱歉，可他的表情和语气坦荡，且没有流露出任何的生疏感，什么三年，什么一千多个日日夜夜，对他来说，仿佛就两三日没打过照面而已。

按理，她是该问问他，为何会在这个时间出现在这里，或者，更官方一些，对他的出现表露出该表露的惊诧，然后与他寒暄上几句近况，再礼貌地询问，找她有何贵干。可惜，她天生不是应酬交际的好手，缓了半晌，也只吐出不咸不淡的三个字。

"白先生。"

白易炜低低应了一声，旋即问她："能去你办公室坐坐吗？"

她本想拒绝，本想说这接待室也是可以坐坐的地方，但他已经朝她走来,感觉略有些招架不住。她只好引他去她办公室。

前台小妹见她引了人往办公室的方向走,便问了句:

"朱医生,需要——"

她朝前台小妹摆了摆手,截断问话的同时压低了些声音,告知前台小妹:"是朋友,不用记录。"

她的办公室在这层楼的最深处,面积不算特别大,但一应物品秩序井然,最占空间的也不过就是一张属于她的办公桌台和一张属于病人的沙发躺椅。这张沙发躺椅是她上个月从美国订购回来的,前几天到货,昨天中午才正式搬进这间屋子。昨天下午来就诊的那位大姐笑称,躺在这沙发椅上,倾吐心中烦忧,不消二十分钟就昏昏欲睡。

大姐离开后,她试着在那沙发椅上躺了一会儿。

沙发椅侧对着落地玻璃窗,玻璃窗正对着黄浦江。正值傍晚,绯红色的霞光穿梭在高楼大厦之间,剩下些许映照在江面上,虽不似夏日的波光粼粼,但与水面上星星点点的霓虹光影交相辉映,别有一番温柔。

大姐说得没错,这沙发椅躺久了,就是让人昏昏欲睡。

她一眯眼,再睁眼时已经八点多。

她做了个梦。

她每天都做梦,不过醒来很快就会忘记梦里的内容。

白易炜将她的办公室四下打量了一遍。

这办公室的摆设,在工作时间,她觉得恰当满意,可突然冒出个"非病人、是朋友"的白易炜非要来坐坐,就显得有些尴尬了。

他能"坐一坐"的地方十分有限。

当然,他并未觉得躺在那张未及时调整收拢的沙发椅上有何不妥,他甚至没等她开口,就躺了上去。躺上去了,才对她说了句:"我躺一下。"

就像是,他来此地,便是为着在这沙发椅上躺一躺似的。

她也不好开口叫他起身,只能由着他躺一下。

但她怕他这样躺着会睡着，所以走出房间，去茶水室给他泡咖啡，最浓稠、最能提神的那种咖啡。

恰巧彭立森也来茶水室。

彭立森从前台小妹那儿得知那位先生是她的朋友，于是打趣她："能劳你亲自泡咖啡，'那位先生'的来头不小吧？"

她睨了彭立森一眼，提醒他遵守保密原则，不该问的不要瞎猜测。

彭立森笑呵呵说："保密原则是针对病人制定的，而'那位先生'是你的朋友。"

她没理彭立森，端了咖啡回自己办公室。

谁知，就在她泡咖啡的这短短时间里，白易炜已经睡着了，还将她挂在衣帽架上的薄羊毛披肩取下来盖在了自己身上。

她唤了他两声，他没有应答。

她想着是不是应该再靠近他一些，然后把自己的音量也提高一些，或者抬手推他两下，将他弄醒。但她不愿意离他太近，她需要与他保持适当的距离。

她又想着，他的睡眠一直轻浅且短暂，很快就会自己醒来。

结果他这一觉，出乎她意料，睡了很久。

待他醒来，整个诊所就剩她和他两个人。

他睡眼惺忪，问她几点了。

她坐在办公桌前，开始麻利地收拢满桌子的资料，并告诉他："快一点了。"

他微微蹙了蹙眉，好似不太相信自己的这一眯眼竟眯去了四个小时，又好似对耽误了她休息而感到抱歉。他起身，将那条一直老老实实盖在身上的披肩挂回到衣帽架上，然后诚诚恳恳对她说："谢谢你。"

她抬眉看了他一眼。

从前，他在她的帮助下，睡上一个好觉之后，她会得来他的一句"谢谢你"。

从前，在得来这句"谢谢你"之后，她会回敬他一句"不必客气"。

如今，她不太想对他说"不必客气"。

她只"嗯"了一声。

他突地抛出与眼下情景不怎么相干的问题。

"你饿不饿?"

她其实是有一些饿的，可她摇头说"不饿"。

他说:"我饿了。一起去吃点东西?"

这前后话中意思，像是他并非关心她饿不饿，只不过是他饿了，于是顺口问问她饿不饿，若是也饿了，正好一起去吃些东西，若是她不饿，那就陪他去吃些东西。

她不想去。她说:"时间不早了，我要回家休息。"

他倒没觉得自己碰了钉子，见她想回家，改口说:"我送你。"

她表示自己有车，不需要他送。

他竟说:"那你送我。"

她惊住了。

他接着说:"我是自己来的。"又说，"没人知道我来这里。"

她很清楚他向来不愿意让旁人知道他的情况，但连 David 都不晓得他来了这里，确实让她感到意外。

她答应送他。

好在是顺路，她不必与他在车内那狭小的空间里独处太久。

他一直不是话多的人，在这会儿，在车里，也很安静。

他没有费唇舌讲自己为何来了上海，也没有过问她的近况。

她能想得到，他来诊所前，早就一如往常把她的情况和诊所的情况摸了个清楚。

反而是她，假装随意地告诉他，自己从不晚上接诊，今晚之所以出现在诊所完全是个巧合，然后才终于问起他，找她有什么事。

就是明知故问。

他找她，向来都是为了能睡着，从前是，现在嘛，从刚才的情况来看，也仍是。

她心里盘算着，若他开口提要重金聘请她为他的心理医生，随叫随到、随时随地跟着走的那种，她一定会拒绝。至于理由，有很多，张嘴就能数出七八条，就算数不出理由，但凡她不想，旁人也逼不成。

可他没有按路数出牌。他说："工作结束后不知道干什么，于是在城里闲逛，正好逛到你那附近，所以上去坐坐。"

中利集团在江对岸，他闲逛能逛到她诊所附近？他的话，她将信将疑，不过也必要没追个究竟。她表示："您应该先打个电话给我。"旋即解释，"我刚说了，我晚上几乎不会出现在诊所。"

他说："我没有你的电话号码。"

其实他也不是一直没有她的电话号码。

大约两年前，他曾给她打过一次电话。

那时正值寒冬，上海下了一场大雪，满城被裹上了一层银白色，煞是好看。

她去参加某位表妹的婚礼，宴席结束后，在驾车返家的路上被后面一辆造型十分粗犷的奔驰越野车怼了一下。对方长得与奔驰车一样粗犷，性子嘛，也粗犷，明明是自己把油门当刹车，却非要怪她不会开车。

白易炜就是在她坐在车里等交警和保险公司的人前来处理事故的时候打来电话的。

她心情不佳，又见是陌生号码，接电话的语气不太友好。

电话那头的人似是疑问了片刻，才慢慢开腔。

"朱小姐，你好。我是白易炜。"

她并非没有听清电话那头的人说了什么，但她有些不敢置信，于是问了句："谁？"

他说："白易炜。"

她顿了一顿，才唤了声："白先生。"

他打电话给她，当然不是为了叙旧。

夏至

他打电话给她,是询问她,能不能继续担任他的私人心理医生一职。

她告诉他,自己早就回上海了。

他说:"我知道。"隔了片刻,又说,"我知道了。"

几日后,她被张妮拉着去参加人潮汹涌的跨年派对,不甚遗失了手机。去补卡的时候,销售员问她需不需要换一个手机号码,未等她回答,又麻溜地拿出一张写满了靓号的A4纸邀请她随便看看。

她换了部新手机,也选了个新的手机号码。

他没再给她打过电话。

她一度以为,他已经找到了第八位心理医生。

5

朱璟自小记性好,三岁以前的不敢吹嘘,六岁以后的许多事,二十几年后说起来仍是记忆犹新。

在这犹新的记忆中,好事坏事各参一半。

她幼时总羡慕别的小朋友,比如张妮,哪怕有天大的事临头,依然能上桌就张嘴吃饭菜,躺床就闭眼入梦乡,等到太阳再次腾空照耀大地,昨日的烦忧、昨日的好与坏,差不多已忘得一干二净。

后来她去美国读书,结识了年长自己七八岁的肖丽娜。肖丽娜那时正在攻读心理学博士。肖丽娜告诉她,干心理学这行的,除了需要有一颗仁爱之心、全面的知识结构、敏锐的观察能力、丰富的想象力和创造性思维之外,异于常人的好记性也是非常重要的一点。

肖丽娜建议她读心理学。

说实在的,她虽然记性很好,可并不喜欢观察别人。

但又说实在的,她不晓得自己喜欢什么。

她读心理学,遭到了朱爸朱妈难得一致的反对,可相隔几千公里的反对,有效性十分有限。

挂牌成为正式医生后,她仍不太喜欢观察别人。她观察的对象,通常是已经确定与自己建立医患关系的人,或是,实在忍不住职业病,才会偶尔观察观察需要并值得她观察的人。

彭立森与她完全相反。

彭立森特别喜欢观察别人,出现在他身边的,无论关系亲疏好坏,都曾被他鼻梁上那副黑框眼镜细细扫描过。他那双并不深邃但十分聚光的眼睛号称是整个诊所,不,整栋大厦里最毒辣的一双眼睛。每隔上半年,他都会免费给诊所里的男男女女们下一份建议书,建议的内容五花八门,总体说倒也算跟得上人物的现实变化,唯独对她,几年来,一直是那两句不着边际的话。

"朱医生,你笑起来特别好看,你应该多笑笑。"

"朱医生,玫瑰到花期了,你想念的人出现了吗?"

当然,没有什么是永远一成不变的。

冬至前,彭立森照例派送免费建议给诊所里的男男女女,照例将她留到最后一位。

彭立森对她说:

"朱医生,你的朋友,就是'那位先生',好像真喜欢你办公室里的那张沙发椅。这一个月下来,我见他在那张沙发椅上睡了三回。这还只是我见到过的次数,肯定还有我没见到的时候。你说他为什么不干脆买一张同款沙发椅放在自己家里?或者,你买一张同款放在你家?他什么时候想念沙发椅了,就去你家躺一躺。"

她啜了一口咖啡,并睨了彭立森一眼。

彭立森轻轻浅浅地笑,接着说:"你和'那位先生'是朋友。朋友去朋友家吃吃喝喝玩玩乐乐,属于正常往来,你不要误解我的意思。"

她有些无奈。

夏至

在白易炜第二次不请自来,且心安理得霸占她的沙发椅,呼呼睡了一觉,又不容拒绝地请她去吃火锅时,她认认真真与他谈了谈。

她开门见山地说:"白先生,我的工作已经安排到了半年后,实在腾不出空当担任您的心理医生。您确实有需要的话,我可以推荐我们诊所的其他医生给您。他们中的许多人都比我更专业,相信一定能够帮到您。"

火锅店里人声嘈杂。

他低着头,手里拿着笔,认认真真勾选着菜单上的各色菜品,对她的话仿佛充耳未闻。

她只好唤他:"白先生?"

他抬头看了她一眼,说了句:"我不需要心理医生。"

她怔了一下。

他紧接着反问她:"我们不是'朋友'吗?我去找'朋友',然后在'朋友'办公室打个盹儿,不行的吗?"

"打个盹儿"这几个字,对普通话讲得略有些吃力的他来说十分绕口,而她听着,也十分别扭。

这十分的别扭,让她一下子没反应过来该怎么回答他的问话。

他倒不是非要等她回答什么,他说:"以前我们不是朋友,但现在是朋友了。"停顿了片刻,加重了些语气,"是你说的,我是你朋友。"

她心里大声叹气。

她十分后悔自己前些天在他第一次出现在诊所时,同前台小妹说他是她的朋友。他们怎么会是朋友呢?她之所以那样说,只不过是因为清楚他不喜欢被旁人当成病人啊!如今可好,成了他拿捏住的小辫子了。

他继续说着:"朋友才能一起吃火锅。"

她从来没想过跟他单独吃饭,更确切地说,从没想过跟他同桌吃饭。在他们保持着医患关系的那两年里,她与David共进过无数次早、午、晚餐,甚至消夜、下午茶也一起混过几回,但她从没见过白易炜吃东西的样子。他只在需要睡个好觉的时候需要她,其余时间,他与她一直泾渭分明。

其实他吃东西的样子与旁人没有什么不同。

他不怎么能吃辣,鸳鸯锅底红色那边,他只敢轻轻沾一沾。他爱吃虾滑、香菜丸子和嫩牛肉,不敢尝试毛肚和鸭肠这等动物内脏,素菜豆腐只需要芝麻酱和香油搭配。

他告诉她,纽约新开了几家火锅店,但最好吃的还是日落公园附近那家。

她知道他说的是哪家。

那家火锅店在她曾经租住的公寓附近。

有次他从摩洛哥出差回来,需要她立即履行职责。她当时正和肖丽娜吃火锅,出现在他面前的时候,她清楚地看到他的眉头蹙得十分难看。

她也知道自己身上的火锅味有多重,所以老老实实换上了管家递给她的白三小姐的旧衣衫。

那是一条枣红色的长裙,款式端庄中藏着一些娇柔妩媚,面料质地柔软厚实,唯一不足是略有些宽大。

她在工作时几乎不穿裙子,那时穿上那条本就不属于自己的裙子,在他面前,仿佛连路都不会走似的,满身不自在。

事实上,他也不自在,只不过他不自在的原因十有八九是从她身上隐隐约约飘荡而来的火锅味。

反正他久久没有入睡,她也久久没有放松心气。

那次是她担任他心理医生那两年里,唯二没有成功让他大脑得到休息的一次。

至于另一次,是她决定结束与他的医患关系那晚。

算起来,也不是她一点都不想继续挣他的钱。

他是个彬彬有礼、慷慨大方的雇主,虽然需要她的时候,她就得以最快的速度出现在他面前,但总的来说,他急切需要她的次数不多,通常都会预留提前量,而且他时常出差,世界各地飞,所以她自由掌控的时间很多。

她之所以决定结束与他的医患关系,是因为有次和David在他别墅附近的河道旁钓鱼时,David有意无意地提起,他的心理医生们任期或长或短,从没有人超过两年。

而当时,她认识David已经有一年零十个月。

David十分舍不得她,并表示自己打算去找白先生说说情,或许能让她成为打破两年期限的第一人。

虽然她记忆力超强,但对当时听到这话的第一反应,如今无论如何都回忆不起来了。

第二反应嘛,自然是考虑后路。

考虑完后路,她向白易炜提出结束医患关系。

她觉得,与其等着被人辞退,不如把主动权掌握在自己手里。

她去找他说这事时,他正在书房忙工作。

他请她等了一等。

她从七点半等到十点多,差点打算将这事咽回肚子里再憋一晚,明日再同他说。

结果她刚打算离开,他就从书房出来了。

他同她说,他想睡觉。

既然如此,她便想着,让他好好睡一觉,辞职的事明日说就明日说吧。

可他躺在床上,眯了一会儿后,突然问她:

"你要跟我说什么事?"

她本是准备了一大串说辞,但他眯眼躺在床上,她坐在床边,前一秒还在助他入眠,后一秒就被他打断了。她一时间吐不出那一大串说辞,硬生生地说了句,想结束他们的医患关系。

他眼皮微动,但未启开。

他问:"为什么?"

她略有些为难，双唇仿佛被胶水粘住了，开不了口。

他终于睁开了眼，用余光扫了扫她。

他说："好。"

6

朱環躺在沙发椅上睡着了。

彭立森敲门，叫她一道去楼下新开的粤菜馆吃白切鸡。

她睡得略有些沉，从沙发上起身后，样子有些迷迷瞪瞪的。

彭立森笑得很玩味，问她："朱医生，最近的夜生活特别丰富多彩吧?"

她看了彭立森一眼，端起桌上的保温杯，"咕嘟咕嘟"喝了两口温水。

彭立森见她没有要搭腔的意思，又拿天气说事："这天色看着是要下大雪了，天气预报还是挺准的嘛。"

她侧头看了一眼窗外，天色略显阴沉，使得江对面那几块巨型电子广告牌看起来格外亮堂。

彭立森故作随意地抬手指了指其中一座大厦上的广告牌，故作随意地叹道："中利集团的广告牌位置可真是好，半个上海的人都能看见。你说他们为什么不放租出来? 放租出来，一天的收入比咱们辛辛苦苦干几年还多，何必一直亮着自家那几个干巴巴的字呢?"

她将水杯放回桌上，又从衣帽架上取了外套穿上身。

彭立森并不觉得自己遇冷，接着说："等下次同你的朋友，就是白易炜先生，下次同他吃饭的时候，我给他提提建议。"

她觉得头大。

夏至

自打彭立森瞄过白易炜第一眼后,就对他格外感兴趣。她一直尽全力避免这二人正面相识,并从旁敬告过彭立森,即便她和他关系不错,时常结伴子共进午餐,但还是请他不要过度关注她的私人生活。

彭立森收到她的敬告后,老实了一些日子。

可老天爷不给力。

二十来天前,她出门办事,回来的时候,前台小妹告诉她,仍是习惯性不打招呼就登门的白易炜和彭立森在会客室。

她下意识地快步冲向会客室,心里担忧像彭立森这等实战经验丰富的老滑头同白易炜独处一室,恐怕不需要一刻钟就能发现端倪。

结果推开门,见那二人竟聊得正欢。

她因给白易炜当过两年私人医生,也算是见过他在一些场合的一些模样,但与人聊得欢畅的他,她见得很少。

她有点怔住了,推开门后,一时说不出声。

彭立森会心一笑,随后对白易炜说:"既然朱医生回来了,那我就撤了,不打扰你们。"

她又有点怔住了,没想到八卦心极强的彭立森会这么自觉离场。谁知,更让她没想到的是,白易炜主动邀请彭立森一道共进晚餐。

彭立森十分无力地推辞了两句,然后告诉白易炜,听说有家私房菜馆的佛跳墙做得特别好,他和朱医生一直想去尝尝,无奈菜馆的地理位置略有些远,工作日的午饭时间又有些赶,而晚上嘛,朱医生基本不应旁人的约,所以要不就趁着今晚去一偿心愿。

白易炜答应好,转头去看她。

她内心是不想这个饭局成,可她若是不去,让他们二人去了,指不定闹出什么麻烦事。

三人开了两辆车去往私房菜馆。

路上,她再次向白易炜提出疑问,他为什么来诊所之前不先给她打个电话。

这回他没有搬出"我闲逛到你们诊所附近,所以顺便上来坐坐"和"我到你们诊所附近谈工作,谈完了顺便上来坐坐"之类的说辞,他很直接地表达自己内心的想法。

他说:"我觉得你可能不想看到我。"

她微微蹙眉,不晓得他这种猜测从何而来。

他接着说:"我好像搞砸了你和你朋友的约会。"

她一头雾水:"什么?"

他坐在副驾驶位上,侧头看了她一眼,提醒道:"上周在罗斯福,我听David说,你和你朋友在约会。我请他送了一支葡萄酒给你们,但结果好像,好像搞砸了?"

他最后一句话的语气带了些疑问,仿佛是在向她求证,是否搞砸了她的约会。

她恍然大悟,沉默了一阵后,说没关系,请他不必在意。

他却觉得她口是心非。他说:"得知这个情况后,我心里过意不去,想向你道歉,但我给你打了两个电话,你都没接,第二天也没消息。"

十字路口遇红灯。

她踩了刹车,然后转头看他。

他也转头看她,眼底里倒真是放了许多诚意。

他说:"所以我觉得你可能生气了,不想看到我。"

她迅速仔细回想了一下那晚的情况。

那晚她和那位相亲对象喝了两瓶葡萄酒,论量,几乎是平分。她的酒量虽然还不错,可一瓶葡萄酒下肚,到底还是会晕头转向的。回家后,张妮给她打了个电话,她简单说了几句就挂断了,然后躺在沙发上,晕乎了一整个晚上。偏巧那晚给她打电话的人还不少,她嫌烦,将手机扔得远远的,以求耳根子清净。翌日上班,事多,也没去注意都有哪些人给自己打过电话。

她对那顿其实也算不上因葡萄酒而砸了的相亲饭最大的感觉,就只是账单让她略有些心塞而已,至于他所说的她对他心生意见,实在

夏至

是没有的事。

她向他解释了一遍没接他电话的缘由,解释完又觉得自己委实没有必要解释得这详细。她心里禁不住后悔,不自觉地叹了声气。

他听她叹气,问道:

"你哪里不舒服?"

她尴尬地否认,随后不得不挑起别的话题来说:"白先生,彭医生是一个特别敏锐的人。我建议您跟他保持一定距离。"

他问:"为什么?"

她委婉地回答:"接触太多,他可能会发现我们的关系。"

他似乎不以为意。他说:"他已经发现了。"

她惊诧极了:"什么?"

他说:"他说我和你是很亲密的朋友。"

她差点被这句话给噎住,缓了一缓,又缓了一缓,随后向他进一步表明:"白先生,彭医生是一位优秀而且好奇心很重的心理医生。我不是说他对别人的事都一定会产生兴趣,可您一直不喜欢别人对您的任何事产生兴趣,所以从您的角度出发,我认为不必同他有过多接触。"

他听她说完一席话,回答道:"我明白你的意思。"旋即,又说,"可我现在已经不是你的病人了。"

他第一次承认自己曾是她的病人,哪怕这一句承认中仍带着些许委婉,这让她突然间不知所措。

好在私房菜馆就在眼前,她不必再与他单独处在这狭小的车内。

那晚吃饭,气氛倒是不错的。

彭立森虽然算是个话痨,但在说什么话以及把话说到什么程度这两点的把握上很到位,席间没有发生任何让人不愉悦的事。

翌日早晨,彭立森买了豆浆和小笼包送到她办公室。

她嘴上吃着彭立森送来的早餐,耳朵听着彭立森夸奖白易炜是如何如何有风度、礼貌,如何如何有见识、见地,一串溢美之词讲完,彭立

286

森看着她,说:"不知道为什么,他这么个人一出现,就好像自带了一种高级感。"

她咽下嘴里的小包子后,带着吹捧的口气说:"彭医生,你可是一位知名的心理医生,住着豪宅、开着豪车、全身名牌,你一出场,许多人也觉得很高级。"

彭立森故意蹙眉:"你挖苦我呢?"

她笑了笑,说:"我表扬你。"

那顿饭之后,彭立森隔三岔五在她面前提起白易炜。

但那顿饭之后,白易炜没再来过诊所。

彭立森表示自己十分想念白易炜,问了她两回,若是她方便,与白易炜见面的时候能不能带上他。他保证吃完饭就闪人,绝对不打扰他们的后半场。

她自然是想要避免彭立森见到白易炜的,但又不能直说,所以总是反问彭立森:

"你是不是想找他办什么事? 有亲戚朋友在中利集团还是有亲戚朋友想进中利集团?"

彭立森知她是有意闪烁其词,便也胡乱说:"想问问他缺不缺女朋友,如果缺的话,想介绍几个亲戚朋友给他。"

她一阵笑。

彭立森脑筋一转,改口问她:"朱医生,白易炜有没有女朋友?"

她果断回答:"我不知道。"

彭立森不信:"你不知道? 你们认识这么多年,你连这个都不知道?"

她反问:"这是别人的隐私,我为什么要知道?"

彭立森推断:"我看他肯定没有。如果有女朋友的话,怎么可能常来找你这个朋友?"

"你这个朋友"这五个字,彭立森故意说得很慢,语调也故意抬得很高,甚至连眼神也装满了玩味。

她敬告彭立森:"请你不要用这种眼神看着我。"

夏至

彭立森却说:"我的眼神折射的是你内心的想法。"

她不想与彭立森多说话。

彭立森哈哈一笑,表示:"朱医生,你要遵从你内心的想法。若与内心抗衡,很难有好结果。"

戴有余与彭立森的意见一致。

在她终于还是没忍住,将近日来自己与几年前医治过,但似乎没有治好的一名病人重新有了一些较为密集的交往这件事告诉戴有余后,戴有余问她:

"你与你那位曾经的病人,现如今是什么关系?"

她想了想,回答说:"朋友。"

戴有余也想了想,然后说:"行为准则暗示我们,治疗期间不能利用身份之便窃取病人的过度信任依赖与情感,但没有规定,医患关系解除几年后不能成为朋友。"

她有点迷茫,又有点不安,心情的繁杂程度就如同当年决定主动辞去白易炜心理医生一职时那般。

她一直很清楚,白易炜依赖作为心理医生的自己,她也一直告诫自己,要恪守着职业道德,尽全力让白易炜依赖的只是作为心理医生的自己。

7

朱環今日胃口不错,一例白切鸡,她吃了大半碟,还吃了不少豉油鹅肠、酿豆腐和菜心。用饭菜填饱了肚子,回到诊所,她是一副昏昏欲睡的状态。

无奈两点接诊,她可不想接诊时自己比病人还晕乎,所以泡了杯浓浓的普洱茶来提神。

茶叶是David送的。

上周，David约她在诊所附近吃午饭，他带了几饼普洱茶给她，并详详细细告诉她生普洱和熟普洱的区别、存放及品茗方法。

她笑说他一个美国长大的半吊子华人，对茶的研究还挺深，随后又好奇在这工作日，他怎么会得空。

David告诉她：

"白先生去香港了，我现在是自由身。"

她端起茶杯喝了口茶水，随口说道："我一直以为他对你的需要是一年三百六十五天、一天二十四小时的那种。"

David哈哈一笑，说："他是个心智成熟的成年男人，不是幼稚园的小朋友。"

她也笑了一笑。

David端起茶杯给她添了些茶，接着说："他最近睡得很好。"

她笑着蹙了蹙眉，问："你趴在他床头检查过了吗？"

David先是怔了一怔，随后发出一阵爽朗的笑声。

这几句简单的对话，让人有种昨日重现的感觉。

从前，就是在她刚成为白易炜心理医生的头几个月，David时不时会同她说，"白先生昨晚睡得很好""白先生最近的睡眠质量看起来不错""白先生今天中午睡了个好觉"。

她那时觉得，白易炜的这位私人助理对自己老板的关心、关注实在非比寻常，不晓得他们之间的关系是不是也非同寻常。

David从她偶尔不经意流露出的寻味眼神中察觉出了什么。

某个周末，白易炜去市区参加商务宴请，David载她去别墅附近小镇上的酒吧寻乐子。

几杯威士忌下肚后，David笑呵呵纠正她脑子里可能已经形成的偏差，表明自己打娘胎出来就只喜欢女人。

她先是一愣，随后哈哈笑起来。

夏至

David又说:"白先生是个很孤独的人,外表很孤独,内心更孤独的那种人。他需要我们的关心、关爱,越多越好。"

那晚之后,David再同她说类似于"白先生睡个了好觉"之类的话,她就开玩笑回应一句,"你趴在他床头检查过了吗?"

她不晓得David是否真的去白易炜床头检查过,但她估计没有,毕竟让白易炜睡个好觉,是整栋别墅上下十来口人最在意的事,人好不容易入梦了,谁也不可能傻乎乎推开门去看一看,万一弄出点什么声响把他给吵醒了,那就真是罪过罪过。

她应该是屈指可数的,见过白易炜准备入睡、睡着了、睡熟了以及刚睡醒这几个状态的人之一。

其实他睡觉的样子也没什么特别的,总归是个常人,即便刚开始微微蹙着眉头,可进入梦乡后放松自在才是常态。当然,有那么几次,他从梦中惊醒,呼吸急促、满头细汗,在昏暗的灯光之下,她总能看清楚他双眼里夹杂着的那些复杂的情绪,紧张、惶恐以及不可置信。

她一直很想弄清楚,他恐惧睡觉的真正原因是什么,她虽不是动刀子的医生,可也与动刀子的医生一样,明白对症下药的重要性。但聘用协议的第一条是,不可以探究他不愿意被人探究的事。以这样的态度来接受治疗,医生们注定只能是当一天和尚撞一天钟。

有次与肖丽娜聊天,她略微流露出了些许烦恼,也略微提了提与睡眠相关的事。

肖丽娜表示:"如果抛开我们的职业,单纯从我个人的角度出发,我认为偶尔睡不着觉很正常,一段时间睡眠不好也很正常。"

她不晓得白易炜是从什么时候开始有睡眠障碍的,但从她是他的第七位心理医生可以推断,这个时长,是几年到十几年之间,也就是说,很有可能在他十几岁,还未成年的时候,问题就出现了。

十几岁就出现的问题,通常与家庭相关。

而他家庭的复杂程度令人咋舌,她离开纽约时,仍没有弄得特别清楚,只是在他的允许下,对与他关系较为亲密、往来较多的亲人有一定了解。

她认定他母亲的病故对他的刺激是造成他睡眠障碍的根源。

这种"认定"来自有一回,她引导他入睡时,提到了他的母亲。只是刚刚提到边角,他就从床上起身了。

他并没有生气或是发怒,但她明显感觉到他不悦。

他说突然想起还有工作没有处理完。他请她去休息,然后自己在书房里坐着。

管家把午饭、晚饭、消夜端进书房,又将它们原封不动地端出来。

她觉得自己这次触碰到了他的逆鳞,也觉得自己大概是要卷铺盖走人了。

翌日早晨,他邀她去林中走走。

时值深秋,层林尽染,美不胜收。

她跟在他身侧走了很长一段路,她摸不准他会说什么,心中忐忑。

那天,他们在林中转了很久,久到她两度以为他迷失了方向。

当她正犹豫着是否应该提议给David打个电话求救时,他领着她从另一个方向回到了别墅。

他说谢谢她陪他散步。

她说不客气。

因为走了太多路,运动量激增,到了晚上,她的下肢浮肿。

David来找她时,她正坐在别墅侧门后的小花园里按压下肢的穴位,想要消消肿。

David递了一支啤酒给她,并告诉她,白先生的母亲生前很喜欢去那个林子。

她问David:

"你怎么知道?"

David回答:"白先生说的。"顿了顿,又说,"我在白先生身边将近七年了,他只同我提到过一次他的母亲。"

夏至

她没压制住好奇心，追问了句："他母亲是患什么病去世的？"

David摇头表示不知。

她与他在林中散步后的第三个月，刚失恋的白三小姐来别墅小住。

失恋的女人，喝点小酒、闹闹情绪，更甚者，嗑点随处就能买到的小丸子来纾解心中郁结，在插着星条旗的土地上并不是特别离奇的行为，加之是亲姐姐，所以即便白易炜不喜欢此等行径，可也从没对白三小姐以及白三小姐邀请来的朋友们流露出过任何的不满。

后来她把他惹恼，是因为他发现白三小姐房里藏了两瓶安眠药。

那是她第一次也是唯一一次见到他发火，更确切地说，是听到他在发火。

姐弟俩在书房里激烈地争吵，旁人都不敢靠近。

因她的卧室离书房最近，所以隐约听到了些他们争吵的内容。

原来他的母亲并不是患病去世，而是用烈酒吞下一整瓶安眠药自杀的，所以即便他再怎么睡不着，也从不吃安眠药。

她猜想，他之所以睡不着，可能是害怕自己会一睡不醒。

在那一瞬间，很不幸地，她对他产生了一种如果恪守职业准则就不会产生的同情心。而在当时，她没有觉得这种心理的产生会对自己造成多大的影响，从利于病患健康的角度出发，她认为自己如同David一般，给予他更多的关心、关爱并无不妥。

后来，她常陪他去林子里散步，有时聊一阵天，更多的时候是彼此沉默，但从不会生出尴尬无趣的感觉。

结束与他的病患关系后，她很快接了几单工作。其实工作完成得挺好，只是她自己觉得自己的状态不好。

她同肖丽娜说想离开纽约。

肖丽娜问她，是离开一阵子还是永远离开。

她答不上来。

肖丽娜又问她，计划去哪里，东海岸还是加州。

她说，想回国。

她说，最近感到很孤独。

她十五岁出国，孤独是她十几年来的常态，她从不害怕孤独，她一直与孤独并存。

可形势在悄然间发生了变化。

她时常梦到那个林子里的景象，春天发芽的树枝、夏天鸣叫的鸟儿、秋天脚踩枯叶的声音、冬天飘着寒冷气味的空气，以及总是走在她左侧的人。

她承认自己是个失败的心理医生，不但没有将病患治愈，还把自己搭了进去。

她也明白逃避并不是勇敢的人应该选择的行为，可说到底，她是个普通人，她也有她的心理问题，在完完全全打破行为准则之前，她可以用离开的方式来扭转局面。

戴有余偶尔会不负责任地说：

"随着时间的流逝，所有的问题都会迎刃而解，如果解决不了，那一定是时间还不够长。"

偶尔也会开玩笑地说：

"逃避虽然不是解决问题的最佳办法，但有时候也算是个不错的办法。前提是，你得先说服自己愿意永远选择逃避，不然到头来，问题还是那个问题，总有一天会重现在你面前。"

戴有余说的没错。

大活人重现后，问题还是那个问题。

而问题好像又不止那一个问题。

夏至

8

"所以问题到底是什么呢?"

靠坐在沙发椅上的大姐扬着一张满是疑问的脸,看向朱璟并问道。

朱璟有些出神。

大姐加重了些语气,唤了声:

"朱医生?"

她缓过劲来,看清眼前的人和景象后,自觉尴尬与歉疚。她这么一个自认为对工作、对病患认真负责的医生,居然在诊疗过程中走神了,实在不应该。

大姐见她脸上一阵红、一阵白,担忧地问:"是不是我的病情加重了?"

她连忙否认,费了好些唇舌向大姐解释,末了,表示自己要对诊疗方案稍做修改,待下次就诊时,再细细与大姐说。

送大姐离开后,她对着此时此刻略显空荡的办公室长吁了一口气。

她很少走神。工作时也好,闲暇时也罢,她向来认为走神不但浪费时间,而且浪费精力,但凡有要走神的迹象,她就随手抽一本书出来看,不管书的内容有趣与否,反正将那些方块字或是英文字母塞进脑袋里,就一定能将神思拉回并紧紧揣在自己手中。

现下,一日中需要同活人打交道的工作已然完成,她可以照常下班回家,或是坐下来认认真真将刚才的诊疗记录梳理一遍,然后修改诊疗方案。

但她不由自主地躺在了沙发椅上。

窗外在飘雪。

雪花很小,但很密集,它们随风而来,落在玻璃窗上。

这是今年的第二场雪。

上一场雪是在小寒后。

那天正巧朱妈从香港来上海出差,母女俩约在一家老字号的本帮菜馆见面。

朱妈二十六岁生的她,转眼间已是年近六十岁的人,虽然穿着打扮时髦,可岁月毕竟不饶人。

朱妈告诉她,自己准备退休,又叹道,若是命好一些的女人,早就享清福了。

朱妈与朱爸离婚后没有再婚,男朋友大概是谈过不少。她不晓得朱妈现任的男朋友姓甚名谁,是否有结婚的打算。她也没问,若是朱妈决定再次成家,是要在香港颐养天年还是会回上海。她只表示自己会供养朱妈,虽不可能达到大富大贵的水平,但要维持朱妈现有的生活并无大问题。

朱妈慢条斯理地舀了一勺蟹黄豆腐送到嘴里,慢条斯理地咽下,幽幽地说:"我不缺钱,也不想花你的钱。我生你养你,又不是为了让你给我养老。"

她默不作声。

朱妈接着说:"我承认,我这个当妈的,没有什么责任心,也比较自私,一直以来,就想着先把自己的人生过好。回想当年,我非要让你去美国读书,不能否认确实有意气用事的意思。你十五岁离家,身边没个亲人照料,孤独委屈无处可说。你如今性子清淡,对人对事常常将自己置身事外,虽然能将自己保护完好,但也少了些烟火气。"

她微微垂下眼帘,静静听着朱妈絮叨。

菜馆的装潢有些老旧,顶灯的光线也昏昏暗暗的。

朱妈连着叹了两声气,又说:"如果可以,我当然期望你去香港,但我尊重你的个人意愿,无论你想怎么过你的人生,我都不会干涉,只要你自己觉得开心快乐就可以了。"

那顿饭吃到快九点。

从餐馆出来时,地面上积了一层薄雪。

有人开了一辆银色轿车来接朱妈。

她站在一旁目送轿车远去。

她不晓得别的母女是怎么相处的,只觉得,这世上的母女们,无论相处方式如何,对彼此的关心、关爱肯定都是真心诚意的。

她在路旁呆呆站了一会儿,然后驱车回家。

雪渐渐变大,落在车子的挡风玻璃上,视线有些模糊。

这时,白易炜打来电话。

白易炜问她在不在诊所。

她认定他是想念她办公室的沙发椅了。

得知她在外,他主动说要去接她。

她表示自己正在驾车。

他又问她去哪里。

她说回家。

他沉吟了片刻,问她:

"能去你家坐坐吗?"

因为下着雪,车主们开车开得小心翼翼,密密麻麻的行列,慢慢悠悠地前行。

她顿了一会儿,告诉他:

"我家没有沙发椅。"

他在电话那头仿佛是哭笑不得。他说:"我不是去睡觉。"又说,"你家附近有能坐坐的地方吗?"

感觉他对"见面"有些执念,她也不好一再击退他的积极性。

他们约在她家附近的咖啡馆。

她比他早到一会儿,选了店中那个不起眼的角落落座。

侍应生问她喝什么。

她本想点两杯曼特宁,又想起他不适宜喝咖啡,也不适合在大晚上喝茶,所以换了杯热鲜奶。

玖 大寒＼救赎

他来时，侍应生正好端了热鲜奶上桌。

他对她的特别关照心领神会。

只不过头一回约在咖啡馆见面，又不像是有具体的事情要谈，所以刚开始那两分钟，谁也不知说点什么好。

她只能用"今天挺冷的"这样的话来打破沉默。

他则回应一句：

"融雪的时候更冷。"

拿天气说了会儿事后，她问他：

"找我有什么事吗？"

他说没有，旋即反问："没有事就不能找你？不能找你聊天？"

她总不好回答"不能"，可聊天这件事没有主题，甚至没有一个可以展开的话题，我尴尬、你也尴尬地四目相对，真是为难人。

无奈之下，她提起David以及David喜好的中国茶。

偏巧他又是个不喝茶的人，几乎插不上话，乖乖当了一回带一双耳朵来听课的学生。

其实她对茶叶也没什么研究，硬着头皮胡扯了一通，嘴巴都讲干了。

她向侍应生要了第二杯曼特宁。

他问她：

"喝这么多咖啡，晚上会不会睡不着？"

她顺口就答：

"咖啡对我的影响很有限，特别当睡意来袭的时候，就算是坐在地铁上，周围吵吵闹闹的，我也能睡着。"

他微微点了点头，表情好似十分羡慕。不过他也有他的可喜之事。他说："我近来没有睡眠方面的困扰。"

她知道，睡个好觉对他而言比银行账户新添了几个零都重要许多。她有意开一开玩笑，表示："也许是上海的水土特别适合你。"

他笑了一笑。

297

夏至

他以前不常笑，倒不是说他这个人有多严肃、有多高高在上或是给旁人以压迫感，他的言行礼貌绅士，只是好像不怎么会笑，不晓得是因为没有让他身心愉悦的事情发生还是天生就不爱扬起嘴角。

他告诉她："我外婆是上海人。她的父亲是一名银行家，内战前将她和她弟弟送到美国求学。她在美国生活了近五十年，上个世纪九十年代初才终于再次回到上海。"

她于是说："那你算是四分之一个上海人。"

他默认。

侍应生将咖啡端上桌。

她端起杯子啜了一口。她以为关于上海的话题到此结束了，没想到他接着说：

"在这次人事调动之前，我来过上海两次。一次是和我外婆，那时候我将近八岁，中文讲不好，那些接待我们的亲人朋友又不会讲英文，沟通起来很麻烦。因为第一次来上海没有遇到什么有趣的事，所以几年后我母亲要带我回上海，我没答应。我跟她说，去加勒比海潜水比回上海有意思多了。"

她心中一直认定他的母亲是他的禁忌，旁人问不得，他也不会说，而此时他看似随意地提起他的母亲，她觉得，或许出于某种原因，今晚的他，是真愿意与她好好聊聊天。

她说："小孩子都贪玩。"

他不能完全赞同。他说："那年我十四岁，也不算是小孩子了。"

她想起自己十五岁远渡太平洋去异国他乡求学，那时也没人将她当作小孩子看待。可在大多家庭里，十四或是十五岁，就是一个还需要周遭众人关心爱护的孩子。

他说："我母亲从上海回来后，一直郁郁寡欢，几个月后，她用一种她为自己寻求来的平和的方式离开了我们。从那以后，我就很讨厌上海。我告诉自己，是上海改变了我母亲，上海是害我母亲选择抛下我的罪魁祸首。"

他说话的语气很平缓,半点激动的情绪都没有,可越是平缓,就越是让人觉得不可轻视。

她担心地唤了他一声:"白先生。"

他抬眼看她,说:"如果你还记得,聘用协议的第一条,写的是,医生不可以探究我不愿意被探究的事。你一定会觉得奇怪,为什么一个人去看病,却又不愿意让医生知道自己病在何处。"

她表示:"对于你不想说的事,你可以不说。"

他不经意地蹙了蹙眉。

咖啡馆里一直缓缓流淌着的轻音乐不知为何在此时停顿了,只剩下窸窸窣窣的人声。他们坐在角落,没人会特别关注这里。

她未曾想过有朝一日,他会同自己说这些她曾很想了解的人和事,她甚至未曾想过有朝一日,他们还会再见面。

可因缘际会,从来都是出乎意料的。

她不晓得,他是将她当成了他曾十分信赖的心理医生,还是一个朋友。

她没有问。在这个时刻,这样的疑问似乎并不那么重要。

9

拥有好记性的朱環对十来天前的那个雪夜发生的事记得很清楚。

她记得白易炜说了很多话,而时间被拉得很长。

白易炜说:"其实我就是在麻痹自己。我在尽全力暗示自己,我母亲是从上海回纽约之后开始郁郁寡欢的,在那之前,她每天都过得开心快乐,并没有总是躲在书房里偷偷落泪。"

白易炜又说:"我是过不了自己心里那一关,我明明知道她的痛

夏至

苦,可我假装不知道。在我们的家族里,伤心难过是不可以展示在众人面前的,把伤口亮出来让别人看到,是很愚蠢的事。我从心底里认为,我母亲也不应该在人前示弱,她衣食无忧,想要什么就有什么,无论她愿意与否,她呈现出来的样子必须是一个安心家庭的贵妇人形象。"

白易炜还说:"我很想梦到她,又很害怕梦到她,我害怕她在梦里责怪我。这就是我长久以来没办法安心睡觉的原因。"

那一串接着一串的言语,仿佛是他的自白,是他的忏悔。

戴有余常说,除非是真的精神有问题,其他大多数来看心理医生的人,通常是解不开自己心中的结,而这大多数人中,一部分人是自己不懂如何解结,一部分人是就爱钻牛角尖,还有极少一部分人是"明知故犯",用"明知故犯"来逃避内心的恐惧。

显然,白易炜是明知故犯。

又显然,明知故犯的白易炜决定拨开云雾见青天了。

他们坐到咖啡馆打烊。

屋外还在下雪。

雪花很大,还很密集。

侍应生将店里唯一的雨伞借给他们。

咖啡馆离她家只有几百米,但因为积雪厚重,每走一步都十分艰难。

他撑着伞,为她遮去了全部飘雪,而自己则因为与她保持了礼貌恰当的距离,致使左肩上落了一片白。

空气实在寒冷,刺骨的风迎面吹来,冻得她鼻子一阵不适,禁不住打了两个喷嚏。

他又将伞往她那边倾斜了一些,想要为她挡一挡风。

她见他半个身子都暴露在了风雪中,心里过意不去,于是主动往他身边靠近了些,又将伞扶正了些。

她说:"雪融在衣服上很冷的,别感冒了。"

不晓得他晚饭是与谁一道,大概是去了某个正式场合,因为这样的冷天,他没有穿大衣,只有一套毛料西装傍身,领口露出的白色衬衣看着就很单薄,风度是翩翩了,温度毫无保障。

他说:"不会感冒的。"

结果翌日上午,他给她发信息,说自己感冒了。

她也感冒了,脑袋晕乎乎的,眼睛发胀发痛,想要睁开来保持清醒竟成了一件难事,好在是周六,她可以在家卧床休养。

临到午饭的时间点,接到David的电话。

David告诉她,自己正在她家楼下,带了可口的食物来与她分享。

可口的食物是咸鸡粥、糖醋排骨、熏鱼、煮三丝和白灼菜心。

她边吃着东西边与David聊天。

她没有问David为何会这么凑巧前来,她又不是傻子。

David提起了白易炜。

David说:"昨天白老先生从洛杉矶来了,白先生今天在陪他。"

她随意地点了点头。

饭后,她又吃了颗感冒药。

这小小一颗药丸,催眠效果好得出奇,她倒床眯瞪过去,再醒来时已是晚上八点多。

她出了一身汗,下床后去洗了个暖和的热水澡。

如此一来,精力恢复了大半,觉得有些肚饿。

她不太在家里做饭,橱柜和冰箱里可供食用的东西十分有限。她打算给自己煮一包方便面,再加两个鸡蛋。

刚把面饼放进烧开了水的锅内,手机响了。

来电人是白易炜。

他问她在不在家。

她拿着筷子将被开水煮得半发的泡面分散开,并告诉他在家。

他说,自己在她家楼下,又说,自己在这附近吃晚饭,路过水果店时想起她感冒生病了,于是买了几样水果,想送给她。

夏至

其实他也感冒了，但不知道是因为要陪白老先生所以身体里的细胞们都在顽强地支撑，还是因为他身体素质过硬、自愈速度惊人，反正她开门见到他的时候，觉得他的精神状态特别好，只不过声音较之平时略有些低沉。

他问："你在煮方便面？"

方便面的气味确实很有穿透力，她没有办法不承认。

他于是说，自己晚上没吃饱，能不能多煮一碗。

她以为像他这样的人是不会吃方便面的。

但事实上，他对方便面似乎还挺喜欢，将一碗面尽数吃完，还意犹未尽地喝了两口汤。

填饱肚子后，他礼貌地询问她是否有漱口水。

到底还是金贵人家，不愿意让泡面的气味在嘴里多待一秒钟。

她收拾完餐桌厨房，洗了一碟他刚买来的草莓。

他吃了两颗草莓，随后起身，表示时间不早了，就不打扰她休息了。

他这一来一去，显得礼貌轻巧，可弄得她半个晚上没睡着。

她被什么困扰着，而挣脱开这份困扰，只有靠自己。

翌日去诊所上班，她脸色有些难看。

彭立森说："朱医生，你的模样有些憔悴啊。"

她表示自己感冒未痊愈。

她的这场感冒，拖拖拉拉到第四天才好利索。

那日上午，覆盖在城市各处的雪开始融化。

为了避免再次受冻，她穿得十分厚实，还在脖子上缠绕了一条质地暖和、颜色也发暖的羊绒围巾。

彭立森说："朱医生，你今天很像一只毛绒玩具。"

毛绒玩具那么可爱，她这么一个从面上到心里都冰冰凉的人怎么会像呢？

她勤勤恳恳工作了一日，到傍晚准备下班时才去看手机。

朱爸给她发了两条信息，提醒她明天是阿姨生日，记得一定要留出晚上的时间，一家人和和睦睦吃顿生日饭。

张妮也给她发了两条信息，内容是抱怨总部来了一群眼睛长在头顶上的大爷，将他们的工作从头到尾挑剔了一遍，连当家的老板都没能幸免于难。张妮有点为老板鸣不平，毕竟老板来此地不过三四个月而已，不应该将一整年的锅都扣在他脑袋上。

再就是几条与工作相关的信息，一条扣缴房贷的信息，以及来自白易炜的一句问话。

"晚上有时间一起吃晚饭吗？"

收到信息的时间是四点半，距离此时已过去一个多小时。

她认为他这几天应该是很忙的。

那晚送水果之后，他没有找过她，信息都没有，她自然不会去打扰他，事实上，这几个月来，她基本没有主动找过他。她总觉得，他实在要将自己当成一个介于心理医生和朋友之间的人，那也就由他，可她不能由着自己去主动模糊他存在于她生活中的位置。

或许，她已经到了必须同他坦诚聊一聊的程度，犹如前几天他那般坦诚。

她给他回了条信息，解释自己刚才在忙，没顾上看手机。

他很快打来电话，说自己在她诊所附近，一刻钟内能赶到。

她觉得，他每次来找她，都是单枪匹马，从不带司机，也从不自己驾车。

为免撞见彭立森，她请他在大厦拐角的路口等自己。

许是同她一样怕再次受冻，他今天穿得也很厚实，深灰色的毛料西装外套了一件同色系的大衣，一只手插在裤兜里，另一只手拿着那晚从咖啡馆借来的黑色长雨伞。

他向来习惯穿深色系的衣裳，无论春夏秋冬，她未曾在他身上见过绚丽的颜色。他也常穿西装，不是彭立森偏爱的休闲款，是那种须得系领带或是扎领结、落座时又须得解开一两颗扣子才舒展好看的款式。

她从前就认为,他很适合穿西装,他穿西装很好看,今日远远瞥见,仍一如既往那么好看。

她不由得叹了口气。

但凡一件事有甲方乙方,哪怕不是针锋相对,仅仅是闲谈,也总难免需要分出一个主次或高下,而他才一出场,她便感觉自己在气势上已然落了下风。

她有点发蔫儿。

他提供了几个晚餐的好去处供她挑选。

她说:"天冷,吃火锅吧。"又觉着他声音仍旧带着嘶哑,想必他患上的感冒还没有好利索,于是又说,"海鲜火锅。"

海鲜火锅清淡,适合他,她若想吃重口味,自己调一碟子辣椒酱就行。

只不过她确确实实发蔫儿,即便将煮好的食物裹上满满一层辣椒酱,味蕾也依旧没有被刺激起来。

他问她是不是遇到什么事。

她摇头否认,但过了一阵,她又承认自己遇到了难事。

她说:"白先生,我思考了很久,认为有些情况我必须同你坦诚地讲清楚。"

10

朱瓛与白易炜面对面坐在海鲜火锅店风景极佳的包间里。

包间的玻璃窗很亮堂也很厚实,窗外车水马龙的声音一点都没透进来。

待她话音落下后，包间里只剩各自面前的小火炉发出的沸水煮食物的"咕嘟"声。

他的表情略有些惊诧。

她不想细细观察他表情的变化，一鼓作气地说："如果我的判断力还没有失常，那么我可以这么认为，你现在对我很信任。不，应该说，在我成为你的心理医生之后，你开始信任我。这种信任有助于我了解掌握你的情况，同时也有助于你睡眠障碍的缓解。在你渐渐信任我，很信任我之后，你对我产生了一些依赖之情。这种依赖感情的产生，你自己可能很难察觉。你或许只会感到，跟我相处很舒服、很自在，能卸下一些心理包袱，你甚至可以随时在我的办公室睡着，所以你想与我成为朋友。可我作为一名心理医生，是不可以利用你对我职业上的依赖感情而与你成为朋友的。"

她的语气十分平缓。她几乎不会在与人交谈时带上多余的个人情绪，她只想保持平静地向他叙述一个他大概是忽视了，而她不愿意再忽视的情况。

他认真听完了她的一席话，只说："三年前，你就不是我的心理医生了。"

她并不认为三年的时间能将过去与现在完全隔断开。

"可你现在愿意跟我讲你的内心，讲你的从前，都是基于我曾是你很信赖的心理医生。况且在两年前，你不是还找过我，希望我继续当你的心理医生吗？"

他似是想否认，可仿佛又不晓得要如何否认，半晌只憋出一个字："我……"

她微微低下眉眼，不再看他。她说："其实我想过的，就是不去在意我们从前的关系，顺应眼下的发展，成为朋友，或是成为对彼此重要的人。"说到"重要的人"这几个字时，她终于还是没忍住，在声音的起伏上泄露了自己想要藏起来的情绪，这让她心里突然产生了少许慌乱。但短暂的慌乱之后，她很快镇定下来，接着说，"可我不想欺骗你，

夏至

更不想欺骗我自己。"

他一直看着她。

在他的目光与她的脸庞之间，不断升腾起一层层单薄的热气。

热气也模糊了她的眼睛，然后模糊了他的脸庞。

她肚子里本还有许多话，而那些已经排列到了喉咙眼上的许多话，她自觉通通是讲不出了。

她只能轻叹了一声，说了句："对不起。"

半个小时后，她驾车停在某个繁华的十字路口。红灯、车尾灯、路灯，全都映入她的眼底，她扭头想要避开那些光亮，目光却又撞到在车内安安静静躺着的那把从咖啡馆借来的雨伞上，她这才恍恍然反应过来自己不知在何时落了泪。

她不常落泪，尤其成年之后，就更少。

当然，她也有过常常落泪的日子，是刚到美国的那半年。不过她尽量克制自己不在人前落泪，总是悄悄躲在某个无人打扰的地方偷偷哭鼻子。其实她挺羡慕那些受了一点半点委屈就能立马掉眼泪的人，羡慕他们能当即释放不良情绪。

回到上海这三年，她一滴眼泪都没掉过。

她的日子过得简单平淡，没有遇到任何值得伤心落泪的事。

只有一回。

当时张妮失恋，她陪着喝了酒，然后蜻蜓点水一般提到了白易炜。

她当时鼻子发酸，眼眶也温热湿润，可她到底还是成功地将泪水关在了心里。她感到一些些可惜，感到一些些遗憾，还感到一些些难过。她甚至在心中假设，如果他不是她的病人，如果他对她的信任依赖不是因为她是他的心理医生，那该有多好。可正是因为他病了，而她恰巧是能抚慰他心灵情绪的医生，她才得以认识他。

两年前，接到他电话的时候，她心中是有过动摇的。

她告诉他，自己早就回上海了。

他说他知道。

那一刻,她差点脱口而出,想告诉他,虽然是回上海了,但如果他确实需要,她可以去美国,马上就去。

他不可能知道,在与他结束医患关系、不再有任何交集的那一年多时间里,她其实很想念他。

但她最终没有将心底里的话说给他听。

她打开了车窗。

霎时,大雪伴着冷风灌进车内,也灌进她的脑子里。

她需要时刻保持清醒。

抬手抹掉眼泪后,朱環驱车到咖啡馆。

她将雨伞还给了咖啡馆的侍应生,然后回家洗了个热水澡。

她打算等明天的太阳升起来后,去商场挑选一件合适的首饰送给阿姨当生日礼物,然后请阿姨、朱爸和朱瑄吃顿晚餐。晚餐时,她会关爱朱爸的身体恢复情况,会关心阿姨在食物上的喜好,也会尽可能地满足朱瑄的小愿望。

不过,关于朱瑄想入职中利集团的愿望,她除了一五一十转告给张妮外,别无其他动作。

她仍在恪守保密原则,不让多余的人知道她和白易炜曾有过的、后来又有了一些新发展但已戛然而止的复杂关系。

她没有刻意同David或是彭立森表明,自己主动跳出了与白易炜的交际圈。

她能想象得到,David一定会说:"白先生需要你。"

也能想象得到,彭立森一定会以朋友的身份以及从职业角度对她追根究底。

她欣然收下了David莫名其妙送的茶叶。

也不阻止彭立森有意无意将话题往白易炜身上扯。

她过了几天看似很寻常的日子。

他没有找过她。

她认为,他大概是被她坦诚的言语点醒了,他大概幡然醒悟了吧。

今日，又下起了雪。

不似鹅毛，但密集得很，入夜后，它们毫不客气地将各处染上了一层银白色。

朱環将重新修改过的诊疗方案保存完好后，准备回家。

彭立森还在勤勤恳恳地接诊。

前台小妹趴在桌台后偷吃着香脆的锅巴，见她走来，连忙抹了抹嘴，与她说再见。

她亦对前台小妹说了再见，又提醒她，室内暖气干燥，吃锅巴要多喝水。

室内暖气不仅干燥，而且很温暖，与室外刺骨的冷形成强烈的对比。

昨日朱瑄将她的车借走了，她今早是乘坐出租车来上班的。这会儿出了大厦的门，一时拦不到车，那寒风穿透了她身上厚重的衣衫，冻得她瑟瑟发抖。

她边往道路外沿走，边期望着快些来一辆车。

待她行至路边，还真有一辆车朝她驶来了。

是一辆高档轿车，不偏不倚停在她跟前，副驾驶位的玻璃窗缓缓放下。

坐在驾驶位上的人唤了一声：

"朱環。"

11

走出机舱时，白易炜的身体不由自主地打了个冷战。

几个小时前,他在阳光明媚的香港,穿着丝薄的长衫陪着年逾九十但精神矍铄的白老先生喝下午茶。

几个小时后,他回到风雪交加的上海,身裹着厚实的羊毛西装,抵御不了寒冷。

David驱车来接他。在出闸口,David将一件轻薄柔软的羊绒大衣送到他面前。

他接过羊绒大衣,并对David说了声"谢谢"。

他常将"谢谢"二字挂在嘴边,无论对方年龄长幼、身份高低、职业分工,这是他自小从他母亲身上学来的礼貌。

他母亲曾是一位在纽约的华人圈中名气很大的淑女,想求娶他母亲的绅士之多,据他的一位姑母说,能绕中央公园整整一圈。

他母亲自然是美丽动人的,而且大方得体、善良友爱。家中人员关系错综复杂,几位叔伯姑母间时常相互倾轧,可没人说过他母亲半句不是,所以当他母亲决然离世时,众人既惊诧错愕又惋惜遗憾,连一向心肠很硬的白老先生都难过得几日未进食,在随后的两年里,也仍时不时将怨气撒在他的父亲身上。

他的父亲是白老先生第二任妻子所生,家中第三子,在美国出生,在美国长大。他不晓得他的父亲究竟是如何俘获他母亲芳心的,在他有机会弄清楚的年月里,他不关心,等他想去了解时,母亲已然离世,而他的父亲禁止他提到他母亲。

他母亲的死,对外宣称是病故。

其实也不算是胡诌。

据后来家庭医生们的分析,他母亲在很久之前大概就患上了抑郁症,只不过无人知晓,毕竟他母亲从未向医生求助,毕竟家族中人总是关心自己较多,对旁人的关注则少得可怜。

所有人,包括他,都在疑惑,一个儿女双全、家庭内部关系融洽,在外光彩照人、丰衣足食的女人,有什么可抑郁的?

这个问题困扰了他许多年。

夏至

当然，他并不是时时刻刻关注这个问题，通常他会克制自己，不去想他母亲。可一旦他想到了这个问题，他就会在那一段时间内陷入混沌迷茫，睡不着觉，也不敢睡着觉。

白老先生的孙辈众多，他本不是最得关注的一个，可因为他母亲亡故，反而让他成了白老先生心尖尖上的人。在他二十岁前，白老先生请了全美最好的心理医生每个季度为他做一次评估，评估结果一直较为正常，所以二十岁后，他拥有了自己选择心理医生的权利，而二十五岁后，又拥有了可以不需要心理医生的权利。

在选择朱環成为自己的心理医生之前，他远离心理医生已有大半年之久。

如果他没有第二次到上海，或许他与朱環就没有认识的机会。

他倒也不是专程去上海。

他是回国参加北京组织的一个重要活动。

那时在上海执掌大权的，是他的堂哥白易裕。

白易裕先是礼貌地邀请他来上海吃喝玩乐，他没答应，白易裕就搬出亲情来威逼他，说他小时候总像个跟屁虫一样跟在自己后边，自己从不嫌他烦，有好吃的、好玩的一定领上他，特别是在他十四岁那年，力排众议带他去加勒比海玩乐，牺牲了泡妞的时间教他潜水摸鱼，现如今他长大了、翅膀硬了，就忘了从前的情谊，特别是，当年明明就是他撺掇自己来的上海，结果来了几年了，他竟一次都没来探望慰问过自己，实在是没良心。

其实白易裕就比他大两岁，两人之间属于结伴玩乐，根本算不上谁领着谁。可白易裕向来喜欢一本正经地胡说八道，倒显得他好像很不讲感情似的。

他只好挤出两三天时间去上海。

他在孩童时期，曾陪外婆来过上海，那次，他母亲本是要与他们同行，可临走前的两日，不幸小产，只能卧床休养。他不记得自己是否表示过要留下来陪伴母亲，他估计，大概率是没有说过此类话。

他自幼随父母或是被叔伯姑母带着去过一些国家游玩度假，但还从未踏足过中国大陆。

外婆告诉他，上海是她这一辈子魂牵梦绕的地方。他那时八岁，中文造诣与土生土长于中国大陆的三岁小孩差不多，完全不理解"魂牵梦绕"这个词，于是外婆换了一个说法。

外婆告诉他，上海是一座特别有魔力的城市。

他虽不是玩心特别重的小朋友，可对于"魔力"二字，脑子里蹦出的第一个念头就是，像迪士尼电影开头的那座能被魔法棒点亮的城堡。

他对上海之行抱以很高的期待，可结果并不如他的想象。

他认为上海的建筑物没有纽约的高大美观，食物的味道过于甜腻浓稠，城市里到处都在修路修高架，从一个地方去到另一个地方总是要在车上晃悠很久很久，尤其是那些围绕着外婆和他的亲人们，总是讲着他很费劲才能听懂一点的普通话和他费再大的劲也听不懂的上海话。

乘兴而来、败兴而归，是他长大一些后，对人生第一次上海之行的总结。

所以几年后，当他母亲邀他一同回上海，他毫不犹豫地拒绝了。

在他母亲离世之后的第六年，他得到了能自行选择心理医生的权利。在接受那位心理医生将近两年的帮助后，心理医生向他提出了一个问题。

是个比较寻常的问题。

心理医生问他，有没有特别想去弥补的遗憾。

他几乎是在一瞬间得出了答案，他想陪他母亲回上海。可这个遗憾，终生都只能是个遗憾了，没有办法可以弥补。

他结束了与那位心理医生的交流，然后形成了一个惯例，往后的每一位心理医生，任期都不超过两年。

时隔二十多年，他在一个细雨霏霏的夜晚，第二次踏足上海。

随着中国发展势头越来越迅猛,中利集团在大陆投资也越来越多,渐渐有了与纽约总部分庭抗礼的架势。他的哥哥姐姐甚至弟弟妹妹们,都在明里暗里争夺这边的话事权。

他和白易裕是唯二对此没有表现出任何兴趣的人。

白易裕早年向白老先生隐晦地表达过自己的人生愿望,就只四个字:混吃等死。白老先生儿子孙子众多,一个不小心,出了这么一个没有拼搏进取意识的孙子,倒也不是让人特别闹心的事。甚至拥有这等心态的白易裕还很得白老先生的喜欢。白老先生时常将白易裕拴在身边,时间一长,竟成了白老先生发号施令的传话筒。

白易裕时常借此在他面前耀武扬威,暗示他一定要尊重作为白老先生发言人的自己,最好是能将他赚的钱多分些给自己,毕竟自己在集团里空挂了个虚职,个人财富累积的速度不是很合心意,怕是不能在三十五岁时过上彻彻底底"混吃等死"的逍遥人生。

他向来是尊重白易裕的,从年龄上,他称呼白易裕为"五哥",从私人感情上,他也很感激白易裕多年来对他的真切关爱。

鉴于白易裕对个人财富累积的速度不是很满意,他建议白易裕去上海挑大梁,不出几年定能达成他的人生愿望。

兄弟俩坐在自家酒吧里,边抿着环游世界的白三小姐从俄罗斯寄来的难以下咽的烈性伏特加,边相互调侃。

白易裕开玩笑说,除非白老先生犯迷糊了,才会派自己这么个不求上进的人去上海掌事。

结果,被派去上海的人,正是自称不求上进的白易裕。

家中众人惊得下巴都要掉了。

白易裕对此十分犯难。犯难的,并不是担心自己不能胜任此职,而是平日里与自己交好的兄弟姐妹们霎时间将自己当成了"扮猪吃老虎"的心机小人,真是叫自己好生失望又好生委屈。

他宽慰白易裕,别人怎么看不重要,重要的是,个人财富很快就会成倍累积起来了。

其实在派白易裕去上海的这个决定宣布之前,白老先生和他的父亲曾找他细谈过。

白老先生的第一意愿是派他去上海,而他的父亲自然希望自己的儿子能成就一番令集团上下刮目相看的事业,乃至最后,得以继承白家大统。

可他拒绝了。

他不想去上海,哪怕上海有金山银山,他也不想去。

白易裕到上海后,时常与他联系。

白易裕告诉他,上海云集了全国各地的美女,环肥燕瘦,各有风情,真真是叫人眼花缭乱、春心大动。

他则回应白易裕:

"五哥你若是打算与某位佳人结婚生子,爷爷一定会往你账户上存一笔丰厚的奖金。"

白易裕又连连否认,说什么一个人的生活自在逍遥,成家这种束缚人的事,能避则避。

白易裕在上海的日子,确实很逍遥。

他总能在一些莫名其妙的时间点收到白易裕传来的简讯图片,图片中的白易裕在上海各处吃喝玩乐,去度假的感觉多于去工作。

他被迫通过白易裕的讲述和各色图片对当代的上海有了一些了解,然后不自觉地想要通过那些有限的图片和白易裕支离破碎的讲述去寻找他当年并不喜欢、现如今弥足珍贵的一切。

他第二次到上海,白易裕亲自去机场接他,并给他安排了两天三夜的、无缝连接的、丰富多彩的活动。

他人生头一回觉得,玩乐竟比工作要辛苦得多。

到第三天中午,他实在没精力了。一顿杭帮菜后,无论白易裕说得如何天花乱坠,他都执意要回酒店休息。

他自两点睡到五点多,直接导致了晚上久久不能入眠。

其实在远离心理医生的那大半年里,他也有过久久不能入睡的情

夏至

况,但寻常人都会有失眠,他一个本就有睡眠障碍的人,偶尔睡不着,不必大惊小怪。

很可惜,回到美国后,这个"偶尔"很快变成了"经常","经常"又很快变成了"几乎每天"。

David从旁小心翼翼询问他,是否需要去物色一个妥帖合适的心理医生。

他没有明确回答需要还是不需要。

David在一周后将四位心理医生的资料放在了他桌上。

朱環的资料摆放在最后。

12

其实朱環并不是白易炜第七位心理医生的第一人选。

第一人选是一位从医三十年的德裔美国人,后来之所以会落到朱環身上,主因在他的亲姐姐白三小姐身上。

白三小姐认为他选择心理医生的标准一直停留在四十五岁至五十五岁之间的白人男性身上,而这些名誉加身、号称医技了得的、胡子拉碴的老男人们,一个个心安理得地接受他发给他们的高额薪水却一个个都没能成功将他治愈。

白三小姐将自己请私家侦探搜集来的关于朱環的一切能搜集到的资料摆在他面前,并显示出一副强硬的姿态,迫使他做出改变。

比起他从前的那些心理医生,朱環的履历单薄得可怜。

他不是一个特别看重资历经验的人。

他决定见一见朱環。

他第一次见朱環,是圣诞节后的一个周日。

玖 大寒·救赎

司机去市区接她来他常住的别墅，结果车子在半路抛锚，David重新驱车不急不缓地将人带来，而他那时因为突然闪现了来之不易的睡意，所以没能在第一时间与她碰面。

那日，他大概是睡到了三点。起床后，他询问管家她在何处。

管家告诉他，她在偏厅。

他在快要行至偏厅门口时，听到她在与人讲话。

她讲的是上海话，他不太能听得懂上海话。不晓得是因为对电话那头的人没有什么感情还是因为生性如此，她讲话的声音并不软糯绵密，反而透着满腔的干脆清冷。

他不由自主地往前走了两步，正好能瞥见她的侧影。

她穿的是一套杏色的衣裳，刚过肩的黑发全都被束于后脑下方。因为光线的缘故，以他站的角度，不太能看得清她的具体模样。不过在此之前，他已经见过一些她的照片。那些经由私家侦探通过各种渠道搜集来的照片，绝大部分是她在各个求学阶段的毕业照，只有那么几张是她近期的生活照。

她大概是个不爱笑的人，这是他在看完所有照片后的第一感觉。

后来的事实也证明了他的第一感觉，她确实不爱笑。

他认为，若是有人得了她一个因故不得不勉强挤出来的笑容，可能会宁愿不要，免得因她这种敷衍不走心的表情而感觉受伤。

白三小姐曾因朱璟的不爱笑有过两次微词。

白三小姐认为，只有性格开朗、豁达快乐的心理医生才有可能治愈别人。

白三小姐撺掇他换掉朱璟。

他没同意，理由是，连白老先生都在几年前就不干涉他挑选心理医生的自由了。

白三小姐因此发了一场脾气，将近一个月没联系他。

后来不知怎么，大概是从David那儿打听了虚实，白三小姐得知了，他在朱璟的帮助下，几乎每天都能睡个好觉。

夏至

白三小姐没再提换掉朱環的事。

一年多后，朱環离职，白三小姐为此提前从夏威夷飞回纽约。

白三小姐问他："没有朱医生，你能睡上安稳觉了吗？"

他没吱声。

白三小姐又问他："她为什么要离职？"

他还是没吱声。

白三小姐于是长叹了一口气，说："也好、也好。长期依赖心理医生，总不是什么好事。"

他自然也知道长期依赖心理医生不是好事。

所以自朱環后，他没有再找第八位心理医生。

家中的知情人都以为他的睡眠障碍问题被治好了。

只有日日跟在他身边的David知晓，他仍会有睡不着的时候，只不过情况的的确确比原先要好许多。

两年前的冬天，他去新加坡出差。日程被安排得满满当当，他明明周身困乏，躺在床上时却怎么都睡不着。

一连几日下来，最后病倒了。

医生给他打了一针镇静剂，他在镇静剂的帮助下，睡上了一个整觉。

他醒来后，David隐晦地向他提议，将朱環请回来。

他没有表态。

但晚些时候，他给朱環打了一通电话。

当时的他，心中忐忑，在她没有第一时间听出他的声音后，这股忐忑之情愈加浓烈。

他问她，能不能继续担任他的私人心理医生一职。

她告诉他，她早就回上海了。

他对她说："我知道。"

他当然知道她在上海，他还知道，此刻的上海正下着大雪。他没见过下雪的上海，他不晓得上海的雪在她的眼中与纽约的雪会不会不同。

然后他知道了，她不会继续当他的心理医生。

在她离职后的一年里，他曾认认真真思考过两次，为什么她会主动跟他提离职。

是薪酬不够高？是自由受到了限制？还是他太难相处？

直到某天，David无意提起，自己曾同朱璟讲过，在她之前的六位心理医生，任期或长或短，都没有超过两年。

于是他一直告诉自己，她之所以主动离职，是不愿意被辞退。

关于他是否会在两年之期到来时辞退她，这是一个没有现实答案的疑问。

他将这个疑问放在了一旁，犹如对那个无法弥补的遗憾一般，存在身体里的某一个角落，虽然偶尔想起时会有些抓心挠肺，可反正是放不下又抛不去的，也只能由着它们偶尔来抓自己的心、挠自己的肺。

自称"万花丛中过，片叶不沾身"的白易裕，有一回差点看穿他复杂的心绪。

那是在一年前的冬天。

白易裕从上海回洛杉矶陪白老先生过圣诞节。

他从纽约飞洛杉矶。

他的航班比白易裕的早一个多小时落地。他绕道去国际航班到达口接白易裕。

与白易裕同乘一趟航班的，大多是中国人，男男女女、老老少少。

其中，走在白易裕左前方的那位穿着杏色大衣的女士，他乍一眼看去，险些误认成了朱璟。

连他都看岔了眼，那白易裕自然比他岔得更多。

白易裕远远地就猛朝他使眼色。

他接收到了白易裕的信号，摇了摇头，待那位女士与自己擦身而过，白易裕行至自己跟前，他对白易裕说："不是她。"

白易裕故意"嘿嘿"一笑，问他："你怎么知道我是什么意思？"

夏至

其实白易裕一共也就见过朱瓒两次。

一次是在朱瓒成为他心理医生后第二年的初夏。

白易裕从上海回纽约汇报工作。

工作结束后,白易裕十分不客气地邀了几位关系要好的朋友去他的别墅度周末。

通常情况下,有外人去家中时,他会提前告知她,请她回避一二。但那次事出突然,他忘了。

一行人去到别墅时,她正在花园里拽着一根大水管帮花匠浇水。

白易裕笑问他:"什么时候请了位赏心悦目的园艺师?"

他不便介绍她的身份,只能说:"她不是园艺师。"

她距离他们本只有几米远,但大概是因为见着了生人,而他的表情传达给她的讯号又像是距离可以再远一些的意思,于是她故作自然地拽着大水管越走越远。

白易裕见美人竟这样走远了,不甘心地打趣他:"不是园艺师,难道是女朋友?"

他看了白易裕一眼,没吱声。

待管家领着朋友们去房间安顿,他告诉白易裕,她是他的心理医生。

白易裕一脸惊诧,不自觉地摇了摇头,笑叹道:"你竟然改变了择医标准!"

他打算在外人面前给她安一个合适的身份,但当他准备去找她商议"从上海来的、暂住此地、白三小姐的朋友"这个身份是否合适时,管家告诉他:

"朱小姐刚刚离开了,她说自己要回市里办点事,过两天回来。"

她倒是很理解他的难处。

白易裕第二次见到朱瓒,是在朱瓒向他提出辞职后。

家中有妹妹大婚,白易裕从上海回纽约参加喜宴。

他因工作抽不开身,请David去机场接了白易裕到别墅。

他九点回到别墅时,白易裕、David以及朱環刚吃完晚餐。

白易裕邀他一起享用饭后水果。

他们在偏厅聊天并吃些水果。

那是他头一回见到吃东西的朱環。

他时常出差,国内国际到处飞,也时常在办公室忙到深夜而干脆趴在桌上小憩,有时还会去洛杉矶陪白老先生小住几天,因此,一年下来住在别墅的时间只得一半。第一年的一半加上第二年的一半,在他和她共同生活于一栋别墅的一年时间里,他从未与她坐在同一张桌上进餐。

他们的作息时间不太相同。

他们的口味,基于David的描述,大概也不太相同。

而最重要的是,她似乎没有与他共进早、午、晚餐的意愿。

除开必要的工作,平日里的平常时间,她与他的交流少得可怜。

她不像他从前的那些心理医生,总喜欢时时刻刻关注他的一举一动并见缝插针地窥探他的内心,她将第一条准则记得很牢,从不去探究他不愿意被人探究的事。

13

白易炜认为,只见过朱環两次的白易裕之所以对朱環的印象很深,原因有二,一来朱環是自己聘请的第一个也是唯一一个女性心理医生,二来,诚如白易裕所言,朱環令人赏心悦目,而白易裕向来习惯将赏心悦目的美人记挂在心。

上车后,白易裕饶有兴致地提起那位与自己搭乘同一航班、形态模样与朱環有几分相似的女人,又问他,朱環现今在何处。

他说:"上海。"

白易裕很惊讶,问道:"她回上海了? 什么时候回去的?"

他答:"有两年了。"

白易裕更惊讶了,感叹上海地广人多,自己竟一次都没有遇见过朱環,旋即问他:"有没有她的联系方式? 等我几日后回上海,找她聚一聚。"

他看了白易裕一眼,语气沉沉地疑问:"你和她有什么可聚的?"

许是他的语气转变略有些生硬,又略藏了些不友好,而白易裕对人对事都有着极强的敏锐性和观察力,单单只一句话,就嗅出了当时连他自己可能都没有在意或是故意忽略的细枝末节。

白易裕不发声,光是盯着他看。

他本没有与白易裕对视,可被一个人近距离盯着看,还被盯着看了好一会儿,他感觉不太自在。他扭头看了看白易裕,说:"我没有她的联系方式。"

白易裕仍不发声,仍盯着他看。

他简直不自在极了,喉结滚动,发觉自己的耳根也开始发热。庆幸是夜里,车外的霓虹灯再怎么明亮也不至于将他在白易裕面前照得明明白白。他只好再说:"你实在想找她聚一聚,可以问问David,也许他们之间有联系。"

白易裕终于叹了一声气,"兴致缺缺"地表示:"算了算了,与你的心理医生交朋友这事风险太大,万一被爷爷知道了,说不定直接封掉我的账户。"

虽然假设的后果是夸张了些,可白易裕这话也不算完全胡说八道。

他到一定年龄后,白老先生不再干涉他择医,但立了一条硬规矩,便是,无论心理医生们的医技有多高超,对他的帮助有多大,也无论他对心理医生们的依赖程度有多深,心理医生只能是心理医生。他们可以获取丰厚的报酬,但绝不可以成为他的朋友,家族中人更不能与他的心理医生有交往，最好连他的心理医生是谁都不要知道。

他理解白老先生的初衷，也一直遵守着这一条规矩。

他与每一任心理医生都签订了保密协议，协议注明，在雇佣关系结束后，他们必须成为毫不相干的陌生人。

给朱璟打的那一通电话，他没有向任何人提起过。

当然，他身边的、认识朱璟的人也就只有那么寥寥几个而已。

白老先生甚至根本不晓得他找了一位年轻的女心理医生。

有一回，他去洛杉矶探望刚做完心脏搭桥手术的白老先生。

白老先生不知是从何处听来的桃色消息，反正定是辗转了多次，内容既变形又走样。白老先生询问他，是不是正与一位花艺师约会。又说自己虽然对花艺没什么太大兴趣，但如果他喜欢的人从事的是花艺工作，即便是日本人，自己也会试着接受。

他十分错愕，苦想了一阵，才理出所以然来。十有八九是去年入夏时，那几位与白易裕同去别墅度假的朋友中有人胡乱猜测了朱璟的身份，然后几经改造，终于在将近一年后传到了白老先生的耳朵里。

他否认了这一则桃色消息。

白老先生面露失望，并委婉地提醒他，要适当把精力从工作中挪出来一些放在个人问题上。

白老先生几乎干涉了所有儿孙的恋爱婚姻，连白易裕这样跳脱的人，也曾在白老先生的重压之下与一位银行家的女儿短暂地交往过。只他，从不用担心自己会像其他兄弟姐妹一样，在某个日子突然接到类似"家族需要你与一个素未谋面的人联姻"的消息。

他拥有自行选择爱人的权利。

可这个权利所能选择的范围，并不适用于所有人。

白三小姐问他，是不是打算独身过一辈子，又说，独身一辈子没什么不好的。

那时他三十五岁，白三小姐芳龄四十。

夏至

白三小姐自十五岁谈第一个男朋友,二十几年里经历两场失败的婚姻和无数次糟糕的恋爱,没有孩子,但有大量财富傍身。

白三小姐对他清心寡欲的生活状态没有任何微词,只不过替他感到一点点可惜。

在男女之情中永远落于下风的白三小姐告诉他:

"爱情的滋味复杂又美妙,你应该亲身去尝一尝。"

他不晓得爱情究竟是什么滋味,凭直觉认为,"孤独"大概会是其中一种。

他幼年时,并不理解"孤独"和"孤单"的区别。当他的父母出门应酬、姐姐独自去寻欢,将他留在家中,唯有管家作伴时,他总会在他母亲返家后的第一时间跑上前去抱住她,同她说,自己很孤独。

他母亲笑着纠正他的用词。

他母亲说孤单并不等于孤独。

事实上,他由小到大,体会孤单感觉的时间并不多,但孤独的感觉从很早开始就已经埋于他心底。

他并不特别抗拒孤独感,在很长一段时间内,他认为孤独感有利于自己保持清醒。他也不是刻意与人疏离,只不过身边人人都晓得,真正想要走进他的生活、他的内心是一件可能耗费许许多多精神气力却仍会无功而返的事。

他们默许了他的孤独,而他在他们的默许之下,坦然自若地孤独了很多年。

事情是从什么时候开始发生变化的,他说不太清楚。

或许是在那一个夜晚。

他自睡梦中惊醒,在心绪翻腾、惴惴不安之际瞥见了坐在离床边很近的那张单人沙发椅上的朱環。

她眯着眼,身子斜斜倚靠在沙发椅上,睡着了。

四下安静,两面落地窗被厚重的落地窗帘严严掩盖住,卧室里只余两盏昏暗的地灯,暧昧不明的光线让他无法完全看清楚她的脸。

但奇异的是,刚刚一团一团聚于他心中的,迷惘、慌张又空落落的复杂感觉像是被什么东西冲散开了,取而代之的是"安稳"。

后来,他偶尔还是会自睡梦中惊醒,有时惊醒后会看到睡着了的她,有时惊醒后会与还没有睡着的她四目相对。

再后来,他自睡梦中惊醒,身边已没有了她。

他一直悄悄怀念,那些有她的日子。

为集团在上海奉献了六年青春后,白易裕向集团董事会递交了辞呈。白易裕私下告诉他,自己已经赚够了钱,接下来只想好好享受人生。

以白老先生为首的董事会驳回了白易裕的辞呈,他们认为白易裕有能力为集团创造更多财富。一心卸下担子去吃喝玩乐的白易裕不高兴了,拿出了任性妄为的本事,让上海这边的财务报表一个季度比一个季度难看。

白老先生只得另觅一位孙辈去上海接手白易裕故意搞砸的烂摊子。

原先对去上海任职垂涎三尺的兄弟姐妹们,此时都退避三舍。

白老先生为难之际,白易炜将自己送上门,表示愿意去上海。

白老先生起先没答应。白老先生说,自己年事已高,精力逐日下滑,已不能完全掌控集团内部明争暗斗的局面,现下派系越发分明,他在这个时候去上海,且不说让他的父亲失去了最大的助力,对他个人今后在集团内所处位置也没什么益处。

抛开姑母们不说,他有两位伯父、一位叔叔、堂兄弟五人和有心在集团干出一番成绩的堂姐妹两人。他的父亲不是同辈中最有商业头脑和强劲手腕的人,集团内部闲话流传,愿意跟随他父亲的那些骨干精英,有七八成是看中了他今后能成就一番大业,还有闲话流传,白老先生的儿子们都不再年轻,有朝一日,白老先生直接放权给某位孙辈是极有可能的事。

他得白老先生看重,实不该在这个时候去上海。

夏至

可因为有了这么一个能光明正大去上海的契机,使得他想去上海的意愿坚定又强烈。

他费了许多口舌说服白老先生和他的父亲同意自己去上海,然后,在一众人惊诧错愕、无法理解、暗自叫好、拍手称快的注视下带着David以及他的床垫沙发、枕头台灯等一应惯用的物品来到了上海。

14

走出机场的到达大厅,白易炜向David要车钥匙。

推着行李箱的David以为自己听岔了,疑声问了句:

"您要开车?"

白易炜说是,又说:"先送你回去,我再去别的地方。"

David于是表示,自己搭乘出租车即可,他可以直接从机场驾车去他想去的地方。

他坚持要送David。

在美国,他很少自己驾车。别墅离位于市区的公司有一定距离,他从不将精力耗费在驾车往返的路途上,他也很少驱豪车、跑车去参加那些热闹非凡的派对,至于不得不出席的商务宴请,则少不了西装革履的司机为其拉开车门。遇有不需要加班工作的周末,他亦不会去远处玩乐,通常只在别墅周边活动,或是林中散步,或是湖边垂钓。白易裕对他这种苦行僧一般的生活方式很鄙视,并赠送了"寡淡"二字给他。

反而是来到上海后,他几个月里驾车的次数比从前几年还多。

他在上海第一次"自驾游",是秋夜里的某个凌晨。

他在床上辗转反侧多时,仍无睡意,于是起身披了衣裳,想去别墅的花园里走走。出门时,他恰巧瞥见了那一串又一串放置在玄关处玻璃柜里的车钥匙。

这些车钥匙都是别墅的上一任主人,白易裕留下的。

他打开玻璃柜,随意拿了一串车钥匙,临时起意将去花园走走改成了驱车到马路上转转。

夜色很深,城市也进入了深睡眠,只余下各色霓虹与寥寥几辆行驶在路上的车。

那天是他来到上海的第六日,正式接手公司的第五日。

他很忙碌,连坐在车上的时间都被各种各样的工作填满,根本无暇关注城市道路。

他不懂路,也没有目的地可以定位,所以干脆在每一个分岔路口选择右边,每一个十字路口选择左边。

胡乱在城中游荡了将近两个小时,最后,他将车停在了江边某处。

江这岸的景象,日新月异,江那岸的景象,几乎与他孩童时见到的别无二致。

他出门时穿的衣衫在这凌晨的江边显得十分单薄,免不了被凉风伤了身体。翌日患病,情况虽不是特别严重,可前前后后竟也拖拉了七八日才好利索,加之手上的工作一刻不能落下,使得原本就单瘦的他又消瘦了一圈。

David提醒他,注意适当休息。

他给David放了两日假。

David邀他一起去吃火锅,并表示,上海的重庆火锅虽然也不见得有多正宗,但或多或少还是会比纽约的重庆火锅要正宗。

他有点心动,可那日早已答应了别人的邀约宴请,只能将这一点心动压制下去。

两日后,他问David,上海的重庆火锅是否好吃。

David哭笑不得地表示:"我严重高估了自己接受麻辣的能力。"

他心中估摸着,David去的这家重庆火锅店,以自己的接受能力,大概是不用光顾了。

David见他若有所思，便也在思虑一阵之后，轻飘飘地吐了句：

"我是约朱小姐去吃的火锅。"

他的视线原本是落在David脸上，听了这话，不由得低了低眉眼，好似十分随意地"嗯"了一声，又十分随意地问了句：

"她还好吗？"

David实诚地说："朱小姐是个不会轻易将自己暴露于别人面前的人，虽然我和她从前的关系还不错，可几年没见了，突地见面，吃顿饭、聊聊天，不太能判断得出，她到底'好不好'。"

他认为David这番话讲得很在理。

David又试探地问：

"白先生，我可以和朱小姐保持联系吗？"

若是从朱環曾是他的心理医生这一点来看，David自然不可以与她有联系，与她吃了火锅再来回禀他的这种行为也不应该存在。但他给David的回答是：

"可以。"

得了首肯的David很高兴，并总是略有些大胆又略有些随口地在他面前提到朱環。

好比，当他们乘车路过某栋建筑物，David会说：

"朱小姐在这里工作。"

又好比，当他们周日仍在公司忙碌，David会站在他办公室的窗前，故意摆出一副远眺江那边景色的身姿，叹一句：

"朱小姐今天也不休息。"

旋即补一句：

"她每周三和周六休息。"

还补一句：

"她每个工作日只在白天接待两位，从不耽误晚上的休息时间。"

再好比，当他几夜没有睡好，难掩面容疲态时，David会从旁询问：

"需不需要联系朱小姐？"

他在短暂思考之后，告诉David，自己不需要心理医生。

David小心翼翼地提醒他："'朱小姐'并不只等于'心理医生'。"

他认为她确实并不只等于心理医生，可他们曾经的关系，让她在他面前就只等于心理医生。他不知道，确实是不知道，应该怎么去建立与她之间的其他关系。

一条黄浦江，将他拦了一个月有余。

后来去她工作的诊所，也没有抱着必定要见到她的想法。

那日的下午，他去了趟外婆的旧居，政府将那一片房子划入了拆迁范围，他是去看它们最后一眼。

他在旧居附近的小馆子里点了几样他从前吃不惯的本地菜，每样尝了尝后，认定自己仍旧是吃不惯的。

饭后，他沿着旧居周边的老巷子闲逛，逛着逛着就逛到了朱環工作的诊所楼下。

是一栋看上去半旧半新的高层建筑，建筑风格复刻了这一路上那些烙印了老上海情调的建筑物们。

时间已过七点，他猜想，晚上从不工作的朱環此时定然不在诊所。

他照着大厅的指引牌，找到了诊所所在的楼层，然后搭乘电梯到诊所。

前台小妹见是一张生面孔，十分警惕地将他盘问了一番。

他本只是想假装路过，远看一眼她的工作环境，结果被前台小妹一番盘问后，竟改了心意。他问前台小妹，自己能不能去会客室或者接待室坐一坐。

前台小妹将他当成了朱環的准病人，好心告诉他："朱医生晚上不会来的，你等也白等。"

他说，没关系。

前台小妹见他西装革履、仪表堂堂,不像是坏人,于是又好心表示,如果他急切地需要朱医生的帮助,自己可以帮他打一通电话给朱医生,但朱医生的电话号码是绝对不能透露给他的。

他说,不用打电话,旋即又说,不要打扰她休息。

前台小妹第一次遇到这样奇怪的"准病人",心生疑惑,又怕自己若是将他赶走,会害得朱医生损失一单大生意,于是同意让他去会客室坐一坐。

他连日没睡过什么好觉,在会客室里一坐居然把自己给睡着了,后来被敲门声吵醒,刚睁眼的那几秒钟,神思还有些恍恍惚惚的,不怎么附体。

其实他没有做好与朱環打照面的心理准备,他以为她不会出现。可她敲了门,并走进了会客室,这让他在迷离的神思中,又增添了些猝不及防的紧张。他唤了她一声:

"朱小姐。"

他一直用"朱小姐"这三个字来称呼她。

按理,他应该称呼她为"朱医生"或是"Doctor Zhu",他之所以称呼她为"朱小姐",是因为他们第一次见面那日,她在偏厅里与电话那头的人用上海话交流,他听得有些入神,被她发现他的存在时,彼此都有点尴尬不自然。在这份尴尬不自然的氛围中,他向她自我介绍,开口的第一句就是称呼她为"朱小姐"。事后,也不好再更改称呼似的,便将错就错了。

几日后,David又在他面前提起朱環。

待David说完,他告诉David,自己和朱環见过面了。

他没有告诉David具体细节。

David也不会去询问他具体细节,只不过是在安排他的行程时,总会将一些时间段特意留出来,任他自由掌控。

他认为自己去找朱環的次数并不特别多,比起曾经回到别墅基本就能见到她,一周去她诊所叨扰她一两次,频率已算是很低的。

当然，曾经他随叫她便随到，是基于他给她发薪水，而今却不同，他去叨扰她，基于的，是她承认他是她的朋友。

他觉得"朋友"是一个特别好的词。

他很喜欢"朋友"这个词。

他也不是一直得到朱環这个朋友的欢迎。

那是他第二次去诊所找她，并再度在她办公室的沙发椅上睡着后，她对他有了微词。她提议，帮他另找一位能帮助他解决睡眠障碍的心理医生。他没同意，表示自己不需要医生。

他还曾惹朱環这个朋友生过气。

那晚他在罗斯福宴请贵客，刚进入餐馆，David告诉他，朱環也在此地用餐。他想与她打个照面，但被David拦了一拦。David低声说："朱小姐好像是在约会。"他闻言稍稍怔了一怔，随后请David送一支葡萄酒给她和她的朋友佐菜。

他不晓得David挑选了一支什么酒送去给她。他本想待David回来后，问问David，她对送去的酒是否满意。可餐桌上的男男女女们频频举杯，他压根没有机会询问David，直到晚餐正式结束，他才终于腾出空去询问刚结完账的David。

David叹气道："朱小姐的朋友不肯收您送的那支葡萄酒，非让经理另拿了两支一样的。我本以为，能拉出这架势，怎么也应该是个知道分寸的人。结果刚听经理说，朱小姐的朋友好像被账单吓到了，最后是朱小姐结的账。"

他越听眉头蹙得越紧。

回到家后，他给她打了两通电话，她没接，第二天，也没有回音。

他不晓得她的约会是否成功了，但鉴于结账这种事落在了她的身上，想来成功的概率不会太高。他也不晓得这个成功概率不太高的锅，自己应该背上三五分，还是七八分，反正，他自认为，她恼怒他，应该是跑不掉的事实。

他为此事诚诚恳恳地向她道了歉。

夏至

然后，发现她对约会被搞糟一事完全没记挂在心上。

她记挂在心上的，是为了他着想，他不应该与她的同事走得太近。

15

白易炜将David送到后，给诊所的前台小妹打了一通电话。

这些日子以来，他时常不打招呼就去诊所叨扰朱環，从未扑过空，前台小妹居功至伟。

说起来，他之所以得到前台小妹的信任，原因有二：第一，朱環自入诊所工作以来，头一回有"朋友"找上门，前台小妹和彭立森一样，直觉认为这个"朋友"的身份地位非同一般；第二，他第三回来诊所时，前台小妹悄悄向他求证自己的猜想，他和朱医生在美国是不是有过一段交往。面对这样的问题，他只能笼统地回答一个"是"字。从那以后，不明就里的前台小妹积极主动地充当起了他的助力，就盼着有朝一日，他们二人能修成正果。

他问前台小妹，朱環在不在诊所。

这时刚过八点。

前台小妹告诉他："朱医生在修改病人的诊疗方案。"又告诉他，"朱医生今天没开车。"

他有一段时间没去过诊所了。

他听了她的话，尽量避免与她的同事有接触。

这样其实更好，他想见她，不必非得在办公室里，也免得她总以为他去找她是为了在她办公室的那张沙发椅上睡一觉。

不过世上有些事，确实奇妙，他常能在她办公室的那张沙发椅上睡着，入睡速度之快、睡眠质量之高，连他自己都惊讶。

玖 大寒＼救赎

前些日子,白老先生领着一行人,从纽约浩浩荡荡而来。

一番巡视后,白老先生疑问,说上海这边的事务繁杂,他接手不久,还得处理白易裕故意留下来的烂摊子,肯定是日夜操劳忙碌,可他的精气神看上去竟比在纽约要好许多。

他回答白老先生:

"在上海睡得安稳。"

白老先生定定看了他一阵,没再说话。

在上海住了几日后,白老先生应老朋友的邀约去香港,并交代他同去。

他当时心不在焉,白老先生说了什么,没太听进耳朵里。临到白老先生的秘书给他打电话,他才惶惶然想起来自己答应了白老先生一道去香港,急匆匆地从公司奔赴机场。

他在香港陪了白老先生几日,几日里走了好几次神。

白老先生问他怎么回事。

他给出的理由是,没休息好。

他确实是没休息好,仿佛是离开了上海,就没办法正常入眠了。

今日早餐,白老先生告诉他,已让秘书给他订了晚些时候回上海的机票。白老先生说他这段日子辛苦了,回上海后,好好休整两天再去工作。

他对白老先生的关心表示了感谢。

白老先生将自己桌前摆放的一碟黄油炒蛋递给他,看着他吃下些东西后,才缓缓地说:

"我曾答应过你,不会干涉你择医。但你应该记得,我也说过,心理医生只能是心理医生。"

他几乎是瞬间怔住了,手握刀叉的姿势一动不敢动,只慢慢抬起眼来,去看对面坐着的这位年过九十却仍拥有让人不寒而栗的本事的老人。

白老先生的神色未起波澜,语音语调也仍是缓缓的:

夏至

"我本来无意查探她，只不过你执意要去上海，我不得不搞清楚这背后的原因。追溯到她身上，真是花了不少时间。"

想来背后定是做了许多事，可说出口时，就只寥寥几句话。纵使就这寥寥几句，已足以让他心惊肉跳。但他到底还是沉着冷静的。他将手中的刀叉安放在餐碟上，端正了坐姿，沉声唤："爷爷。"

白老先生微微叹气，向他说明："你无须紧张，我不会做什么。如果我要做什么，早就做了。"

他感觉白老先生周身环绕着的并不是杀伐之气，又听他说出这样的话，心中顿时生出一种难以言状的复杂感情。他又唤了声："爷爷。"

白老先生细细看了他一阵，才说："你长大了，凡事都有自己的考量，而我老了，到了该对凡事都睁只眼闭只眼的年纪。我不会干涉你。只有一点，希望你能认认真真想清楚，并且能明明白白分清楚，你对那个人的感情，是建立在什么基础之上。如果你只是因为她曾是你的心理医生所以对她特别信任依赖，甚至舍不得、放不下，那这对你，对她，都不是一件好事。"

晚些时候，白老先生差秘书送他去机场。

秘书在白老先生身边多年，算是最知白老先生心思的人。

秘书见他一路上不吱声，肚子里的愁绪都快溢出脸庞了，于是主动与他说话。

秘书说："白老先生既已松了口，你只管按心底里最真实的想法去行事便可，无须顾忌。"

他将这话听在耳朵里，心里却依旧纷杂。

他一直自认为是个遇事果断的人，可他在几年前，在朱環向他提出辞呈的那个时候，就让这"果断"二字蒙了尘。

有心也好，无意也罢，反正这蒙了尘的果断被他一直放在心里。

他没有同任何人讲过自己一定要来上海的真正原因。

白易裕为他接风那晚，他被灌得烂醉如泥。白易裕一点都不理解他为什么要在这关键时期离开纽约。他用仅存的一点点理智与白易裕开玩笑,说自己来上海是为了解救白易裕于水火之中。

白易裕骂他:

"放屁!"

他承认自己是胡说八道,但不肯再承认别的。

其实,也不是他不肯承认,只不过要承认什么呢?连他自己都分不清,对朱環的舍不得、放不下,是不是因为太信任和依赖作为心理医生的她。

他过了一段不需要费劲去分清楚,也能与她亲近相处,也能在她身上寻求到安心、安定感觉的好日子。

可这糊涂好日子,总有到头的一天。

他不知道她是什么时候有了要同他将事情挑明白、说清楚的想法,没准是一开始就有的,只不过她心里大概也是一再犹豫,最后犹豫到不得不做个了断了,才选择抹去灰尘。

他猜想,她不会比自己好过多少。

从前台小妹那儿探得消息后,白易炜驱车来到诊所,并将车停在了两栋老旧建筑物之间那个非常不起眼的狭窄车位上。

他时常将车停在此处,然后假装自己并未驱车前来,才好光明正大坐上朱環的车。

今夜寒冷,北风从建筑物之间穿过,发出一阵阵尖利的呼啸声,密集的雪花飘落至挡风玻璃上,他时不时拨一下雨刮器,将它们一团一团推抹开。

他不打算上诊所去找她,也不准备给她打电话。

那晚,她对他说了那些话,他没有当即做出反应,连日来,他一直忧心,怕她对自己已心生失望,会毫不客气地赏他一碗闭门羹。

他想着,自己在此处等候,待她出现他便突然出现于她面前,她总归是不好掉头就走的。

表盘上的分分秒秒仿佛被什么东西拉扯得很长很长。

他的目光一直落在大厦门口,人进人出,最后终于等来了他熟悉

夏至

的身影。

那个他熟悉的身影，站在飘雪的冷风中，却生出一种奇异的温暖。

他感觉到一些紧张，又感觉到更多别的，像是坚定，像是勇敢，像是一条混沌不清的河流在霎时间变得清澈见底。

他开车，缓缓行至她面前，将副驾驶位的车窗放下，唤了一声：

"朱璟。"

他第一次称呼她为"朱璟"。

车外站着的人儿大概没料到他会出现，一时没应声，也没别的动作，显然是怔住了。

他压制住内心的麻乱，对她说道："外面冷，先上车吧。"

车外确实很冷，而车内暖得人两颊发烫。

白易炜问她，需不需要把暖风再开大一些。

她连连摇头，顺势抬手将风口往别的方向拨了拨，以免暖风全都喷在自己脸上，呼吸不过来就算了，一张脸被吹得红得不成样子真是尴尬。

诚然，她不能将自己脸红的原因全都归结于暖风上，她脸红发烫，有一半，或者说，有一多半原因是来自突然驾车出现的白易炜。

他从未驾车来找过她，他每次来，或是去吃饭，或是要回家，她总得充当他的司机，像此刻他突然在风雪交加的夜晚出现在正巧没有开车的她面前，仿若是小说中才有的情节。而她多日前与他摊牌后，他未联系过她，她心里认定，他已掂量并分清与她的关系，再来找她的可能性虽不是完全没有，但微乎其微，她最好不要对他抱有什么想法和期待。

那么，此时，他来找她，是……

她心中盘桓了许多想法，可她不想先开口。

他没敢让车内的安静氛围持续太久，他怕再这么静下去，自己今晚能做的，就只有驱车送她回家而已。

他告诉她："我前几天陪爷爷去香港了，刚回来。"

她"嗯"了一声。

他本来还想扯些别的闲话，至少先缓解缓解那日留下的疙瘩，但那些闲话到了嘴边，他又不想讲了。

他只想直人正题。

他将车缓缓驱至路边，然后停下。

她不解地扭头看他。

他正好接住她疑惑的目光，开口说：

"我承认，我信任依赖你，是因为你是我的心理医生。"

她心里"咯噔"了一下，失望失落是有的，可心理准备也是早就做好了的。她看着他，目光倒也不刻意回避，她想告诉他，其实他没有必要专门再来同她说这样的话，她又不是不明事理、死缠烂打的人，何况他们之间，原本就只应该是雇佣关系，纵使她一个不小心动了心又伤了心，也不过是自己犯了忌，不怨旁人。

但她的话没有机会出口，因为他很快又说：

"我还承认，这几年，我一直舍不得、放不下你，是因为我喜欢你。而这份喜欢，比信任依赖更早发生。"

她愣住了，被他言语上的这一转折弄得不知所措，可他的眼神炙热又真诚，一点都不像是在戏弄人。

她结结巴巴问了句："你？发生了什么事吗？"

车内空间狭小，他身体不由自主往前倾了倾，只觉得她整个人都在自己眼前了。他从来没试过以现下的心态和语气同一个女性说如此亲密的话，耳根子都有些发烫了。他伸出双手，环握住她的手，温柔地说："因为喜欢你，所以才会信任依赖你。因为喜欢你，所以只要有你在，就会心安。"

两人离得这么近，他的呼吸几乎都要触上她的脸了。她压制住自己狂跳的内心并强迫自己保持仅剩的冷静，对他做出最后的提醒："白先生，或许你混淆了。"

他打断她的话，徐徐说起："这几年，我总在问自己，对你的感情究

夏至

竟是因何而起。也在问自己，我对你而言，会不会仅仅是一个病人而已。来上海之后，我没有第一时间找你，我不晓得你对我的出现会有什么样的反应，我担心你不欢迎我，甚至不想见到我。后来，你说我是你的'朋友'，我为此很高兴。我认定，在你心里，我不仅仅是一个病人。我经常去找你，并不是因为想在你办公室睡个安稳觉，我就是想见见你，多一些时间在你身边。"

他的语气诚恳极了，她从没见过这样的他。

他接着说："那天你对我说了许多话，这几天，我一直在后悔，我应该当时就告诉你的，可是我当时胆怯了，我并不是一个时时刻刻都勇敢的人。现在我认认真真告诉你，以前可能是我混淆了你和心理医生之间的界限，总认为你就是心理医生，心理医生就是你，但我现在很清楚、很明白，对我而言，你是朱瓓，不是'朱小姐'，也不是'朱医生'。"

她听得十分动情，眼眶不知何时温热湿润起来。她缓了缓劲儿，问了句："你……你是认真的吗？"

他怔了一怔，反问她："难道我的样子看起来像在开玩笑吗？"又自言自语说道，"我第一次——我不知道对你说这些话是否合适？"

她含着一点点藏不住的笑意看着他。

他在感情方面的经验严重缺失，一时领会不好她的意思，思索之下，松开了双手，想要为自己解围。他说："或许，或许是我唐突你了。"

她连忙伸手将他的双手拉回来，摇头说："不，你没有。"

他不太确定地问道："没有唐突你？"

她十分确定地点头："没有。"

他眼底里仿佛点亮了一道彩虹。

他问她："那我能成为你的'重要的人'吗？"

她格外认真地回答他：

"你一直是我'重要的人'。"

拾 白露 / 未来

她从没告诉过任何人，
她最伤心的，
是他从来没有挽留过她。

1

魏霜是在九点零九分赶到社里的。

她左手拽着大行李箱，右手提着两大袋子糕点，从灯市口杀出重围后一路狂奔。她满头大汗、发丝凌乱地出现在办公室时，累得上气不接下气。

坐魏霜对面桌的马园园塞了一嘴的麻酱烧饼，正想喝口豆浆一道咽下去，抬头瞥见她这副狼狈模样，连忙放下豆浆，快步走去迎她，边接了她手上的袋子，边用含糊不清的声音说着："别急别急，主任今儿闹肚子，在厕所蹲了好半天了，你迟这么一小会儿他不会知道的。"

魏霜此时口干舌燥的，根本顾不上说话。她把行李箱推到办公室的角落，然后三步走到自己桌前，一屁股坐在了去年入夏时社长个人买给大家的藤制靠背椅上，歇息了几秒，才拿起马园园买给自己的豆浆，狠狠吸了一大口。把还带着些温温感觉的豆浆"咕噜咕噜"顺进胃里,她终于觉得稍稍舒爽了些。

马园园笑嘻嘻地清点着魏霜带回来的美味吃食,随口问道:"不是应该七点就到西站了吗? 怎么弄到这么晚?"

魏霜将空豆浆杯子扔进门后的垃圾桶,又拿起麻酱烧饼,咬了一口吃下后,才说:"晚点了二十几分钟。"

马园园算了算,七点半在西站坐地铁,那绝对是人山人海。她叹道:"我的天,那你一个人带着这么多东西是怎么挤上地铁的?"

魏霜睨了她一眼,说:"哪是我挤上地铁的? 我分明是被人挤上地铁的。为了保护你这两大袋子零食,我差点阵亡了。"

马园园连忙绕到魏霜背后,殷勤地帮她按摩起肩颈胳膊,并说:"你辛苦,你辛苦。下了班上我家吃晚饭去,我让我妈做红烧肘子给你吃,好好补补。"

魏霜眯了眯眼,抬起手捋了捋刚才被细密的汗珠粘在额前的头发。虽然刚进入秋天,谈不上有多凉爽,但早晨的风穿过开始泛黄的树叶和有些老旧的玻璃窗,夹杂着点点寂寥的气味有一丝没一丝地吹进屋里来,让她那颗原本跳动得有些厉害的心也渐渐安静了下来。她打开左手边的抽屉,将一直挂在身上的小包取下来放了进去,然后才慢慢地说:"轰隆了一晚上,几乎没怎么闭眼,我现在就只想念我的床。"

她这么一动,马园园不得不停了按摩的手,问她:"谁让你不坐飞机呢?"

她笑了笑,说:"这几天有台风过深圳,我要是坐飞机,估计现在正在宝安机场吃泡面呢。"

两人没聊几句,隔壁办公室的姚姐在楼道里喊大家开会。

出版社这楼是多年的老房子,六层高,没电梯,办公室有朝南有朝北,有大间有小屋。魏霜刚进社里的时候,与编辑部四个性格各有怪异之处但又颇有才能的男同事挤在六楼离厕所最近的屋里。要说学习受教,那两年的时间,她在他们分派的奇奇怪怪的任务和烟熏雾绕的环境中确实颇有长进,也与他们建立了一定的感情,但她毕竟是个爱整洁的年轻女性,所以当主任提出给她换一换办公室的时候,她举双手表示赞同。新换的办公室在五楼,离熙熙攘攘的楼梯口有一段距离,离偶尔飘出异味的厕所也有一段距离,十来平方米的房间只放置了两张尚算崭新的办公桌,一张属于小她两岁、刚入社的美术编辑马园园,另一张则是她这个半新的文字编辑在苦干了两年后得来的。

马园园世代居住在北京,家中颇有些根基,性格开朗,没什么心机心计,说话做事从来都是大大咧咧、风风火火的,与魏霜面对面办了两天公,就拉她去吃麻小喝啤酒。吃到一半,马园园直白地问魏霜:"听说社长是你叔叔?"

魏霜当即被小龙虾里的辣椒汁呛到了,猛咳嗽了一阵,灌下去半罐啤酒才将那股难受劲缓过来。她顶着涨到半红的脸否认这一小道消息。

马园园对此半信半疑,毫不顾忌地说起:"我们家男孩多,尤其到了我这一辈就我一个女孩,我爷爷奶奶特别宝贝我,听说我找了出版社的工作,就着急忙慌地打听社里的情况。反正是绕了些关系,找到了咱们的社长,就是想给我把工作环境弄得干净简单,人际交往不要过于复杂。咱们社长说,单独的办公室只能副主任以上才享受,然后又提到了你。他说你是他侄女,人品好、能力强,计划把咱俩安排在一起办公,能相互学习、相互促进提高。怎么?你不是他侄女啊?"

魏霜不愿辩解太多,只好改口说:"不是亲侄女。"

马园园认可了这答案,笑着说:"我琢磨着也不像是亲侄女。要是亲侄女,哪能一开始把你丢到六楼呢。"

魏霜只嗯嗯两声,不再继续这个话题。

凡事有果自然有因。关于她在社中的地位突然飙升的原因,曾在一段时间内引起大家的广泛议论。有人觉得她是行大运遇到贵人赏识,毕竟也是外国语大学的高才生,过五关斩六将才被招进社里的,有人认为她是攀上了某个厉害人物而开启外挂人生,否则在这人才济济

夏至

的几层老房子里,她一个无依无靠的南方姑娘实在难有出头之日。也有心思简单的人,觉得只是换个房间办公而已,总不能让社里的头号美人成天和一帮不修边幅的中老年男人分享那间不太通风的办公室里的"新鲜空气"吧。

对于种种传闻,她从不回应,一如既往地勤恳工作。

她实在喜欢这间办公室,只需轻轻抬头往外一转,春天能看到翠绿的嫩芽,夏天蝉在耳边鸣叫,秋天金黄的银杏叶铺满了整条小路,冬天还能隐约眺望到被白雪覆盖的紫禁城。

远在深圳的父母和姐姐魏琳常劝她辞掉这份工作,回到深圳既能与家人团聚,薪金待遇也要好上几倍,可她从来不松口。去年初冬,魏琳到北京谈生意,一落地就嫌太冷,嫌干燥,嫌空气不清新。她领着魏琳去吃涮羊肉,两姐妹喝了点酒,魏琳问她为什么不愿意回深圳,她想了很久,最后傻乎乎地说:"舍不得我的办公室啊。"

魏琳自然是不信的,又气又怜地瞪她:"我看你是舍不得他吧?"

她的心"咕咚"一下,漏跳了好几拍,接不上话去反驳,只能将脑袋埋到铜锅后边。

魏琳叹气,隔着火锅腾腾升起的热气,问她:"那邵启华有什么好的?"

她愣了一愣,随后抬起头,端正了身姿,格外认真地撇清关系:"我承认,当初我留在北京确实是受了他的影响,可我和他分手三四年了,他孩子马上都两岁了,你觉得我像是那种沉浸在一段湮灭了的感情中拔不出来的人吗?"

魏琳偏说:"我看你很像。"

她嘟起嘴,撒娇地说:"我就是挺喜欢这里的,等哪天不喜欢这里了,我就回去。"

魏琳笑她:"你想得简单。我可跟你说,你三十岁之前不回去,就不要回去了。"

她当时笑嘻嘻地说:"那我还有一年的时间可以考虑。"

拾　白露 / 未来

一年说起来算长，可日子过起来就跟飞似的。

这次周末回深圳给妈妈过生日，一家人齐齐整整坐在桌前吃饭，自然又要说到这个事。

魏琳提醒她："再有两个月，你就三十了啊。"

她只是嗯嗯两声，反正不表态。

马园园也同她聊过这个问题。

是今年春天的时候，新婚不久的马园园想给她介绍对象，对方的情况还没说全，她就打断了，表示自己目前还不想恋爱。

马园园扯着嗓子问她："那你想干吗？孤独终老啊？"

她有意无意地拨弄着桌上那一盆小小的铜钱草，低声说："我就是想过一阵子简单的日子。"

马园园瞪她："一阵子？你这一阵子得有一年了吧？"

她的目光始终落在那盆翠绿的铜钱草上，不搭腔。

马园园一副恨铁不成钢的口气："我的魏大编辑，咱们女人是最经不起时间打磨的，纵然你才色双全，也难敌身后不断涌上来的小姑娘们呐。别人可能不知道，我可是看在眼里的，自打你和那位分了手，就每天忙于工作，成绩是步步高升，但把自己的终身大事耽搁了，难道社长会赔你一个如意郎君吗？"

她心有所动，把铜钱草放置到窗台上，随后抬眼看着马园园，说："让我再缓缓，再缓缓。"

马园园逼得紧："缓多久？你给个时间。两个月够不够？两个月不够，三个月也行。三个月之后你必须去相亲。不然你只身留在这北京城有什么意思呢？还不如回深圳，至少能阖家团圆。"

马园园说到做到，三个月后，和老公王泉一道拉扯魏霜去相亲。

王泉比她们大上几岁，家庭条件与马园园差不多，是马家上上下下都认可的姑爷，他单位与她们出版社只隔了一条街，走路五分钟就能到。今晚介绍给魏霜的优秀男士吴征就是王泉的同事。

在去饭店的路上，马园园把吴征夸得天花乱坠，简直就是宇宙第

341

夏至

一完人,别说魏霜不信,连极力促成此事的王泉都听不下去了,打岔说:"媳妇儿,咱能不能稍微接点地气,你把吴征塑造成一个神人,会吓到魏霜的。"

马园园反驳道:"你还说我?你在吴征面前不也把魏霜夸成是四海八荒第一仙女吗?"

一个神人,一个仙女,坐在一张桌前吃饭,被嘴快话多的马园园两口子一折腾,也免不了凡人相亲的尴尬。

翌日,马园园问魏霜:"吃顿饭,你去了四次洗手间,是不是对人家不满意啊?"

满不满意先放在一旁不说,昨晚吃的是新鲜麻辣的川菜,对她这个地道的广东人而言,实在算不得美味可口。她喝了许多杯果汁解辣,自然也去了许多次洗手间解决个人问题。

第三次从洗手间出来的时候,魏霜遇到了舒宝乐,或者更确切地说,是舒宝乐在洗手间外等她。

舒宝乐迎上前,笑着说:"真的是你呀。刚才匆匆一瞥,还以为看错了呢。"

魏霜突然见到舒宝乐,有些意外,反应也有些迟缓,但人家热情,她总不能傻呆地杵着,也回以笑容,并明知故问:"你也来吃饭?"

舒宝乐指了指包间的方向,说:"几个姐妹聚会。"

魏霜顺着她指的方向看了一看。

舒宝乐又问:"你和朋友来的?"

魏霜嗯了一声。

舒宝乐似乎很有兴致:"咱们有阵子不见了,你还好吗?"

这样的问题,也只能这样回答——

"挺好的。"

一般的问候其实差不多到此为止了,可舒宝乐偏不,还要问她:"什么时候有空,一起坐坐吧?"

她答:"好。"

舒宝乐仿佛是高兴了,笑着说:"那我联系你? 就这几天。"

她再答:"行。"

魏霜与吴征没有后续故事,反倒是舒宝乐如约找上了门。

是星期五的下午。

舒宝乐带了一大堆下午茶直接杀到了出版社,马园园忙着分发饮料甜食给编辑部的人,留下魏霜单独和舒宝乐在办公室。

舒宝乐是直爽性子,开口便解释说:"本来是想约你吃晚饭的,可后天就得去兰州,家里安排的饭局都吃不完了,所以只能这会儿来找你。"

魏霜点了点头,没想着深究舒宝乐为何去兰州。

可舒宝乐接着又说:"我们家孙海博调去兰州了,我陪他一起去。"

魏霜又点了点头,问了句:"孩子也去吗?"

舒宝乐说:"我是不想让孩子去,毕竟那里的条件不太好,可孙海博想把他们带在身边。"

"孩子跟着爸妈挺好的。"

"先带着看看,实在不行再放回来当留守儿童。他们爷爷奶奶、姥姥姥爷都赋闲在家,巴不得有孩子在。"

魏霜笑了一笑。

舒宝乐看着魏霜在笑,不自觉地顿住了几秒。

魏霜仿佛是不太喜欢被舒宝乐盯着看,敛了笑容,抬手去拿茶点,说这茶点近来很红,北京的几家店门口排起队来总是成长龙,反倒是回深圳更容易买到。

舒宝乐拢了拢思绪,重新笑着说:"其实今天我来是想给你介绍个活儿。"

魏霜微微抬眉。

舒宝乐问她:"我记得你之前说过,你们社想拓展出版物的类型,不再局限于文化社科、民国逸事和人物传记,还想签一些当下的青春都市文学,对吧?"

夏至

话题拐到工作上，魏霜认真起来，说："我们确实在拓展这一块业务。"

舒宝乐告诉她："我呢，有个好朋友，她之前一直是和民信社合作。她最近觉得和民信合作的时间太长了，没有什么新意，所以想换一家出版社。"

魏霜礼貌地询问："我能不能问问，你这位朋友出过什么书？"

舒宝乐呵呵笑："她出的书可多了，一打以上，笔名是成簌簌。"

魏霜又惊又喜："成簌簌啊！是好几本小说改编成电视剧的成簌簌？"

舒宝乐笑问："我这好朋友还行吧？"

魏霜喜上眉梢，说："如果她能和我们社签约，那就太好了。"

舒宝乐坦言："我是来不及亲自安排你们见面详谈了，我把她的联系方式留给你，只要不出意外，她会跟你们签约的。"

魏霜诚意致谢："真是太感谢你了。"

舒宝乐"嘿嘿"一笑，脱口就说："你千万别跟我这么客气。在离开北京之前，能帮你牵上一条线，我感觉自己总算没有辜负我二哥的期望。"

想来是舒宝乐的实话，但魏霜听得意兴阑珊。

马园园在编辑部几个办公室转了一圈回来，见屋里只余魏霜一人，便询问："咦？人呢？你那朋友去哪儿了？"

魏霜双手托着下巴伏在桌前发怔，没理马园园。

马园园猜问："这就走了啊？她是谁呀？怎么这么大方请大家喝下午茶？来办事的吗？"

魏霜眯了眯眼，有些发蔫儿地说："顾子朝的表妹。"

拾　白露／未来

2

今日开会的重点是参加下周天津书展的事。虽然编辑部不直接承办此事，但按照常理得出上一两个人协同作业。

原本定下的小芸姐因前两日突发病痛住了院，此时还在等着排期出来做手术，书展的事不得不撂挑子。主任思来想去，在会上点了魏霜的名，让她接替小芸姐完成这项工作。

魏霜委婉地拒绝："主任，我下周想休年假。"

主任询问她："是有什么要紧事吗？"不等她答，又说，"如果不是特别要紧的事，你看能不能缓几天再休假。参加书展的几位作者，跟你都比较熟悉，派个生面孔去跟他们协调，我还真不太放心。况且之前社里参加天津的书展，每次都是你去的。做熟不做生，对你来说不是什么烦琐的大事。"

她从来不是强硬的性格，上头分下来的工作几乎不推辞，眼下又正赶上她为社里效力快满五年的节骨眼，这身份认证到手了才能获得在城中购房的资格，所以即便心里有些不情愿，她还是受领了这一任务。

马园园的关注点并不在魏霜的心尖上。回到办公室，她朝魏霜连番发问："你要休假？打算去哪儿玩？和谁去啊？怎么不约我呢？"

魏霜头都大了，只好实说："我就是不想去天津而已。"

马园园不懂："为啥呀？"

魏霜没再接话。她不想去天津书展的原因很简单，办书展的地方能清楚地看到永乐桥上那座巨型摩天轮。

她从小就喜欢坐摩天轮，但凡去了有摩天轮的城市，定要坐一坐，还必须是晚上去，看城市夜景，望天边星辰，一点都不害怕悬空的感觉。

她十八岁来京读大学，入校军训结束后的第一个周末便连哄带骗

345

夏至

地拉着同学韩思羽到天津,就为了坐永乐桥上的摩天轮。韩思羽是东北姑娘,看着人高马大,实际胆小得不得了,摩天轮的舱门一关,刚上升了不到两米就吓得鬼叫鬼叫的。白天坐摩天轮本就没有夜晚那么浪漫,加上韩思羽全程像八爪鱼一般缠在魏霜身上,到了最高点更是鬼哭狼嚎地喊妈妈,让魏霜既好笑又好气。接下来的几年,她一直计划着再去坐一回永乐桥的摩天轮,晚上去,自己去,绝对不带韩思羽,但总不能成行,拖着拖着渐渐把这事忘在脑后了。还是两年前的春天,社里在天津办书展,地点就在永乐桥附近。她终于捡来了一个现成的机会去完成心愿。

那日的书展,开始的时间比预计晚了半个小时,结束的时间又比预计晚了一个半小时。她匆匆忙忙地收拾完场子,又匆匆忙忙赶去永乐桥,几乎是踩着点跳进了摩天轮的座舱。

就这一个踩点,让她第二次见到了顾子朝。

魏霜初识顾子朝,说起来,还是因为她那背信弃义的初恋邵启华。

她与邵启华是校友,他比她高两届,她修习德语,他主攻葡萄牙语。在美女如云的外国语大学,她是佼佼者中的佼佼者,自打踏进校门,追求者前仆后继。韩思羽最爱炫耀自己有个闺密叫魏霜,也最爱告诉那些排队给魏霜送情书的本校、外校人:"今日的名额已经用完了,请明天赶早。"

在众多的追求者中,有权贵出身的世家公子,有商贾富翁的翩翩少爷,也有书香门第的涵养子弟,可魏霜偏偏给了出身平凡的邵启华一个青眼。

韩思羽对这个结果不太满意,她十分不看好这段姻缘,并断定邵启华是个凤凰男。

结果还真被韩思羽言中了。

就在魏霜研三快结束,为了留在北京而四处投简历找工作的时候,邵启华向她提出了分手,原因是有个本地高官的女儿相中了他,想招他为驸马。他那时已在丰台一个闲散部门当了四年的一级科员,调回市里无望，提升仿佛也无望。一眼就能看到尽头的枯燥生活压碎了他的初心，也压垮了他和她原本就已经摇摇欲坠的感情。

准备去德国游学的韩思羽问失恋的她要不要同去，她有点动心，但动了心的翌日就收到了出版社的回复，通知她去面试。

其实那时她并没有多想留在北京，比起干燥灰蒙的北方，她更喜欢湿润清亮的南方，不过她还是去面试了。

面试的主考官是现今社里的二号人物，他问她明明学的是德语专业，为什么想进入出版社工作。

她是抱着破罐子破摔的心态去的，直白白地说："我投了一百多份简历，只有二十份简历的去向与我的专业相关。"

她被出版社录用之后才知道像她这种刚入社的编辑工资少得可怜，但干满五年后能获得本地户口，所以前来应聘的人大多是家里不缺钱，但想着长长久久扎根在这都城里的青年。

扎不扎根都城，她没往深里想，埋头工作，她倒是很实心。只是那点工资，付完房租水电基本就寥寥无几了。爸妈担心女儿吃不饱穿不暖，魏琳担心妹妹过得拮据，每月都变着法子接济她，她没好意思总依靠家人，工作后的第四个月开始零零星星接些翻译的私活。

最热心帮魏霜介绍私活的人是本科毕业后立马嫁人生子的赵竹筠。

赵竹筠也是个美人，可与魏霜同班，四年来不得不屈居第二。与要爱情不要面包的魏霜相比，她从来都是把面包排在第一位，成为阔太太后时常请同学胡吃海喝、炫耀人生。

得知魏霜的境遇后，赵竹筠向她狠狠表达了自己的同情之意，然后拍着胸脯表示会帮她介绍多多的活儿。

韩思羽与魏霜视频聊天时，说赵竹筠这是故意显摆，又叮咛她不要理会，还说："你姐姐姐夫开的那厂子一年交税上千万，你去赚这点小钱做什么？"

她倒没觉得自己受了委屈，只说："谁的钱都不是大风刮来的。我

夏至

一个大活人,总不能让姐姐养一辈子吧?"

由此,魏霜接零星私活的名声渐渐在同学朋友圈里传开。她读书时本就是拔尖的学生,能力是没什么可怀疑的,加上姿态大方得体,模样更是让人赏心悦目,来找她的人络绎不绝,周末成了她赚外快的好时光。

接到给顾子朝当两天随身翻译的活是农历新年后的第一个周末。

赵竹筠照例给她打电话讲明对方的情况和要求,她一一记下后,笑说过两日请赵竹筠吃饭。

赵竹筠仿佛是犹豫了一阵,最后还是选择了坦白实情:"其实这次的活儿不是我帮你揽的,是那个谁,哎呀,就是,就是邵启华。他听说你接活儿,就找上了我,让我代他帮你搭个线。本来我不想理他的,可对方的价位实在太可观了,两天就抵你辛苦几个周末的,所以我就答应了。咱跟谁过不去都行,就是不能跟钱过不去,对吧?"

她安安静静听赵竹筠把话说完,突然觉得赵竹筠其实是个挺仗义的人。她笑着回答说:"对,不能跟钱过不去。"

她接下这活后,顾子朝的秘书陈洁马上同她联系,确认相关事项,并告知她是因为公司原来负责此事的人家中突逢变故,才不得不临时找外援。

她充当临时外援的次数挺多的,所以并未特别在意。

翌日一早,陈洁来接她,两人一同去机场。路上聊起来,她才得知,他们公司此行去三亚的人多达十个,说是与德国人谈生意,实则是半工作半度假,而她此番的雇主早已在三亚晒太阳了,需要她好好表现的场合只有今日的晚餐和明日上午。

她觉得这活儿挺好的,高高兴兴上了飞机。

她正式与顾子朝见面,是在酒店的泳池。

她们抵达酒店的时候已是中午一点半,休息时间,陈洁说下午再领她去见顾子朝,然后给了她一张房卡。

单独居住,她十分高兴,看到日光下的美丽泳池,她更高兴。只恨没带泳衣，不能畅游在暖洋洋的水中。不过不能下水，在水边晒晒太阳驱驱寒气也是好的。

日光实在暖，她躺在泳池边的长椅上，往脸上搭了条丝巾遮光，不一会儿就睡着了，是耳边隐隐约约听到陈洁的声音才缓缓醒过来。她先伸了个懒腰，然后拿掉脸上的丝巾，从长椅上坐起来，想去看陈洁是在和谁说话，然后就看到了顾子朝。

他应该是刚游完泳不久，头发半干的样子，因为短，一点都不显得凌乱，身上披了灰色的浴衣，没有露出过多的肌肤。他的五官甚是好看，只不过目光投向她的时候，让她觉得有些不自然。

在很长一段时间里，魏霜一直认定自己之所以能吸引顾子朝是因为长得好看，男人都偏爱拥有美丽皮囊的女人，像顾子朝这种万里挑一的钻石王老五，凭什么就得是个例外？

所以在那段时间里，她分外爱惜自己的容颜，哪怕是额头边角冒了个小小的火气疖子也要忧心三五日，但凡与他见面，至少要花上大半个钟头在镜前梳妆打扮。

可后来她才明白，他之所以被她的容颜所吸引，只不过是因为她像那个人而已。但她误打误撞在永乐桥上的摩天轮与他同乘一个座舱，同看一片夜景的时候，还并不知晓那些故事。

她那时只是觉得与他有缘，或许，他那时也觉得有缘吧。

3

和顾子朝谈恋爱的事，魏霜一直没跟家里人说，她觉得自己上一段恋爱失败得很彻底，所以心中暗暗发誓，下次恋爱不到结婚的程度坚决不广而告之。

夏至

　　她只跟远在德国的韩思羽通了这消息,连马园园都是误打误撞知晓的。

　　那是在一个下暴雨的清晨,拦车实在太困难,所以顾子朝才会破了例,忽视被她同事发现的可能性,亲自送她上班。

　　别的同事倒是没撞见,可倚在窗前吃包子的马园园正巧看到了这一幕。

　　等魏霜一进办公室,马园园立马扑向她,激动地追问:"你一定要跟我说实话,刚才送你来的那个人是不是顾子朝?"

　　她头发上沾了些细碎的雨滴,本是在抬手拨弄的,听得马园园突然提到顾子朝的名字,又惊诧又尴尬,支支吾吾说不出个话来。

　　马园园见她脸红语塞,更是断定了刚才看到的人就是顾子朝。马园园大呼:"天呐! 怎么办、怎么办? 我感觉一颗原子弹在我面前爆炸了,我简直要被炸飞了。不行不行,先让我冷静一下,冷静冷静。我有点凌乱,实在太凌乱了。"

　　她被马园园表现出的异常反应弄糊涂了。虽然被撞破恋情是有些尴尬,可也不至于这么夸张吧? 她边走到自己桌前落座,边蹙起眉头半笑着问:"你这是怎么了?"

　　马园园着急地问:"魏霜,你快告诉我,你究竟是怎么做到的?"

　　"什么呀?"

　　"顾子朝啊。你是怎么把他弄到手的?"

　　她哭笑不得:"什么弄到手啊? 你用词能不能含蓄一点?"旋即又反问,"你认识他?"

　　马园园嘻嘻笑起来,说:"我当然认识他啊,只不过他九成九不认识我。"

　　她抬头看着马园园,寻思着马园园家与顾子朝家可能是旧识。

　　马园园突地靠到她面前,疑声问:"你真的知道他是谁吗?"

　　她一本正经地胡猜:"难道是外星人?"

　　马园园扑哧一笑,旋即神秘兮兮地凑到她耳边低声说了几个名字。

她当即就怔住了，好一会儿才缓过神来，原先轻松的心情一下子没了踪影，喃喃说："我以为他就是个生意人。"

马园园见她真是一副刚刚才得知实情的模样，忍不住好奇："你们认识多久了？"

"半年。"

"半年了你还不知道他的真实身份？你们是在谈恋爱吗？"

她抬眼看着马园园，嘴上说是，但声音就已经显示底气不足了，更别说一颗心越悬越高。

马园园又问："他们家当年那些事几乎是满城皆知。你不知道吗？"

她摇摇头，有些机械地发问："什么事？"

马园园理解地表示："不怪你不怪你，你那时既不是圈中人，年纪也还小，不知道是情有可原的。何况过去这么多年了，当时再怎么轰动，到今天也只能算是一桩旧闻。"

她眉头蹙得深了，口气也着急："到底什么事啊？"

马园园还不放心，说："我跟你说了，你回头不会再去问顾子朝吧？你要真去问他，我可不敢说了。"

她更心慌了，不由自主地站了起来："哎呀，你就别卖关子了。"

马园园十分谨慎地将办公室的门掩了掩，然后才细细声告诉她："他是顾家长子嫡孙，也是唯一的男性血脉。当年他爷爷病重，顾家放出话来，谁要是能在老爷子闭眼前为顾家传宗接代，无论男孩女孩，只要生下一个就能得九位数的奖励。"

她很诧异，怀疑起真实性："假的吧？"

马园园接着说："当然是真的啊，我认识的好几位姐姐都争相往顾子朝身上靠呢。那奖励在当年已经相当诱人了，更诱人的是怀上了顾家的血脉，那可是几辈子都不用愁了，况且顾子朝一表人才，能跟他共度良宵又不吃亏。只不过老爷子的心愿没成真。我听说顾子朝雇了八个壮汉保护自己,还对外宣传,谁要是敢上他的床,就把那人扔去荒山野岭自生自灭。他呀,明明是个风流公子哥,可不知道为什么,自那时候起,就生怕被人染指呢。"

她知道马园园没有撒谎的必要,可这些事就跟许多别的京城故事一样带有传奇色彩,突然要安在她认识的顾子朝身上,真是让她一时接受不了。

马园园唤醒陷入沉思的她,特别想探究:"所以你快告诉我,你究竟是使了什么妖术成为顾子朝女朋友的? 又是使了什么绝招让他亲自开车送你来上班的?"

她心情复杂得很,满脑子都糊住了一般,自辩也只能说:"我能有什么妖术。"

马园园倒是格外开心似的,絮絮叨叨说着这城中的往事。

她一句没听进去,过了好一阵,才又问:"他跟他家里的关系是不是不好?"

马园园坦言:"高门大院的事儿,我哪能统统都知道啊。反正那段时间肯定是很紧张的,不然不至于那般针锋相对吧?"又问她,"你们不是谈着恋爱吗? 难道从来不讲家里的事? 只是看看月亮、数数星星吗?"

她与顾子朝二月初相识,三月底重遇,四月中旬第一次共进晚餐,五月的最后一个星期六确定恋人关系,细细算来,牵手成功也才刚刚满了两个月而已。他工作忙碌,应酬也多,半数时间都在外地。天上的星星数不胜数,他们见面的次数倒是两个巴掌就能数得完。

昨晚顾子朝之所以留宿她家,是因为他出差回来给她带了许许多多的时令水果,多到她根本拎不动,而她租住的房子没有电梯,所以他来回爬了三趟六楼,又因晚饭前吃了感冒药,人又累又困,她去泡杯茶的工夫,他就靠在沙发上眯着了。

她想着让他休息一下,就把屋里的灯都调暗了,自己也不乱动弹,免得弄出声响吵醒他。结果他这一眯眼就眯到了半夜,她也倚在另一张单人沙发上睡着了。

他想把她抱到床上去休息,可刚一碰到她,她就醒了。

夜深人静,四目相对,暧昧不明的灯光将彼此映照进了眼底里,满室都是温柔。

魏霜一直清楚地记得,那晚的第一个吻,是她主动的。

魏霜也一直清楚地记得,那晚的自己,满心都是他,连一根针都插不进去。

后来她向顾子朝提出分手,恰逢在汉堡工作的韩思羽归国探亲。

两人在街边撸串喝酒,韩思羽问她考虑清楚了没有。

她以二两的白酒量灌了小半斤二锅头下肚,此刻只感觉天旋地转,舌头都快捋不直了,听了韩思羽的问话,边笑边哭地说:"我只能分手。"

韩思羽长叹一声:"你跟一个过世的人较什么劲呢?"

她大声地嚷道:"我才没有跟宋南妮较劲。"

其实她是在跟自己较劲。

魏霜得知有宋南妮这么一号人物是在她和顾子朝在一起后的第一个圣诞节。

从马园园那儿得知顾子朝的家世后,她心中一直惴惴不安。她从前只觉得虽然顾子朝身家确实傲人,但自己综合起来也不差,配一对大概也能算得上是赏心悦目的,可天上突然砸下来一个重磅消息,她感觉与他之间瞬间就相差十万八千里。毕竟富贵人家尚且可以努力努力,权贵门第她就真是高攀不起了。

思想出现滑坡后,她疑心顾子朝只拿她当情人玩伴,等新鲜劲儿一过,打发她一张支票,感情不感情的,自然都是虚谈。

她有些沮丧,且不想被他用支票打发,所以很快向他表达了自己的意愿,说什么那晚只是擦枪走火,她不会放在心上,也谢谢他前些日子的各种关照,自己在这偌大的京城虽然形同蝼蚁可也不愿意给人当情人玩伴。

她说得一板一眼,他听得眉头紧蹙,最后,他问她:"你不想和我谈恋爱?"

她心里是难过的,但她忍住了难过,还故作轻快地说:"我是不想过阵子你来和我谈给我多少分手费。"

他终于明白了她的忧心,毫不犹豫地承诺:"只要你不提分手,我不会和你分手的。"

他说这话的时候,眼睛里充盈着闪动的光,他是那么认真,一点撒谎哄骗的意思都没有。

仿佛是为了证明自己的诚恳,他陆陆续续带她认识了他的亲人和好友。

每一个人都待她很好、特别好、好到夸张,跟她原来设想的重重困难完全就是天差地别。她感觉自己真是幸运极了,不但有一个对她千依百顺的顾子朝,还有一个对她喜爱有加的未来婆家。她猜想,大概是顾家见顾子朝年纪确实不小了,她的家世条件比起顾家传宗接代来,根本不是问题。

那些日子,她就像是生活在云端,幸福得着不了地。

可云再厚,终会渐渐散去。

那个圣诞节,北京城大雪漫天。

陆柏友做东,请了许多朋友一起玩乐。

多数人都喝了酒,还有些喝得特别多。

魏霜正逢生理期,肚子疼、腰也疼,洗手间跑了好几趟。一个不小心就听到有女声在外补妆的时候说:

"那个魏霜有什么了不起的?还不就是因为长得像那个谁,顾大公子才会对她这么好嘛。"

"像谁啊?"

"宋南妮呀。算了算了,还是不说了,这事是禁忌,万一让顾家的人知道是从我这里传出去的,我就真是吃不完兜着走了。"

两个女声消失很久后,她才从洗手间出来。

拾 白露／未来

顾子朝见她脸色不好，同陆柏友打了招呼说先回去了。

那晚城中堵车堵得很厉害。

她缩在车里一角，他想她是身体不舒服，所以伸臂把她搂在怀里。

他没喝太多酒，身上的酒气并不重，他的身体很暖，她很贪恋。

天空一直在飘雪，一片又一片，全都飘进了她的心里，冰凉冰凉的。

4

中午马园园召唤了王泉一道请魏霜到出版社附近吃火烧。

魏霜二十几日不见王泉，觉得他的肚子又圆了些，比起马园园一百天的孕肚，有过之。

这家火烧店，年岁久、名头大、地处繁华路段，周围各大部委机关林立，从不缺客人。

王泉按照马园园的吩咐，早早去占了座、点了菜，等她们二人一到，立马就开吃。

魏霜喜欢这家的火烧，皮松软、肉入味，往常来这里，火烧一上桌，铁定是要立马拿起来狠狠咬一口，但今日她心不在焉地左一口右一口，好半天也没能吃完一个。

马园园嫌这饭吃得不热闹，嚷嚷着让王泉讲笑话。

王泉苦着一张脸问马园园："笑话一时想不出，讲点别人的是非行吗？"

马园园一双眼睛立马亮了起来，可嘴上却要说："我们是那种爱听是非的人吗？"

355

夏至

王泉顺着她,笑道:"你们当然不是啊,但我听了一耳朵,憋着怪难受的,你就让我讲讲,行吗?"

马园园满意地点了点头,说:"既然这样,那你就讲吧。"

王泉得了指令,便说起来:"我们院的范黎钰,你们还记得吗?"

魏霜看了王泉一眼,没作声。

马园园摇头:"不记得了。"

王泉提醒她:"你不记得了? 范家的小女儿呀,你大表姐跟她是同学。去年开春咱们在这儿吃火烧,遇到过她,你还说她化妆化得很精致。"

马园园在脑海里搜寻了一阵,想起来范黎钰是谁了,问道:"她咋了?"

王泉说:"她要和我们副检察长结婚了。"

马园园的眉头蹙到了一块,追问:"哪个副检察长?"

王泉说了个名字,又说:"其实也不算什么是非。副检察长丧偶有几年了,范黎钰又是单身,他们在一起没有触碰道德和法律,只不过副检察长比范黎钰大十三四岁,不知道范家能不能同意。"

马园园算了算,说:"她和我大表姐是同学,今年也得三十七八了吧? 到了这个岁数,范家兴许会同意的。"她说着,扭头看了看魏霜,见人家没啥动静,于是催着王泉,"哎呀,你看你说的这个是非,男女主角魏霜都不认识,换一个换一个。"

其实魏霜是认识范黎钰的,还同桌吃过几次饭。

顾子朝的朋友们从不在她面前讲他从前的桃花故事,唯独有一次人人都喝高了,絮叨着彼此的陈芝麻烂谷子,正好那日范黎钰也在,夏晨峰就说起二十年前范黎钰倒追顾子朝的趣事。

范黎钰性格开朗,也不扭捏作态,借着酒劲笑哈哈地说:"想我十八岁的时候也是一朵娇嫩欲滴的玫瑰花,追求者不往多了吹,两三个总还是有的,可我偏要舍近求远,眼巴巴地追着顾子朝跑,追了十几年了愣是没追上,如今三十六岁了,就更入不得他的眼了。"

356

拾 白露 / 未来

这玩笑话真假参半，席上的人都笑作一团，连魏霜也含笑睨了顾子朝一眼。

范黎钰顿了一顿，等大家笑声过了，又接着说："我呢，现今算是明白了，这顾子朝啊，不像一般男人永远喜欢十八岁的小姑娘，他呢，一生就只钟情一个款。"她向魏霜座位的方向抬了抬手，脸上仍是堆着笑，说，"魏小姐，我真羡慕你。"

陆柏友这时反应极快，接上范黎钰的话尾就说："小钰，你看，你单着，我也单着，要不咱俩凑合凑合？"

范黎钰轻轻瞥了陆柏友一眼，笑说："我可不跟你凑合，我已经有对象了。"

热点一下子就转移到范黎钰的对象是谁这个话题上。

顾子朝凑到魏霜面前，问她："想吃点什么主食？"

她说："菜心粥吧。"

那晚，她喝了三碗菜心粥才把一直要浮上来的酒气压下去。

那晚，是她第二次听到有人想要提及宋南妮。

那晚之后，她开始悄悄地打听有关宋南妮的一切，任何的蛛丝马迹都不放过，可一个月过去了，没有什么收获。

她想过放弃，毕竟人人都有过去，顾子朝从未问过她邵启华的事，那她为什么非要追究他的昨天呢？宋南妮是什么人，和他有过什么爱恨纠葛，如今在哪里，是否嫁人生子，这些问题她统统不要理会就好了。反正现在她才是顾子朝的女朋友，即便她确实和宋南妮有些相似，可她就是她。

得知宋南妮早已作古的消息是在她已经放弃探究宋南妮是谁的三个星期后。

还是去天津的书展，还是在永乐桥的巨型摩天轮上。

她在摩天轮上坐了一个多小时，觉得还没过瘾，转第五圈的时候，遇到了一对中年夫妻带着一个五六岁大的男孩。

小男孩大概是很喜欢摩天轮，进了座舱后，一点都不惧怕，自己爬上座位,挨着她。

她觉得这小男孩很可爱,于是夸他:"哇,小朋友,你好勇敢呀。"

小男孩仰着头,盯着她看了一会儿,突然喊:"姑姑。"随后回头,拉着他爸爸的衣袖,"爸爸,是姑姑,是姑姑。"

那男人本在与妻子说话,闻言后扭过头来看她。

因地方习俗,有些小孩管未婚的女性叫姑姑,她遇到过不少这种情况,并没有特别在意。她想着摩天轮转一圈二十分钟,既然有缘同乘一个座舱,认识一下,聊几句也不错,于是朝那对夫妻笑了笑。

谁知那两人都一副怔住的表情。

小男孩朝他妈妈喊道:"妈妈,是不是姑姑?是姑姑对不对?是照片里的姑姑吧。"小男孩扭头冲着她反问,"你是我姑姑吗?"

那男人仍是怔着,女人倒是回过神了,轻轻瞪了小男孩一眼,温柔地说:"阳阳,别闹啊。"旋即又看向她,赔起了不是,"不好意思啊,小孩子认错人了。"

她心中升起一团疑云,双手不由得握紧了。

叫作阳阳的小男孩不肯罢休,非说:"就是姑姑呀,照片里的姑姑就是她呀。"

女人面露尴尬地朝她笑了笑,随后将小男孩拉回到自己身边,说:"阳阳,妈妈跟你说过了,姑姑很久以前就去天堂了。咱们把姑姑的照片摆在家里,是要永远记得她、怀念她,但这个姐姐不是你姑姑。"

女人边说着边看了男人两眼,见他仍是保持着刚才的姿势纹丝未动,于是又对她说:"真是不好意思啊。小孩子从没见过他姑姑本人,平时都是看照片,刚才见到你,就误以为你是他姑姑了。你长得和她确实有些像。"

她不自然地抬手摸了摸自己的脸,低声问了句:"是吗?"

女人轻轻点了点头,说道:"我小姑子也很喜欢坐摩天轮的。"

她突然感觉喉咙有点发涩,心跳也不由得加快了一些。她很想挪一挪身体,或者侧一侧头去看玻璃舱外的景色,可她发觉自己根本动弹不得。

女人大概是看到她有种亲近感，多说了句："可惜她去世前这座摩天轮还没完工，所以她去世之后，每年的今天我们都会来这里。"

她问了句："今天是她的生日？"

女人摇了摇头，低声说："忌日。"

她缓了两口气，又沉吟了一分钟，最后试着询问："有她的照片吗？我挺想看看我和她有多像。"

还不等一直沉默的男人和犹豫不决的女人开口应答，阳阳抢先说道："我爸爸手机里有姑姑照片。"

她抬眼看向那男人。

摩天轮已经转到了最高处，五颜六色的光线从四面八方映照进来。他掏出手机，低头在相册中翻找照片。不知道为什么，她能清楚地感觉到他身上散发出的那种紧张而激动的情绪，这种情绪飞快地传送到了她的心里。

男人找到了照片，将手机递给了她。

照片一共有三张，都是用手机翻拍的老相片，并不是特别清晰。

她细细看了许久，然后把手机还给了男人，轻飘飘吐了句："确实很像。"

她没再说话，也没再与男人女人有任何眼神上的交流，只是在最后，终究忍不住问了一句："小朋友，你姑姑叫什么？"

"我姑姑叫宋南妮呀。"

从摩天轮下来后，她在桥头干巴巴吹了很久的冷风，然后给顾子朝打了六个电话。

第六个电话，是陆柏友接的。

陆柏友抱歉地告诉她，晚上几个哥们吃饭，让顾子朝喝多了，自己正陪着在医院打点滴，又问她在哪里，能不能过来照看顾子朝。

她说在天津，陆柏友立马找人将她接回了北京。

她到医院的时候，已经快凌晨两点了。

夏至

顾子朝的点滴早已经打完,此时躺在单人房的床上,是半梦半醒的状态,不时抬起手臂挥那么一两下,又睁眼看了一看她,嘴里含糊不清地念叨着什么。

她以为他是想喝水,于是倒了半杯温水走到床边。她刚一俯身,就被他长臂一捞,扎进了他怀里。

他满身都是酒气,熏得她快要呼吸不过来,他却一点都不肯松手。

她想挣脱开他的钳制,可突地听到他在呜咽。

他舌头打结,吐词不清,细细的哭声也特别难听。

她看不见他的脸,她第一次听到他哭,也第一次听到他说:"我好想你。"

这四个字,就像四把钢刀,硬生生地插进了她的心里。

明明没有指名,也没有道姓,可她知道他想的是谁。

后来她与他分手,顾家上下出动了七八拨人来做她的工作。

舒宝乐因与她关系好,被众人寄予厚望,可也被她一句话就打发了回去。

她说的是:"他心里的人从来都不是我。"

那年她也二十又八了。明明应该已经过了憧憬唯美浪漫爱情的年纪,也不是不懂再轰轰烈烈的爱情都会归于平淡这个道理,在这偌大的城中,能嫁给顾子朝这种家世显赫、才貌俱佳的男人,哪怕只是个替身,任谁看了也会觉得是一大幸事,她非得图人家的真心做什么呢?

可她就是过不了自己这关。

5

虽然午饭没怎么吃,可魏霜工作的时候却是扎实又认真,在电脑前敲敲打打两个小时不休息。

楼下财务结算室的张姐捧着一大盒甘草水果登门拜访的时候,她起了身正准备去趟洗手间。

张姐笑盈盈走进屋来,问:"这是要去哪儿啊?"又说,"先吃点水果吧,刚买回来的,新鲜着呢。"

马园园嘴馋,立马上前接过。她叉了块蜜瓜给魏霜,自己挑了块芭乐吃,问道:"张姐,这么大一盒,花不少钱吧?"

张姐忙说:"提钱多生分呐。你俩尽管吃,千万别客气,反正我是不打算拿走的。"

马园园又吃了口橙子,满嘴的汁,含糊地叹:"这怎么吃得完呀?"

张姐笑着说:"水果不占肚子。"

魏霜叉了块奇异果给张姐,说:"张姐,您实在太客气了,隔三岔五给我们送好吃的,回头我和园园一定得请您吃顿饭。"

张姐接了奇异果,却不着急吃,而是着急说:"我才真是不好意思呢。上回我家那小子犯浑,要不是你帮忙,我们哪能捞得出来呀。说了好些次要请你吃饭你不吃,东西你也不收,我就只能弄点水果零食来表达谢意了。"

马园园听了犯糊涂,待张姐走了,便问魏霜:

"张姐儿子犯啥事了?"

魏霜有意回避:"没啥事。"

马园园噘着嘴抗议:"我还以为咱俩无话不谈呢。"

她只好说:"哎呀,人家的家事,我张大嘴巴往外说多不好啊。"

马园园不肯罢休,又问她:"你什么时候学了捞人的本事啊?"

她反问:"你还不知道我几斤几两啊?"

马园园顿了顿,本想不探究了,可到底还是忍不住,试着问她:"你找他了?"

她将叉子随意地叉在一颗青提上,摇头说:"没有。"

她确实没找顾子朝,她找的是夏晨峰。

夏至

　　在与顾子朝分手大半年后找他的好友办事,这确实让魏霜感到异常为难,所以她老老实实同张姐坦白自己办不成这事,可张姐不信,举出许多她一出面就能解决困境的例子,认定她不是办不成而是不想办,然后铁了心似的,早也求、晚也缠,就差打个铺盖睡到她家门口。她实在没办法了,才不得不厚着脸皮去找夏晨峰。

　　夏晨峰二话没说就把这事给办了。

　　她想着,求人办事办成了,请人家吃顿饭是基本礼数,所以就挑了个周末请夏晨峰和海一去吃粤菜。

　　谁知会撞上顾子朝。

　　他们在餐厅门口正面相遇,尴尬而不失礼貌地打招呼。

　　进入包厢后,魏霜和夏晨峰的老婆海一齐齐看向夏晨峰。

　　夏晨峰哭笑不得地解释:"这绝对是巧合,绝对是巧合。"

　　巧合不巧合的,反正顾子朝坐在他们隔壁包厢是既定事实。

　　夏晨峰去隔壁敬酒的时间里,海一也与魏霜喝了不少红酒。

　　那顿饭从七点吃到十点。

　　夏晨峰最后被人搀扶着出门,海一不放心魏霜自己回去,要拉她上车,让司机先送她。

　　醉得跟烂泥似的夏晨峰这会儿倒是格外清醒,死死拽住海一,挥着手对魏霜说:"我们跟你不一个方向,就不送你了。"

　　魏霜知道夏晨峰什么意思,但那晚她并没有坐顾子朝的车。

　　她打了辆出租车,他的车在后面跟了一路。

　　司机师傅是特能调侃的本地大叔,见过各种场面,对这样的情形判断无误。

　　"姑娘,后面那辆车是你男朋友的吧?"

　　她否认:"不是。"

　　司机大叔可不信她的话,笑着说:"闹别扭归闹别扭,可到底还是关心你安全的嘛。"

　　她头靠着座椅,慢条斯理地深呼吸了几口气后,说:"师傅,您随便开吧,我想看看路灯。"

初春的城市已不再是光秃秃的凄景,苏醒的生物们在暗夜中悄悄地疯狂生长着,偶有那么一两只含苞的小东西,想趁着无人注意时扎进谁的心中,然后狠狠生下根。

那晚,她坐着出租车在城中毫无目的地游荡到凌晨两点。下车前,她看了一眼出租车上的计费表,然后告诉司机大叔去找后面那辆车要车费。

回到家后,她靠坐在床前,哭到天亮。

她从没告诉过任何人,她最伤心的,是他从来没有挽留过她。

其实魏霜昨晚在从深圳回北京的高铁上遇到了顾子朝。

过境深圳的台风不仅让她放弃了飞机,也让顾子朝和他的两个得力臂膀选择了动卧。

如此凑巧地买票到了同一个动卧包厢,真是让彼此既惊诧又尴尬。

随行的那两人见此情形,借口去买饮品后再没有出现过,那狭小的包厢里横在两人之间的就是她的大行李箱。

她以最快的速度收拾好凌乱心情,然后告诉自己,大家都是成年人,这一夜才刚刚开始,总不能过于小家子气一声不吭。毕竟他们当初是和平分手,分手以后他也暗中多次关照,既然在这个情形之下遇到了,说上三两句话才算是得体的表现。

结果她一开口,他也开口。

"你出差?"

"你回家?"

"嗯。"

"嗯。"

异口同声地问,又异口同声地答,真是越发不自然。

列车徐徐离开站台,车速逐渐提高。

她是下铺,难免和他正面对视,于是脱了鞋,躺坐在床上。正好魏琳打了视频过来,问她发车了没有,她说刚发车,魏琳又说:"你这次回去以后,一定要认认真真考虑好到底是留北京还是回深圳,如果非要留在北京,那我们就要开始准备买房子的事了。"

姐妹俩说的是粤语,他并不能完全听懂,但她也不想和魏琳说太多,只简单嗯了声。

魏琳哪晓得这边什么情况,接着说:"按我的意思,你一个人孤零零的就不应该留在北京,深圳会越来越好的,我们一家人在一起也会越来越好。"

她又嗯嗯了两声,然后说信号不好,就挂断了。

不知为什么,当着他的面与家人说了几句关乎她今后生活的事,让她有点心虚。她把手机调到静音,然后放到一旁,又从装糕点的袋里翻出一盒蝴蝶酥和两个冬瓜芝麻馅饼递给他。

他欣然接受了,并表示:"晚饭太赶,没吃什么东西,这会儿还真有点饿了。"

她想着这些东西干巴巴的,吃着噎人,又翻出一瓶绿茶给他。

他扫了扫她放在小桌板下的两个大袋子,半笑着问:"你带这么多零食,是打算通宵从这里吃到北京吗?"

她看了他两眼,不敢再多看,目光飘到别处,口气随意地解释:"带给园园的。"

他撕开了冬瓜芝麻馅饼的包装袋,咬了一口,咀嚼咽下后,问:"她还好吗?"

她说:"怀孕三个多月了。"

他微微蹙了蹙眉头,断定:"看来她的妊娠反应很小,这个时候胃口还这么好。"想了想,又说,"她真是挺能吃的。那顿满汉全席,每个菜她都认真吃了几大口,我从没见过比她更爱吃的女孩。"

那顿满汉全席,是她与顾子朝关系很稳定之后,他主动提议的。邀请的人不太多,都是她平日里关系不错的朋友和同事。

他问她吃什么菜,她倒是说随便的,可马园园特别激动,说顾子朝请客,那得来顿最丰盛的,非满汉全席莫属。

她随顾子朝所赴的饭局不算太多,但顿顿精致,可像满汉全席这样的阵仗也是生平第一回,真正是大开眼界。

被邀请赴宴的赵竹筠三两酒下肚后,拉着她笑说,她与顾子朝能成,自己得算半个红娘。

赵竹筠算半个红娘,另半个自然是邵启华。

说来也怪,她与顾子朝谈恋爱的日子里,一次都没遇到过邵启华,反而是分手后遇到过两回。一回是在商场,她和马园园在折扣店淘宝,马园园和邵启华的老婆看上同一双短靴,谁都不肯退让,僵持到店家打烊,那回她和邵启华都假装不认识彼此。第二回是在地铁上,赶上出行高峰期,两人中间挤着四五个大学生,除了打声招呼,没能说上什么话。

韩思羽为此一直心气不平,说她没能在最风光的时候去前男友跟前扳回一局。

被邵启华劈腿的最初那些日子,她确实心有恨意,想自己这般花容月貌、不求面包求真情,却眼瞎跟了个负心汉,白白浪费了几年青春,可时间一长,恨不恨的,就淡了。后来与顾子朝分手,她一点恨意都没有。

韩思羽问她:"爱的反面是恨,你连恨都不恨他,是不是压根没爱过他?"

她不答,只觉得,爱的反面不是恨,爱的反面是不爱,是淡漠,是不在乎。

可她对顾子朝没有反面。

与马园园和王泉介绍的相亲对象相亲失败后,顾子朝的表哥舒凯乐来找过魏霜。

当初她拼凑宋南妮和顾子朝的故事,顺道拼凑出了这个故事的第三个角色,就是宋南妮的初恋,舒凯乐。作为故事中宋南妮的挚爱,舒凯乐在宋南妮死后远走新疆喀什,一改往昔玩世不恭的形象,成为戍边卫国的好男儿。

魏霜认识舒宝乐的时候，就知道了舒凯乐这个人，但当时他的身份单一，是比顾子朝稍大一点的表哥，舒宝乐的亲哥哥而已。从没有人主动在她面前提舒凯乐，她也未曾特别在意过这个多年驻守在祖国边疆的人物。即便她后来对舒凯乐这个人有了较深入的了解，她也没见过他本人。直到上个月，休假回京探亲的舒凯乐来找她，她才第一次见到这个在宋南妮心中把顾子朝比下去了的人。

舒凯乐约她在出版社附近的咖啡馆见面。

她想过拒绝，但好奇心还是占了上风。

他长得与顾子朝不像，与舒宝乐也不像，可能是因为常年生活在被风沙侵蚀、烈日暴晒的环境中，他的面容看上去十分坚韧，身姿气质也和寻常的世家子弟很不一样。

他们面对面坐着。

他端详了她一阵，随后笑了一笑，心情仿佛是从紧张到松快了，他说："他们都说你像她。但我看着也不是那么像。"

她有点厌倦别人把她和宋南妮比较，口气恢恢地问："舒先生，您找我有什么事吗？"

他于是单刀直入地表明："我是来给顾子朝这个倒霉鬼当说客的。"

她闻言，起身，想要离开。

他叫住她："来都来了，你就不想听听当年的故事吗？"

她有些冷冷地说："关于你们当年的事，我大概是知道的。如果你没有……"

他打断她的话："你知道为什么最后陪在南妮身边的人是我，而不是顾子朝吗？"

她居高临下地看着他，说："最后陪在宋小姐身边的人自然是她最重要的人。"

他发了会儿怔，随后喃喃道："最重要的人……"随后笑了笑，那表情明显是在自嘲。

她见他这样，不由得站着没离开。

他诚恳地请她坐下，说起："她的哥哥、嫂子，都是她重要的人。当然，我也是她重要的人。"

她鬼使神差地听了他的话，重新落座。

他问她："顾子朝跟你提起过我吗？"

她不知他为何这样问，只能委婉地回答："别人提起过你。"

他笑得有些不自然，说："看样子，虽然过去这么多年了，他还在嫉妒我啊。"

她问："你到底想说什么？"

他抬眼看了看她，表示："有个秘密，我守了很多年了。我答应过南妮，永远都不告诉顾子朝。但最近我经常想，我不能告诉他，并不代表不能告诉你吧？"

她在他眼中看到了残留的一丝狡黠，她想，他当年，定也是意气风发的翩翩公子吧。

他徐徐说起："所有人都以为南妮心里的人是我，所以陪她走完人生最后那段路的人是我而不是顾子朝，我当然也很希望她心里的人是我，可惜并不是。当年她知道自己病重无救，不希望顾子朝在她死后走不出伤心地，所以选择欺骗他。她跟他说，从来没有喜欢过他。其实她爱惨他了。"他语速很慢，也有些动情，虽然明显不愿意承认，可他最终还是说了，"对南妮而言，最重要的人，自始至终都只是顾子朝，但他永远不会知道。"

她缓了很久，才问："你跟我说这些，是想让我告诉顾子朝吗？"

他摇头否认，说："我跟你说这些，就是想告诉你，顾子朝是这世上最惨最倒霉的大蠢蛋。他不但失去了陪伴南妮走完人生路的机会，还有可能再一次失去爱人。"

她心里蔓延着难过的情愫，低声说："他并不爱我。"

他长吁了一口气，徐徐地说："我已经很多年没跟顾子朝好好说话了,我很少回北京,回来也不一定能见到他。如果在家庭聚会上遇到了,我们从不提当年的事。南妮的死,无论是对我还是对他来说,都是这一生无法挽回的遗憾,这不仅仅是因为我们的出现造成她人生更多的悲剧,更因为他没能陪她走到最后。你或许听说过,也或许不知情,当年他为了让她在走之前见到她哥哥减刑出狱,答应了爷爷马上离开她的要求。你能想象他那样一个人,一个伸手就能摘到天上星辰的人,只能在家中等待心爱的人死讯的感觉吗?"

不知是他说得动人,还是她听得动情,她眼底里泛起了点点湿润的液体。

他最后问她:"魏小姐,你觉得,像南妮一样活在顾子朝心里一辈子和平平安安与他看完这一生的细水长流哪个才是爱?"

6

顾子朝并不爱吃甜食,可他细嚼慢咽地吃完了一整盒蝴蝶酥和两个芝麻饼。

魏霜以为他是真饿了,又翻出杏仁奶酥和陈皮红豆糕给他。

他没要,指了指自己的脖子,告诉她:"都快顶到喉咙眼了。"

她将零食放回袋里,继续抱膝缩坐在床上。

倒是他的电话铃声打破了寂静。

可他没接听,而是拒绝了来电。

她不由得猜想他不接电话的原因。烦人的工作? 缠身的杂事? 某个关系暧昧的女性朋友?

他仿佛猜到她的心思似的,主动说:"是陆柏友他们几个。本来约了晚上打牌的,结果刮台风,跟他们说改了动卧回去,牌打不成了。他们非不信我。"

她很清楚在城中想结识他的人一抓一大把，但他真正的朋友圈子里就那么几个固定的人。她与他好的日子里，偶尔会陪着他与他们一起打牌。他们在牌桌上说话比较随意，有一次叶至谦说漏嘴，提到他从前最爱去夜总会消遣，出手阔绰，是各路美女们争相献媚的对象。她自然能想象得到他年轻时不可能像如今这般清心寡欲，所以只是一笑置之。陆柏友狠狠瞪了叶至谦一眼，还刻意把自己搭进去说事："我以前也最爱去夜总会，出手也阔绰。"

向来专注打牌、甚少吱声的文景松也挤兑叶至谦："我记得你有段时间都把夜总会当自己家了吧？"

叶至谦见形势不妙，乖乖举手投降。

她当时不明白为何陆柏友那样急匆匆地想把这个话题引到自己身上，后来才晓得顾子朝就是在夜总会遇到宋南妮的，也是后来才晓得她与宋南妮还是校友。

顾子朝说自己是爽了打牌的约，那便是了，他没有必要骗她，也从不会骗她。

他解释了自己为何挂断来电，又问她："你经常坐动卧吗？"

她说："想在家吃晚饭的话就会坐动卧，时间比较合适，睡一觉就到了，不耽误第二天上班。"

他问："应该没有绿皮火车那么吵吧？"

她想起他睡觉一直轻浅，虽然动卧是高科技产物，但毕竟是在轨道上飞速运转，跟装了隔音玻璃的卧室肯定不能相提并论，所以如实地告诉他："稍微好一点。"

列车驶入一条弯道，原本放置在桌板下的行李箱因为惯性滑向了他那边，撞在了他的膝盖处。

她连忙直起身子，想要把箱子拉回来。

他却先一步起身了，双手搬起箱子放到了他的上铺，然后回过身问她："放上面可以吗？"

夏至

她好像压根没办法说不可以,只好委婉地问:"那他们怎么睡?"

他不答反问:"箱子里装的什么,这么轻?"

她说:"煲汤料之类的,不重,但很占地方。"

他蹙了蹙眉,突然笑了一下,说:"我仿佛闻到了榴梿煲鸡的味道。"

她先是一愣,旋即也笑了。

他是土生土长的北方人,没有喝老火汤的习惯,但饭桌上若有汤亦会喝上两口。有回家庭聚会,舒宝乐张罗着去市郊的农家乐玩,那里环境幽静,菜色也新鲜,他吃了半只烧鸡,说了两次那鸡的肉质好,舒宝乐一听,临走非要塞两只宰好了的鸡给他们。她没见过他下厨,她的厨艺也只够勉强不饿死自己,思来想去,这两只鸡唯一的下场就是煲汤,既营养又省事。她问他吃不吃榴梿,他说不排斥,于是就有了榴梿煲鸡。他是拧着眉毛喝下那两碗汤的,活生生一副嫌弃又想尝试的模样。

这已是两年多前的事了,可那画面,魏霜却记得很牢,牢到随时都能在眼前重播。

她渐渐收住了嘴角的笑,心情慢慢沉了下去。她有意不去接他的话,从包里翻出洗漱用品,然后下床打开包厢的门,往车厢连接处的洗手台走去。

她花了十五分钟的时间洗脸刷牙,又在过道里站了一会儿。她想把此时的情形告诉谁,可打开手机,也不晓得能与谁说,怎么说。

十点半,她返回包厢,他不在。

她看着他刚才坐过的,此时已是空荡荡的床铺发了会儿怔,然后关了灯,背对着门躺下。

韩思羽曾说,她与顾子朝分手,分得藕断丝连。倒不是他们还有直接的往来,只是她总能偶然地从各处听闻到他的近况,也时不时会有他的亲人朋友在她面前晃荡想让她知道,他与她一样,仍是单身,甚至连她社里的头面人物也曾透露他对她的暗中关照从未停止。

他就像她头顶一张迟迟没有落下的网,这网并不是无边无际,也没有确定收拢的时限,他从来都是不急不缓的,甚至允许她逃,只是她自己总也迈不开脚。

是她没用。

是她常常躲在被子里流眼泪。

是她时时只能偷偷地想他。

是她放不下这段感情。

此刻,在黑暗中,她的眼泪随着飞驰的列车而散落。她整个人蜷缩起来,身体止不住地发抖,也忍不住发出细细的呜咽声。

顾子朝是在魏霜已经哭完,情绪平复得差不多的时候回来的。

包厢里黑漆漆的,他借着走道的灯看到她纹丝未动的背影,便以为她已经睡着了。

他刚才去餐车同余一航和徐锡跃坐了一会儿。

他没有提魏霜,他们也就当作压根没遇到过她。

那二人聊天南说地北,他大多时候只是听听,有时干脆连听也没听进去,光是人杵在那里。

十一点半时,一直叽叽喳喳的徐锡跃终于忍不住打了个哈欠。

他叫徐锡跃回包厢睡觉,徐锡跃连连摇头,旋即要找乘务员买泡面,说自己精神好得很,只是肚子有点饿。

余一航借此请他早些回去休息,又说自己与徐锡跃下了大注,谁先睡着了谁的钱包就要遭殃。

他当然知道他们的用意,所以不再勉强,留下二人在餐车大眼瞪小眼。

从餐车回包厢,两分钟的脚程,他在中途又停顿了一些时间,站在两节车厢的连接处,看着小小车窗外飞逝而过的两三星火出了神。

今晚遇到魏霜,真是纯属巧合。

虽然他每次到深圳就会想起她,但城市那么大,两个并不在此地生活的人要在此地遇上实属万难。刚才看到她坐在包厢里,他非常惊

夏至

诧。他下意识怀疑这是不是家中有人刻意安排，但转念觉得自己的想法很荒唐。他是临时改乘动卧，而她也不可能会接受他家中的别扭安排。

所以大概还是缘分吧，就像他们在永乐桥上的摩天轮重逢，是老天爷安排下的。

其实他在三亚第一次见到魏霜的时候，立马就给远在福建的发小尹家年打电话，激动得前言不搭后语。尹家年听了半天没懂他的意思，问："你到底在说啥？"

他在泳池边急切地踱步，眼睛不时瞟向不远处正跟陈洁说话的魏霜。他也不知道为什么自己此时就是不能把话说清楚明白，听得尹家年这样问，脱口便出："南妮回来了。"

尹家年在电话那头沉默了一阵，才出声："子朝，我知道你很想南妮，可她早就死了，不可能再回来。"

他抱着手机僵在原处，好不容易活络了一会儿的心霎时结了冰。

第一个将宋南妮的死讯告知他的人是他爷爷的秘书，冯帆。

他那时同顾老爷子做了保证，为了让宋南妮见到宋彬安然无事，自愿不再见她。他在家中老老实实静坐了大半个月，无论艳阳高照还是刮风下雨，他没离开过家门半步。起初顾妈妈还为自己的宝贝儿子终于迷途知返而感到高兴，可见他日日这般，一颗心悬得更厉害了，生怕他做出什么自损的事，于是屈尊降贵地去请他平日里关系好的几个朋友来家中做客。他谁都不见，连最疼爱的小堂妹顾子珺来了，也被他推出门外。

冯帆敲他房门的时候，是晚上九点多。

他正坐在书桌前修理一台三十年前的老收音机，零部件拆了一桌子。他没心情应门，干脆不吱声。

过了一阵，冯帆又敲了敲门，隔着门板告诉他："宋小姐刚刚过世了。"

他几乎是瞬时从座椅上弹了起来，三步并作两步冲到门前，打开门就抡起了拳头，把冯帆狠狠打倒在地。

冯帆比顾子朝稍大几岁，他的身手矫健得很，平日里三两个顾子朝都不见得能近他的身，可那晚他没还手，作为一个局外人，他有自己不得不执行的命令，也有自己的恻隐之心。

从那夜起，没人敢在顾子朝面前提宋南妮死了的这个事实，他也一直假装她没死。

但宋南妮毕竟是死了的，任何人都回天乏术。

与魏霜在三亚一别后，他并没有找过她，他告诉自己，她是他对南妮的思念幻化而成的一个泡影，非要抓在手里肯定会破灭的。如果不是在摩天轮上重遇，他大概永远都不会去打听她的事。

上个月舒凯乐回京，家庭聚会上，他与他照例简单地问候，照例喝了两杯小酒，本来也应该是照例各回各家，但舒凯乐突然提议去撸串。

舒凯乐离京多年，对城中好吃好喝的地儿早已生疏，他带舒凯乐去了家人气很旺的湘西小串店。舒凯乐举着十二串精致的烤牛油粒，直摇头，笑叹："这分量要在新疆，肯定被客人砸店。"

他立马加了一百二十串烤牛油粒，又笑问："还想吃点啥？"

他们自幼在一起玩耍，自幼相互看不惯，凡事都要较劲，饭桌上若只有一个鸡腿，必定得一人一半，折腾二三十年，从来分不出个高低输赢。后来因为宋南妮，更是闹到差点连兄弟都没得做，如今四十岁了，彼此都成熟了，也能坐在一张小桌子上和和气气地聊会儿天。

那晚的画面倒是牢牢印刻在顾子朝脑中的，可他与舒凯乐到底聊了些什么，他一点都不记得了。

可能真的都只是生活中的琐事，跟南妮一点关系都没有。

7

刚过五点,马园园就开始盼着下班了。她在并不宽敞的办公室来来回回踱步子,嘴里碎碎念念。没过一会儿,她的手机响了,是王泉来了,让她下楼。

她笑嘻嘻地请魏霜帮自己打掩护:"如果……"

魏霜见她心思早就飞走了,自觉接了后边的话:"如果主任来找,就说你在洗手间。"

马园园一走,办公室顿时清静了。

魏霜抬手看了看表,五点十二分。

她起身去倒了半杯温水,喝了两口,然后端着杯子走到窗前,小心翼翼地往窗外的林荫道看了看。

即将进入下班高峰期,这条路上的车渐渐多了起来。

昨晚顾子朝回到包厢的时候,她并没有睡着。

黑暗中,她努力保持着均匀的呼吸,不想让他听出自己的异常。

耳边全是车轮摩擦轨道的声音,在那个安静的环境中尤为清晰。

她感觉他并没有躺下,可能是一直坐在床沿的。

时间仿佛被拉得很长很长,她不知道是几点钟了,精气神也被消耗得差不多了,脑子有些迷迷糊糊的。毫无征兆地,低沉的声音传到她的耳边,是三个既寻常又难得的字。

"对不起。"

她当然一夜未睡着。

清晨发现列车晚点,他说送她,她却说塞车赶不及上班,要去挤地铁。

他陪她挤了地铁。

在爆满的车厢里,他们靠得很紧。

从灯市口地铁站突出重围后,他问她:"晚上有空吗?一起吃个饭。"

　　她没有立即答复他。

　　他很快又说:"我来接你。"

　　她抬眼看了看他,他的目光让她感到一股自然的暖意。

　　那天舒凯乐问了她一个问题,永生铭记和细水长流哪个才是爱情。

　　这个问题,她想了很久。她答不出究竟哪一个才是爱情,或者为什么不能两个都是爱情。

　　此时,她已不想成为顾子朝永生铭记的人,她只想同他朝与暮,朝朝与暮暮。

拾壹 惊蛰、重生

> 她一度以为，人生最糟糕的事情是失去最爱的人，后来终于明白，其实最糟糕的事情是，因为太爱一个人而失去自己。

1

雨是在半路开始下的。先是零零星星几颗落在玻璃窗上，然后在飞驰的列车和迎面而来的寒风间迅速聚集，一串又一串，匆匆滑过透亮的玻璃窗，向着列车后方飘落而去。两片厚重的乌云不知何时遮挡住了天空，一道雷光在不远处的山顶劈闪而过，巨大的轰隆声瞬间吓醒了原本躺在妈妈怀抱中熟睡的小女孩。

乐绮看了看在妈妈怀中嘤咛哭闹的小女孩，又扭头看向车窗外。

天气预报说，这几日都是阴天，太阳藏在云里不愿见人，已入三月，比起寒冬，气温有所回暖，但也并未显示会有降雨。

她现今是一家商务旅行社的私人导游。干他们这行的，最怕就是赶上雨天。小雨还不打紧，撑一把漂亮的小伞或是干脆在蒙蒙细雨中游览漓江，那江上风光亦是别有一番滋味，可一旦遇到中雨以上，预先安排好的行程基本会被打乱，当然，也有个别非要按计划执行的执着甲方。

去年开春,她接了个从西班牙马德里来的五人团。二十几岁的年轻男女,精力充沛且游玩时间紧迫。因精力充沛,他们处处都想去;因游玩时间紧迫,计划里的项目,他们连顺序都不许更改。她陪了他们整整三天,在看完《印象·刘三姐》后,终于毫不意外地病倒了。

她半夜里浑身发烫,呼吸困难,从床头找出手机想打给客栈老板娘花姐寻些感冒药吃,结果脑袋发晕、眼睛发蒙,拨错了几个电话后才找到花姐。

花姐见她情况不对劲,急急忙忙将她送到了县里的医院。

她整个人没有一点力气,意识也很模糊,根本不晓得自己被灌下了什么药,输入了什么液体。等醒来的时候,已是翌日中午,睁眼就看到正坐在她床边大口大口吃着盒饭的李晶晶。

李晶晶见她醒了,顾不上咽下嘴里的饭菜,张嘴就说:"我真是快被你吓死了。"口齿含混不清,语气里夹杂着责怪和忧心。

她轻轻笑了一笑,觉得浑身酸痛得很。她咳嗽了两声,用有些嘶哑的声音打趣了李晶晶一句:"快被吓死了,也没忘记把肚子填饱嘛。"

李晶晶将盒饭放到床头柜子上,并取了体温计往她腋下一塞,然后才说:"昨晚花姐给我打电话,说你不行了。吓得我和老彭连夜从南宁开车过来,路上我就一直在骂他。他这个三流旅行社的十八流负责人当得太不称职了!把你的工作安排得这么密集,是想累垮你不成?"

她连忙解释:"不怪他,是我自己提出要多带点团的。这不马上过年了嘛,我就是想多拿点年终奖。况且,我不是没事嘛。"

李晶晶眉头一蹙:"都烧到39度多了,还没事啊?要真把人烧坏了,上哪儿讲理去?"

她抿了抿嘴,稍稍停顿了一下,想起正事,问李晶晶:"那几位游客呢?"

李晶晶说:"老彭送他们去机场了。"又宽慰她,"你就别操心那些了,安心休息,我在这儿陪你两天。"

她问："那旅行社怎么办？"

李晶晶哼哼两声，笑道："就那小破旅行社，离了我照样能转。"

倒也不是完完全全的小破旅行社。

从规模上讲，确实很小，加上老板老彭和老板娘李晶晶，正式在编的人只有七个，另五个分别是老彭的小妹、小妹夫，李晶晶的大侄子、大侄女以及她，但从服务质量、服务对象和服务费来看，套用一句老彭自吹自擂的话，那可是国际化的水准。

小妹负责南亚，小妹夫负责日本，大侄女负责韩国，李晶晶负责俄罗斯，最不济的大侄子也能用及格水平的粤语和广东、香港、澳门团相聊甚欢。两年前，她在李晶晶的盛情相邀下，重新捡起了导游这一职业，加入了他们这个"家族企业"，开辟了西班牙语团，老彭高兴地对外宣布，"鸿途旅行社"正式冲出亚洲，走向世界。

如此响亮的口号，她实在没好意思像他们那样大大方方喊出声。

她身体里没有一颗冉冉升起、能量爆满、蓄势待发的小太阳，至少，现在已经没有了。

好在商务旅游对导游是否外向开朗、是否如话痨般叽叽喳喳没有具体要求，大部分的游客都比较斯文，她只需要尽到自己的职责，不必刻意营造那些欢乐气氛。

起初，不知情的小妹总想改变她这一风格，甚至在她们刚开始相处的磨合期里，还曾在老彭租来的那间大气漂亮的办公室中对她稍显冷淡的态度进行过批判，说她业务能力虽然一流，可一个真正的好导游并不只是让客人领略山水之美，自身的热情也应该一并奉上，而她根本没有热情。

她没有对此反驳，反而是李晶晶把小妹劈头盖脸地骂了一顿。

姑嫂为此生了嫌隙，缓了大半个月，关系才稍稍好些。

她为此感到自责，觉得自身问题很大。

李晶晶朝她呸呸呸了好几声，并强硬地说："你不要凡事都觉得是自己的问题！你能有什么问题？每个人的性格不同，带团的方式不同,反正最后只要客人感到满意就行了,你不要因为别人的几句话就怀疑自己! 怎么就不能是别人的问题呢?"

有些事,是不是别人的问题,其实李晶晶和她都很清楚。

她们是大学同学,又是同乡,四年里无话不谈。毕业的时候,李晶晶留在了成都,而她为了离家近些,回到了南宁。

她们都找到了旅行社的工作,成了导游。

那时的她,每天都有使不完的劲儿,游客们喜欢她的活泼开朗、热情有礼,旅行社的老同志们称赞她小小年纪办事周全,连同行都会主动关心她的冷暖。

那时的她,宛如飞翔在漓江上空那些自在快乐的小鸟儿,即便遇上风暴也从不气馁退缩。

后来,邹一程提出离婚。

她问为什么。

邹一程给出的答案是:

"你已经不是我认识的那个人了。"

她第一次见邹一程,就是在漓江渡头。

时值盛夏,是泛竹筏游江最好也最容易遇到不可抗力因素的季节。

那日的暴雨来得十分突然。

她带的二十几人的湖南团和其他许多游客一同被困在了渡头,既不能按原计划乘竹筏去往阳朔方向,一时也调不来空闲大巴车带他们走公路。

渡头的几间休息室里挤满了或是急躁发火,或是笑闹逗趣,或是忙着吃喝的游客,在这熙熙攘攘的景象中,她原本是不太可能遇到邹一程的。

她遇到他,是因为她实在饿了,闻到不知从哪里传来的泡面香气,感觉自己的肚子里犹如哪吒闹海一般折腾。为了满足口腹之欲,她跑到了隔壁小卖店。

夏至

小卖店很小，经过游客们陆陆续续的"洗劫"，到这会儿可供选择的吃食已经少得可怜。至于她想吃的泡面，很不幸，被人先一步拿走了。

她自然是要看这人一眼的。

这人皮肤有点黑，理着寸头，生了一双好看且炯炯有神的眼睛。他弯腰拿到最后两盒麻辣牛肉面后，直起了身子，比她高了大半个头，身材比例很是不错。

他也看了她一眼。

她以为他会说点什么，通常在这种情况下，年轻且看上去有一定风度的男士会有让女士心情愉悦的表现，比如用略带歉意的语气说一句"不好意思，先你一步"，或是干脆大方一点，分一盒泡面给她。

但他仅仅只是看了她一眼，然后转身，利索地在食品架上拿了些其他东西去找老板结账。

她站在小卖店门口将两个茶叶蛋囫囵吞下，也没能成功驱散因为没吃上泡面，加上陌生人的一个眼神，弄得心里腾起的一股莫名其妙不爽快的念头。

好似中了邪。

结果中邪的事才刚刚开始。

两个茶叶蛋下肚后，暴雨突地就停了。

待这一波激流淌过去，景区工作人员开始安排游客们坐竹筏游江。

竹筏不大，除开一位撑竹筏的师傅，每只竹筏就能坐四位游客。

她将所带旅游团的游客们一一安排好后，与一位六十几岁的大妈单了出来。单出来的人，自然要与其他人拼一拼。排队的游客中，要么是一人，要么是三人以上，问了一大圈，才从很后面的队伍里找到一男一女两人。

这一男，是邹一程，这一女，是邹一程当时的女朋友。

这位邹一程当时的女朋友，姓林名珊怡，福建漳州人，在南宁高速公路治安管理局工作,她舅舅是贵州某飞行旅的政委,曾是邹一程的直接领导,二人经林珊怡的舅妈介绍认识,在一起已将近一年。因为日常相处中堆积了些矛盾和不愉快,所以林珊怡提议一起游山玩水,将俗世烦恼先放到一旁,缓解缓解紧张的关系。谁知出了门,双方暴露出的问题愈发多了,从南宁一路走来,几乎没有意见一致的时候。

当然,这些情况,都是后来她和邹一程渐渐熟悉之后,他主动告诉她的。那时的她,对他的过往还未见得有多在乎,听他说完,也只是玩笑着说:"她是福建人,你给她买麻辣牛肉面,她不跟你闹脾气才怪呢!"

他闻此言,微微蹙了蹙眉,半笑着问她:"你是不是一直怪我把两盒泡面都买走了?"

她本想否认,但很快改变了主意,故意承认,还一本正经地点头:"是啊。"

其实,她之所以对泡面这事印象深刻,主要原因在林珊怡。

那日,他们同乘一只竹筏。

他和一直数落他不关心、不爱护、不在意、不紧张自己的林珊怡坐在前排,她和一直称赞桂林山水甲天下的大妈坐在后排。话题南辕北辙,但互不干涉,倒也相安无事。

她之所以在眼看着就要到岸边了,却还是没忍住将前排二人的话听到耳朵里,是因为林珊怡批评他买了两盒麻辣牛肉面,而一直沉静的他突然反驳了两句,这不轻不重的两句话,把林珊怡给惹哭了。

她不是没见过情侣吵架。带了那么多旅游团,每天不敢说,每隔三五天,必定是要去给团里的老夫妻、小情人们劝架疏导的,她听过各种各样的吵架理由,而为了麻辣牛肉面吵架的,还是第一次。

但话说回来,他买错的麻辣牛肉面和被她一气之下摔坏的飞机模型一样,终究只不过是压垮骆驼的最后一根稻草而已。

他不可能跟别人说,他和林珊怡是因为麻辣牛肉面而分手的。

她也不可能跟别人说,他们离婚,是因为一个飞机模型。

2

待高速行驶的列车穿过那两片厚重乌云的领地后,雨势就渐渐变小了。

没有了电闪雷鸣的恐怖情景,蜷缩在妈妈怀里的小女孩终于不再哭闹,安静下来的她,睁着一双还含了些泪水的眼睛看着乐绮,一副惹人怜爱的模样。

乐绮对小女孩笑了笑,然后从随身的包里找出一小袋蔬菜饼干递给她。

小女孩第一反应是伸手拿饼干,但手伸到一半,又看向自己的妈妈,在征得妈妈点头同意后,她奶声奶气地向乐绮说了"谢谢",然后将饼干拿到手里。

女孩妈妈便主动同乐绮聊起了天。她说她们母女这趟是回柳州娘家给孩子外婆过生日,又说自己年纪大了才生的第二胎,带孩子有些力不从心之类的话,最后问了句:

"你孩子多大了?"

乐绮稍稍顿了一顿,然后礼貌地回答:"我没有孩子。"

倒也是有过孩子的。

在她和邹一程结婚的第四年。

他们第二次见面,已是第一次见面后的翌年夏天。

她的一位表姐随在空军服役的表姐夫从衡阳一块儿调到了南宁。

某个周末晚上,表姐夫做东,请了单位一些关系不错的同事吃喝谈天,而心急她没有对象的表姐则趁着这机会,将她叫了来。

虽是好心,也是好事,可通知得太突然,她手上的工作一时丢不开,等忙完再去到饭馆,他们已经吃得七七八八了。

她和邹一程都不是一眼认出对方的。在表姐热情地向她一一介绍完在场的新面孔，且吃完了这顿饭剩下的三三二二，大家准备各回各家、各找各妈的时候，他稍稍凑近了她身旁，轻声问了句：

"我们是不是在哪里见过？"

他旁边有好起哄的人听到了这句话，立马笑话他：

"邹一程，你跟人家姑娘搭讪的话是不是太老套了一点啊？"

因为这句老套的话，她都还没来得及好好认识认识在场的其他男青年，就被表姐劈头盖脸而来的话给包围住了。

一上车，表姐就拉住她的手，很是愉悦地说：

"我跟你的想法一样，我也觉得他们那些人里，邹一程是最好的。"

她被表姐这句话弄得脸都涨红了，连忙否认："我没有这个想法。"

坐在副驾驶位的表姐夫对表姐提出质疑："你才认识他多久？两个月都不到，见了三回还是五回？有没有做调查研究？这么快就下定论了？"

表姐反驳："你们这些搞政工的，就是理论多！我们女人就不同了，我们讲直觉。"

表姐夫满是嘲笑的口气："讲直觉？我看比较像不讲理吧。"

表姐立马接话："我问你，邹一程在你们师里是不是一颗正在飞升的小星星？你们领导是不是很器重他？他长得是不是仪表堂堂？谈吐是不是很得体？"

表姐夫见这架势，改口称："是是是，你说的都是。"

表姐满意了，笑着朝她挑了个眉头，旋即又问："他家庭条件怎么样？"

表姐夫实话实说："我怎么知道啊？"

表姐认为："你一个副主任，有义务关心关爱每一名干部，包括他们的家庭情况。"

关心关爱干部家庭情况的表姐夫在三天后将邹一程的底摸了个大概。表姐听取完汇报后到旅行社来找她。

夏至

表姐噼里啪啦地说,她尴尬地听。基本情况介绍完后,表姐叹了声气,略有些遗憾地表示:

"他自身是很优秀,但家里五个哥哥姐姐,条件都还很一般,父母年纪也比较大了,看样子是帮不了他什么,没准以后还要跟着这个最有出息的小儿子一起生活。我们姐妹俩实话实说,小姑小姑父虽然是在县城里工作,但毕竟只有你这一个女儿,条件上,无论如何都比他家要好些。我本意想帮你找个条件略好些的人家。所以,这事还是要你自己决定。"

她特别想告诉表姐,她和邹一程真的一点都不熟,撇开漓江初见那次先不提,前几日晚上吃饭,也就说了三五句话而已,实在没有到决定什么的程度。但为了不打击表姐的积极性,她委婉地表示,此等大事,需要好好想一想。

这一想,就想了近两个月。并不是她有意推脱,只不过时值旅游旺季,她很忙,好不容易到休息日,恨不得把自己栽在床上睡到天荒地老。当然,在忙碌与忙碌之间的空隙里,她也想过邹一程几回。

首先,她必须诚实地承认,对邹一程确有好感,但同时,她太清楚自己是个什么样的性格。大二那年,她谈了个男朋友,半年后被劈腿,花了一年多的时间才慢慢恢复过来。感情这东西,她要么不拿,拿起来了就很难放下。别人会不会因此受折磨不好说,反正她自己是深受折磨的。她也想谈恋爱,与邹一程,或是与别人,但她不想再经历分手。

可是谁能保证谈恋爱不会分手呢?

第三次见到邹一程,是在初秋的一个下午。

她去表姐家过周末,原本是和外甥在家属区的空闲地打羽毛球,后来被隔壁篮球场的欢呼声吸引了过去,变成了篮球场周边众多看客中的两员。

邹一程恰巧也是一名看客。

只不过在一众穿着较为随意的家属和身着迷彩服的官兵堆里,一身制式春秋常服的他显得略有些格格不入。

这点格格不入，也使得她一眼就发现了球场对面站着的他。不过她可没有冒冒失失与他打招呼，而他的注意力似乎都在球场上，并没有注意到她。

她和外甥没能看完整场比赛就被表姐夫叫回家吃饭了。

吃饭的时候，表姐问她考虑得怎么样。

她嘴里嚼着饭菜，腾不出空吱声，但脑子里不由自主地闪过了刚才邹一程站在球场外的画面。她很想将这个问题糊弄过去，所以这口饭菜吃得特别慢。

表姐往她碗里夹了块排骨，并说："飞行员可是很抢手的，你再这么犹豫下去，他早晚会成为别人碗里的菜。"

饭后，她帮表姐收拾了厨房，又与外甥玩了会儿飞行棋，离开的时候已将近九点。

虽是刚入秋，但夜里的凉风已不可小觑，拂面而来，那股生冷的感觉，让她只想走快些才好。

她是经过篮球场的时候被邹一程叫住的。

他起初并没有直呼她的名字，"喂""喂"了两声，见她没有反应，才喊："乐绮。"声音里带着些迟疑，像是不能完全确定自己是不是叫对了名字似的。

她停下了飞快的脚步，回身朝声音传来的方向看去。

他穿了一身体能短衣短裤，左手捧着篮球，不急不缓地朝她走过来。

那晚，他们仍旧没说上几句话。

因为他宿舍就在两百米外，这么点距离，只够他确认他们一年多前曾在漓江有过一面之缘，外加解释为什么下午的比赛他没有上场。

"我要是上场了，这比赛的胜负就没有悬念了。"

听起来，口气十分自负。

后来，她常在休息的时候到表姐家串门。

夏至

有时会遇到他,更多的时候遇不到。

她从表姐夫的口中得知,他们飞行员有许多训练任务,日间或是夜间,驻地或是外地。

但她和他,终归是熟悉了起来。

冬至,表姐夫邀请了好些同事到家中吃饺子,这好些同事中,自然是有他。

那晚,她也喝了一些酒。

她酒量很浅,三四小杯下肚,人就有点轻飘飘了。

表姐见他们二人像是渐入佳境了,于是怂恿着他送她回家。

他一点都没有推辞,大大方方将她送回了家。

再后来,他们开始单独见面。

虽然因为彼此工作都很忙碌,见面的次数不多,但见面的时候总有许多话可说。

农历新年后,他们确定了恋爱关系。

同年入夏后,他们见了彼此的父母。

七年后,在他们刚开始闹离婚的那段日子里,她一直在反思:她和他之间的问题,到底是什么时候开始出现的?那时她得出的结论,是在他们见过彼此的父母后。

她很早就知道他的家庭情况,也曾因此略有过犹豫,可她觉得既然爱他,那他的家人,就算她做不到爱,至少要做到尊重。

可现实情况永远不是想的那么简单。

他的父母对她不太满意。他们认为自己的儿子如此优秀,从前谈的女朋友非富即贵,个个都强过她这么个小县城出身的小导游。

而她的父母,同样对他不太满意。他们认为自己的女儿形象气质俱佳,工作成绩突出,想要找什么样的男朋友会没有?为什么非要找个不能顾家又不能赚大钱的军人?

出师未捷。

但那时,这些问题并未影响到他们对彼此的感情,他们在父母都不太满意的情况下结成了夫妻，高高兴兴搬进了家属区一套两室一厅的房子里。

新婚的甜蜜，足以让人将所有烦恼抛之脑后。

他们都不介意彼此早出晚归或是十天半个月出差不着家，他们都觉得，彼此是在为梦想、为美好的未来努力拼搏。

那时的她，仍然宛如飞翔在漓江上空那些自在快乐的小鸟儿，即便遇上风暴也从不气馁退缩，反而因为心中有爱人而更加勇敢坚毅。

她放弃导游这份工作，是在他们结婚两年后的夏末。

他因长期劳累、餐食不定时等原因，患上了严重的胃溃疡，在医院一住就是半个多月。

那年是旅行社二十周年纪念，社里做了许多宣传，折扣力度也很大，报团的游客超乎寻常的多，她手上的团一个接着一个，实在推不掉，根本抽不开身照顾他。

他父母从保定千里迢迢赶来南宁，见到家中最金贵宝贝的儿子瘦了那么大一圈，儿媳妇却还不在身边照顾，不满意的情绪直接挂在了脸上。

他父母在南宁住了一个月。

这一个月下来，她明白了一个道理，合不来就是合不来，合不来就是连晚饭吃炒面馒头还是米饭菜这么日常简单的事也很难达成一致意见。

为了让他父母放心回保定，她做出了他们结婚后第一个错误决定。

辞去旅行社的工作，接受组织的安排，在他单位的服务社当个售货员，留出更多的时间照顾他的生活起居。

3

女孩妈妈带着小女孩在柳州站下了车。

正值傍晚,夕阳穿过已发出嫩芽的树枝照进站台,光线柔和而温暖。

柳州这座城市,乐绮在刚开始当导游那几年时常来,现今,除非有游客提出要求,她才会将它列入行程。

她并不是特别喜欢这座城市。

她与邹一程的第一个,也是唯一有过的一个未成形的孩子就是在柳州怀上的。

那时他们之间虽然有一些矛盾,但还不至于到动不动让对方陷入难堪的境地。

他去云南驻训两个月,回来后单位给了几天假。

她本想与他一起回趟父母家,但赶上他战友结婚,在柳州摆喜宴。

他向来很重视战友感情,又是结婚这种大喜事,他同她说:

"你父母随时都能去看望,可战友结婚就一次,必须要去的。"

理是这么个理,但她心里不太高兴。她一不高兴了,就照例给李晶晶打电话。

李晶晶安慰了她一番,最后又忍不住把话说回来,表示:"这邹一程说话吧,实在有点直硬,给人感觉就是,他总是有理,可总是没感情,不会拐弯,不会哄人,还有点大男子主义,凡事好像都以自己为中心去考虑,对女人的心思呀,简直就是一窍不通!"

她边听李晶晶说话,边细声叹气。

她不是不懂那个道理,世上没有完美的人,有这样或那样的缺点,是再正常不过的事。她也不是不能包容他的缺点,只不过日子久了,缺点仍旧是缺点,不见好转,反而因为工作忙碌还加重了,这就有些恼人。

她曾因为他的不懂、不会甚至可以说是不想关心人,而与他闹过几次脾气。

起初,他会说几句好听的话哄哄她,后来仿佛也倦了,她一闹,他就离开房间,留下一室的寂寥。她知道,他的每次离开,都是在等她自己想清楚、想明白,他大概也在疑问,为何女人总是莫名其妙发脾气。

在柳州参加完婚宴,他陪她回了趟老家。

他拎了大大小小许多礼品,在家中那两日做事情麻利勤快,她爸妈也还算满意高兴。

表姐跟她说,婚姻与爱情是天地差别的,爱情只需要两情相悦,婚姻不但需要两个人共同维护,有时候还需要一个孩子来维系。

她二十五岁跟他结婚,二十九岁才怀上孩子,本是一件值得高兴的事情。可她去医院检查,医生问了句,受孕那阵子有没有过度饮酒。她想了想,那几天里,他醉了好几场。

她堂姐家的孩子就是因为受孕时堂姐夫饮酒过度,导致孩子从小身体就有这样那样的毛病。她实在担心,便与他商量,这个孩子能不能不要。

其实她并不是非要拿掉孩子不可,她是想在他那儿寻个安心,寻几句安慰的话,可正巧碰上他因为提职受阻心情不好,又听到她说不想要孩子,他一时没给她好语气。

翌日,她做出了他们结婚后的第二个错误决定。

拿掉孩子。

这个决定,让她一直后悔到现在。不是因为如果有个孩子,她和邹一程可能不会走到离婚那一步,而是如果有个孩子,那她对人生会有更多更美好的期待。

拿掉孩子后,她在家休养了半个月。

半个月后,她回到服务社上班。

渐渐,各种流言蜚语通过各种渠道传到了她的耳朵里。绝大部分的人不理解她的行为,只有少数与她关系还不错的嫂子会关心关心她

夏至

的身体健康，关爱关爱她的情绪起伏。

邹一程从未为了孩子的事与她起过争执，他甚至没与她再为了任何事起争执。他在战友、朋友们面前，依然风趣健谈，而回到家后，他时常沉默，把更多的时间花在做飞机模型上。

他们的婚姻陷入了泥潭。她很想挽回，可越是动弹，越是陷得更深。

他出差的频率越来越高，她独自在家的日子越来越多。

她不知道自己是从什么时候开始变得如此不快乐，她不再对来服务社选购商品的官兵们笑脸相迎，不再热情地同家属区的老老少少们打招呼问候，甚至与营门哨兵都会为了一点小事而起冲突。

他与她长谈过两回。

他们都承认彼此存在问题，也试过改进。

他尽量多回家，尽量说些能逗她开怀的趣事。她每日将家中整理得井井有条，无论他回不回，都会准备他爱吃的菜。

他们都在努力，努力让婚姻回到正轨。

这些努力，并不是完全没有效果，在泥泞与泥泞的空隙，他们也有过几个月和谐相处的好日子。

他们贷款在市区买了套商品房，她主动说，等明年交了房、装修完后，请他爸妈来小住。他则提及小区附近的小学和初中都是很好的学校，以后不用愁孩子上学的事。

那年，他已三十又四，同龄的战友早都当爸爸了，他想要个孩子，确在情理之中。

可惜，她没再怀上过。

因为怀不上孩子，她总想用更多的爱去弥补他。她几乎将所有的感情都倾注在了他一个人身上，以至于忘记了，爱太多、爱太重，会将被爱的那个人压得喘不过气。

他开始逃避，而她不停追逐。

她紧张他的每一次晚归，趁他去洗澡时查看他的手机，向他的朋友打听他的行踪,等等,等等。那些她曾鄙视的行为,在不知不觉间占据了她生活的大部分时间。

为此,他也与她长谈过两回。

但再怎么谈都已经不管用了。

连表姐都说她,越来越疑神疑鬼。

她摔坏他亲手做的飞机模型的那天,其实是个很平常的日子。

他结束了一天的飞行训练,晚上八点多回到家,象征性地吃了两口她为他准备的饭菜,然后去洗澡。

他的手机就放在客厅的茶几上,她一如既往地控制不住自己的双手,拿起了他的手机,想要查看内容,但手机解锁密码不对,试了所有能想到的数字,都行不通。她心里突地蹿出一股火苗,猛地将手机摔在沙发上,但片刻后,觉得这样不对,又急急忙忙将手机捡起来放回原位。

她不敢再站在客厅,仿佛是怕被某种很难抗拒的力量所控制,而做出一些并不完全符合她初衷的行为。她强迫自己走到卧室,然后拉开衣柜,将那些本就摆放得整整齐齐的衣物统统翻出来堆在床上,然后再将它们一件一件叠好,一件一件放回衣柜里。

他洗完澡后没进卧室,而是径直去了另一个房间,并关上了房门。

她能猜到,他一定又在捣鼓他的飞机模型,可猜到总不如亲眼看到来得放心。她泡了茶,切了水果,推开房门送给他。

如她所料,他果然就是在做飞机模型。

他未抬眼看她,也未抬眼看那茶和水果,他的注意力全都在手中的模型上,连那句礼貌又生冷的"谢谢"都像是不经意从嘴边漏出来的。

她知道,他不想被打扰。可走出房间,她又忍不住推开刚刚被自己掩上的房门,问他:"明天早上想吃什么?"

他说:"不用麻烦,我去食堂吃。"

她好似没听到他的这句话,接着说:"米粉还是饺子? 我今天包了你爱吃的香菜猪肉馅的饺子,要不明早吃饺子吧?再煎两个鸡蛋。"

他说:"你自己吃吧,我去食堂。"

很难再继续假装没听到这句话了。

她关上了房门,转身去客厅看电视。

综艺节目十分欢闹,主持人和嘉宾们笑语连连。

她双眼盯着不停闪动的电视画面,神思却飘得很远很远,电视里的人们说了些什么,她一个字都没听进耳朵里。

她起了身,拧开房门,一步一步走到他身后。

她的这一连串动作一点都不莽撞,反而格外缓慢轻巧。她很希望他能抬头,能回头看看自己,哪怕就一眼,哪怕什么话都不说,可他没有。于是,她的动作在顷刻间变得跳脱起来,飞快地抢下他手中的飞机模型,然后狠狠摔在了地上。

如今的她已不记得当时自己究竟是为什么在突然之间压制不住内心躁动的情绪,又或许,那些情绪已被压制得太久、太多,就算不在那个晚上迸发,也会在不久的后来喷发。

他提出离婚。他说他已经不认得她了。

真是好笑,一个跟她同床共枕了七年的男人,居然说不认得她。

她当然不同意离婚。她那么爱他,爱到只有他了,怎么可能愿意失去他?

她找了他的父母、他的领导、他的朋友,找了所有可能劝得动他收回"离婚"这两个字的人,可他们绝大多数竟都认为离婚对她和他而言未尝不好。

外援指望不上,她只能自己一遍一遍地去恳求他,恳求他再给她一次机会,再给他们的婚姻一次机会,她是真的真的不能没有他。

可他铁了心一般,协议离婚不成,就走诉讼离婚的程序。

一场离婚,前前后后拉扯了近三年。

他把他们在市区买的房子给了她。

十年婚姻,最后她得到的,不过是一套空荡荡的房子和一副身心

拾壹 惊蛰╲重生

疲累的皮囊。

她不甘愿，一点都不甘愿。

4

列车抵达桂林的时候，天色已经完全黯淡。

与旅行社长期合作的商务车司机小亮已在车站等候乐绮。他接上乐绮，然后调转方向开往机场。

乐绮这次来桂林是因为接了从智利来的四人旅游团，他们在上海转机飞桂林，航班一个小时后落地。

说起来，她会重新拾起导游这份工作，李晶晶出了百分之九十的力气。

在邹一程提起诉讼离婚后，她没再去服务社上班，整日就是坐在家中绞尽脑汁、想尽办法去挽回他。而他那时，已很少回家，要么主动申请出差，要么直接宿在办公室，偶尔回来，也不怎么同她说话。

起初，无论他态度如何冷淡，她总是拿出自己最好的脾气对他。后来，她绷不住了，什么话难听就说什么，他好像也从不在意，任她如何破口大骂都不还嘴。再后来，她动过两次手，他只是将她钳制住，等她情绪稳定下来才松开她。

他们也试过冷静地坐下来谈一谈。

可一个想离婚，一个不想离婚，无论如何都谈不到一块儿。

就这样诉讼耗了两年。

离婚后，她搬到了市区的房子，爸妈从县城来陪她同住。

她一日三餐照吃、觉照睡，会与人说笑，也会逗一逗院子里的猫猫狗狗，只是每当看到别人家的小孩，就会忍不住红了眼圈，然后半天不

393

夏至

想开口说话。

已回南宁安家的李晶晶见不得她这副丧气的模样,非要拉她去旅行社上班。

她不想去,李晶晶就隔三岔五上门来叨扰,别的不劝,就猛说她这么大一个人天天在家吃父母那点微薄的养老金,实在不像话。

拉扯了两个多月后,她重新捡起了老本行。

忙碌的工作将她的时间填充得满满当当,钱包重新充实了起来,日子好像也重新充实了起来。

大家都觉得,她心上那道深不见底的伤口在慢慢愈合,只有她自己清楚,她只不过暂时找到了一块烂布将它掩盖起来罢了。

很不幸,几个月后,这块烂布被一阵大风掀走。

她患上了甲状腺癌。

好在发现得早,所以情况还不算糟糕。

邹一程从表姐那儿辗转得知了消息,托关系帮她找了肿瘤医院最好的医生做手术。

李晶晶对此的评价是,十年夫妻,他到底还是个讲感情的人。

她很快住进了医院的双人间,同病房的是位八十六岁的老太太,十分健谈。

老太太比她早一天来,因为身上还有一些别的大大小小的毛病,所以手术前的检查项目很多。

她们同住了两三天。

白日,她爸妈在,老太太的儿女也在,病房里总是吵吵闹闹的。

晚上,剩她和老太太在房间。

说是两人聊天,但基本就是老太太在讲自己的生平,而她只需要打开耳朵听。

她总是听得十分入神,太入神了之后,神思又飘到了别处。

老太太总是努力将她唤回来。

两人被安排了同一天手术,手术的前一夜,老太太问她害不害怕。

拾壹 惊蛰＼重生

她摇摇头，说不害怕。

老太太也摇摇头，然后伸出自己苍老的手握住她有些干瘦的手，语重心长地说："孩子，你怎么能不害怕呢？每个想好好活着的人都应该对进手术室感到害怕才对呀。"

可是，她就是不害怕，因为她并没有那么想要好好活着。

老太太见她眼神不对劲，又说："我老婆子活了八十多岁，什么事情没经历过啊。你听我一劝，这世上，没有什么事重要过生死。有些坎，你现在觉得很难迈过去，等真的迈过去了，再回头看看，其实也就那么回事，最重要的是把自己心态调整好。只要自己心态好了，别人怎么样、别的事怎么样，都不会影响你。你要知道，只有做自己，才是最快乐、最正确的。"

她勉强挤出了个笑容给老太太。

老太太也笑了笑，说："我会看相，你的福气呀，都在后半生呢。"

翌日一早手术，医生给她打了麻药。

她很快昏睡过去，再醒来，已是傍晚。

她爸妈和李晶晶都在病房里坐着，见她醒了，纷纷落了眼泪。

她一时吱不出声，但见他们如此，也不由得落了泪。

到晚上，老太太仍没回来。

她指了指旁边空着的病床，将疑问的眼神投向爸爸。

爸爸告诉她，老太太在手术过程中引起了其他疾病反应，人没能救过来。

她脑子一蒙，久久不敢置信，昨夜种种，尽在眼前回放。

她在医院住了三天，出院收拾行李的时候，护士提醒她别忘了带上窗台放着的那盆连一个花骨朵都没有的月季花。

她看了那盆月季一眼，告诉护士，这花是老太太的。

护士说，老太太在进手术室前说了，要把这盆自己一直随身带着、细心养护多年的月季送给她。

她想起自己住进来的第一个晚上，因为想起邹一程，心里难过，所

夏至

以在窗户边干巴巴站立了许久。老太太明知道她并不是在赏花，却还故意笑问她，是不是眼馋那盆月季。她略有些尴尬。老太太很是得意地说："这花跟了我很多年了，特别旺盛。"

她将月季花带回了家，放在阳台。

她对养花没有经验，也没有太大兴趣，甚至忘记了它的存在。

直到一个多月后，她去阳台晾衣服，赫然发现这盆月季花不知何时冒出了几只花骨朵，红的、粉的、黄的，确是一副生机勃勃的样子。

她想起了老太太，想起了那一晚，老太太说的那些话。

很奇怪，她当时一点都没有将老太太的话放在心上，反而是过了这些日子之后，才将那些话一点一点收回心上。

她把月季花从阳台的角落挪到了自己的房间。

不晓得是花真的有清香，还是她臆想出来的，反正夜深后，她躺在床上，总觉得周身萦绕了一缕能让人安宁的气味。

她渐渐睡得安稳起来，心态也渐渐平和起来。

她一度以为，人生最糟糕的事情是失去最爱的人，后来终于明白，其实最糟糕的事情是，因为太爱一个人而失去自己。

拾贰 夏至 / 勇敢

是了。

别的问题都能解决。

别的困难都能克服。

唯有"不喜欢"是没办法勉强的。

1

陆宝露是在出早操跑步的时候摔倒在地的。

当时已经快七点,太阳从平地里露出了整个身子,金色的光线洒在塑胶跑道上,很是亮堂。带队的值班员是患有中度强迫症的杨科长,他见不得队伍里的任何人步调有误,所以几乎是不停歇地喊着:"一二一、一二一……节奏把握好,不要乱……一二一、一二一……后面几个女同志,不要掉队……一二一……"他力求每个人的脚掌落地时都踩在一个点上。

梁小可向来对这种不分男女老幼,不看腿长腿短,一味追求队形整齐划一的行为很反感,杨科长越是叨叨,她越是反着来,节奏力求"二一二"。

陆宝露夹在两人中间,左右为难,一个不留神,两条腿没倒腾过来,自己把自己给绊倒了。

夏至

同时,还有梁小可的一声尖叫。

这一声尖叫,成功地引起了正在操场上散步的领导们,以及跑步、拉单杠、做俯卧撑、打军体拳的一众普通官兵的极大关注。

当时的陆宝露,因为摔得确实有点重、有点疼,而没有及时发扬"只要我不尴尬,尴尬的就是别人"这种自我催眠精神,导致她无法立即弹起来,拍拍手脚,对机关的战友们说出"没事没事,我没事"的话。

事后,也就是两个小时后,她的闺中男密刘一鸣抱了一堆水果到她办公室搞慰问。他看了她已经消过毒、涂抹了一些透明药膏的左胳膊和左膝盖,觉得受伤面积虽然有点大,但伤口不深,三两天就能结痂,十来天就能好全。他出操时跑在队伍前列,对陆宝露摔倒的经过很好奇。

陆宝露刚剥了根香蕉塞到嘴里,含糊不清地回答:"脚底打滑。"

正吃着荔枝的梁小可插话:"分明是被心事压垮的。"

陆宝露睨了梁小可一眼,骂道:"垮你个头!你还好意思说话?要不是你非要和杨科长唱反调,我两只脚会倒腾不过来?我摔倒了,你不在第一时间把我扶起来就算了,你尖叫个什么劲?想让大家都看到我出丑的样子是吧?"

梁小可眉头一蹙,辩道:"天地良心,我只想让某个人看到你摔跤了,以此激发他对你的怜惜。我怎么知道大家的耳朵都这么好使!"

陆宝露翻了两个白眼送给梁小可:"那我是不是还要做面锦旗送给你啊?"

梁小可嘿嘿一笑:"锦旗就算了。"然后指了指桌上那一大串荔枝,"这个送我。"

刘一鸣猜了个大概,正想说点什么,却见葛副主任拿着十几页稿纸走进了办公室。他和梁小可向葛副主任问了好后立马撤出办公室。

陆宝露看到葛副主任手里拿着稿纸,一种不祥的预感旋即涌上心头。

果然,葛副主任交代她:"这个发言材料我整理好了,你拿去给政委看看。"

她一脸为难:"我啊?"

葛副主任慢条斯理地说:"你们罗科长今天请假,冯崎一早就被主任带去检查部队了,孙干事和叶干事一个出差一个休假,你们科就剩你了呀。"说罢,反问她,"你不去,难道让我亲自去?你抓紧点时间,下午就要开会了。"

她内心特别想回答:当初这发言材料,政委明明是让罗科长准备。你一副主任,都部门领导了,不安安心心管意识形态,非要在政委面前表现,将这活揽下,结果自己水平有限,稿子被政委退回来三次!现在知道难了?丢不起脸了就把我推出去挨批评?这什么世道啊!

但人生在世,内心的想法和实际的行动,往往不能一致。

她一个干事,总不能跟副主任拍桌子吧?

她只能硬着头皮,拿着这又臭又长的稿子去找政委,心想,无论政委怎么批评,她都尽量保持心如止水,绝对绝对不还嘴。

谁知,政委办公室门前竟站了一长溜人。要么等着汇报工作,要么等着签文件,要么像她一样是来背锅的,竟还有一对闹离婚的,等着政委给调解。

她一边在心中感慨政委确实很忙啊,一边和几个同志聚在一角,聊天聊得火热。

这几个同志里,有位特别爱八卦的兰干事。

兰干事很是操心地表示:"政委自己都离婚了,他怎么给人家小两口调解矛盾啊?"

同志一号说:"我觉得政委口才好,特别会做思想工作,调解个家庭矛盾,对他来说太简单了。"

同志二号好奇:"我听说政委离婚很多年了,你们说他为什么不再婚呢?"

同志三号是政委的忠实拥护者:"没遇到合适的呗,或者,没有人

夏至

他眼的人。毕竟他自身太优秀了!"

兰干事立马赞同:"咱们政委有能力、有素质,还有长相!虽然经常批评人,可他从不在背后玩阴的,做人做事公道正派,很有个人魅力。他还给区里首长当过秘书,见过的大世面多着呢!"

同志一号问:"他是哪一年的?"

同志三号立马回答:"他提拔很快的,年初到咱们单位,好像刚满43岁。"

兰干事说:"男人四十一枝花。我觉得吧,喜欢他的人肯定很多,但是他都看不上。"

同志们纷纷点头。

同志三号见陆宝露没动静,于是问她:"陆干事,你觉得呢?"

她略有些不自然地咽了咽口水,一本正经地说:"我觉得我们在政委办公室门口说他的八卦,好像不太好吧?"

兰干事呸她:"别扯淡了,你和梁小可聚在一起讨论的八卦还少吗?"

她只好改口,说:"我觉得他可能想为强军事业奉献终生。"

再没有比这更让人无法反驳的答案了。

他们的政委,裴方安,年初从湛江提任来此,不到四个月时间,单位上上下下旧貌换新颜。按说,新官上任三把火是惯例,日子久了,该怎么样还是怎么样。可裴方安不同,他的火势压根没有减弱的迹象,更不可思议的是,他把大家烧得心甘情愿。连一向颇有些傲气的梁小可都说:"在裴政委的带领下,咱们单位今年肯定能甩掉后进的帽子,重返先进的行列!"

先不先进的,那都是年底的事。

对陆宝露来说,当前紧要的,是把葛副主任交给她的烫手山芋呈给裴方安。

她刚才来得晚,排在队伍最末,轮到她面见裴方安,已是十一点。

她先是理了理衣服,然后走到门口,停下,打了声报告,又敬了个礼。

裴方安忙着翻阅桌面上的文件,没有抬眼看她,只说了声:"进来吧。"

她于是走进了他的办公室,然后毕恭毕敬将文件夹呈到他面前,并说:"政委,这是葛副主任给您准备的下午开会的发言材料。"

他还是没有抬眼看她,只疑问:"他自己怎么不来?"

她愣了一下,随后撒谎:"他……他身体不舒服。"

他却一针见血地指出:"他是不敢来了吧?"

她在心里给他的推测点了个赞,但面上不能揭自己领导的底,所以没接这话。

她不出声,他反而放下了手上的文件,抬头看她。

他长就一副典型的政工干部的模样,皮肤白净,眉眼分明,高高的鼻梁上架着一副无边框眼镜,看人的眼神永远都给人一种他在细细观察你的奇妙感觉。

她实在没敢跟他对视,趁他抬了眼,连忙将文件夹又往他面前递了递。

他根本没看那文件夹。他的目光从她脸上直接滑到她的左胳膊上。他原是想说点什么的,但不巧,张副旅长领了几名新上任的飞行员来汇报思想。他于是接过了她递来的文件夹,说了句:"不用再改了。"

可算完成了任务!

陆宝露走出裴方安的办公室,长长吁了口气。

她向葛副主任复命。

葛副主任将她好好表扬了一番,又感叹:"早该让你去的。你叔和政委是同学,他横竖是不会批评你的。"

关于她小叔叔和裴方安是同学的事,她对天发誓,绝对不是她泄露出去的。

事实上,她根本不希望有人知道这事。

夏至

　　她觉得,现如今,自己和裴方安,能避讳就避讳,能少打照面就少打照面,做一点私人瓜葛都没有的上下级,她可能会好过一点。

2

　　中午,食堂的菜式全是陆宝露爱吃的。

　　她毫不犹豫地把自己吃得很撑,以至于胃有些难受。午休时间在床上翻来滚去,一分钟都没睡着。

　　与她同住的梁小可问她是不是伤口痒痒。

　　她说不是。

　　梁小可便笑嘻嘻地说:"那就是心痒痒。"

　　她看着梁小可,故意说:"我手痒痒,想打人。"

　　梁小可连忙抱着被子将自己裹住,笑说:"我身子骨弱,别打我。要打就去打那个让你心痒痒的人。"

　　她有些怅然。

　　梁小可也配合气氛地叹了口气,随后告诉她:"我今天去场站领装备,碰到卢伟了。你都不知道,他对你的关注简直让我有种毛骨悚然的感觉!他不但知道你今天早上跑步的时候摔了跤,还知道是哪个卫生员帮你伤口消的毒,知道你涂的什么药。他是在你身上安装了监视器吗?"

　　她的怅然瞬间消失了,变成了紧张:"你说得好吓人。"

　　梁小可接着说:"当初吧,我还劝你接受他。咱们女人嘛,在被爱和爱之间,选择被爱是比较幸福的。可是现在觉得,他对你的这个感情,实在,实在有点过头了。再这么下去,我看他可能要到机关楼前拉横幅,横幅上写着'陆宝露,我爱你一万年'!"

她唉声叹气："我已经拒绝过他很多次了。微信删了,电话也拉进黑名单了。你说我还能怎么办?"

梁小可从被子里伸出两根手指头:"两个办法:第一,你结婚;第二,要么你离开这单位,要么你把卢伟弄到别的地儿去。"

结婚? 这个办法暂时行不通,毕竟结婚这事需要两个人才能完成。

至于走人? 她觉得这个办法也不是长久之计。天地再广阔,也有山水相逢的一日。

你看,她和裴方安一年多没见面,一见面,他就成了她的领导。

心中万般滋味,无人能全懂。

有那么两次,她看到卢伟种种执着的行为,仿佛看到了曾经的自己。

曾经的她,对裴方安也有过执念。

其实她和裴方安,认识得很晚。

是三年前的初夏。

她年满三十岁,远在长沙的家人们为她的个人问题操碎了心,她的小叔叔陆广晟,因为与她同在广州又同在部队服役,所以被全家人寄予了厚望,几乎可以说是到了不给她找上对象,他也不用再回家了的程度。

重压之下,她被迫相了很多次亲。

可结果仍是惨不忍睹。

陆广晟也疲了,无奈问她,到底想找个什么样的。

她的回答是:

"找个我喜欢的。"

这话,说了等于没说。

她初见裴方安,是在陆广晟给她安排的一场相亲宴上。

那日,她其实很不想去。

一周七天,二四六都被安排上了,换了任何人,大概都不想去。

夏至

但陆广晟说：

"今晚吃海鲜，你就当出来改善伙食嘛，一大桌人，保证你不尴尬。而且那小伙子很不错，比前面那十几个强多了，我不敢说你一定会喜欢，但应该不会排斥。"

都说到这份上了，她就姑且再去一次。

她从不迟到，陆广晟说六点，她五点四十五就到了饭店，结果包厢里一个人都没有。她等了二十分钟，仍不见有人来，寻思着出去看看究竟，谁知一开门，竟与想要推门进来的人撞了个满怀。

撞了人本不是什么要紧的事，要紧的是，这一撞，把她的小心脏给撞歪了。

眼前这人，模样虽然与"小伙子"这个称呼略有一点点差距，但这一点点差距丝毫不影响她立即对他产生了好感。

后来，梁小可对此的评价是："你那是见色起意。"

她要反驳！不过反驳得很无力："他只是长得让我感觉很顺眼。"

顺眼，实是个很微妙的词儿。

那晚的相亲宴，她对她小叔叔的同学，裴方安，一见钟情，至于原定的那位相亲对象，她连他姓什么都没记住。

当然，她没敢将自己这个大胆的情感告诉陆广晟，因为连她自己都不太敢立马承认这个大胆的情感。

她将这份大胆的情感憋了几日，最后实在忍不住，告诉了梁小可。

梁小可先是惊讶得说不出话，随后问她："你喜欢他什么呢？喜欢他年龄大？还是喜欢他离过婚？"

她当时躺在床上，完全就是一副小女儿心思被公之于众后，既害羞又欣喜的口吻："喜欢是一种特别奇妙的感觉，你不懂。"

梁小可点头："嗯，我不懂。我倒要看看谁会懂你这个'特别奇妙的感觉'。"

她认认真真想了想，觉得在总医院泌尿科给人通"下水道"的发小郑元元以及与她同一个单位的男闺密刘一鸣或许能懂。

很不幸。

郑元元表示："我们家苏能耐比我小五岁,你觉得我能懂你为什么会对一个大咱们十岁的男人一见钟情?"

不幸中的万幸。

刘一鸣表示："我虽然不懂,但我会在精神上鼓励你,行动上支持你。"

她很受感动,当晚就请刘一鸣在单位旁边的大排档吃了一锅焖羊肉。

她跟刘一鸣说,她到这世上三十年,第一次产生了想和一个人共度余生的念头,这实在太难得了,她必须牢牢抓住这个念头。

可惜她没有裴方安的联系方式,也不能向陆广晟打听他的联系方式,正当左思右想不得其法时,刘一鸣发挥了重要作用。

刘一鸣的表哥在区机关某处,与裴方安是同事。吃了她一锅焖羊肉后,他不但帮她弄到了裴方安的联系方式,还顺道打听到了一些裴方安的私事。

梁小可认为："讲别人私事好像不太道德吧?"

刘一鸣指了指办公室那半敞着的门:"那你出去,别听。"

梁小可不急不缓地走到门口,认认真真将门关上、锁好,又说:"所以咱们得做好保密工作。"

说起来,他们仨与裴方安都是校友,只不过裴方安上大学的时候,陆宝露和刘一鸣正念小学三年级,梁小可则是忙着在幼儿园跟人抢橡皮泥。比他们高许多届的裴方安,毕业后被组织分配到了邵阳的某个山头,在山头干了两年后提升到位于衡阳的团机关,因为在写文字材料这方面颇有造诣,得到了上级的赏识,三年后跟着上级一道调进了广州的区机关,职务"蹭蹭蹭"往上走,工作单位再没变动过。

耳朵竖得比陆宝露还直的梁小可很是着急,催促刘一鸣:"你能不能先讲重点?这位裴叔叔是什么时候结的婚?婚姻持续了多少年?离婚的原因是什么?"

夏至

陆宝露差点喷出一口老血："裴……裴叔叔？"

梁小可一脸正经："比我大十三岁呢！我还不能尊称他一声'叔叔'啊？"

陆宝露一脸无奈。

梁小可旋即说："不过你放心，如果他跟你好了，我绝对不当着他的面叫他'叔叔'。我叫他'安哥'，你们觉得怎么样？"

后来，也就是今年年初，老政委提拔到海口，新政委裴方安走马上任。

院里的官兵齐聚大礼堂，参加宣布任职命令大会。

台上坐着的领导们忙着向组织表忠心、表决心，台下坐着的刘一鸣故意打趣梁小可："终于见到了你裴叔叔真人了，你有啥感觉？"

梁小可坦言："感觉他长得很年轻，'叔叔'这两个字配不上他。"说罢，推了推一旁的陆宝露，问，"你有啥感觉？"

她有啥感觉？

她感觉自己要倒大霉了！

3

下午的会议是两点半开始。

刚过两点，陆宝露就拉着梁小可往会议室赶，理由是，得早早去占据有利地形。

梁小可呸她："你指的'有利地形'就是离主席台越远越好！"

开会，听台上或是视频里的领导们长篇大论，向来不是件有趣的事。若是精神头好，最多就是屁股在椅子上坐着，脑子飞到外太空遨游，若是赶上精神头不好，眯眼摸个鱼、会个周公什么的，那坐在前几排就太危险了。所以但凡说开会,会议要求提前十分钟入场完毕,那就得提前二十分钟去抢占后排的位置。

当然,最近情况发生了一些变化。

先是零星几个同志,然后是小部分同志,再然后是大部分同志,最后是绝大部分同志,只要是裴方安主持会议或是上课发言,前排的位置就成了特别抢手的香饽饽。

因此,早早来到会议室,早早在后排落座的陆宝露和梁小可就显得格外不合群。

负责组织会议的杨科长冲两人嚷嚷:"第二排还有一个位置,你们俩补一个上来。"

前两排向来是领导们的专座,陆宝露瞄了一眼,又算了算人,然后对杨科长说:"葛副主任还没来呢。"

杨科长告诉她:"他有事请假了,不参加下午的会议。"

梁小可立马断定:"他一定是觉得自己写的稿子太烂,不好意思听!"

杨科长催促:"梁干事,你在嘀咕什么?政委马上到了,你赶紧补上来。"

梁小可偏不听杨科长的调度,翻着白眼回了句:"我不!"

傲娇的声音略有些大,好些前排坐着的同志回头看她们二人。

被看看倒也无妨,只不过这时,裴方安正好走进会议室。他大概是好奇为何有十几个后脑勺对着自己,所以也扭了脸往她们这方向看。

画面真是尴尬。

为了第一时间化解尴尬,陆宝露连忙从座椅上弹起来,也顾不上左膝盖附近那道面积不小的伤口了,飞快地走到第二排,一屁股坐在空位上。

一天之内被同志们关注两回的感觉真是不咋样。

好在,同志们的注意力很快转移到了坐在主席台上的裴方安身

夏至

上。

陆宝露长吁了一口气,但旋即,又蹙起了眉头。

裴方安压根没带稿子啊!

啧啧啧,他可真是毫不掩饰对葛副主任文字水平的鄙视。

她顿时觉得葛副主任这个假请得很合适。

实话说,裴方安确实很能讲,也很能写,标准高且要求严,放眼整个旅,文字材料呈到他面前而不会被三番五次打回来改造的,也就那么两三个人,一个是她的科长罗文斌,一个是梁小可的科长李渐弘,剩下那个介于两和三之间的半个人,正是她陆宝露。

对于她得到的这一殊荣,梁小可表示:

"你毕竟算是他的半个学生,他的意图,你总还是比旁人要更容易领会到的。"

是了。

当初她绞尽脑汁想出来的,能光明正大接近裴方安的方法,就是向他学习如何正确理解领导们的意图,以及如何将领导们五花八门的意图转换成对上华丽工整,对下通俗易懂的文字。

对于她绞尽脑汁想出来的这个方法,郑元元认为可行性很低。人家裴方安可是区首长的秘书,每天要处理首长的公事私事、大事小事,可能都恨不得把自己掰成八瓣来用,怎么可能有时间去指导一个大学同窗的侄女写材料?

她觉得郑元元说得颇有道理。

可她实在想不出别的招儿了,只能死马当活马医。

她在一个夜黑风高的晚上,躲在被子里,怀揣着忐忑不安的心情,向裴方安发出了加微信好友的申请。

三个小时后,申请得到了通过。

她高兴地尖叫一声,把睡梦中的梁小可吓了个半死。

梁小可嘟囔她:"都一点多了,你还不睡觉,想当神仙吗?"

神仙,固然也是想当的,但眼下,她最想当的,是一个能和裴方安有接触往来、有思想碰撞、有情感交流的普通女性。

在得知陆宝露想向自己学习如何写好各类文字材料的意愿后，裴方安十分大方地送了她一个容量高达1个G的大礼包，大礼包里面是各式各样的电子版材料。他告诉她，无论她想写什么类型的材料，都可以在这个大礼包里头找到模板。

她万万没想到，自己绞尽脑汁想出来的能与他搭上话的法子，被他点点鼠标，按下发送键就给了结了。

但她没有泄气。

她花了半个月的时间，认认真真研读了大礼包里头的所有材料，然后给他发信息，表示有些疑难重点问题想当面向他请教。

不巧，他出差去银川了。

她耐心地等了十来天，终于在一个周日的晚上见到了他，以及他的同事们。

他说自己出差这段时间，处里所有工作都堆在了几位年轻人身上，他们很是辛苦，难得今晚大家都有空，所以叫出来消个夜，请她不要介意。再者，大家都是战友，她有什么不懂不会不理解的问题，在座的文字高手们会一一帮她答疑解惑。

其实她原本也觉得，单独跟他见面，自己的表现可能会有那么一点点不自然，现下，他领了好些人来，这点不自然瞬间就烟消云散了。

大家撸串喝酒，聊天吐槽，到凌晨两点才散场。

翌日早晨大交班，她一双眼睛肿胀得像两个核桃。

刘一鸣问她："干吗？昨晚告白被拒绝了？哭了一夜啊？"

她没接话，只抬手揉了揉眼睛，觉得揉完后，眼睛更不舒服了。

梁小可回答刘一鸣："她凭一己之力用啤酒灌倒了裴叔叔的四个同事，眼睛能不肿吗？"

刘一鸣微微蹙眉："姑娘家家的，在意中人面前喝那么多酒，不太好吧？"

其实她原本也觉得，在裴方安面前，自己应该收敛收敛本性。据

夏至

刘一鸣提供的资料，他的前妻是个争强好胜的事业型女性，他们因为理想信念不同而分道扬镳，所以想来，他应该喜欢温柔婉约、善解人意、处变不惊的成熟女性。

说到此处，郑元元毫不客气地打断她的想法。

"那他肯定不会喜欢你。虽然你在年龄上已经很成熟了，但你内里还是个小姑娘，不符合这个标准。"

她朝郑元元嘟嘴。

郑元元又说："而且我告诉你，你千万不要刻意在他面前隐藏你的本性，你是什么样就什么样。相信我，装模作样没有好下场。"

事实上，她压根没有"装"的机会。

他们第二次、第三次、第四次吃饭，饭桌边总会出现他的同事甲乙丙丁。同事甲乙丙丁们都夸她性格直爽酒量好。

一传十、十传百，两个月后，走样走得十分夸张的传闻，飘进了陆广晟耳朵里。

陆广晟问她："听说你有喜欢的人了？"

她当时正在喝湖藕排骨汤，闻此言，喉咙眼儿被呛得特别难受，忍不住直咳嗽，眼泪都飙出来了。她瞄了陆广晟两眼，心想，既然陆广晟已经知道了自己喜欢裴方安的事，那就不必再遮掩了，索性大大方方承认，反正无论别人同不同意、认不认可，她都不会动摇初心。

结果，没等她喉咙眼儿缓过劲，陆广晟又说："黄晓凡那小子我见过两次，挺灵活的，年纪跟你差不太多，人长得也精神，家庭条件还挺好。"

黄……黄晓凡？？？

她两道眉头拧成了一团。

真是天大的误会啊！！！

她当即否认了陆广晟的想法，并解释说："我跟黄晓凡不过是一起吃了几顿饭而已。我怎么会喜欢他呢？"

陆广晟不太相信："你不喜欢他？那你跟他吃那么多顿饭干什

么?"

她磕磕巴巴说:"我……我那不是想跟裴方……"觉得称呼不对,改口"裴叔"还是不对,再改口,"裴秘书,想向裴秘书学习怎么写材料嘛。是裴秘书每次都带上他的,跟我没关系。"

陆广晟还是不太信:"真不喜欢黄晓凡?"

她斩钉截铁回答:"不喜欢!"

陆广晟看了她两眼,然后说:"裴方安忙得很,你别有事没事地打扰他。"

她才没有总去打扰裴方安。

她只不过是每天给他发一两条笑话段子、一两句关心问候,偶尔抛出一两个跟工作学习无关的小问题。而他通常不会立即回复,一般都是两三个小时,或是四五个小时后才回复。

有次,她问他在西安上大学的时候,有没有去"老米家"吃过羊肉泡馍,他时隔二十四小时后才回了她两个字:"去过。"

她吐槽他:"裴秘书,你的反射弧比赤道还长。"

一分钟后,他给她回了捂脸和抱拳的表情。

那是她第一次吐槽他。

很快,她吐槽了他第二次、第三次……第六七八九次。

他总是用捂脸和抱拳的表情来回应她的吐槽。

梁小可很疑惑:"捂脸的表情我大概能理解,可是这个抱拳是什么意思?万分感谢?还是江湖再见?"

她咬了一口菠萝味的冰棍,满嘴的清凉。她告诉梁小可:"是'请见谅'的意思。"

梁小可先是恍然大悟,而后感慨:"果然是有代沟,像我这种二十几岁的小姑娘真的没办法跟裴叔叔一个频道。"旋即好奇,"你怎么知道的?"

她答:"我问了本人。"

4

陆宝露倒不是特意去问裴方安,他究竟是如何定义抱拳这个表情的。

那时的情况是,她成为他的微信好友三四个月了,除了每日或是隔日那几句不咸不淡的交流,以及每次见面都是一大桌人吃饭外,她与他没有别的交集。

梁小可指出:"照这个情况发展下去,一年后你能不能单独跟他见个面、吃顿饭都难说。"

她大叹一声,万分无奈地说:"我能怎么办?难道跟他说,裴方安,我喜欢你,想约你吃饭,然后打个括弧,在括弧里注明,请你不要带你的同事甲乙丙丁?"

梁小可猛摇头:"你们一共就见了几次,你说得如此直白,可能会把他吓到的。我认为,还是得多创造见面的机会。"

她又大叹一声,开始发愿:"那老天爷能不能赐我一个可以每天光明正大在他面前晃悠的机会?"

老天爷的答案是:

能。

两天后,区机关某处要从旅里抽调一名态度勤恳、能力素质过硬的干部去帮助工作。

她从刘一鸣那儿得到这个消息后,第一时间跑到主任办公室毛遂自荐。

主任遗憾地告诉她:"人家要的是男干部,能熬夜加班的那种。"

她仗着主任曾是她的老科长,当即抗议:"哪条规定写了女干部就不可以熬夜加班? 这是性别歧视! 女干部也有熬夜加班的权利!"

主任哭笑不得,但见她想熬夜加班的愿望这般强烈,于是答应帮她协调。

又两天后,她带着一大箱子行李,高高兴兴地迈进了区机关的大门。

她原想着,可算能每天光明正大在裴方安跟前晃悠了,可没想到的是,他的办公室在九楼,她借调的处室在三楼,他在一食堂吃饭,她只能去二食堂填饱肚子,早交班时也只能远远看他一眼。唉!唯一没有落空的,是她真真切切拥有了熬夜加班的权利。头几天,不干到凌晨两点,根本不好意思和同样在办公室里奋战的同志们提"困"这个字。

好不容易熬到周五晚上,处长体谅大家的辛苦,刚过九点,就松了口让大家回去休息,明日睡个懒觉,八点半再来。

她深切感觉到,区机关的工作作风真是太扎实了!等回了旅里,她一定要好好改造作风特别懒散、履职特别不认真的梁小可同志。

她脑子里思考着如何改造梁小可同志这个问题,所以从办公大楼出来,也没留意自己与谁擦肩而过了。

还是裴方安叫了她一声。

"小陆。"

她立即停下脚步,立即回过身,立即一扫脸上的疲倦并立即展露出了已练习许多次的温柔又灿烂的笑容。

关于抱拳这个表情在裴方安的世界里是"请见谅"的意思,她就是在那个晚上得知的。

他们站在办公楼前说了几句话后,突然陷入了莫名其妙的停顿。

随后,她大胆地问了句:

"我晚上没吃饱,你知道这附近有啥好吃的吗?"

他说:"有家螺蛳粉挺好吃的。"

那碗配料加倍的螺蛳粉,是她这辈子吃过的,印象最最最深刻的食物。

夏至

郑元元得知她和裴方安一起吃了螺蛳粉这事后,将她狠狠骂了一顿。

"陆宝露,你就是典型的见色忘义!我跟你三十年的友谊,平时让你陪我吃碗螺蛳粉,就跟要了你的命一样,说什么味道酸臭,闻了想吐。结果你转头就去跟裴秘书吃了螺蛳粉!还加了双倍配料!怎么?吃的时候,你是往鼻孔里塞了两团纸巾吗?"

她怎么可能往鼻孔里塞纸?这也太没形象了!她最多就是尽量让自己用嘴巴呼吸,然后边违心地赞成裴方安说的"这里的螺蛳粉特别好吃",边自我催眠"什么酸臭味都闻不到"。

后来,她单方面跟裴方安闹掰,堆积了一肚子不爽快的事全都在一瞬间涌上心头,"螺蛳粉"自然也没有幸免,她冲他说:

"裴方安,我告诉你,我其实一点都不喜欢吃螺蛳粉!我借调区机关那些天之所以总去那家螺蛳粉店,是因为你爱吃,我是为了能和你偶遇才去的。我那个……我……我以后,我这辈子都不要再吃螺蛳粉了!"

然而事实是,在裴方安调到湛江工作后,她经常和郑元元一起去吃螺蛳粉。

郑元元问她:"你是不是'睹物思人'?嘴上吃着螺蛳粉,心里想着裴方安?"

她否认:"我没有。"并解释,"我只是觉得螺蛳粉挺好吃的。"然后反问,"怎么?我的口味就不能变吗?"

男人还能变成女人呢!她陆宝露为什么就不能变得爱吃螺蛳粉?

裴方安离开后一年多的时间里,她陆陆续续去了许多家有名气或是没名气的螺蛳粉店,渐渐地,与她相熟或是不太相熟的人都知道她特别爱吃螺蛳粉。

去年秋天,她到区机关业务处送资料,处里与她关系好的两个同志非要带她去营区外的小店吃螺蛳粉。

她本不想去,但又觉得不去光顾小店,显得她有多讲究似的。

结果螺蛳粉端上桌，她才吃了两口就忍不住掉了眼泪。这眼泪掉得实在突然，她自己都惊住了，更别说处里那两个同志。她只好撒谎，说："这螺蛳粉实在太好吃了！好吃到热泪盈眶。"

这么扯淡的解释，想来是不会有人相信的。

不过解释这种事，本来就是对方故意撒谎也好，无意骗人也罢，只需听听，不必太过当真，非要刨根问底、求个究竟、得个真相，最后可能弄得两边都下不来台，何必呢？做人不就应该难得糊涂，看破不说破，傻子最快乐？

可糟糕的是，她从小就是个执拗的性格，不在乎的人和事还好，在乎的，一旦上了心，就很难从心上面抠下来，若是上了心又没有如愿以偿，那基本就是在很长一段时间内会保持自己跟自己过不去的难受情形。

所以，她绝不轻易对一个人或是一件事起"在乎"这种心思。

和裴方安在营区外的小店吃过一次螺蛳粉后，她感觉自己与他之间的距离被拉近了许多。

她经常会趁着夜深人静，整栋办公楼里只剩寥寥几人在加班的时候，跑到他的办公室与他面对面聊几句。

昨天几句、今天几句、明天几句，这几句几句加起来，竟也让她对他有了一定程度的了解。

但，快乐的日子总是过得飞快。她还没缓过神，借调的期限就到了。

她临走前一日，他发微信给她，说请她吃顿饭。

她自然是高兴的，一高兴就有点忘形，问了句："能不能就我们俩？"

他久久没有回复，到快下班了才告诉她，他早就叫了同事甲乙丙丁一起。

后来，每每回想这顿饭，她总是忍不住感慨。

以裴方安的智商和情商，肯定在看到她发的那句问话时就猜到她

夏至

这个小姑娘心里打的什么算盘了。可她蠢呀,真当他是早早叫了别人,所以才不能答应她的提议。

郑元元也觉得她蠢。

郑元元说:"且不论他比你大十岁,人海里沉沉浮浮,就单看你,你这种从小被人呵护,没经历过狂风暴雨的洗礼,没受到过妖魔鬼怪的伤害,高兴和不高兴全都写在脸上的人,他想看穿你,还不就是几眼的工夫?"

她觉得没什么大不了,反而高兴:"那好呀。看穿了,就不用我多说什么,他也知道我喜欢他了。"

郑元元恨不得敲她的脑袋:"好什么好呀!你平时不是挺机灵的吗?怎么在这事上脑子就抽筋了呢?他把你看穿了,知道你喜欢他,所以特意找了一堆人陪你吃饭,这是为了什么呢?总不会是为了多点几个菜吧?"

她敛住了笑容,问:"你什么意思?"

郑元元叹气,说:"我的意思是,他在委婉地拒绝你。"

她蹙眉:"什么?我不信!"

郑元元伸出两只手,问她:"看见我的手掌了没?"

她没好气地说:"干吗啊?"

郑元元说:"我谈过的男朋友,两个手掌都数不完。你觉得我会对他发出来的信号产生误判吗?"

5

郑元元对裴方安发出的信号到底有没有误判这事,陆宝露还不想立马就下结论。

回到单位后，她坚持每天通过微信向裴方安问早、午、晚安。

当然，裴方安很少理会她。

她感觉有点难受。

梁小可十分鄙视她的情商，并问她："你指望他回你什么呢？'你也早安，你也午安，你也晚安'吗？陆宝露同志，不是我非要批评你啊，可你都三十岁，不，快要三十一岁了，与异性沟通的能力，还不如我那刚满十六岁的大侄女。"

她不以为然："单位那么多男同事，我跟他们沟通挺顺畅的啊。"

梁小可朝她翻了个白眼，说："裴方安和男同事能一样吗？你又不想跟男同事们好！"

她感到头大，问："那怎么办？"

梁小可想了想，说："你得改变一下说话的语气。"

她往梁小可身边凑了凑，虚心请教："比如？"

梁小可讲得头头是道："比如，在每句话后面加上'啊呀呢哈呗'等看起来温柔娇俏的语气助词。毕竟咱们国家的这个方块字博大精深，加上你和他的生活阅历大不相同，一句话通过手机微信给人家发过去，你想表达的意思和他理解出来的意思可能完全不同。对了，你还应该加一些表情，千万不要发那些脑洞大开的搞笑图片，要正常一点的。"

她略有些为难："一定要这样吗？"

梁小可斩钉截铁："一定要。"又提醒她，"还有，你能不能不要两句话就把天聊死？你得学习怎么让某个话题继续下去，实在继续不下去了，要灵活地转换到下一个话题。"

她委屈地抗议："把天聊死的又不是只有我。"

梁小可问她："他把天聊死，他解脱了，你把天聊死，你能解脱吗？"

显然解脱不了。

她按照梁小可教的要领，认认真真实践了一周。

一周后，梁小可问她有没有进展。

夏至

她告诉梁小可:

"有进展了,他会主动给我发微信了。"

梁小可一听,很是激动地问:"发了啥内容?"

她说:"每日国内外新闻汇总。"

梁小可一听,差点笑疯了。

她朝梁小可哼哼两声,骂道:"你这方法根本不管用!"

梁小可不承认,分析说:"没准他是想让你多学习,学习使人进步嘛。况且人家是个领导,你想想咱们单位的领导,想想张副旅长,他不就特别爱在朋友圈发各种各样的新闻和各种口味的心灵鸡汤嘛。说不定,说不定这就是他在跟你打招呼的意思呢!"

她半信半疑地看着梁小可。

梁小可提建议:"要不,你直接约他吃饭得了。你不是说他见面的时候话特别多,什么都能讲,什么都不掩饰、不隐藏嘛。"

她当然约过。

工作日大家都忙,她不多打扰,到了周五中午,她就鼓起勇气给他发微信约吃饭。

第一次,他说要去珠海办事,没空。

第二次,他说周末有重要会议,机关正常上班,没空。

第三次,他说出差在云南,没空。

第四次,他说有外地的亲戚朋友来了,要陪吃陪喝,没空。

……　……

饭没吃上,闭门羹倒是吃了一次又一次,回过神一算日子,她竟有四五十天没与他打过照面了。

郑元元又跳出来,毫不客气地打击她:

"你能不能清醒一点? 这分明就是一个成年男人拒绝你的直接表现啊! 你非要让他说出'小陆,请你自重,不要打我的主意'这种话吗? 他跟你小叔那么熟,这要是被他们那些同学、战友知道了,得多尴尬啊!"

拾贰 夏至 *勇歌*

按理,她是该被他的种种婉拒行径打击到的,事实上,她也确实受到了打击。

有那么十来天,她努力克制住了时不时翻涌上心头的冲动,没有找他,可有些话、有些事,说都没说出口就得咽回肚子里,她实在心不甘、情不愿。

她鼓起勇气,给他发了条微信,故意感叹:"歼31正式列编前,我能跟你吃上饭吗?"末尾,加了个微笑的表情,并在表情后面打了个括弧,注明,这个微笑的表情代表的是"尴尬而不失礼貌"。

她想想,认为时时刻刻顾及他的想法和感受可能也不是长久之计,适当地把自己的感谢、爱意甚至是不满表达出来,或许感觉更真切。

梁小可提醒她:"表达没问题,但表达给'听不懂'或是'不想听懂'的人,可能还不如烂在肚子里,至少不会那么丢脸。"

她向来是怕丢脸的,向来都只做自己完全有把握的事,可有的时候,就是那两个成语说的,鬼迷心窍、鬼使神差。

也许是被她坚持不懈的精神感动了,也有可能是厌烦了她坚持不懈的精神,某天晚上,裴方安主动约她吃夜宵,地点就在她单位附近的串串火锅店。

那会儿已经快十点钟,她收到他发来的微信后,噌地从床上弹起来,把一旁的梁小可吓一跳。

梁小可问:"你干吗啊?"

她要干的事情特别多,洗头、化妆,然后从衣柜里挑选一套款式、颜色看起来特别成熟温柔的新衣裳套在身上。

梁小可骂她:"陆宝露,你对得起我和刘一鸣吗?平时我们叫你出去吃饭,你恨不得连睡衣都不换,拖鞋套在脚上就走!你现在,这大晚上的,你是要去参加选美啊!"

那晚,她穿的是一件棕红色的绞花毛衣和一条棕黄色的九分裤,因为一时间找不到特别配的鞋子,情急之下往脚上套了双露半个脚面

419

夏至

的浅色单鞋。天气很冷,她从宿舍楼一路小跑到营区大门口,冻得瑟瑟发抖。

而裴方安,仍不是独自前来。

黄晓凡热情地与她打招呼。

"小陆姐姐。"

她对黄晓凡的出现,并不是特别意外。她看了黄晓凡一眼,笑着说:"我就猜到有你。"然后看向裴方安。

裴方安坐在靠窗户的位置。他一点都没有回避她的目光,说:"你长胖了一点。"

她就是长胖了。长胖的原因很简单,思虑过度导致睡不着,睡不着导致肚子饿,肚子饿导致吃夜宵,吃夜宵导致长胖。可她只是说:"天气冷,容易吃多。"

他问她喝不喝酒。

她说行。

那晚喝的是劲酒。

郑元元对她喝劲酒的行为表示鄙视,说劲酒是养生酒,不适合姑娘家家。其实哪有什么酒是适合姑娘家家的呢?大多数的姑娘就不会端杯喝酒,即便端了杯,大多数也就是抿一抿意思意思,像她这样,有三两的白酒量就喝满三两白酒外加两瓶青岛纯生,有一瓶的红酒量就喝完一瓶红酒外加两瓶珠江纯生的姑娘家,宛如脑子缺根筋。

那晚,她和他一共喝了四瓶二两五的劲酒和三瓶乌苏。

他一如既往地说了许多事,一件接着一件。

气氛就像不停冒着热辣香味的火锅一样,丝毫没有冷场。

后来,很后来了,她偶尔还是会想不通。她对梁小可说:"我们见面的时候,能聊几个小时。几个小时呢!你会跟你完全不感兴趣的人聊这么久吗?"

梁小可通常会揽住她的肩膀,并轻轻拍上一拍,说:"也许他只是把跟你吃饭当成应酬。像他那样常年游走在各类饭局的人,大概能和所有人聊几个小时吧。"

那晚,喝到第四支劲酒的时候,她开始有点说胡话了。

其实她很少在酒桌上说胡话。

她虽是家中独女,但父母对她并不溺爱,大院里那么多孩子,她是挨妈妈打挨得最多的一个,倒也不是有多调皮,只不过家里管得严、要求标准高。她爸爸从没打过她,偶尔批评两句,她就赶紧挤眼泪博同情。她第一次喝酒,是十七岁,马上要离家去西安上大学了。一家三口去吃小龙虾,爸爸开了瓶啤酒给她,并表示,姑娘长大了,可以喝酒了,但绝不能喝了酒以后在外面出洋相、闹笑话。她的酒龄和酒量,跟家中父母、叔伯兄弟、姑姑婶婶们比,自然是浅。但十几年来,她一直遵守着爸爸给定下的规矩,无论喝再多,都不曾现场断片,在回到家里之前,绝对保持意识清醒,至于回家之后怎么吐、怎么难受,那都是关起门来自己的事。

但那晚,她仗着喝了酒,说了些本不该,至少不该在黄晓凡也在场的情况下,脱口而出的话。

她说:

"大家都劝我算了。"

6

如果说,在吃那顿串串火锅之前,陆宝露因为裴方安的态度而感到难受,那在他们面对面坐着、彼此都当大活人黄晓凡不在场而就某些事情、某些问题进行交流的过程中,她的这种"难受"的感觉,很不幸地变成了"难过"。

裴方安对她说:

夏至

"我觉得你很好。"

"你应该去相亲,多认识些人。"

"我不着急。"

"我可能就适合一个人。"

她连一句想要表达自己对他有何感情的话都没能说出口。

有那么一瞬间,她差点就要掉眼泪了,可她努力将那些温热的液体憋了回去。

她总还是要给自己留一些面子的。

吃饱喝足,回到宿舍已是凌晨两点。

边煲剧边等她回来复述现场情况的梁小可问她聊得怎么样。

她给自己倒了杯温开水,咕咚咕咚喝了一半,然后慢条斯理地告诉梁小可:"他夸我穿的毛衣颜色很好看。"

梁小可见她神情不对劲,连忙跳下床,将她扶回沙发上坐着。

她确实需要坐下来,需要靠在某个物件上。

她本以为自己可能会大哭一场,但她没有。她在心情欠佳的情况下喝了不多不少的劲酒,连天地都在旋转,根本顾不上掉眼泪。

头疼胃难受的状态一直持续到第二天下午。

郑元元从梁小可那儿得知她受挫的事,从总医院赶来看她。

她躺在床上,连眼睛都不想睁开。她对郑元元说:"我现在感觉很难过,你别批评我了。你要再批评我,我就哭给你看。"

郑元元扑哧一笑,将她从床上拉起来,说:"我给你煮了虾蟹粥,吃了保准暖心暖胃。"

两碗虾蟹粥下肚后,郑元元问她:"放弃了?"

她看了郑元元一眼,没接话。

郑元元叹了口气,仿佛是也在犯愁。

她不懂了,说:"你不是从一开始就劝我放弃嘛,现在如你所愿了,你叹哪门子的气啊!"

郑元元睨了她一眼,表示:"你这话说得,真是……啊,难道我不想你找个喜欢的人,高高兴兴过一辈子呀?我还不是怕你委屈!你自己想想,这么些年,无论你家里还是你单位这些领导同事们给你介绍的对象,哪个不是你拒绝人家的?合着你就是一个自虐型的人呐?稀罕你的,你都不稀罕;不稀罕你的,你非要把脸凑到人家面前?"

她心里不爽快,嘟囔一声:"我不信他一点都不喜欢我!"

郑元元便说:"那你倒是问他!你问清楚呀。"

她朝郑元元哼了一声,说:"旁边还有人呢!我怎么问啊!"

郑元元说:"他都能当旁人不存在,你就不能向他学习吗?"

她心有顾虑:"可是,可是他说那些话……"

郑元元打断她:"那些话怎么了?有哪一句是'我不喜欢你''请你别像块狗皮膏药一样缠着我''我这辈子绝对不结婚''打一辈子光棍也不会考虑你'的意思?"

她直犯嘀咕:"你态度怎么突然变了?"

郑元元没好气地说:"你以为我想变啊?我这是看你好不容易遇到一个上心的人,我思来想去,怕你没抓住这个机会将自己的真心表露出来,以后但凡想起这个人、这件事就会后悔当时没尽全力。"

这话说到了她心坎上。

郑元元软了软语气,又说:"你要尽了全力,他还是这个态度,那就真算了。纵使你再喜欢,纵使你觉得他再怎么符合你那一大家子人的喜好,咱也别纠缠,潇潇洒洒跟他说个'再见',不对,应该是'再也别见'。"

尽全力?

还能怎么尽全力?

当作什么事都没发生,照旧向他问早午晚安?

她十分犯难。

不过这难,也没犯几日。

元旦,陆广晟请吃饭。

她在饭店门口碰到裴方安。

夏至

他主动与她打招呼,表情和语气都格外自然,宛如根本不知道眼前这个姑娘对自己起了几个月的桃花邪念。

她觉得他实在厉害,若是修仙,大概能算得上是上神级别。她也很好奇,不知道他的内心是不是也像他表现出来的这般风平浪静。

那日,她照例端了酒杯,照例向陆广晟的各位战友同学们敬了酒。

她最后才走到裴方安面前,轻轻唤了一声:

"裴方安。"

那是她第一次当着他的面直呼他的名字。在这之前,她一直称他为"裴秘书"。更确切地说,在这之前,她很少会叫他,零星那么几次称他"裴秘书",好像都是在微信里,她想跟他闲聊一会儿,又不知怎么开头,就抛出"裴秘书"这三个字外加一个波浪号。他有时不理她,有时会告诉她,自己在忙什么。

被她叫了一声大名,他有些诧异,又有些担心,担心被旁边的人听到。

她十分了解他的担心,轻声添了句:"不用紧张,大家都在喝酒聊天,没人会注意。"

他突然感觉有点尴尬,尤其她的目光一直落在他脸上,这让他越发不自然。他看她今晚喝了不少酒,不晓得会不会一时把控不好自己,闹出什么让大家都不好下台的事。

在他胡思乱想之际,她用自己的酒杯碰了一下他的酒杯。

她一仰脖子将酒灌到喉咙眼里,然后对他说了句:

"你放心,我知道分寸。"

她当然不可能在那么多熟人面前干出什么出格的事情。她最多是在饭后,大家各回各家了,然后借着酒劲跑去找裴方安,表示自己一定要单独跟他聊聊。

事后想想,喝了那么多酒,舌头都快捋不直了,还要跟人家单独聊聊,真就是冲动是魔鬼。可又再想想,不喝那么多酒,她大概连再去找他的勇气都没有。

她本是打算直接告诉裴方安"我喜欢你",可是当他站在她面前,她只觉得这几个字实在是说不出口。电视剧里那些动不动就把"我爱你""我喜欢你"挂在嘴边的男女主角,果然真就只是在演电视,搁现实生活中,尤其是像她这种经验不足的人,要将这几个字说出口简直就是极限挑战。

她支支吾吾了老半天,最后也只敢半低着头,问他:

"你能不能考虑考虑我?"

他没有立马回答她。

她有点着急,抬头看了他一眼。

他也看了她一眼,但很快将目光投向别处。他说:"我之前的情况,你大概是知道的。我父母年纪不小了,他们跟我一起生活,而我又比你大十岁,这对你、对你的家庭而言,并没有你想的那么简单。至于工作,我不知道自己下一步会去哪里,说不定就去别的省了。我觉得我们不太合适,会耽误你的。"

她立马表态:"我不在意,我家里人也不会在意,这些情况或是困难都是可以克服的。"

他却说:"我自己在意。"

她一点都不理解:"那你为什么要理我?你明明知道的,你肯定一开始就知道。难道,难道你是为了让我难受一番吗?"

他否认:"我怎么可能想让你难受呢?"

她坦言:"可是我现在就是难受。不仅难受,还很难过。"

他停顿了片刻,然后平淡地说:"难受也好,难过也好,都会过去的。"

她不肯死心,央求道:"你试试嘛,试试了解了解我,我很好的,有很多优点……"

他打断她:"小陆。"

那句她想问却一直不敢问的话,霎时从她心底里层层叠叠翻滚到嘴里。她问他:"你一点都不喜欢我吗?"

夏至

他迟疑了片刻,仅仅只有片刻而已,然后就用一副抱歉的口气说:"如果之前我的某些行为让你产生了误会,那我现在向你道歉。我错了,请你——"

她在自己的眼泪飙出眼眶之前,朝他大吼一声:"胆小鬼!"一声不够,又吼了一声,"裴方安,你就是个胆小鬼!"

他没有反驳她的指责。

他的不反驳,让她的情绪更加激动了。

她将这大半年来所有的委屈一股脑儿地吐露了出来,然后拦了辆出租车离开。

那晚,她花了五百块钱车费逛遍了城中有霓虹灯闪烁的大街小巷。

她是真的很伤心。

可这伤心是她自找的,她不怨别人。

7

陆宝露向裴方安表白心迹却被彻底拒绝了的半个月后,刘一鸣告诉她,因工作需要,裴方安调去湛江了。

她当时正在给葛副主任写述职报告,听了这消息,只轻轻应了一声。

又半个月后,农历新年。

她回到长沙,家人团坐一块儿,难免有人问及她到底什么时候才能带个男朋友回家。

她边笑边说:"我也想啊,可人家不喜欢我。"

往年若是有人提起这个话题,她定是会顾左右而言他,或是摆出一副生气的模样,今年说出反常的话,众人都惊住了。

爸爸最先拢住她的肩膀,故意笑话她:"笑得比哭还难看。"

妈妈则是鼓励她:"你主动一点嘛,不要老觉得女孩子要面子。"

她又笑了笑,说:"我主动过了。"

家中最最期盼她能快些有个着落的奶奶忍不住说了句:"那再努努力。"

她确实笑不出来了,低头低声说:"也努力过了。"

气氛一时沉默。

还是屋外传来了礼炮腾空的巨响,才将心头的阴霾稍稍冲淡了些。

过了两日。

陆广晟问她:"那个不喜欢你的人,是不是黄晓凡?"

她哭笑不得,反问:"小叔!你究竟为什么总要把我和黄晓凡扯到一块儿?人家年前和相恋十年的女朋友结婚了呀。"

陆广晟认为:"就是因为他结婚,所以你没机会了,才伤心难过,不是吗?"

她唉声叹气地否认:"当然不是。"

陆广晟追问:"那是谁?"

她想了想,说:"我老实跟你讲吧。我是怕过年这几天一家老小都催着我谈恋爱结婚,所以才编了个故事博取大家同情。"

陆广晟不信她。他说:"你眼里都没光了!"

她才不承认自己眼里没光了。

她是蓝色天空中最最自由、最最快乐的小鸟儿,她有爱护她的家人、关心她的朋友,还有忙不完的工作和吃不完的美食,她并没有太多时间去想那些会影响自己心情的过往。

她只是偶尔,偶尔有那么几次,半夜里突然醒来,感觉自己心中空落落的,然后再也睡不着,只能睁眼看着被那一点点月光照亮的天花板。

夏至

刘一鸣告诉她："没关系的，多失恋两次，你就会习惯了。"

她反驳："我谈上恋爱了吗？还失恋，失什么恋啊？我没失恋，你才失恋！你全家都失恋！"

反正是不讲道理的。

刘一鸣也不跟她计较，反而更加频繁地带着她和梁小可在城中各处寻找好吃好玩的地方。

她从前，一到十点半就着急去见周公，可那段日子，几乎每晚都是一两点才睡。

梁小可感慨说："陆宝露同志，我跟你在一块儿，别的都没提高，就光提高体重和酒量了。"

其实他们出去消夜也不是每次都喝很多酒，但她总会喝一点。她觉得，喝一点酒，好入睡。

郑元元开导过她两次。

一次是在她告白被拒绝后的第六天。

郑元元说："人生不如意之事，十有八九。你的家人朋友、领导同学，有哪一个是事事如愿的？你要看开一点，天底下没有哪条规定写着，你陆宝露的人生就应该一帆风顺。你呀，就是感情经历太过简单，碰碰钉子也好，就当是给你一个检视自身存在问题的契机。"

检视自身存在的问题？

她认认真真将自己从头到尾、从里到外仔仔细细检视了一遍，发现问题确实很多，发现自己好像一无是处，发现可能需要投回妈妈的肚子里重新改造。

郑元元对她的"发现"很不满意，对她进行了第二次开导。

"我让你检视自身，没让你否定自己啊！你一个出得厅堂入得厨房，上山能打板栗，下河能捉王八，在家孝顺长辈关爱晚辈，在外尊重领导团结同志的好姑娘，他裴方安错过你，是他的损失。"

她摇摇头，说："他没觉得有损失。"

郑元元却说："你是他肚子里的蛔虫呀？你怎么知道他有没有偷

偷感到可惜?"

她又摇摇头,说:"我不知道。"

郑元元长叹一声,表示:"要不咱们还是换个角度来看这件事。"

她抬眼看了看郑元元,问:"换什么角度?"

郑元元表示:"当然是换他的角度呀。"

她眼里闪了闪光。

郑元元徐徐道:"先来说年龄。我知道你对年龄的问题是不在意的,你二十岁时的审美眼光就是三十岁的男人,这十几年审美眼光都没变过,他大你十岁,正合你意。但他合你意,不代表你这个年龄合他的意。"

她蹙眉,问:"他喜欢二十几岁的小姑娘?"

郑元元笑了一笑,说:"咱也不能排除这个可能性,毕竟男人嘛,永远喜欢十八岁的青春美少女。但我个人认为,他可能觉得找个比自己小三五岁的成熟女性会更合适。这十岁吧,说大不大,可说小也不小呀。如果三年算一个代沟,你俩之间三个代沟都不止。等过个十几年,他退休了,你还得工作很久呢。你再想想,就算你俩现在立马结婚,立马生出个小孩,等小孩上大学,他都六十岁了。你俩送孩子去学校,人家老师说不定以为他是孩子的爷爷! 这多尴尬啊!"

她脑子里想象着郑元元描述的画面,然后大声否定:"才不尴尬!你是没见过他,他长得特别年轻,看上去最多三十五六岁!"

郑元元十分不解气,瞪着她,骂道:"你怎么回事啊? 我在这儿费口舌抹黑他,想让你快点好起来,你还跟我嚷嚷? 你这样念着他的好,我还怎么开导你啊!"

她缩了缩身子,不吱声。

郑元元抛出第二个问题,说:"他家里哥哥姐姐众多,可他爸妈跟着他生活,这代表什么?"

她没好气地回答:"代表他最孝顺呀!"

郑元元哭笑不得,表示:"你这么理解,也有一定道理。但这是个非常现实的问题。第一，他的条件可能是他家里最好的一个，所以他爸妈跟他；第二，他爸妈跟他，意味着无论是谁成为裴太太，都得担负起照顾他爸妈的责任。他爸妈的年龄跟你奶奶差不多，你在家里，都是你奶奶给你做好吃的，给你添衣服加被子，你觉得你能反过来到他们家当一个称职的保姆吗？"

她反问："我为什么不能？"

郑元元又叹了口气，无奈说："好，咱退一万步讲，你能。但很遗憾的是，他觉得你不能。他觉得你是独生子女，娇生惯养，吃不了苦、耐不了劳，别说日日夜夜勤勤恳恳照顾他父母，可能连怎么跟公婆相处都做不好。"

她抗议："他对我有误解。"

郑元元点点头，说："是，没错，他对你有误解。了解你的人都知道你心地善良、尊老爱幼、懂礼貌知进退，可他出于种种原因，不想了解这些。"

她看着郑元元，心中一时感到难过。

郑元元接着说："第三个问题。异地。他大概早就知道自己会外调。外调这种事，短则一年，长则三五十年，甚至可能从 A 地调到 B 地，B 地调到 C 地，再也不回来。你是想跟他一块儿到处调动，还是想脱了这身衣服去随军？就算你能在这两者之间选一，你家里会同意吗？你大学毕业后就在广州，就在这个单位，十年了，你连部门科室都没换过，适应新的环境，并没有你想的那么简单。"

她张了张嘴，欲言又止。

郑元元替她说："我知道你想说什么。你想说，两地分居不算什么，那么多两地分居的人都能克服困难，你也能。"

她嘀咕一声："湛江没多远。"

郑元元故意说："是没多远，高铁动车就三四个小时，再辗转坐两个小时汽车而已，周末见个面，来回路上也就花十几个小时而已。对吧？"

她低了眉眼，不接话。

郑元元劝道："宝露，每个人的热情都有限，你的也一样。等热情耗尽了，你就会知道，生活中的点滴琐事是能把人压垮的。"

她总还是有些倔强和坚持，她始终认为："只要心里不空荡荡，就不会被压垮。"

郑元元万般无奈，只好表示："看来我必须要使出撒手锏了。"

她抬眼看郑元元，问："你想干吗？"

郑元元亦看着她，认认真真地说："我想告诉你，'年龄''家庭''工作'这些都是他的借口。他拒绝你的真实原因只有一个，那就是，他不喜欢你。"

是了。

别的问题都能解决。

别的困难都能克服。

唯有"不喜欢"是没办法勉强的。

8

人一旦陷入回忆，尤其是陷入会产生"难过"这种情绪的回忆，那时间就会过得格外快。

陆宝露觉得自己只是眨了眨眼，下午的会议就结束了。

因为裴方安压根没按照葛副主任给他准备的稿子去讲，所以散会后，主任把陆宝露叫到办公室，将录音笔递给她，并交代：

"你把政委的讲话整理出来。"

她觉得为难："能不能不整理？"

主任蹙眉看她。

夏至

她连忙改口:"我的意思是,这个工作能不能交给别人去干?"

主任不同意:"别人都有别的工作要干,目前部里就你有空。"随后又说,"你最近怎么回事?安排点工作给你,老是推三阻四的。"

真不是她不想好好干工作,只不过那些工作需要她时常面见裴方安,她为此觉得压力很大。

刘一鸣从一开始就对她内心的压力表示了理解,并宽慰她:"虽然当初的确是你单方面对政委动了桃花邪念,还纠缠了人家好几个月,但毕竟都是过去了的事。人家是领导,什么大场面没见过,也许早都忘记了,你实在不必总将那些丢脸的事记挂在心上。"

梁小可听了,捂着肚子大笑,一边骂刘一鸣是瞎扯淡,一边给出正确解释。

"她压力大是因为当初被政委拒绝后,恼羞成怒,把政委给骂了。本来以为骂了就骂了,世界那么大,只要注意些,就能做到老死不相往来。可谁能料到……哈哈哈哈,哎呀,真是笑死我了。所以嘛,做人做事都要留有余地,把别人逼上绝路不要紧,把自己逼到墙角就糟糕了。"

她才不承认自己骂过裴方安。她当时只不过是发泄了一下自己的情绪,用词虽然可能大概或许是略有一些偏激,但绝对没有到骂人的程度。

但她毕竟是和裴方安闹过不愉快,且是因为自己告白被拒闹的,所以当梁小可将打听来的小道消息通过无线电波转告远在长沙休假的她,说单位新任政委大概率是她曾心心念念想要揽到怀中的裴方安时,从她心底里翻涌而上的那种滋味简直比面前桌上摆着的那碗加了牛肉、排骨、猪肝和酸菜榨菜萝卜丁的米粉还要复杂。

她在家中赖了许多日,还在梁小可的帮助掩护下超了几天假。

谁知回到单位,正好赶上裴方安上任。

宣布任职命令那天,她坐在台下,看着在主席台上讲话的裴方安,特别希望自己是在做梦。她让梁小可掐一下自己。

梁小可不干,还笑呵呵问她:"你打算怎么办?"

怎么办?

如果她是一个经历过大风大浪、见惯了各类妖魔鬼怪,对任何事、在任何时候都可以处变不惊的成熟女性,或者,如果她不是一个感情经历宛如一张白纸,碰了一回钉子就觉得自己的脸面丢到马里亚纳海沟的傻姑娘,她也许能做到假装什么事都没发生,在单位敬称裴方安一声"政委",在陆广晟以及与他们同辈同龄人面前尊称裴方安一声"裴叔叔"。

可惜,她火候不够。

所以,她能避则避。

不晓得是老天爷垂爱她还是可怜她,反正一个月下来,别说单独照面,就连裹挟着旁人跟裴方安同处一室的情况都没有出现过。

她觉得,他一个明明走远了的人,又突然折回来杀进她的世界,虽然给她带来了一些影响,但影响的力度尚在她能接受的范围内。

郑元元却不这么认为。郑元元劝她:"我看你还是想想办法调到区机关去。一来发展空间大,二来嘛,防止你好不容易斩断的情根会死而复萌。以前你和裴方安不是一个单位,有点什么异常也不显眼,如今不一样了,他可是你的政委!万一弄出点什么动静,那真就是尽人皆知了。"

结果,弄得尽人皆知的事情是,裴方安和她的小叔叔陆广晟是大学同学。

这层关系,原本只有梁小可和刘一鸣知晓,之所以会弄得尽人皆知,原因在裴方安。

那是今年开春后没多久的某个晚上。

因气温骤降,她和梁小可、刘一鸣跑到单位附近的美食一条街吃羊肉煲。

店家环境虽然不怎么样,但味道好,价格也实惠,尤其在这寒风瑟瑟的晚上,六点刚过就座无虚席。

夏至

刘一鸣点了六斤羊肉,另加萝卜、马蹄、粉丝、香菜、猪肠粉和炸腐竹。

她拦住老板娘,说六斤羊肉实在太多,得减掉两斤。

梁小可告诉她:"还有我们科兰兰,他去区机关办事,正在回来的路上。"

刘一鸣忍不住吐槽梁小可:"你们兰干事一米八,身宽体胖的,你能不能别老叫他'兰兰'? 不知道的,还以为'兰兰'是个娇弱小姑娘。"

梁小可解释:"是他让我称呼他'兰兰'的,他说这样显得关系亲密。"

三人一边讨论"兰兰"的种种故事,一边等羊肉煲上桌。

半个小时后,羊肉煲好了,兰兰也到了,只不过情况略有些失控,因为和兰兰一起出现的,还有裴方安。

三人在惊诧错愕中"唰"地起身,毕恭毕敬向裴方安问好。

裴方安倒是神态自若,他说:"刚在车上听兰干事说你们准备吃羊肉煲,赶上这饭点,挺馋人的,我就跟来了,看看能不能一道吃点儿。"说完,问了句,"你们有意见吗?"

这话问得,谁敢对自己的领导有意见? 就算有意见,也只能憋在肚子里,难不成能吼一句'你别吃,你快离开'不成?

大家落座后,她朝梁小可递了个恶狠狠的眼神,意思是:"说好的兰兰,怎么变成兰兰加裴方安了? 你早就知道兰兰和裴方安一起去的机关了吧? 你隐情不报,是不是想看热闹?"

梁小可接收到她的信号后,挤眉弄眼向她解释:"我虽然知道兰兰是和政委一道去机关办事,可我不知道他这个狗腿子居然会邀请政委来吃羊肉煲,而且政委为什么就会答应他来吃羊肉煲呢? 他作为一个领导,难道不知道这样突然出现会让我们这些小干部坐立不安,连香喷喷的羊肉煲都不太能吃得下吗? 还有,我绝对没有看热闹不嫌事大的意思,请你不要再用这种眼神瞪我! 你再这样瞪我,他们可能会发现端倪。"

她只能叹气,且不知怎么的,一个没注意,竟将这一声原本应该藏在心底里的叹气给叹出了一大声,引得在座各人纷纷侧目。

被大家盯着看一两眼,也不要紧,要紧的是,裴方安竟然问她:"叹什么气?"

她咽了咽口水,十分违心地解释:"我是感慨羊肉煲这么香,肯定会忍不住吃多,吃多又要长胖了。"

本来就是胡扯的理由,听听就过了,可裴方安看了她一眼后,偏要说:"你没胖。"一句不够,再添一句,"你瘦了许多。"

她顿时觉得自己就像锅里的羊肉,被裴方安架在煤气上煲。

梁小可和刘一鸣是知情人,听了这话都不免倒吸一口凉气,更别说啥都不知道的兰干事。兰干事几乎是惊呆了,心想着,政委对陆宝露为何如此关注?内心的八卦小算盘立马转动了起来。

裴方安没给大家多少胡思乱想的时间,他接着对她说:"前阵子跟你小叔叔吃饭,他问我,单位最近是不是特别忙,训练是不是抓得特别紧。他说你日渐消瘦。"

"日渐消瘦"这几个字,他说得很慢。

她被他看了两眼,心中五味杂陈,半个字都说不出。

梁小可见状,连忙说:"政委,陆干事最近在减肥。俗话说得好,春天不减肥,夏天徒伤悲。"

兰干事灵感一现,想到一事,笑着告诉裴方安:"张副旅长给陆干事介绍了个对象,是海军,在执行海上巡逻任务,听说下个月回来。"说着,看向她,"你是为了保持好形象才减肥的吧?"

她吐血的心都有了,但面对兰干事的发问,只能点头默认。

一顿羊肉煲,各人吃出各样滋味。

回到宿舍后,梁小可问她:

"你之前不是说政委不吃南方这种带皮的羊肉吗?我看他今晚吃挺多的呀!"

她没好气地说:"是他自己说的呀,而且我跟他吃的那几顿饭,他

夏至

从不点羊肉。我哪知道他为什么转性了！"

梁小可笑道："你俩，先前一个嫌弃螺蛳粉，一个不吃带皮羊肉，如今倒好，口味都变了。"

她睨了梁小可一眼，说："好什么好呀！刚才差点吓死我了。"

梁小可笑得更欢乐了，问："是因为政委关心你的胖瘦，还是因为兰兰将张副旅长给你介绍对象的事当着政委的面抖了出来？"

她答不上来，顿了一会儿后，问梁小可："我刚才表现得如何？"

梁小可故意想了想，才说："作为一个下属，你在政委面前的表现算是恭敬有礼。作为一个暗恋——不不，曾经明恋过政委的下属，你的表现也还算过得去。至少在场唯一不知情但嗅觉特别敏锐的兰兰八成没看出什么端倪，以我对他的了解，他大概更关注政委和你小叔叔是什么关系。"

事实证明，梁小可对兰干事的了解颇深。

通过兰干事的不懈努力，三日后，单位上下基本都知晓了她的小叔叔和政委是同学，且是关系特别要好的同学，好到对同学的侄女也格外关心、关照、关爱的程度。

9

因为顶着被裴方安格外关心、关照、关爱的光环，陆宝露接下来的工作生活学习等方方面面犹如开了外挂一般，顺心、顺意、顺利。

各级领导在大会小会上表扬她工作勤恳、责任心强，各位同事在日常相处中待她礼让有加，连常爱念叨她的葛副主任都不念叨她了。

对此，梁小可嚷嚷说："早知道明恋不成能换来这么多好处，我当初就应该跟你组队去骚扰政委。"

她呸呸两声,反驳道:"梁小可,我请你注意一下你的措辞啊! 我什么时候骚扰过他了?"

梁小可摇头晃脑地叹了声气,猜测:"你说他这么明目张胆地对你另眼相看,还允许别人对你另眼相待,到底是为什么呢? 总不能真的是看在你小叔叔的面子上吧?"

她怔了一怔,口气平静地回答:"他就是看我小叔叔的面子。"

梁小可问她:"你怎么知道的? 又是问本人了吗?"

这个问题,她倒是没有傻乎乎地去问裴方安。

那顿羊肉煲后的第六天,她和他同桌吃了顿湘菜,请客的人是陆广晟。

因着她与他是同单位,陆广晟特意将两人安排坐在一起,还笑着交代她,一定要照顾好她如今的领导,万一把领导惹不高兴了,回头给她小鞋穿,他这个当叔叔的也帮不了她。

"照顾"裴方安? 他这么大的人了,她是给他夹菜还是给他喂饭啊? 思量之下,她只能猛给他倒酒了。

为了表示对他的真心诚意,她给他倒的每一杯酒都特别满。

他喝了许多杯。到饭局快结束时,他突然问她:"你是不是故意的?"

她有点蒙圈,反问:"故意什么?"

可惜,这话没能继续说下去。

陆广晟端了个"小钢炮"来找裴方安,指了指她然后对裴方安说:"你别看我侄女年龄这么大了,其实心智的成熟度很低的,有时候毛毛躁躁,做事欠考虑。如今你当了她领导,一定要多批评指正她的不足,然后,有些事儿吧,能照料就照料照料。"

旁边有人搭话:"这还用说呀,你侄女就是我们的侄女。方安,你说对吧?"

裴方安稍稍顿了一顿,然后说:"对。"

不知是她喝多了酒,听力有点模糊了,还是他喝多了酒,舌头有些捋不直。反正他这一个简单的"对"字,竟让她觉得带了些无可奈何的怅然。

当晚,她久久不能入睡。

梁小可问她是不是因为喝多了而感到难受。

她仰躺在床上,吐了三个字:"是难受。"

梁小可又问:"是脑袋难受,还是胃难受?"

她没再答,只连着叹了两声气。

她是心里难受。

她本以为,这难受的感觉在她删除裴方安的微信以及电话号码的时候就应该结束了,但事实证明,并没有。

其实去年这个时候,也就是裴方安调去湛江的第一百天,她去了一趟湛江。

那是个很寻常的周五,结束了一周忙碌的工作后,怀孕三个月的郑元元邀她去总医院附近吃鱼。

一大桌人,有像郑元元和苏能耐这样成双成对的夫妻或是情侣,也有像她这般形单影只的男女,大家吃着菜、喝些酒,很是惬意有趣。

她喝了许多酒,散场的时候,一直抱着郑元元不肯放手。

郑元元宽慰了她两句,她竟控制不住地掉了眼泪。

她对郑元元说:"我想去趟湛江。"

郑元元一脸嫌弃地问她:"你抽什么风?"

她的确是抽风了。

刚才,她在去洗手间的路上,看到有人在走廊外抽烟。

那烟味顺着夜风飘到她鼻间。她认得这气味,是裴方安惯抽的荷花香。

裴方安倒也不是什么老烟枪,她从没在他办公室见过他抽烟。他爱干净,也爱整洁,身上没有烟味。他只在喝酒的时候抽几支烟,且只抽荷花香。这烟不贵,但不太好买。她与他和他的同事甲乙丙丁们第一次吃饭那晚,他喝了些酒后,从兜里掏了包荷花香出来。他问她介不介意他抽烟,她说不介意。后来每次吃饭喝酒,她都能见着他抽荷花香。

时隔几个月,在这样一个寻常的夜晚,她喝了许多酒,想要回去睡个好觉,却被这一支烟给搅黄了。

她确实难过,抑制不住的那种难过。

郑元元嘴上骂她,可心里疼惜她,撇下一脸茫然的苏能耐,开车载她去了趟湛江。

郑元元问她:"你是不是非要裴方安亲口对你说他不喜欢你,你才会死心?"

她并不是非要他亲口告诉她"我不喜欢你",她是想给自己一个了断。

那日凌晨两点,她在他单位门口给他发了个定位和一句"再也不见",然后删除了他的所有联系方式。

回程的路上,她告诉郑元元。

"这事儿到此为止,我翻篇了。"

她是真打算翻篇,也是真正在努力翻篇。不过就是你喜欢的人不喜欢你而已,没什么大不了的,她陆宝露虽然年纪不小了,但方方面面的条件加起来尚算可人,如卢伟同志一般对她异常倾心的人也时常会有,她把眼泪一擦再找别家就是了。

从湛江回来,到去年底郑元元生下孩子的这几个月里,她陆陆续续相了七八回亲。

梁小可夸她:"虽然你和那些相亲对象们没有牵手成功,但比起以前那种,见一面就将对方一棒子打死的做法,你如今愿意同他们见上两三面已经是很大进步了。"

她停下敲打电脑键盘的双手,瞥了梁小可一眼,没好气地说:"我谢谢你对我的肯定啊。"

梁小可嘿嘿一笑,说:"一见钟情行不通,就试试日久生情嘛。这日子,跟谁过不是过?我看场站那个卢伟,是真的很喜欢你啊,要不你考虑考虑他?"

她当然也是考虑过卢伟的。

试问哪个姑娘家没点虚荣心?有个综合评分 8.0 的男同志,恨不得时时刻刻、毫不避讳地在众人面前向你展示他的真心诚意,即便你后来会为此感到头皮发麻,但刚开始的时候定是会有一种"我的魅力依旧、我的吸引力还在、我的虚荣心得到了极大满足"之类的膨胀感。

在此类感觉的作用下,她和卢伟在一天内吃了两顿饭,看了一场电影。

梁小可打趣她:

"这活动安排得可真密集。"

活动密集不可怕,可怕的是,卢伟积极主动的行为超过了她能接受的极限。

她告诉梁小可:

"别的就算了,可我实在接受不了看电影的时候,他总要拉我的手。"

梁小可一阵爆笑。

她骂道:"你能不能有点同情心?我刚被一个我不喜欢的人拉了手!"

梁小可故意摸了摸她的手背,笑着说:"'拉手'不是重点,重点是'你不喜欢'。要是换了你喜欢的人,可能你就是'卢伟'了。"

她怔了一怔。

她想起一年多前,就是她在努力向裴方安靠近那时。刚入秋,她和他以及他的同事甲乙丙丁们去吃鸡煲。那天降温降得有些厉害,她穿得比较单薄,一顿鸡煲外加少许白酒,也没让她身子暖和起来。散场时,他问她冷不冷,她咬着牙说不冷。他不信,说摸一下她的手就知道了。那是她第一次,也是唯一一次与他有肌肤上的接触。他的手并不比她的暖多少。他说:

"你穿太少了。"

她便说:"你穿得也不多。"

他收回自己的手,告诉她:"我穿了秋衣。"

她往他身上看了两眼,说:"完全看不出来。"

他笑道:"我瘦。"

他的确有些瘦,但不是弱不禁风那种消瘦。

后来裴方安调任到她单位,梁小可对其进行了从头到脚的点评,说到形象样貌时,给予了极高的肯定。梁小可认为:"别的领导要么像中年发福的油腻大叔,要么是头顶泛光的假和尚,只有政委,走出来给人一种如沐春风的清爽感觉。"

想起这些,她不由得叹了口气,叹气之后,她努力将它们抛得远远的。

梁小可不怀好意地问她:"你在想什么?"

她说:"没什么。"

梁小可不信,追问:"是不是在想裴方安?"

她否认:"没有。"然后提醒梁小可,"你是不是忘了咱们的约定?谁再提他,谁就请客去吃海鲜自助餐。"

梁小可爽快地请她吃了一顿海鲜自助餐。

吃完自助餐后,她决定把相亲的事放一放。

她觉得,用开始一段新感情去填补心中空缺的方法,可能并不适合自己。

10

陆宝露整理完裴方安的讲话录音时,已经是晚上七点。

食堂早就打烊了,梁小可和刘一鸣一个赶着回家给爸爸过生日,

夏至

一个被舅舅叫出去吃海鲜,剩她一人晚饭没着落。

她本打算吃些刘一鸣上午送来的水果填肚子,无奈这肚子不给面子,越填越饿。

肚子闹得欢腾会牵连到脑神经也欢腾,睡不着觉,她决定去单位附近的美食一条街吃碗螺蛳粉。

这家螺蛳粉店是上两个月新开张的,店面不大,味道也算不上有多好,但老板娘热情客气且记性异常的好。开张那日,刘一鸣请她和梁小可来吃了一顿,之后,但凡她路过这小店,老板娘都会主动打招呼。

因着这份真诚的打招呼的情谊,每当她落单又不想在食堂填饱肚子的时候,就会跑来这家店。

今晚,她照例点了一碗加了双份配料的螺蛳粉,然后掏出手机给它拍了张特写,再将特写发到她和梁小可、刘一鸣三人组建的微信群里,并配字:"你们吃大餐我吃粉。"

刘一鸣没啥反应,倒是梁小可发来一长串语音。

梁小可先是吐槽市区糟糕的交通状况,表明自己五点半从单位出发,这都七点过半了,还没到饭店!一家老小都在等她开席,不晓得八点钟能不能吃上第一口菜。吃了一口菜,又得着急忙慌赶回来参加晚点名,这什么世道啊!接着,话锋一转,开始朝她发炮。

"陆干事,你得对如今这种单身干部每天晚上九点半必须参加晚点名的糟糕局面负全责!"

面对梁小可的指责,她表示自己很冤。

但事实上,机关之所以重新拾起对单身干部进行晚点名这一项制度,的确与她有一些干系。

这事情得从两个月前,不,应该从农历新年后说起。

农历新年后,张副旅长给她介绍了个对象,叫豆佳,因为对方在舰艇上服役,所以虽是介绍了这么个人,但双方一直没联系,更没见过面。要不是吃羊肉煲那晚,兰干事当着裴方安的面提起这个人,她都忘了这档子事。

上两个月,豆佳结束了巡航任务,休假从湛江回到了广州。张副旅长便张罗起了他们二人见面的事。

她毕业这些年,参加过的大大小小的相亲宴,没有三十次,也有二十八次,吃个饭、见个面、聊个天而已,能难到哪里去?

可这回的相亲宴,真把她难倒了。

因为好巧不巧,裴方安在湛江工作那一年多点的时间里结识了豆佳的领导,而豆佳的领导与张副旅长是故交且正好也休假回了广州。歌里唱得好"战友战友亲如兄弟",如此,兄弟们借着下属们相亲的由头聚一聚,十分合情合理的样子。

那日,当她在梁小可的监督下化了个漂漂亮亮的妆,换了身漂漂亮亮的衣裳,正准备出门惊艳四方时,接到张副旅长的电话,被告知晚上的相亲宴政委也参加,她顿时只想伸出双手认认真真打一场退堂鼓。

梁小可不同意。梁小可说:"政委会政委的朋友,你相你的亲,桌子那么大,你们完全可以做到互不干涉。再说了,你突然间反悔不去,让人家张副旅长怎么想? 就算你不在意张副旅长怎么想,那政委会怎么想? 他八成会觉得你对他余情未了啊!"说罢,眉毛一挑,反问,"你是不是对他余情未了?"

她拨开梁小可的脸,万般无奈地说:"我去,去行了吧?"

想想,她与裴方安第一次见面就是在她和别人的相亲宴上,所以他再参加一次她的相亲宴,大概也没什么大不了的。

事实上,那日的相亲宴,进行得还算顺利,至少前面九成很顺利。

对方那头,豆佳相貌堂堂、谈吐得体,豆佳的领导和蔼可亲、风趣幽默;他们这头,张副旅长搭桥牵线、活跃气氛,她矜持有度、进退适宜。

相亲宴回来后,刘一鸣问她:"那政委呢? 政委什么态度?"

梁小可抢着回答:"叔叔参加侄女相亲宴是什么态度,他就该摆出

夏至

什么态度。"说完,自己先忍不住发出一阵爆笑声。

她白了梁小可两眼。

梁小可又改口说:"他以一个领导的身份去参加下属的相亲宴,能有什么惊人的态度嘛。常理来说,不就是先把自己的下属夸上一夸,然后简单问问对方的情况,从旁观察观察对方的行为举止。若是认为合适,就催促着让两人加深了解;若是认为不太合适,也不会在桌面上说出来呀。"

刘一鸣又问她:"那政委按'常理'了吗?"

她判断不出来裴方安有没有按常理行事。

因为相亲宴进行到九成的时候,豆佳被裴方安喝高了。

喝高了的豆佳显露出了特别洒脱的真性情。他先是搂住自己的领导,吧啦吧啦说个没完,然后拉扯着张副旅长,又吧啦吧啦说个没完,再是想靠上裴方安,但被裴方安一伸手给推开,最后,他朝着她直直扑来,吓得她连忙躲开,让他扑了个空并让他摔倒在了地毯上。

一屋子人面面相觑,场景十分尴尬。

两日后的傍晚,她因在食堂吃多了米饭,感觉胃胀得难受,于是在大院里胡乱晃荡消食。

谁知,竟与也在大院里晃荡的裴方安和主任迎面相遇。

她几乎是掉头就走。

裴方安把她叫住:"陆干事,你过来一下。"

她十分不情愿地走到两位领导跟前。

裴方安支开主任:"你去忙别的吧,我有点工作交代她。"

主任深深看了她一眼,示意她:一定要及时完成政委交代的工作!

她朝主任轻轻点了点头,回应他:请主任放心!

待主任走远了,她立马毕恭毕敬地问裴方安:

"政委,您有什么工作交代我?"

裴方安看了她一眼,然后迈开步子往前走。

她连忙跟上去,随在他右后侧。

信步走了很长一段路后,他才开口说:

"那个豆佳,酒品不行。"

她怔了一怔,不由自主发了声:"嗯?"旋即,又发了声,"嗯。"

他仿佛是对她的态度不太满意,回头看了她一眼,问:"你就只是'嗯'?"

她尽量不接触他的目光,故意看向别处,也略有些故意地说:"喝多了酒,闹点小笑话没什么大不了的,只要不动手打人就行。"

他面露惊讶:"你要求这么低?"

她随口就说:"我年龄大了,标准自然要放低一些。"

他沉吟了片刻,说:"那他打人。"

她蹙眉疑问:"您怎么知道?"

他竟说:"我不知道。"又说,"我猜的。"

她差点气结。她说:"您是领导,说话要负责的,不能瞎说啊!"

他不理会她的抗议,反而是提出自己的抗议。他说:"你能不能别'您您您'的?"

她一本正经地回答:"不能。条令条例里规定的,下级必须尊重上级。"

他又回头看了她一眼。

她撇过脸,不给他看。她似乎听到他在笑,但这笑声太轻太淡,不晓得是不是她自己生出的幻觉。

两人没再说话。

一刻钟后,她终于忍不住了,问他:

"您到底有啥工作要交代给我?"

他答:"没工作。"

她停下脚步,向他表明:"那我先回去了。"

他也停下脚步,回过身看着她,问道:"你刚才还说'下级要尊重上级'。现在上级要求你散个步,你不服从?"

她觉得他有点逼人。她心中憋了好些话,但到嘴边,只有一句冒

夏至

出来："别人会产生误会的！"

他反问："别人都认为你是我大侄女，能产生什么误会？"

真就是像他说的这样，单位上上下下近千人，除了知情的梁小可和刘一鸣，再没有第三个人会把她和他的关系想歪。

她对此，既感到庆幸，又感到些许怅然。

11

出于对陆宝露的愧疚，在豆佳之后，张副旅长以迅雷不及掩耳之势给她介绍了第二个对象。

张副旅长同她说："这次这个是在省考试院工作的进步青年，本地人，中大研究生，年纪跟你相仿。他有房有车有文化，父母是做茶叶生意的，家境殷实，两个姐姐条件也很好。唯一不足的，就是人长得不太高。"

身高这个问题，她历来是不太看重的，当初她向郑元元描述裴方安身高一米七五时，遭到郑元元的嫌弃，说她与他站在一起，形成不了好看的身高差。可她觉得，十厘米的差距很合适。张副旅长说对方长得不太高，她估摸着，大约一米七。

结果见到真人，缩水了七厘米，加上她脚蹬三厘米的鞋子，竟不得不俯视对方，画面真是说不出的尴尬。

更尴尬的是，吸取了上回人多坏事的经验，张副旅长极力促成他们二人单独见面。

见面的地点是一家网红餐厅。

他们二人在餐厅外排了近三个小时的队，将近九点才吃上第一口菜。

吃完饭，他十分绅士地开车送她回单位。

不幸，路上遇到对向一辆越野车撞在了马路中间的护栏上。那车凭一己之力将一长条护栏从中间撞到了路边，护栏弯成了一个大大的弧形，并成功地将他们这个方向的所有车截在了原地，不得动弹。

此处离单位不过三公里的距离，她很想下车走回去，但又觉得将对方抛下这种行为不够仗义，所以老老实实在车上坐了将近两个小时，不尴不尬地同对方聊了120分钟。

这一折腾，回到单位已是十二点半。

时间略有些晚，但也不算特别晚。想她平日与梁小可、刘一鸣出去消夜，往往也要这个点才能回来。

她在单位门口下了车，礼貌地向对方表达了谢意。挥手与人再见的时候，被从另一个方向缓缓驶来的一辆车的车灯刺眯了眼。

她眯着眼，心想，同志们的夜间活动果然都是丰富多彩的！可等她再睁开眼，看清了那辆车的车型以及车牌后，心里啥也不敢想了，下意识就赶紧掉头往院子里走。

但那车不罢休，朝她"嘀嘀"两声。

张副旅长打开车窗，探出半个头，叫住她。

她本以为车上的人是裴方安，一听是张副旅长的声音，紧绷的神经立马松快了。她停下脚步，并扭过身子，面朝着车，准备向张副旅长问声好。结果等那车窗开大了些，她又看到了另一侧坐着裴方安。她咽了咽口水，问好的话还没出口，就听到张副旅长笑嘻嘻问她：

"相亲相得怎么样？"

相亲自然是相得不怎么样的。

两日后，她去看望郑元元母子。

郑元元认为："虽然你年龄是不小了，可也没有到要去找一个'小矮人'共度人生的程度吧？"

抱着孩子站在一侧旁听闺密聊天的苏能耐忍不住说了句："你这是人身攻击。"

夏至

郑元元睨了苏能耐一眼,问他:"怎么? 你有意见? 你要替'小矮人'喊冤呐?"

苏能耐连连摇头,只说:"没准人家很有内涵。"

郑元元将苏能耐赶走,然后沉了沉气,问她:

"裴方安和——"

她急切地打断郑元元,表示:

"我和他没什么。"

郑元元看着她,一脸的不信:"没什么? 没什么,你这么着急干吗? 我话都没说完!"

她撇了撇嘴,低着眉眼。

郑元元接着说:"我听我们医院的人说,有人把我们老院长的女儿介绍给他了。那个女的,我见过两次,今年得有四十岁了,但保养得挺好,身材气质俱佳。"说罢,抬手推了推她的胳膊。

她"哦"了一声,没别的话。

郑元元忽然叹了声气,一副幽幽怨怨的口吻。

"真不知道男人的脑子里到底装了些什么。"

郑元元都想不明白的问题,她陆宝露就更不可能想明白了。

她在郑元元家吃了晚饭,又吃了夜宵,十点多离开的时候仍依依不舍。

苏能耐劝她:"抓紧时间结婚生娃,跟我们家结亲。"

她嘿嘿一笑,亲了亲郑元元怀里抱着的小宝贝,说:"丈母娘过两天再来看你。"

结果过了两天,梁小可气鼓鼓地将一份《机关单身干部管理规定》摔到她办公桌上,气鼓鼓地质问:"你知不知错?"

她一脸茫然,连忙拿起这文件,迅速翻阅了一遍,随后反问梁小可:"这……这? 你拟这个规定干吗?"

梁小可哼哼两声,没好气地说:"我拟这个干吗? 拟了管住我、你和刘一鸣三个人吗?! 这是兰兰昨晚窝在办公室拟出来的。"

她于是骂兰干事:"他吃撑了闲得慌吗?"

梁小可说:"主任让他拟的。"

她一脸疑问:"主任? 不应该啊,他从来不管咱们下班后干什么。这里边规定,值班首长每晚九点半组织单身干部点名,这完全不像他的风格。"旋即猜测,"是不是你平时嘴巴太毒,把兰兰给得罪了,所以他借机对你进行打击报复?"

梁小可又哼哼两声,说:"我也觉得这像打击报复。但不是兰兰打击报复我,是政委打击报复你!"

她惊诧错愕:"什么???"

梁小可解释起前因:"我刚去找主任,想着能不能把这个点名的规定改改。结果主任告诉我,别的条规都有商量的余地,但点名这一条不能动。因为这是政委钦点的! 政委跟他说,咱们单位的单身干部管理太松散了,晚上出去活动,想几点回营就几点回营,就算不回营都没人管。长此以往会出问题! 本来主任还想给咱们说说情,表明咱们都是听话的好同志,晚上出去活动是因为担着大龄未婚男女青年的名号,不得不参加一些多结交朋友的社交活动,以便早日成家,通常十点前会回营的。"

她听了,连连点头,表示:"主任说得很对啊!"

梁小可话锋一转:"可是! 可是政委说,他上周见到有一位同志,两个晚上都是十二点多回营。"随后,直勾勾看着她,说,"上周我和刘一鸣没有出过营门。"

她怔了一怔,缓缓反应过来,喃喃说了句:"所以你的意思是,这个'有一位同志'指的是我?"

梁小可眨了眨眼,问:"除了你还有谁?"又问,"你到底是怎么做到每次回营都碰到政委的?"

她只能叹气。

第一次晚归碰到裴方安,就是张副旅长也在车上那晚;第二次晚归碰到裴方安,是前两日她去看望郑元元母子。那晚她十点多离开郑元元家,按正常的返回路线,三十分钟内能到,可偏偏那晚她心绪不佳,让人家出租车停在了半路,自个儿慢悠悠走回来的。

垂头丧气的她在办公楼前碰到刚结束工作的裴方安。

裴方安问她这么晚回,是干什么去了。

她本是打算老老实实向他禀明自己的去处,但话到嘴边,突然想起郑元元的老院长的女儿。她把先前准备的话咽了回去,只说:"吃饭。"

他又问她,是跟谁吃饭,吃到这么晚。

她瞥了他一眼,然后慢条斯理地说:"这是我的私事。"

梁小可没有特别追问她两次晚归被裴方安碰到的具体细节,而是催促她:"我认真想了想,觉得政委大概没有忘记你曾指责谩骂过他的事。为了我、刘一鸣和你的自由,你有必要去向他道个歉,然后恳请他收回成命。毕竟这个规定还在拟制修改的过程中,完全有可能扭转局面。"

她觉得不可思议:"你说的是认真的吗?"

梁小可十分正经地回答:"非常认真。"

她不干:"我不去。"

梁小可威胁她:"不去就友尽。"

在梁小可的威逼以及刘一鸣的利诱下,她挣扎了二十四小时后,叩响了裴方安办公室的门。可为了一年多前一时冲动发泄出的真情实感而向他道歉,她实在做不到。

她只能尽全力做到"狗腿"。

没错,起劲地夸奖他到任后这短短三个多月时间给单位带来了蓬勃朝气、昂扬锐气、浩然正气、进取勇气。

他一直看着她,并很有耐性地听她讲完了准备好的所有溢美之词,最后表示:

"说点人话。"

她支支吾吾了一阵,问他能不能删除"单身干部每晚九点半参加点名"的这条规定。

他拒绝得很干脆：

"不能。"

自己刚才的劲都白费了！不仅白费了劲，还白白在他面前丢了脸。于是她义正词严地指出："那政委您也是单身干部，您也应该参加晚点名。"

他稍稍怔了一怔，随后抛出三个字：

"我参加。"

梁小可和刘一鸣聚在她办公室等消息。见她回来了，立马围上去，纷纷向她投以期盼的目光。

她抿了抿嘴，告诉二人：

"一个好消息和一个坏消息，你们想先听哪一个？"

刘一鸣猜测："坏消息是，点名这条规定不能改？"

她点了点头。

梁小可的心凉了一大截，哀叹："那还有好消息吗？"

好消息是，她成功地把单身干部裴方安拉进了需要每晚九点半被点名的名单里。

梁小可的心彻底凉透了，哀号："天呐！这分明是两个坏消息！请你们想象一下，我们仨同政委站在一起参加点名的画面，这已经够尴尬了吧？然后再想象一下值班领导的处境。让他点政委的名啊！陆宝露，你干的这什么事儿？损人不利己！"

12

陆宝露也十分后悔自己再次因为一时冲动干了这么件脑子抽筋

才可能干得出来的蠢事。可事已至此,没有了回旋的余地,便只能每晚老老实实参加点名。

正如梁小可所想象的画面一般,当日值班领导点他们三人的名,不是难事,可点裴方安的名,着实让一众领导们犯了难。

领导们忍不住三三两两研究讨论,到底是哪个胆大包天的傻子提出让政委参加点名的建议。

她为了糊住梁小可和刘一鸣的嘴,连着三日请他们二人在宿舍吃火锅。

吃完第三顿火锅后,梁小可表示。

"不行了,我吃伤了,半年内都不想再碰火锅了。"

刘一鸣提议:"找个时间吃烧烤吧?"

梁小可眉毛一横,问:"烧烤?吃一半,然后回来参加点名,点完名再偷偷溜出去吃另一半吗?"

刘一鸣说:"咱们自己烤呀。就在院子里找个偏僻的角落,搬几块砖砌个架子,弄点木炭,点上火就能烤了。"

她朝刘一鸣竖起大拇指,称赞:"你可真有才!"

刘一鸣嘿嘿一笑,说:"毕竟我也陪不了你们多久了,抓紧最后的时间为你们服务服务。"

梁小可问:"你生病了啊?"

刘一鸣摇头否认,心情不错地笑道:"我马上就要脱离单身干部的行列了。"

她和梁小可异口同声惊呼:"什么?"

刘一鸣说:"我下个月结婚。"

她一时反应不过来,好奇又惊诧:"你哪来的女朋友?"

刘一鸣说:"上两个星期谈的。"

梁小可猜测:"这么着急结婚,是不是搞出人命了?"

她拍了拍梁小可的后脑勺,哭笑不得地说:"他上两个星期才谈的女朋友!就算搞出了人命,这人命也不能记在他头上!"

刘一鸣同二人讲了讲自己的恋爱经历以及恋爱对象,最后表示:"结婚需要冲动,我得紧紧抓住这个'冲动'的感觉。"

到了晚上,她躺在床上辗转反侧睡不着,梁小可问她:

"你是不是心慌?"

她说是,又说:"等刘一鸣结了婚,我就是整个旅里年龄最大的未婚干部了。"

梁小可提醒她:"你是不是把政委给漏了? 他比你大十岁呢。"

她没搭话。

梁小可问了句:"要不,你再努力一次?"

她还是没搭话。

梁小可接着说:"之前你们是异地,现实困难多。可如今不一样了,他回来了,你们每天抬头不见低头见的,说不定——"

她截住梁小可的话,说道:"他有对象了。"语气轻飘飘的。

梁小可问:"你怎么知道?"

她将郑元元告诉自己的消息同梁小可说了一遍后,梁小可呸她:"你这就是断章取义! 人家给他介绍对象,就等于他有对象了吗?"

她幽幽哀叹了两声,然后幽幽地说:"可是他不喜欢我呀。"

梁小可忽地从床上跳起来,拿住她的把柄,指着她的鼻子说:"所以陆宝露,你就是对政委余情未了! 之前你跟我说这事翻篇了,你把他从心上抠下来扔掉了。你是骗我的!"

她倒也没有骗梁小可。

想她那次和郑元元去湛江撞了南墙后,是真心尽全力把裴方安从心上抠下来扔掉了。虽然偶尔会想起他,偶尔会黯然神伤,偶尔会掉眼泪,可那毕竟都是"偶尔"。日子久了,这个"偶尔"的频率自然会越来越低,直至完全消失。

但老天爷不配合呀!

别人外调到偏远艰苦地区锻炼,怎么也要个三五年,谁知道他竟然一年多点就回来了。回区机关也就罢了,还这么不凑巧地到了她单位,当了政治主官。

她对他是真的能避则避了,只不过机关办公楼就这么点大,工作就那么些事,不可能做到不相往来。加上现如今每天晚上要参加点名,即便他有时因为在外工作不参加,可一周有七天,他出现个三两天,就已经够让她烦忧的了,还怎么尽全力把他从心上抠下来扔掉啊!

梁小可却是不听这些解释的。

梁小可站在床上,居高临下地看着她,一脸认真地表示:

"既然你对政委余情未了,那这件事就好办了!"

她感觉不妙,问道:"你想干吗?"

梁小可先是"哈哈哈"大笑几声,随后露出一副势在必得的架势,说:"当然是用尽一切方法手段促成你和政委的好事啊!等你们的好事成了,机关就剩我一个单身干部了。到那个时候,我再去磨一磨主任,这个晚点名的规定应该就能寿终正寝了。"说完,又"哈哈哈"大笑几声。

她吓得立马也从床上跳起来,抓住梁小可的胳膊,说:"我警告你啊,别乱来!"

梁小可一本正经地说:"乱来当然是不行的。我们必须拟一个周密的作战计划,争取让你一击毙命,不不不,一击即中。"

她不晓得梁小可要拟什么作战计划。

她特别担心梁小可的惊人计划,让她丢脸丢到姥姥家也就罢了,可是折损了裴方安的面子就真的糟糕了。

她提心吊胆地过了两天。

到第三天晚上,提着的心算是重重落了地。

那晚,正是刘一鸣所说的,"找个时间吃烧烤"的好日子。

白日里,她和梁小可、刘一鸣趁着午休时间溜到单位附近的菜市场买了好多食材,又费劲地将食材洗刷干净、放好调料腌制、串成串串。入夜后,刘一鸣找了几块砖在宿舍楼一侧较为隐蔽的位置搭了个简易烤架,搬了一筐木炭,就等着大家参加晚点名后来点火开烤。

想到马上就能吃到鲜嫩美味的烤串,她的心情很是美丽,即便在参加点名时看到裴方安,也没有影响这份美丽心情。

岔子是出在梁小可身上。

点完名后,梁小可大胆地跟上裴方安的脚步,并邀请他参加烧烤活动。

她和刘一鸣走在这二人身后,听闻这话,顿时倒吸一口凉气。

她很想上前给梁小可来一个过肩摔,然后用拳头堵住梁小可的嘴。

刘一鸣挤眉弄眼地示意她:别冲动,稳住! 政委肯定不会参加的。

结果,裴方安很爽快地答应了参加他们的烧烤活动。

一个领导与三个小干部在宿舍楼偏僻一角围坐成一圈搞烧烤,这情景着实有些奇怪,但换一个角度,四个机关单身干部在宿舍楼偏僻一角围坐成一圈搞烧烤,好像又不是那么奇怪了。

她一直知道,梁小可是个嘴巴闲不下来的姑娘,要么吧唧吧唧吃东西,要么叽里呱啦说话,但在领导尤其是不熟悉的领导面前,比如裴方安,她以为梁小可多少会收敛些,然而,并没有。

那晚烧烤,到凌晨两点才结束。

各类食物全都清了盘,炭火也全都烧没了,梁小可的嘴巴居然还没讲干。

她听得头都大了,回到宿舍后只想倒床眯眼就睡。

梁小可不许。梁小可将她从床上拉起来,问她:"刚才气氛那么轻松自然,你怎么不多说说话呢?"

她睨了梁小可一眼,反问:"你指望我说啥? 说,'欢迎政委参加我们的烧烤活动!''政委您请多吃点牛肉串!''政委您觉得鸡翅够不够火候?'"说罢,带了些生气的口吻,"我说梁小可,以后你做这种决定前,能不能跟我和刘一鸣商量一下?"

梁小可问:"跟你商量,你能同意吗?"

她摇头,坚定地回答:"不同意。"

夏至

梁小可见她一张脸绷得略有些紧,心里有几分拿不准了,小心翼翼问了句:"你生气了?"

她叹了口气,幽幽地说:"我没生气。我只是感觉很尴尬。"

梁小可便道:"要我说,政委明知道我们仨是一伙儿的,也肯定明知道你的心事,确切地说,是你从前的那些心事,我和刘一鸣都清楚。在'明知道'的情况下,我一邀请他,他就来了,这说明什么?"

她答:"说明他内心坦荡,从未将我觉得'尴尬'的事记挂在心上。"

梁小可想纠正她,但被她拦住了嘴,她对梁小可说:"好了,你别说了,我很困,此时此刻除了睡觉不想想别的,睡完觉起来也不愿再在这个事上耗费精气神。你就当行行好,别再折腾我,也别再折腾人家了。"

梁小可不答应,唤她:"陆干事。"

她看着梁小可,格外认真地表示:"我说的是真的。"

她的确没有撒谎。

她是真的不想再在裴方安身上耗费精气神了。

刚才烧烤,裴方安又如以往那般,谈笑自若,她又如以往那般,听得入情入境。直到刘一鸣推了她胳膊一下,说她手里的鸡翅已经被火烤得面目全非的时候,她感觉心脏霎时漏跳了两拍。

她一下子清醒过来,自己费了千辛万苦才从黑暗的大坑底部爬到了能看到光亮的位置,是真害怕再被一脚给踹回去。

她心里虽有许多苦,可也不想要那一点半点的糖了。

13

烧烤的翌日,区机关业务处下了份通知,要抽调一名吃苦耐劳精神强的同志去处里帮忙工作，时间约两周。

陆宝露第一个报了名，并且想尽办法劝阻其他想报名的同志。她的理由是，区机关人才济济，尤其是异性人才济济，很适合她这种想找一个异性人才共同进步的大龄未婚女青年。

这样的话都能说出口，部里任何人都不好意思跟她抢名额了。

临行前，梁小可见她把行李箱和背囊塞得满满当当，噘着嘴问她是不是不打算回来了。

她拍了拍梁小可的肩膀，安慰说："就去半个月而已。你要想我了，咱们可以周末在市里约吃饭。"

梁小可的两道眉毛拧成了一团："你周末不回宿舍住了？"

她说不回，又说："我回星河汇。我那房子买了那么多年，没住过几次，空着多可惜。"

梁小可拆穿她："你以前从不觉得星河汇的房子空着可惜。"

她顿了顿，说："以前是以前，现在是现在。"

梁小可问："你是不是想逃避晚点名？"

她不承认，并且一本正经地说："怎么能用'逃避'这个词儿呢？借调上级机关，本来就不用参加晚点名。"

梁小可一脸的不乐意。

不乐意她被借调到区机关的梁小可，在她去区机关的第三天就借着到业务处办公事的幌子来找她吃晚饭。

正巧，黄晓凡也说要请她吃晚饭。

于是，三人成团，去吃湖北菜。

席间聊天，难免提到裴方安。

她觉得，当年自己是傻，可黄晓凡却不见得同她一样傻，想必是知道她对裴方安的心思，也知道裴方安的态度，所以关于裴方安的话题，她一概不接话。

但梁小可对关于裴方安的种种很有兴趣，先将裴方安在本单位如何如何的故事讲给黄晓凡听，然后开始化身十万个为什么。

夏至

饶是黄晓凡这种对裴方安特别熟悉且得到裴方安认可的人，也被梁小可问倒了好几次。

好比，梁小可问：

"你觉得政委喜欢什么类型的女人？"

黄晓凡悄悄瞟了一眼她。

"你觉得政委是不是一个在某些事情上畏首畏尾的人？"

黄晓凡不太自然地咽了咽口水。

"你觉得政委会不会特别在意世俗的眼光？"

黄晓凡突然打了个嗝。

"你觉得政委有没有可能是那种看上去自信从容，但实际上胆小自卑的人？"

黄晓凡又突然打了个嗝。

在黄晓凡去洗手间的空当，她问梁小可：

"今晚的菜不好吃吗？"

梁小可扫了一眼桌上的美味佳肴，说："很好吃呀。"

她笑里藏刀地问："那怎么堵不上你的嘴？"

梁小可怕自己真把她惹毛了，于是低头老老实实吃了几口菜。

可去了趟洗手间后的黄晓凡像是给自己充了电，回答起梁小可提出的五花八门的问题，不再那么费劲。

黄晓凡说：

"安哥喜欢不矫揉造作、性格耿直爽朗、自立不黏人，能时常与他一同喝点小酒的女人。"

"安哥不是个畏首畏尾的人，他对待任何事、任何问题都是从方方面面去思量。"

"安哥毕竟是领导，又比咱们大这么多，世俗的眼光，不可能完全不在意。况且，他在意世俗的眼光并不一定是因为自己，也可能是因为考虑对方的处境。"

"安哥跟咱们一样，是寻常人，当然会有胆怯不自信的时候嘛。"

说完,黄晓凡向二人问了句。

"你们就不好奇为什么安哥又从湛江调回来了?"

梁小可理所当然地认为:"比起湛江,当然是广州好啊!他父母朋友、领导战友都在这里,区机关也在这里,想方设法调回来不是人之常情吗?只不过这里向来是众人争抢的好地方,想必他下了许多功夫才得偿所愿。"

待梁小可说完,黄晓凡将目光投向她,问:"小陆姐姐,你不好奇吗?"

她答了三个字:

"不好奇。"

不好奇的她,晚上躺在区机关招待房的硬板床上,翻滚到凌晨三点才睡着。

她日日都是一进办公室的门就开始全身心投入工作,时常连饭也顾不上吃,夜里不到十二点绝对不回去休息。她同梁小可说,周末不回单位宿舍,要去星河汇住,事实上,她差点宿在了办公桌上。

这般勤恳,这般任劳任怨,连部领导都张了嘴,说她是个可以好好培养的同志。

她将这话转告给陆广晟,并问他,能不能寻寻人、寻寻机会,将自己调上区机关。

陆广晟反问她:

"前几年大把机会,让你上区机关,你不愿意,嫌累嫌辛苦,如今怎么突然开窍了?"

她并不是开窍了。

她只是觉得郑元元说得很对,像她这种容易被前尘往事拖累当下工作学习生活的同志,还是尽量离故人远一点较为妥当。

借调期满后,她又在处里多干了两日活儿。

她本是计划再在处里赖上两三天,让梁小可帮自己递一张休假报告给主任,然后直接回长沙,不回单位了。她一年有三十几天的探亲假,在父母跟前当一段时间孝顺乖巧的女儿,然后出去游一游祖国大好河山,心情和心态大概是能舒畅和坚韧一些的。

可事与愿违。

赖到第四日,裴方安向处长要人。

那日,广州片部队的政治主官到区机关开会。

散会后,裴方安十分凑巧地遇到了处长,并十分自然地问及处长,他的下属,陆宝露,在处里工作表现可还让人满意,需不需要再延长她的借调命令。

处长是何等精明的人,一听这话,感觉不对劲。这借调命令都过了几日了,人还没回去,实在不合情理。虽然她的确是个可以培养的同志,但培养这等事,向来着不得急,往后有机会,直接给人一道任免命令、光明正大调上区机关才是正事。

就这样,当日下午,她不得不收拾了行李,随裴方安一道返回单位。

路上,坐在副驾驶位的裴方安问她,借调期结束几天了,也不跟主任报告这边的情况,擅自就留下来,是不是不想回单位了?

她先就自己没向主任报告的事承认了错误,然后违心地解释,说自己其实很想念单位的花花草草,但这边的工作确实没有完全结束,不好意思撒手不管。

裴方安不信她。他说:"你叔叔前两天打电话给我,说你有调到区机关工作的想法。他觉得你的这个想法,萌生得很突然,所以问问我,你在单位是不是遇到什么挫折了。"

她差点喷出一口老血,小声嘀咕道:"哎呀,这这,他怎么老把我当小孩子?怎么什么事儿都跟你说啊!"

他没听清,回头问她:"你说什么?"

她连忙改口:"我说,那个,水往低处流,人往高处走,不想当将军的士兵不是好士兵!"

他定定地看了她一会儿,然后将头扭了回去。

她以为这个话题到此结束了，但过了半晌，他突然问：

"你是不是因为不想看到我？"

她惊呆了，一个字都吐不出喉咙眼。

他接着问："因为不想看到我，所以想调走？"

她努力从震惊中将自己拉扯出来，磕磕巴巴提醒他："政……政委。那个，小马在开车。"

他丝毫不在意，只对小马说了句："你把耳朵堵上。"但见小马双手都在方向盘上，又改口说，"你把耳朵关上。"

镇定的小马，镇定地回答："关上了。"

她又惊呆了。

他才不管她是不是惊呆了，继续发问："你心里是不是记恨我？"

她觉得自己像在做梦，伸手掐了掐大腿，感觉挺疼的，不是在做梦。她否认："没有！没有的事，我怎么可能记恨您。"

他举出实例："你把我微信删了，电话也拉黑了。"

此等陈年旧事，未料想今日竟被他翻出来说，她一面在心里疑问，不晓得他是哪根神经串了线，一面结结巴巴为自己圆场。她说："那……那是以前的事，是一时冲动，对，一时冲动。"

他又问："一时冲动？一时冲动跑到湛江，给我发个'再也不见'，然后把微信删除，把我设置禁止加好友？"

她心里连连叹气，早知有今日，她必是不会把事做得那么绝的。可早不知道呀，她那时为了斩断对他的一切遐想才去撞了南墙，可这南墙质量一般，说倒就给倒了。她真诚地告诉他："我……我那是……那是怕自己会忍不住打扰您。"

他顿了一顿，又顿了一顿，不知是思考了什么，反正再开口时已换了话题。他问她："你能不能别老是'您您您'？这让我感觉自己很老了。"

从前，就是在她还未对他表白的那个从前，她与他和他的同事甲乙丙丁们一起吃饭的时候，他偶尔也会拿自己的年龄开玩笑。他说自

夏至

己是老人家,参加体能考核,已不用拉单双杠了,但每逢考核,成绩绝对是优秀。他还说,虽然自己是老人家,可从八岁的小姑娘到八十岁的老太太都很喜欢他。

那时,梁小可还未曾见过他,听了她的复述,梁小可评价:他是不是太自负了?

仿佛是很自负,但那些自负的话从他嘴里讲出来,并不让人生厌,反而有种就是如此、本该这般的感觉。

面对他的抗议,她解释:"'您'这个字儿是下属对上级的尊重。"

他表示:"我现在不需要你尊重我。"旋即又发问,"你以前怎么不这样尊重我?"

她直言:"以前不懂事。"

他问:"现在懂事了?"

她略有些丧气地说:"栽了个大跟头后,不得不懂一些事。"

他由此认定:"你就是记恨我。"

她再次否认:"我没有。"

彼此沉默了一阵。

他说:"你别记恨我了。"

14

陆宝露委实想不通为什么裴方安会突然转了性子,毫不顾忌旁人同她提起前尘往事,并非要将她记恨他的这个标签贴在她头上。

她觉得,一会儿回到单位,一定要找梁小可问问清楚,自己不在的这些日子,裴方安是不是遇上了什么了不得的大麻烦,所以才一反常态,表现出一副要将从前欠下的桃花债整理清楚、求得对方谅解的样子。

如果真是这样子，倒也好办。

她这人，向来不太爱记仇，只要裴方安松口答应，取消晚点名这个规定，她觉得自己立马就能向他保证，绝对不再记恨他。

但鉴于上次提出取消晚点名这个规定时，他没同意，所以这回，她须得从长计议，想出个万全的法子，妥帖地解决这件事。

很不幸，在妥帖地解决这件事之前，她遇上了另一件事，确切地说，是另两件事。

她与裴方安回到单位时，已五点过半。

司机按照裴方安的指示，先将她送往宿舍楼。

宿舍楼映入她眼帘的同时，那大大小小十几盆绽放得十分妖娆美丽，并紧紧围绕在她和梁小可所住的一楼门前的花卉也一道映入她眼帘。

她与梁小可认识多年，从未见梁小可养过任何花花草草，怎么她离开单位的这段时间，梁小可突然转性了？

她很疑惑。

裴方安则是掏出手机给杨科长打电话。他问："你们是怎么管理大院的？宿舍楼周边乱七八糟。"

他口气不太好，像是生气了。

她觉得，转了性、养了这么多花花草草的梁小可大概要倒霉了。

结果，倒霉的是她自己。

她回到宿舍后，第一时间告知梁小可：

"政委看你养在门外的那些花花草草很不爽。"

梁小可反问："咦？你怎么突然回来了？"

她顾不上回答梁小可，而是催促："你还是抓紧时间找人把那些花草弄走为好。"又问，"你养个两三盆意思意思就行了，养这么多盆，摆在门外，路过的人和车都能瞧见，实在太扎眼了。刚才政委瞧见了，把杨科长批评了一顿，说他没有管理好大院。"

夏至

梁小可大叹一声:"苍天,我冤枉啊!那些花花草草是那个'小矮人'送给你的!"

她正打开行李箱收拾东西,闻此言,眉头一蹙,扭脸问梁小可:"谁?"

梁小可说:"张副旅长给你介绍的地方进步青年。"

她十分震惊且十分不解,她表示:"不可能啊!我同你说过的呀,我跟他见了一次面,后来他约我吃饭,我婉拒了。我跟他说,我们不合适,他非要问我哪里不合适,我实话告诉他'身高不合适',然后他一气之下把我微信删除了。"

梁小可分析:"对。他把你微信删了,但又不甘心止步于此,所以找了张副旅长。"

她问:"找张副旅长干什么?"

梁小可又分析:"可能是请张副旅长指点他一二吧。反正这些花是'小矮人'通过张副旅长的关系送进来的。也就是几天前的事。"

几天前???

她瞪着梁小可:"你怎么不早跟我说?"

梁小可自有道理:"你又不喜欢他,跟你说了,还不是增添你的烦恼?而且我想着,反正你都要休假了,又不打算回单位,等你一个多月后回来,我早就拉着刘一鸣将这些花处理干净了。"

她问:"那现在怎么办?"

梁小可脑子转得快,说:"你刚不是说政委批评杨科长了,那不正好嘛,让杨科长把这些花弄走,还不会伤张副旅长的面子。不然你还打算请'小矮人'吃顿饭,谢谢他送你这么多盆花不成?"

她猛摇头。

梁小可绕回最开始的问题。

"你不是说要在区机关赖到周五,然后直接休假回家吗?怎么又回来了?"

她将自己是如何悲催地回到单位的经过跟梁小可讲了一遍。

梁小可脑洞大开地猜测:"政委是不是想你了?"

她朝梁小可"呸呸"两声,然后拿了些衣物走向卧室,待她拧开门锁,映入眼帘的是自己床上那一大堆大大小小的礼盒。

她问梁小可:"这些又是什么?"

梁小可说:"卢伟送你的。"

她觉得头大:"搞什么鬼啊?"

梁小可继续分析:"我估计是受到门前那些花花草草的刺激,觉得自己再不发功,可能会落于人后。"

她毫不犹豫地质疑起梁小可对自己的忠诚度:"我说梁小可,你为什么要背着我接受这些东西? 还把它们放在我床上! 你是间谍吗?"

梁小可摆出一副无辜的模样,说:"我也不想啊。可卢伟暗示我,如果我帮了他这个忙,过几天发夏季被装一定会给我发最最合适的尺码。你知道我有多少年没有穿过合适的夏常服裤了吗?"说着,将自己的屁股扭给她看,"我这条裤子是五年前发的,屁股这块儿都磨得发光了!"

她翻了两个白眼送给梁小可:"所以你就出卖我?"

梁小可连忙赔笑:"千万不要这么说。我是觉得,这些礼物不会过期,等你回来了,再送还给卢伟。如此一来,我的裤子到手了,礼物你也没收,皆大欢喜嘛。"

她骂道:"欢喜个屁! 你现在就给我送回去。"

梁小可不干,任她如何威逼利诱也不肯干。

她没法子,只好趁着天黑了以后,左手右手拎上那些压根没拆封的礼物跑去场站还给卢伟。

幸运的是卢伟不在,她顺利地将这些礼物交到了他办公室的小战士手上。

不幸的是,在交接礼物的时候,遇到了边散步边谈工作的裴方安和张副旅长。

夏至

张副旅长笑眯眯地问她：

"小陆呀，那些花儿，你还喜欢吗？"

她没敢告诉张副旅长，那些花花草草，已经在两个小时前被杨科长带着几个小战士给弄走了，下落不明。她只能委婉地表示自己在花草方面造诣不高，连仙人掌也是养死过好几盆的，所以这些年不敢再祸害它们了。

张副旅长又问她："你拎那么多东西，是送给谁的呀？"

她倒也晓得张副旅长为人好八卦，可当着裴方安的面还这么好八卦，她认为实在不妥当。

可张副旅长没觉得不妥当。张副旅长笑呵呵地同裴方安说："场站的卢伟，喜欢小陆很多年了，但小陆一直不为所动。"又说，"我朋友的侄子，对小陆也是一见钟情，前些天非要托我送进来许多花草给小陆。"

裴方安听着，没吱声。

她也没好意思吱声，只希望自己能赶紧跪安走人。

可张副旅长偏还要问她：

"小陆，你到底喜欢什么类型的？你今天老老实实跟我和政委说说。我手上的资源可能不够好，你看不上，但政委认识的人多，肯定能给你找个好对象。"

这问题，若是放在寻常时候，也没什么不好回答的，可毕竟是在裴方安跟前，难以回答的程度立马翻了十番。

她支支吾吾，支支吾吾，就是不说。

弄得气氛一时尴尬。

她很希望这两日快些过去，等过了这两日，她就休假回家，离这里远远的，怎么都能清静个几十天。

但翌日下午，梁小可告诉她，上级将战备等级调整了，所有人员，没有特殊原因，不准休假。

她的计划落了空，结结实实蔫巴了两天。

周末,梁小可邀她去自家玩耍,她不去,一直躺在沙发上,眼睛盯着电视屏幕,身子一动都不想动。

直到傍晚,实在是饿得前胸贴后背了,才不得不起身,打算给自己煮碗面。

这时,有人在屋外敲门,唤道:

"小陆姐姐。"

声音有点像黄晓凡。可这大周末的,他出现在这里,很是奇怪。

但来人确实就是黄晓凡。

黄晓凡说自己来这附近办事,顺道买了些水果来看看她,再顺道约她吃晚饭。

她想想,前些日子在机关,不但得了黄晓凡的照拂在某些事上行了方便,还吃了人家一顿饭,今晚将这份情谊还回去,很是应该。

她问黄晓凡想吃什么菜。

黄晓凡说:"安哥说你们这里有家岳阳烧烤很好吃。"

安哥???

她想反悔,不想请黄晓凡吃饭了,至少今晚不想。

可黄晓凡不给她反悔的时间。黄晓凡说:"安哥在楼下等我们。"又指了指她手上拿着的那盒面条,表示,"面条不好吃,烧烤好吃,咱们走吧。"

想来是不走也不行了。

想来又不是她单独同裴方安见面吃饭,与其扭扭捏捏尴尴尬尬,不如干脆表现得坦坦荡荡大大方方。

裴方安今日穿了件浅驼色真丝衫,搭了条同色系的西裤,皮鞋擦得很亮。这样的行头,不像是去路边摊吃烧烤,倒像是要去五星级大饭店会见重要客人。

15

因为回想了太多这两个月来发生的故事,一碗螺蛳粉,陆宝露吃了将近一个小时还没吃完。

老板娘问她:"是不是今晚的螺蛳粉不好吃?"

她予以否认。

老板娘又问她:"一直把胳膊摔伤的位置死死靠在桌上,难道不疼吗?"

她愣了一愣,随后反应过来,抬起胳膊一看,那一道长长的伤疤溢出来不少细小的血珠子。

她果然是太沉浸在自己的回想之中了。

当然,她之所以如此投入,也是有原因的,毕竟那晚烧烤之后,她有点儿,不,应该说是,很不晓得在有裴方安的地方该如何自处。

那晚烧烤,也就是前几天晚上的烧烤。

起初,她、裴方安、黄晓凡三人,聊得还算和谐尽兴。

可惜,她低估了夺命大乌苏的酒劲,喝下三瓶后还浑然不知自己已经开始往说胡话的方向发展,继续向老板要了第四瓶以及第五瓶,以至于逐步迷离到连黄晓凡是什么时候离开的都不知道。又可惜,她高估了自己在裴方安面前的自制力,明明已经到了脑袋发晕、舌头捋不直、双脚站不住的程度,还没意识到自己正处在失控的边缘,以至于再次将多日以来心中累积的对他的不满倾泻而出,重蹈了一年多前的覆辙。

翌日,她躺在床上,头疼欲裂,眼睛也肿胀得睁不开。

梁小可问她,还记不记得昨晚发生了什么事。

她十分费劲地回忆了一下,但没有回忆全,确切地说,是基本没回忆起来。她问梁小可:"我是怎么回来的?"

梁小可递了杯水给她,说:"我把你弄回来的。"

她朝梁小可竖了个大拇指："好姐妹！"

梁小可带了些怨气，说："我好不容易得了恩准，回家过个周末，不用参加晚点名。结果凌晨一点被政委打来的电话惊醒。他说你喝醉了，他不方便送你回宿舍，请我马上过去，把你弄回来休息。"

她咕嘟咕嘟喝完一杯水，听了梁小可说的这些，还是回忆不起来昨晚的种种，可见是真的断片了，还是断得很严重的那种。

梁小可接着说："然后我就急匆匆从家里赶到烧烤店。一看，好家伙！"

她眉头一蹙，问："怎么？我是不是躺在地上了？"

梁小可摇摇头："不是。"

她眉头蹙得更紧了，问："总不至于是抱着政委不放手吧？"

梁小可又摇摇头："也不是。"

她松了口气，将杯子放到床头柜上，并宽慰自己："那就好那就好。"

梁小可说："你在向政委撒泼。"

她的小心脏立马提了起来，惊叹："什么？？？"

梁小可补充："边哭边撒泼的那种。"

她倒吸一口凉气，急于否认："不可能！你骗人！"

梁小可说："烧烤店的老板和吃瓜群众可以作证。"

她差点想哭了，大吼一声："梁小可！你……你就眼睁睁看着我在政委面前撒泼？你为什么不阻止我？"

梁小可慢条斯理地解释："我试图阻止你了，但政委不让呀。政委说，你心中怨气很深，必须要释放出来。"

她抬手捂住自己的脸，连声叹气了许久，然后微微分开指缝，露出一双红肿的眼睛，小心翼翼地问："我都说了些什么？"

梁小可告诉她："你说——不不，你是骂，你骂政委是个混蛋。"

她再次把脸捂得严严实实，发出一声哀号："天哪！这次真的完蛋了！"

梁小可告诉她：

"你说你花了一年多时间把他从心上抠下来，心里那道伤疤好不容易快愈合了，结果他忽地重新杀进你的世界。杀进你的世界就算了，还总给你使绊子，不让你好过，你想躲都躲不成。你还说……"说到一半，梁小可停顿下来。

唉！事已至此，她再捂着脸也是没用的了。她放下捂脸的双手，问："我还说什么了？"

梁小可清了清嗓子，学起了她说话的模样和口气：

"裴方安！你还有脸问我是不是记恨你？哼！哼哼哼！我就是记恨你！一辈子都不原谅你！你就去跟你那个医院院长的女儿好去吧！我陆宝露多的是追求者，我当初就是被猪油糊了眼，才会喜欢你！我……我那个，我把眼睛上的猪油洗干净，再也不会喜欢你了！"说罢，猛地深呼吸了两口气，平复了心绪。

她听得目瞪口呆，久久不敢置信，结结巴巴地问："我……我真的……真的这么说了？"

梁小可点点头，表示："你说得比这多多了，但我记不住那么多啊，就记得这些了。你要真想知道自己还说了什么，就去问政委。我看他听得特别认真，你说了啥，大概都记住了。"

除非她脑袋和屁股长反了，才会去问裴方安，自己在酒后究竟对他说了些什么大不敬的话。

她深深感觉到，酒真不是个好东西！以后不能再喝酒，至少不能动不动就喝那么多酒了，实在是丢人现眼，还坏了爸爸多年前给自己定下的规矩。

同时，她也深深感觉到，经此一事，自己与裴方安的梁子结得更深了。但愿他不要对她进行打击报复，只当她是脑子发育未健全的傻子，酒后胡言乱语，算不得数。

梁小可建议她："毕竟这次你是真的骂了政委'混蛋'，所以你是不是考虑一下，找个合适的时间同他说声'对不起'？"

她不太乐意，可算起来，的确是她飚了脏话，对方还是自己的领导，不道个歉，仿佛显得她很没有教养。但要她去面见裴方安，讲一串道歉的话，她认为自己可能暂时还办不到。于是，折中的法子，就是编辑一条诚恳的短信，发送到他手机上，请他见谅。

结果短信发出去，他回了句：

"通过我的微信好友申请。"

她问：

"能不能不通过？"

他回：

"不能。"

她老老实实将他的微信号重新纳入自己的微信好友名单，但也十分机警地将他设置成了"仅聊天"。

"仅聊天"的裴方安当天问她：

"你为什么要对我屏蔽你的朋友圈？"

她解释：

"我朋友圈发的都是牢骚怪话，不敢给领导看到。"

他不理会，他说：

"你开放一下权限。"

她回了个特别夸张的"不"字的表情包给他。

凭什么他想怎么样就怎么样？她就不遂他意！哼！

隔日，她与梁小可吃着冰棍在院里散步。

梁小可劝她：

"陆干事，我从一个旁观者的角度提醒你，政委近期的种种表现足以说明他已经充分意识到，你对他而言很重要，他要挽回你。虽然你曾经的确被他婉拒过一回，也伤心了许多时日，现如今对他适当地摆摆谱没有错，可一定得把握好度。万一，我是说万一啊，万一他误会了你的态度，以为你对他心灰意冷、没有感情了，然后他掉头一走，你哭都来不及的。"

她将冰棍从嘴里拔出来，否认："谁会哭啊！"

梁小可嘿嘿一笑："对他余情未了又添新喜欢的你呗！"

她瞪了梁小可一眼，嘴里的话没来得及说出来，突然被梁小可拉到路边的大树后。

她被梁小可拉得一踉跄，她稳了稳身子，骂梁小可："你干吗？见鬼了啊？"

梁小可又将她的身子拉低，两人几乎是半蹲着猫在大树和大树旁近一米高的灌木丛后。

梁小可伸手指了指不远处的办公楼，示意她往那个方向看。

办公楼前停了辆车，车旁站着的裴方安在和一个女人在聊天。那女人穿了一条紫红相间的连衣裙，长卷发披散在肩后，时不时抬手拍一拍裴方安的手臂或是肩膀，两人笑得很是开心。

梁小可发自内心地疑问："那是谁啊？"

她眼里全是裴方安和那女人谈笑的样子，压根没听到梁小可在问什么。

梁小可有些担心地推了她一把："你没事吧？"

她缓过神，收回目光，将冰棍往嘴里一塞，含糊不清地回答："我没事啊。"

梁小可见她眼睛都红了，问她："你是不是想掉眼泪了？"

她十分尴尬地撇过脸，迅速将眼眶里不知何时聚集起来的温热液体硬挤了回去，并回怼梁小可："你才想掉眼泪了呢！"

梁小可扑哧一笑，故意说："对，你说得没错。我看到自己心仪的男人和一个不知从哪里冒出来的女人聊天聊得火热，那女人还在肢体上对我心仪的男人勾勾搭搭，我真是又生气又伤心，管我心仪的男人是不是个领导，心里只恨不得上去给那两人一个左勾拳加一个右勾拳，然后躲回被子里狠狠哭一场。"

她被梁小可一番话弄得又气又想笑。

梁小可继续哄了哄她，然后说："不就是被女人勾个肩搭个手臂嘛,又不是在结婚证上盖戳。大家都是成年人了,这算不了啥。"又说,"咱们也别瞎猜,等晚一点,直接把政委司机拉过来,严刑拷打一番,让他老实跟咱们交代,那女的和政委到底啥关系。"

她想起前几日,自己被裴方安从区机关带回单位,在路上,他当着小马的面说了许多不该当着小马的面说的话,导致她这几日远远看到小马就想躲开。现下,梁小可居然还想对小马严刑拷打?这想法真是吓到她了。

她威胁梁小可:

"你要是敢找小马,我就跟你断交!"

16

陆宝露的话音刚落,裴方安的声音从头顶飘下来。

"你们蹲在这里干什么?"

两人同时仰头,然后同时"嗖"地起身,同时尴尬地看着裴方安。

当然,梁小可并不觉得特别尴尬。

是陆宝露异常尴尬,并且不由自主红了脸,支支吾吾,胡乱编了个理由:"那个,我和梁干事在这里,在这里看风景。"

裴方安"嗯?"了一声,问她:"这里正对着飞行员宿舍,你们想看什么风景?"

她心里愤恨,聋子都能听得出这理由是胡诌的,他何必如此当真呢?分明就是故意难为人!

梁小可努力憋住笑,并努力扭转局势,笑嘻嘻问裴方安:"政委,刚才那位美女,是您女朋友吗?"

她微微扭头瞪了梁小可一眼,觉得梁小可近来越发胆大了,这样

夏至

的问题竟然直接问本人！

"本人"很快回答："是我姐。"

梁小可接着就说："政委，近日有消息称，您和总医院的某位医生在谈恋爱？"

裴方安蹙眉反问："你从哪里听来的假消息？"

梁小可立马将锅甩出去。

"陆干事有个发小在总医院，她发小将这个消息告诉了陆干事，陆干事又将这个消息告诉了我。"

她几乎被梁小可甩过来的锅给砸晕了，倒吸了好几口凉气都缓不过劲，只恨不得立马挖个地洞钻进去躲着才好。

幸而，那位好八卦且好在大院里闲逛的张副旅长此时路过此处，在丝毫没有感觉到此处气氛怪异的情况下，向裴方安发出一道散步的邀请，这才解了她的难处。

待裴方安和张副旅长走远了，她恶狠狠瞪了梁小可一眼，不解气地问："梁干事，'遇事插朋友两刀'是不是你的座右铭？"

梁小可一点没将她气鼓鼓的样子放在心上，仍是一副笑嘻嘻的态度，边挽了她胳膊边带着她往前走着。梁小可说："政委本人都辟谣了，他没和老院长的女儿谈恋爱，此时此刻，你心里是不是在窃喜？"

她心里挤满了各种各样的想法，每一个想法都沉甸甸的，压得她睡不着，也压得她翌日早操摔了个跟头。

陆宝露长叹了两声，觉得眼前这碗螺蛳粉，自己是彻底吃不进去了。

她结了账，然后回了单位，打算去卫生队找卫生员在伤口处涂抹些消毒杀菌的药水。

她在招待所、卫生队和家属楼之间那个三岔口，为了躲避迎面而来的卢伟，闪进招待所后门的时候，与正出门的裴方安撞个正着。

裴方安是单身，不符合住家属楼的资格，但又是领导身份，不便与机关和基层的单身干部们挤在宿舍楼，所以他来单位这些时日，一直住招待所。因着他住在招待所,她总有种避嫌似的心理,所以经过这栋楼就绕得远远的,却不想在这么个尴尬的时间碰上他。

她琢磨着该说点什么,或者干脆什么都不说,迅速问个好,然后迅速遁走。

可他先开口了,问她:"你找我?"

她急忙否认:"我不找。"随后想向他表明,自己是准备去卫生队的,可是一个没留神,走错路了,这就走回正路,绝不挡他的道。

可他又说:"那我找你。"

她怔了一下。

他没给她多少反应的时间,他说:"去我房间。"

她没挪步子,问他:"不去行吗?"

他看了她一眼,旋即指了门厅一旁放置的沙发,表明:"在这里说也行。"

这里?这可是大厅啊!虽说不是人来人往的热闹,可免不了有路人甲乙丙丁。天知道他要跟她说什么?万一是她不想听,或是她不想被别人听到的内容,岂不是糟糕了?

她于是改口:"还是去房间吧。"

他的房间是一室一厅一卫,东西不太多,摆放得很是整齐。

他请她在靠窗户的单人沙发上落座,并问她喝什么茶。

她说都行。

他慢条斯理烧了水,又慢条斯理给她泡了杯君山银针。

她从没与他在一间算不上特别狭小但抬眼就能看清对方眉眼的房子里独处过。她心里有点乱,假借端茶杯喝水的机会低下眉眼,以免目光长时间与他接触。可茶水实在烫,舌尖刚碰到就忍不住颤了一下,她只能老老实实将杯子放回茶几上。

他问她:"你很紧张?"

她确实紧张,可不能说出来,说出来就落了下风,她谎称:"有点热。"

夏至

他像是刚想起来什么,抱歉的口气:"我忘记开空调了。"然后起身,要去关她身后敞开着的窗户。

她见他朝自己走来,越发紧张了,急忙说:"别关窗。"

他不解地看着她。

她咽了咽口水,磕磕巴巴地说:"我的意思是,也不是很热,吹点自然风挺好的。"好似觉得这些胡话不足以让他坐回她对面的沙发椅,紧接着向他反问,"政委,您找我什么事?"

他本是站着俯视她,一脸泰然自若,突然被她仰头一问,竟有一丝局促。他说:"挺多事的。"坐回到沙发椅上后,又表明,"但不知道该从哪一件说起。"

这……这她就无能为力了。他自己都不晓得自己该从哪一件事说起,她还能帮他开口不成?

真是怪异加诡异。

两人就这般,一言不发地干坐了几分钟。

随后,他拿起放置在茶几上的手机,捣弄了一下,又将手机放回原位,这才终于开了口:

"要不要添点水?"

她一下子蒙了。

她一直认为他遇事果敢、冷静自持,从不晓得他竟会有如此扭捏的一面,真是令人大跌眼镜。

她有点想笑,可又不能笑,她觉着,这会儿自己要是笑了,没准会对他的心灵造成伤害。于是,她看着他,尽量按压住自己逐渐雀跃起来的心喜,说道:

"要不我先回去,您自个儿再想想要同我说什么,等想好了,明天或者后天,您再召见我?"

他摆摆手,表示不同意。

他说:"你等一会儿。"

她不知道他让她等啥,但既然他开口了,总还是要等一会儿的,至多等个七八九分钟,否则再这么尴尬地坐下去,她真怕自己会笑场。

五分钟后,门外传来有人打报告的声音。

她吓得从沙发椅上弹起身,下意识地想在这小房子里找个藏身之处。

他宽慰她:"是小马。"然后起身去开门。

他将房门开得极大,她被迫与小马打了个照面。

当然,小马是个好同志,需要他闭耳朵的时候,他就闭耳朵,需要他闭眼睛的时候,他便闭眼睛,别说屋里站了个人,就是站了十个人,也全当没看见。小马将消毒药水、棉签等物品呈到裴方安手里后,麻溜地闪人了。

裴方安将门关上,回身见到她站在沙发旁,一副紧紧张张的模样,于是问她:"怎么?你害怕别人看到你跟我独处一室?"

他说这话时,嘴角带了些笑意,姿态已不似刚才那般僵硬,气氛有转轻松的趋势。

她故意说:"我是怕影响了您的清誉。"

他让她落座,然后随手从茶几下拿出一张木质小板凳并将小板凳放在她跟前。他在她还没有反应过来之前,一屁股坐在了小板凳上。

她坐沙发,他坐板凳,她自然比他高出一截。

高出一截不要紧,要紧的是,他离她太近了!她不晓得自己喝醉酒在他面前撒泼的时候,有没有出现过揪着他的衣衫或是揪着他的胳膊这种行为,反正眼下这个距离,绝对是她在清醒时分离他最近最近的一次了。

她的身体不由自主地想往后靠。

他伸手拉住她的左手腕,说:"你伤口渗血了,我给你擦擦,涂点药。"

她暗暗用力想将自己的左手腕从他的右手中抽离出来。

他只好更加使劲将她的左手腕牢牢抓住,他问她:"你很紧张?"

他离她实在太近了,而且他还抓着她的手腕!她不紧张就奇怪

夏至

了! 但她嘴硬,她说:"我不紧张啊。我有什么好紧张的呀。我只是觉得,这种小事不用麻烦您。"

他打断她的话,直言:"小陆,我跟你说过了,不要用'您'来称呼我。"

他直勾勾地看着她,简直要把她紧张死了。

他感到她手上不再用力,便也松开她的手腕,然后拿了药水棉签帮她擦手臂上的伤口。他徐徐说着:"你不用紧张,我只是想给你涂点药,没别的意思。"说罢,又慢条斯理地帮她处理了左膝盖上的伤口。等正经事办完了,他抬眼看着她,温柔地说了句:"至少,此时此刻不会对你做什么。"

她觉得自己的心脏已经提到了喉咙眼,再这么下去,可能要从嘴里跳出来了。她特别希望眼下能蹦出来一个人,哪怕是好八卦的张副旅长也行,至少先让她缓解缓解自己急促的呼吸。

而他,被她过于局促不安的表情给逗笑了。他好奇地问她:"你胆子明明这么小,当初怎么敢呢?"

她心里清楚他说的"当初"指的是什么,可现如今,她才不要承认自己当初干了那些大胆的事! 她扭过脸,不看他,也不回答他。

他轻声笑起来。

她没好气地睨了他一眼。

"有什么好笑的?"

被她睨了一眼后,他笑得更欢乐了。

她哼哼两声,气鼓鼓地说:"我当初,那是鼓起了很大的勇气,这辈子都没试过。虽然结果是碰了钉子,可我也是佩服我自己的,至少我曾大胆过,不像你!"说着,又睨了他一眼,批评他,"你就是个胆小鬼!"

他承认:"我是胆小鬼。"

她怔了一怔,以为自己听岔了,蹙眉疑问:"什么?"

他放缓了语速,舒展了语调,格外认真地承认:"我说,我是胆小鬼。"

17

陆宝露十分惊诧。

裴方安趁着她处在惊诧之中来不及多做别的反应,握住了她放在膝上的那双攥成拳的手。

他说:"我年龄比你大许多,离过婚,家庭条件一般,父母身体也不是很好,加上个人前途未明,我怕耽误你,况且,我和你叔叔关系那么好、那么熟,不想弄到大家都尴尬。"

她那双拳头本是老老实实由着他握住的,结果他这一番话刚出口,她就翻脸了,利索地抽回自己的手,并愤恨地表示:"那还有什么好说的!"

他哭笑不得,急忙解释:"这些是我之前的想法。就是你来找我,骂我是'胆小鬼'的那天晚上之前。"

她瞪着他,一副"我要出当年那口的恶气"的架势。她提醒他:"你当初可是说了的,是我一厢情愿,你还为你的'可能引起了我误会的某些行为'向我道了歉!"

他坦言:"我很早就知道你心意了,我道歉是因为我不应该在明知道你心意,而我又给不了你想要的回应的情况下,还同你有这么多接触。其实那晚,我差点没忍住。"

她看了他一眼,问:"没忍住什么?"

他不答她的疑问,而是说:"你刚离开,首长给我打电话了,说定了我去湛江。"

当初,刘一鸣告诉她,裴方安调任去湛江的消息,那时他们猜测的便是,他大概一早就知道自己要离开广州了。所以,事实果然如他们

夏至

所料。

他再次趁她注意力不集中的空当,重新握住她的双手,并诚恳地说:"异地恋没有你想的那么容易。"

她反驳:"红军长征容易啊? 第一步还没走就告诉自己不容易,那还走什么呢?"

他被她反驳得哑口无言。

见他哑口无言了,她觉得自己好似不应该这么怼他,同时,又觉得自己的双手老被他这么不清不楚地握着,很不合适。她想着是不是应该把手抽回来,可他这次握得很紧,她费了很大劲还是抽不回。她略有些泄气,略有些不满意地问:

"裴方安,你到底想说什么?"

他回答她:"之前都是我的错。你现在能不能考虑考虑我?"

他们离得那样近,他说的每一个字都真真切切地飘进她的耳朵里,可她不敢置信,喃喃地问:"你说什么? 我没听清,你再说一遍。"

他对她笑了一笑,徐徐道来:

"之前我担心你是一时冲动,真跟我在一起了会后悔,所以才拒绝你。并不是因为我不喜欢你。后来我去了湛江,虽然心里也有舍不得,但觉得你走你的阳关道,我过我的独木桥是最好的结局。再后来,你去了趟湛江,给我发了那四个字'再也不见',还把我微信删了,电话号码也拉黑了,当时我心里挺不舒服的,可想着,不能耽误你这么好的姑娘,自己不舒服就不舒服吧,十天半个月,大不了几个月,总会好的。"

他的语调很平缓,她听得十分认真,到末了,她问:"所以后来你就好了是吧?"

他摇头否认:"我没好。"顿了片刻,才接着说,"这么久了,我心里一直不舒服。所以我就去找了首长,跟他报告,说我特别想回来,不提拔也要回来。"

他一直看着她,她的目光倒是不再闪躲,只是脑筋仍有些跟不上,她说:"然后你就到了我们单位,当了我的政委,把你心里的不舒服都还给我了。"

他哭笑不得,反问:"我怎么可能想让你心里不舒服?"又有些委屈地说,"明明就是你让我心里不舒服。"

她一脸疑问:"我怎么了?"

他的模样越发委屈了。他说:"你相亲。"

她傻眼了,支吾说:"我……我那个……我一个大龄未婚女青年,还不能相亲了? 再说了,那些相亲是我愿意去的吗? 不都是领导长辈介绍,不能不去的? 再再说了,你不也参加了,还把人家喝倒了,给人家安个酒品不行会动手打人的冤名。"

他又抛出另一个情况:

"那卢伟呢? 你前几天给他送什么?"

她感觉冤屈。她说:"哪是我送东西给他啊! 是梁小可背着我,帮我接受了他送的东西,我那是还给他!"说罢,觉得不对劲,"奇怪了,我有必要跟你解释这些吗? 我想跟谁吃饭就跟吃饭,想什么时候去相亲就什么时候去相亲。这是我的自由,你管得着吗?"

他突然问:"你不喜欢我了?"

她蒙了。

他于是判定:"你果然不喜欢我了。"

她从蒙劲中缓过来了,可不晓得自己此时该说点什么。总不能立马承认对他就是余情未了又添新喜吧? 这也太丢脸了! 她可不愿意总在他面前这么丢人,何况是他有事同她讲,怎么看她现在都是占上风的那个人,没理由又被他拿捏住吧?

可他仿佛当了真,泄气地叹了句:"我就知道。"

她忍不住了,吐出一句:"你知道什么呀! 你知道你知道,你才不知道!"

他又大叹一声气,还松开了她的手,蔫蔫儿地说:"你已经清醒过来了,发现我又老又没钱,脾气不好还不会哄人,只会糟你的心,让你

夏至

眼烦。"

她急了:"你瞎说什么啊!"

他摇摇头,像是认命了似的,说:"算了。我还是有自知之明的。回来之后看你对我的态度,我就懂了。是我自己没抓住机会,怪不了别人。"

她急得要跳脚了,音量不由自主提高了许多。

"裴方安!你怎么回事啊!你这……这也太没毅力了吧?你现在不是应该放低身段求我原谅吗?你这就算了啊?做人哪有你这样的?"

他眼底里藏着许许多多的笑意,只是口气仍淡淡的,他说:"我年纪大了,要面子。你都不喜欢我了,我还是不要对你死缠烂打比较好。大家都是熟人,传出去了彼此难堪。"

她简直气死了,骂他:"你还要面子?你你你!我当初怎么就没想过要面子!哼!哪里是我不喜欢你了,分明就是你在耍我嘛!"

他问:"你喜欢我?"

她答:"我喜欢。"想想,好像不对头啊!恍然大悟过来,瞪他,"喂!你故意的是吧?"

他不等她说更多的话,诚恳地说:"小陆,我四十几岁了,'喜欢'两个字轻易说不出口的。"

他认真起来,她也不由得认真起来。

他说:"我喜欢你。你能不能考虑考虑我?"

早些时候,她也猜到他今天如此反常,是有什么特别重要的事想对她说,可真听到他说出来,她一颗心仍是漏跳了好几拍,一时间高兴得像只在空中翱翔的小鸟儿,仿佛整片蓝天都是自己的。她笑着扬起眉毛,并扬起嘴角,故意说:

"那我得好好考虑考虑。"

他也笑了起来,告诉她:"你还有二十分钟的时间考虑。"

她疑问:"嗯?"

他说:"你小叔叔约我吃夜宵。不知他从哪里听说了你上周六晚上跟黄晓凡吃完烧烤后,一路哭着回了宿舍。他以为你对黄晓凡爱而不得,要找我商量对策。"

她叹道:"这什么谣言啊?那晚黄晓凡早就走了啊!而且怎么就成了我哭着回宿舍了?"

他说:"你是哭了,眼泪鼻涕全都抹在我衣服上了。"

他说:"你还说一辈子都不原谅我。"

她想起梁小可给自己复述时,也讲过这句话,便晓得他是没有诓她的。她可以确定,这话是气话,她早就原谅他了,她怎么舍得记恨他呢?

他又说:"但你一直拽着我的胳膊不肯放手,所以我知道,你心里还有我。"

她笑了笑,还点了点头,很赞同他的判断。

他告诉她:"我打算同你小叔叔说实情。"

她问:"说我把眼泪鼻涕抹在你衣服上了吗?"

他呵呵一笑,随后表明:"说我喜欢他侄女,问他能不能接受我叫他一声'小叔叔'。"

她不由得正襟危坐,问他:"你认真的吗?"

他反问:"我看起来像开玩笑吗?"

她摇头,说:"不像。"

他最后说:"小陆,你一定要考虑清楚,我们在一起,未来一定会遇到很多现实问题,你现在反悔还来得及。"

她最后说:"我不反悔。"

姑娘,我让你在故事里如愿了